KB168282

눈뜬 자들의 도시

ENSAIO SOBRE A LUCIDEZ

SEEING

눈뜬 자들의 도시

주제 사라마구 장편소설 | 정영목 옮김

짖자, 개가 말했다.

_『목소리들의 책』에서

차례

일러두기

옮긴이 주는 괄호 안에 '옮긴이'를 함께 넣어 표기하였습니다.

선거 날 날씨 한번 더럽네, 제14투표소의 관리관이 말하면서 흠뻑 젖은 우산을 탁 접고 우비를 벗었다. 차를 세워놓은 곳으로부터 문까지 40미터를 숨도 제대로 쉬지 않고 달려오는 동안 우산이나 우비는 거의 쓸모가 없었다. 그는 가슴이 방망이질 치는 것을 느끼며 문 안으로 들어섰다. 설마 내가 꼴찌는 아니겠지, 관리관은 비서에게 말했다. 비서는 억수로 쏟아지는 비를 피해 문에서 약간 떨어진 곳에 서 있었다. 바람에 휘둘리는 비는 안의 바닥까지 적셨다. 부관리관도 아직 오지 않았습니다, 하지만 아직 시간은 많습니다, 비서가 위로하듯이 말했다. 이런 비라면 우리가 여기까지 오는 것 자체가 대단한 거지, 관리관이 말하면서 비서와 함께 투표가 이루어질 장소로 들어갔다. 관리관은 먼저 투표 검사인으로 일할 사무원들한테 인사를 하고, 이어 당 참관인들과 부참관인들에게 인사를 했다. 관리관은 신중하게 모든 사람에게 똑같은 말을 사용했다. 표정이나 말투로 자신의 정치적 또는 이념적 성향을 드러내는 실수는 하지 않았다. 설사 이런 평범한 투표소의 관리관이라 해도 어떤 상황에서든 엄격한 독립을 유지해야 하는 것이다. 간단히 말해서 늘 예법을 준수해야 한다.

투표소는 음침한 뜰을 내다보는 좁은 창문이 두 개밖에 없어 화창한 날에도 공기가 답답했는데, 비가 오는 바람에 거기에 눅눅한 느낌까지 보태졌다. 게다가 어떤 불안까지 감돌았다. 이곳 사람들이 하는 표현으로, 공기를 칼로 자를 수도 있을 것 같은 느낌이었다. 선거를 연기했어야 하는 건데, 중도정당 참관인이 말했다, 그러니까 어제부터 비가 쉬지 않고 오지 않았느냐 이 말입니다, 사방에 산사태에 홍수까지 나지 않았습니까, 이번 기권율은 천정부지로 치솟을 겁니다. 우익정당의 참관인이 동의하는 뜻으로 고개를 끄덕였지만, 말 자체는 신중한 표현으로 감싸는 게 좋겠다고 생각했다, 물론 나도 그런 위험을 과소평가하고 싶지는 않소만, 이전에도 여러 차례 확인했던 우리 시민의 투철한 의무감을 믿어도 좋을 거요, 우리 시민들은 이번 지자체 선거가 수도의 미래에 엄청나게 중요하다는 사실을 알고 있소, 정말이지 아주 잘 알고 있소. 중도정당 참관인과 우익정당 참관인은 각자 할 말을 했기 때문에 미심쩍고 가소롭다는 표정으로 어디 무슨 말을 할지 들어보자는 듯이 좌익정당 참관인을 돌아보았다. 그러나 바로 그 순간

부관리관이 투표소로 뛰어들며 사방에 물을 뚝뚝 떨어뜨렸다. 예상할 수 있는 일이지만, 이로써 투표소 관리들의 출석이 완료되었으므로 그는 그냥 따뜻한 정도가 아니라 열광적인 환영을 받았다. 따라서 우리는 좌익정당 참관인의 견해를 들을 기회를 잃어버린 셈이다. 다만 이미 알려진 몇 가지 선례를 기초로, 그가 이번에도 어김없이 밝은 역사적 낙관론에 입각한 노선을 택했을 것이라고 가정할 수는 있다. 뭐 이런 식이었을 것이다. 우리 당에 표를 주는 민중은 이런 사소한 장애에 주춤하는 그런 사람들이 아닙니다, 하늘에서 이까짓 작은 빗방울 몇 개가 떨어진다고 해서 집에 죽치고 있을 그런 사람들이 아니란 말입니다. 그러나 작은 빗방울 몇 개가 아닌 게 문제였다. 주전자로, 양동이로 퍼붓는 듯한 비였다. 빗방울로 이루어진 나일 강, 이과수 강, 양쯔 강이 흐르는 것 같았다. 그러나 믿음은, 영원한 축복을 받을지어다, 그 믿음으로 덕을 보는 사람들의 길에서 산을 옮길 수 있을 뿐 아니라, 억수로 퍼붓는 빗속에 뛰어들었다 나와도 뼈처럼 바싹 마른 모습을 유지하게 해주는 것이다.

이제 탁자가 완전히 차 담당자들이 모두 정해진 자리에 앉자 관리관은 공식 포고에 서명을 한 다음 비서에게 법이 요구하는 대로 포고문을 건물 밖에 붙이라고 말했다. 그러나 비서는 종이가 바깥벽에서 1분도 버티지 못할 것이라고 말하여, 그가 기본적인 상식을 어느 정도 갖춘 사람임을 보여주었다. 2초면 잉크가 줄줄 흐를 것이고, 3초면 바람이 종이를 떼어갈 것이라는 이야기였다. 그럼 안쪽 벽에다 붙이게, 비를 안 맞는 곳에다 말이야, 법에는 이런 상황에서 어떻게 하라는 이야기가 없지 않나, 중요한 것은 포고문을 눈에 잘 띄는 곳에 붙여 놓는 거야. 관리관은 동료들에게 동의하느냐고 물었고, 그들 모두 동의한다고 말했다. 그러나 우익정당 참관인은 혹시 이 문제로 누가 트집을 잡을 경우에 대비하여 이 결정을 의사록에 남기자는 단서를 달았다. 비서가 축축한 임무를 마치고 돌아오자 관리관은 바깥 분위기가 어떠냐고 물었다. 비서는 찌푸린 얼굴로 어깨를 으쓱하며 대답했다, 똑같습니다, 비, 비, 계속 비지요 뭐. 투표하러 온 사람은 있던가. 그림자도 안 보이던데요. 관리관은 일어서더니 투표소 사무원들과 정당 참관인 세 명에게 기표소로 따라 들어오라고 말했다. 기표소에는 그날 이루어질 정치적 결정의 순수성을 더럽힐 만한 것이 전혀 없었다. 공식 확인 절차가 끝나자 그들은 자기들 자리로 돌아가 선거인 명부를 검토했다. 이 역시 비정상적인 것이나 빈 곳이나 다른 어떤 의심스러운 것도 없었다. 관리관이 투표함의 덮개를 벗기고 그것을 선거인들에게 보여줄 엄숙한 시간이 왔다. 투표함이 비어 있다는 것을 확인시켜, 혹시 필요한 일이 생길 경우 내일 그들을 불러, 투표 전날 밤에 어떠한 범죄 행위도 개입되지 않았다는 사실, 국민의 자유롭고 독립적인 정치적 의지를 오염시키는 허위 투표가 없었다는 사실, 따라서 흔히 하는 말대로 어떠한 선거 부정도 있을 수 없다는 사실의 증인을 삼으려는 것이었다. 그러나 부정 선거란 범법자와 그 공범들의 능력이나 그들이 이용할 수 있는 기회에 따라 선거 중이든, 그전이든 후이든 아무 때나 이루어질 수 있는 것임을 잊지는 말도록 하자. 투표함은 텅 비었고, 깨끗했고, 아무런 흠결이 없었다. 그러나 투표소에는 투표함을 보여줄 선거인이 한 사람도 없었다. 어쩌면 선거인 하나가 저 밖에서 길을 잃고 헤매는지도 모른다. 자신이 온전한 선거권을 가진 시민임을 확인해주는 문서를 가슴에 꼭 움켜쥔 채, 억수 같은 비와 싸우고 채찍처럼 내리치는 바람을 견디는지도 모른다. 그러나 지금 하늘의 표정으로 판단해보건대, 그가 오는 데는 시간이 꽤 걸릴 것이다. 물론 그가 그냥 집으로 돌아가는 일, 그래서 도시의 운명을 검은 차를 가진 사람들, 즉 투표소 문간에 내려주었다가 시민적 의무를 마치고 나면 다시 뒷자리에 실어줄 차를 가진 사람들에게 맡기는 일이 없어야 하지만.

여러 자료를 살펴보니 이 나라의 법은 관리관이 즉시 투표를 해야 한다고 규정하고 있다. 투표소 사무원, 당 참관인과 부참관인도 마찬가지다. 물론 이들이 해당 투표소에 등록된 선거인이어야 하지만, 여기 있는 사람들은 바로 그런 경우다. 그러나 아무리 질질 끌어도 투표함이 첫 열한 표를 받아들이는 데는 4분이면 충분하고도 남았다. 그러고 나니 다른 할 일이 없어 기다림이 시작되었다. 겨우 30분이 지나자마자 불안해진 관리관은 사무원에게 가서 누가 오는지 보라고 말했다. 혹시 선거인들이 왔다가 문이 바람에 닫힌 것을 보고 격분하여 돌아가면서 정부가 적어도 국민에게 선거가 연기되었다고 알려줄 정도의 예의는 갖추어야 하는 것 아니냐고, 그런 정보조차 알리지 않을 거라면 라디오와 텔레비전은 뒀다 어디에 쓸 거냐고 투덜거리는 일이 생길 수도 있지 않느냐는 이야기였다. 비서가 말했다, 하지만 문이 바람에 닫히면 엄청나게 시끄러운 소리가 난다는 건 다 아는 일인데, 우리는 여기서 아무 소리도 못 듣지 않았습니까. 투표소 사무원은 머뭇거렸다, 갈까요 말까요. 그러나 관리관은 고집을 부렸다, 좀 갔다 오시오, 하지만 거 옷 젖지 않게 조심하시오. 문은 열려 있었다. 쐐기가 제자리에 단단히 박혀 있었다. 사무원은 머리를 밖으로 내밀었다. 순식간에 좌우를 살피고 다시 머리를 잡아당겼건만, 마치 샤워에 머리를 들이민 것처럼 머리카락에서 물이 뚝뚝 들었다. 그는 훌륭한 투표사무원답게 일을 제대로 하여 관리관을 기쁘게 해주고 싶었다. 이번에 처음으로 이런 직무를 수행해달라는 요청을 받았기 때문에 자신이 의무를 이행하는 속도와 능률을 높이 평가받고 싶었다. 누가 알랴, 시간과 경험이 쌓이면 언젠가는 투표소를 관리하는 사람이 될지. 야망의 새들이 이보다 훨씬 높이 섭리의 하늘을 가로질렀어도 눈 하나 깜빡하는 사람이 없지 않았던가. 사무원이 방으로 돌아가자 관리관은 후회와 즐거움이 뒤섞인 표정으로 소리를 질렀다, 그렇게 흠뻑 젖도록 멀리 나갈 필요는 없었는데, 사람하고는. 아, 상관없습니다, 관리관님, 사무원이 상의 소매로 뺨을 닦으며 말했다. 그래, 누가 보이던가. 제 눈에는 아무도 안 보이던데요, 저 바깥은 물의 사막 같았습니다. 관리관은 일어서서 어정쩡하게 탁자 주위를 잠깐 걷다가 기표소로 들어가 안을 보고 돌아왔다. 중도정당 참관인이 목소리를 높여, 기권율이 천정부지로 올라갈 것이라던 자신의 예언을 상기시켰다. 그러자 우익정당 참관인이 다시 진정제 역할을 맡고 나섰다, 하루 중 아무 때나 투표를 해도 상관없는 것 아니오, 아마 비가 좀 긋기를 기다리고들 있을 거요. 좌익정당 참관인은 이번에는 스스로 입을 다무는 쪽을 택했다. 부관리관이 방으로 들어왔을 때 하려던 말, 우리 당 지지자들을 막으려면 이까짓 작은 빗방울 몇 개로는 안 됩니다, 하는 말을 실제로 했다면 자신이 지금 얼마나 우스꽝스러운 인간이 되었을까 하는데 생각이 미쳤기 때문이다. 비서가 입을 열었다. 모두 기대하는 눈길로 그를 바라보았다. 그가 현실적인 제안을 했다, 상부에 전화를 해서 다른 동네, 또 다른 지방의 투표는 어떤 상황인지 알아보는 것도 괜찮을 것 같은데요, 그러면 이 시민이라는 전기가 정전된 사태가 일반적인 것인지, 아니면 선거인들이 자신의 표를 던지는 영광을 베풀길 거부한 사람들이 우리 투표소뿐인지 알 수 있을 겁니다. 우익정당 참관인이 분개하여 벌떡 일어났다, 우익정당 참관인으로서 본인은 방금 비서가 선거인들과 관련하여 도저히 묵과할 수 없는 조롱 섞인 불경한 말투를 사용한 것에 강력히 이의를 제기한다고 의사록에 적어둘 것을 요구하오, 선거인들은 민주주의의 최고 옹호자들이며, 그들이 없었다면 압제, 세상에 존재하는 수많은 형태의 압제 가운데 하나가 오래전에 우리가 태어난 나라를 삼켜버렸을 거요. 비서가 어깨를 으쓱하며 물었다, 우익정당 참관인의 말씀을 적어놓을까요, 관리관님. 아니, 그럴 필요는 없을 것 같네, 그냥 우리 모두가 약간 긴장하고, 당황하고, 난처해하는 것뿐일세, 모두가 잘 알다시피, 그런 정신 상태에서는 우리가 실제로 믿지 않는 이야기를 하기 십상이지, 사실 비서가 누구한테 불쾌감을 주려고 그런 이야기를 한 것이 아닌 것은 분명하지 않습니까, 비서 자신도 자신의 책임을 의식하는 선거인 아닙니까, 그가 우리 모두와 마찬가지로 의무의 부름에 응답하기 위해 궂은 날씨를 무릅쓰고 용감하게 이곳에 왔다는 것이 그 증거입니다, 그럼에도, 내가 그에게 아무리 감사하는 마음을 가진다 해도, 자신에게 주어진 일에 엄격하게 충실하여 이곳에 있는 다른 사람들의 개인적 또는 정치적으로 민감한 면에 충격을 줄 수 있는 이야기는 하지 말 것을 요청하고 싶기는 하군요. 우익정당 참관인은 힘차게 고개를 주억거렸고, 관리관은 그것을 동의의 행동으로 해석했다. 그러나 논쟁이 더 진전되지 않은 것은 많은 부분 좌익정당 참관인 덕분이었다. 그는 비서의 제안을 받아들여 이렇게 말했다, 저 사람 말이 옳소, 우리는 대양 한가운데 난파한 사람들 같소, 돛이나 나침반도, 돛대나 노도 없고, 연료 탱크에는 디젤도 없는 셈이오. 관리관이 말을 받았다, 그래요, 그 말씀이 맞습니다, 지금 상부에 전화를 해보겠습니다. 전화는 다른 탁자에 있었기 때문에 관리관은 며칠 전에 받은 지침 문건을 들고 그 탁자로 갔다. 전단에는 다른 유용한 정보와 더불어 내무부의 전화번호가 찍혀 있었다.

전화 대화는 짧았다, 제14투표소 관리관입니다, 아주 이상한 일이 벌어져서 걱정입니다, 선거인이 한 명도 투표를 하러 오지 않아서 말입니다, 문을 연 지 한 시간이 넘었는데 한 사람도 안 보입니다, 네, 그렇죠, 저도 폭풍을 막을 방법이 없다는 것은 알지요, 네, 그렇죠, 압니다, 비, 바람, 홍수, 네, 그렇죠, 인내심을 가지겠습니다, 물러서지 않겠습니다, 결국 그러려고 여기에 있는 거니까요. 그 시점부터 관리관은 긍정하는 뜻으로 몇 번 고개를 주억거리고, 이따금씩 숨죽여 감탄사를 내뱉고, 서너 번 말을 꺼냈다 마무리도 못 지은 것 외에는 대화에 전혀 기여를 하지 못했다. 관리관은 수화기를 내려놓고 동료들을 돌아보았지만, 사실 그들을 보고 있지는 않았다. 그의 앞에는 텅 빈 기표소, 손때도 묻지 않은 선거인 명부, 기다리는 관리관과 사무원들, 이 상황의 이해득실을 따지느라 불신의 눈길을 교환하는 정당 참관인들로만 이루어진 하나의 풍경이 펼쳐져 있었다. 멀리서 이따금씩 비에 흠뻑 젖은 투표소 사무원이 문간에서 돌아와 오는 사람이 아무도 없다고 알렸다. 내무부에서는 뭐라고 합디까, 좌익정당 참관인이 물었다. 그쪽에서도 이걸 어떻게 생각해야 좋을지 모르더군요, 사실 날씨가 나쁘면 많은 사람들이 그냥 집에 붙어 있지 않습니까, 어쨌든 도시 전체에서 대체로 똑같은 일이 벌어지는 것 같습니다, 그래서 설명을 못 하는가 봅니다. 대체로라니 무슨 뜻이오, 우익정당 참관인이 물었다. 글쎄요, 몇 개 투표소에는 선거인이 몇 명 나타나기는 한 것 같은데, 실제로는 거의 안 온 것이나 다름없는 모양입니다, 죄다 이런 일은 처음이랍니다. 다른 지방은 어떻답디까, 수도에만 비가 오는 게 아니잖습니까, 좌익정당 참관인이 물었다. 그게 참 이상한 일입니다, 여기처럼 비가 심하게 오는 곳들이 있기는 한데, 그래도 그곳 사람들은 투표하러 나오고 있답니다, 물론 날씨가 좋은 지역에는 투표하는 사람들이 더 많고요, 말이 나와서 이야기인데, 일기예보에서는 시간이 좀 지나면 오전 중에 날씨가 좋아지기 시작할 것이라고 이야기하는가 봅니다. 설상가상이 될 수도 있지요, 왜 사람들이 그러잖습니까, 한낮에 내리는 비는 훨씬 더 심해지거나 완전히 개거나 둘 중 하나라고요, 그때까지 입을 열지 않았던 두 번째 사무원이 말했다. 정적이 깔렸다. 그러자 비서가 상의 주머니에 손을 넣더니 휴대전화를 꺼내 번호를 눌렀다. 비서는 상대가 전화를 받기를 기다리며 말했다, 산과 마호메트 문제와 비슷하네요, 알지도 못하는 선거인들한테 왜 투표하러 오지 않았느냐고 물을 수는 없는 노릇이니, 우리가 아는 우리 가족한테 물어보지요 뭐, 아, 나야, 그래, 왜 아직도 거기 있는 거야, 왜 투표하러 오지 않았어, 나도 비가 오는 건 알아, 내 바짓가랑이가 아직도 축축하니까, 아, 맞아, 미안해, 점심 먹고 나서 온다고 했지, 그래, 여기 상황이 좀 이상해서 전화했을 뿐이야, 아, 당신은 모를 거야, 한 사람도 투표를 하러 오지 않았다고 한다면 내 말을 안 믿겠지, 맞아, 그래, 그럼 나중에 봐, 잘 있어. 비서는 전화를 끊더니 비꼬는 듯한 말투로 말했다. 자, 적어도 한 표는 확보를 했습니다. 집 사람이 오후에 오겠다네요. 관리관과 사무원들은 서로 마주 보았다. 그들 역시 비서의 예를 따라야 할 것 같았다. 하지만 누구도 먼저 그러고 싶지는 않았다. 그렇게 하는 것은 빠른 머리와 자신감에서 비서가 한 수 위임을 인정하는 것이나 다름없었기 때문이다. 비가 오는지 보려고 문까지 갔다 왔던 사무원은 오래지 않아 여기 있는 비서, 마치 마법사가 모자에서 토끼를 끄집어내듯 아무렇지도 않게 휴대전화로부터 한 표를 끌어낼 수 있는 비서와 경쟁하려면 경험을 많이 쌓아야 할 것이라고 결론을 내렸다. 관리관이 한 구석에서 휴대전화로 집에 전화를 하고 다른 사람들도 자기 전화로 신중하게 같은 일을 하는 걸 보자, 이 사무원은 내심 동료들의 청렴에 박수를 보냈다. 그들이 원칙적으로 공무에만 사용하도록 제공된 전화기를 쓰지 않아 나랏돈을 절약하는 고귀한 모습을 보여주었기 때문이다. 휴대전화가 없어 체념한 채 다른 사람들로부터 소식을 기다려야 했던 사람은 좌익정당 참관인뿐이었다. 이 가난한 사람에 관해서는 그가 도시에 혼자 살고 가족은 시골에 있기 때문에 사실 전화를 걸 사람도 없다는 이야기를 덧붙여야겠다. 전화 통화는 하나둘씩 점차 끝나 갔다. 관리관의 통화가 제일 길었다. 관리관은 자신이 이야기하고 있는 사람에게 당장 투표소로 오라고 말하는 것 같았다. 이 일에서 그가 운이 좋을지는 두고 봐야겠지만, 사실 그가 먼저 이런 전화를 했어야 했다. 그러나 실제로는 안타깝게도 비서가 그보다 앞서 나아가게 된 셈인데, 그는 우리가 이미 보았듯이 상당히 건방진 녀석이다. 그가 우리만큼 위계를 존중한다면, 그냥 상관에게 그런 생각을 제시하고 말았을 것이다. 관리관은 그의 가슴속에 오랫동안 갇혀 있던 한숨을 토해내고, 호주머니에 전화를 넣은 다음 물었다. 자, 뭘 좀 알아냈습니까. 그 질문은 불필요했을 뿐 아니라, 어떻게 표현해야 할까, 아주 약간이기는 하지만 부정직하기도 했다. 첫째로, 결국 모두가 아무리 관련이 없는 것이라 해도 뭔가는 알아냈을 것이기 때문이다. 둘째, 그런 질문을 하는 사람이 자신의 책임을 회피하려고 자신의 자리에 내재한 권위를 이용하는 것이 분명했기 때문이다. 말로든 행동으로든 그가 먼저 나서서 정보 교환을 주도해야 했기 때문이다. 그가 내뱉은 한숨과 그의 전화 통화의 어느 지점에서 우리가 탐지했던 약간 불평을 하는 듯한 목소리를 고려할 때, 아마도 그의 가족 가운데 한 사람과 나누었을 그 대화는 한 시민으로서 또 관리관으로서 그가 보여준 관심에 부응할 만큼 평온하고 교훈적인 것이 아니었으며, 따라서 현재 그가 서둘러 즉흥적 논평을 꾸며낼 만큼 차분한 상태가 아니기 때문에 자신의 부하들에게 먼저 말하라고 권유하여 곤경을 슬쩍 빗겨가고 있다고 생각하는 것이 논리적일 것이다. 사실 그렇게 권유하는 것은 우리가 알다시피 상관 노릇을 하는 현대적인 방법이기도 하다. 자신만의 정보는 없이 순수하게 청취자 자격으로 그곳에 있는 좌익정당 참관인은 예외였지만, 관리관이 그를 뺀 정당 참관인들과 사무원들로부터 들은 말은 그들의 가족이 비에 흠뻑 젖는 것을 좋아하지 않아 하늘이 완전히 개기를 기다린다는 것이었다. 또는 비서의 부인처럼 오후에 투표를 하러 올 생각이라는 것이었다. 아까 문에 갔다 왔던 사무원만 만족스러운 반응을 얻었는지, 자랑할 만한 것이 있는 사람 특유의 득의만만한 표정을 짓고 있었다. 그 표정을 말로 번역하면 이렇게 요약할 수 있다, 집에서 아무도 전화를 받지 않더군요, 그건 다들 지금 여기로 오는 중이라고밖에 달리 해석할 수가 없습니다. 관리관은 자리로 돌아갔고, 다시 기다림이 시작되었다.

거의 한 시간이 지난 뒤 첫 번째 선거인이 도착했다. 사람들의 예상과는 달리 모르는 사람이었다. 앞서 문에 나갔다 왔던 사무원은 몹시 당황했다. 낯선 사람은 물이 뚝뚝 듣는 우산을 투표소 입구에 두고, 물로 번들거리는 비닐 우비와 고무장화는 그대로 걸친 채 탁자로 갔다. 관리관은 입술로 웃음을 그리며 그를 쳐다보았다. 이 선거인, 나이는 꽤 먹었지만 아직 정정한 이 남자는 모든 것이 정상으로 돌아가는 것, 우익정당 참관인이 말했듯이, 이 도시의 선거의 사활적 중요성을 의식한 의무감에 찬 시민들이 천천히 움직여 참을성 있게 줄을 서는 상태로 돌아가는 것을 알리는 신호였기 때문이다. 남자는 신분증과 투표통지서를 관리관에게 내밀었다. 그러자 관리관은 우렁찬, 즐거움이 느껴지는 듯한 목소리로 통지서에 적힌 번호와 그 소유자의 이름을 알렸다. 선거인 명부를 담당하는 사무원들이 명부를 넘기다가 이름과 번호를 찾아내고는 큰 소리로 그것을 되풀이한 뒤 기입란에 그 사람이 투표를 했다는 뜻으로 직선을 그었다. 그러자 남자는 여전히 물을 뚝뚝 떨어뜨리며 투표용지를 움켜쥔 채 기표소로 들어가더니 곧 넷으로 접은 종이를 들고 나와 관리관에게 건네주었다. 관리관은 엄숙하게 그 종이를 투표함에 집어넣었다. 남자는 자신이 제출했던 서류들을 찾아 우산을 들고 떠났다. 두 번째 선거인이 나타나는 데는 10분이 걸렸다. 그러나 그다음부터 듬성듬성하기는 했지만, 낙엽들이 가지에서 천천히 떨어지는 것처럼 투표용지가 투표함으로 떨어졌다. 관리관과 그 동료들이 선거인의 서류를 아무리 오래 정밀 조사해도 줄은 생기지 않았다. 기껏해야 서너 명이 기다리고 있을 뿐이었는데, 서너 명은 아무리 노력을 해도 줄이라는 이름에 값할 만한 것을 절대 만들수가 없으니까. 중도정당 참관인이 말했다, 내 말이 맞지 않았습니까, 기권율이 엄청날 겁니다, 대단할 겁니다, 이렇게 되면 결과에 동의하는 것도 불가능합니다, 유일한 해결책은 선거를 다시 하는 겁니다. 폭풍이 지나갈지도 모르지요, 관리관은 말하더니 손목시계를 보며 기도하듯이 중얼거렸다, 정오가 다 되었는데. 우리가 문에 갔다 왔던 사무원이라고 불러온 남자가 단호한 표정으로 벌떡 일어나더니 관리관에게 말했다, 관리관님께서 허락하신다면, 현재 이곳에 선거인이 한 명도 없으니, 바로 나가서 날씨가 어떤지 보고 오겠습니다. 순식간에 일이 끝났다. 그가 눈 깜박할 사이에 밖에 나갔다 온 것이다. 이번에는 얼굴에 웃음을 머금고 좋은 소식을 가져왔다, 비가 많이 줄었습니다, 거의 안 오는 것이나 마찬가지입니다, 구름도 흩어지기 시작했고요. 투표 사무원과 정당 참관인들은 서로 껴안을 뻔했지만, 그들의 행복은 오래가지 않았다. 선거인들은 여전히 느린 속도로 단조롭게 물이 똑똑 떨어지듯이 한 사람이 오고, 이어 한참 있다가 또 하나 사람이 왔다. 문에 갔다 왔던 사무원의 부인, 어머니, 숙모가 왔다. 우익정당 참관인의 형이 왔다. 관리관의 장모도 왔다. 장모는 투표 과정을 전혀 존중하지 않는 모습으로 풀 죽은 사위에게 자기 딸은 오후 늦게나 올 거라고 말하더니 잔인하게 한마디 덧붙였다, 어쩌면 영화를 보러 갈지도 모르겠다더군. 부관리관의 부모가 왔다. 투표소에서 일하는 사람 누구의 가족도 아닌 사람들도 왔다. 그들은 따분한 표정으로 들어와 따분한 표정으로 나갔다. 우익정당의 정치가 두 명이 오자 그제야 분위기가 약간 밝아졌다. 몇 분 뒤에는 중도정당의 정치가도 한 명 왔다. 그러자 마법이라도 부린 듯 텔레비전 카메라가 갑자기 나타나 잠시 촬영을 하더니 또 갑자기 사라져버렸다. 한 기자가 질문을 해도 좋으냐고 물었다, 투표는 어떻게 되어갑니까. 관리관이 대답했다, 최상이라고 하기는 힘들지요, 하지만 날씨가 바뀌는 것 같으니 이곳을 찾는 선거인들이 분명히 늘어날 것입니다. 도시의 다른 투표소에서 받은 인상으로는 이번에 기권율이 아주 높을 것 같던데요, 기자가 말했다. 글쎄요, 나는 그보다는 낙관적으로 보고 싶군요, 기후가 선거 과정에 미치는 영향에 관하여 그것보다는 긍정적인 관점을 택하고 싶다는 거지요, 오후에 비만 오지 않으면 오늘 아침에 폭풍이 우리에게서 훔쳐갔던 것을 곧 메울 수 있을 겁니다. 기자는 만족한 표정으로 떠났다. 멋진 표현이었다. 자신의 기사의 부제로 쓸 수도 있을 것 같았다. 배를 채울 때가 되었기 때문에 선거 관리자들과 정당 참관인들은 그 자리에서 번갈아 식사를 하는 식으로 문제를 해결했다. 눈 하나는 선거인 명부에 돌리고, 다른 하나는 샌드위치에 돌리는 방법을 택한 것이다.

비가 그쳤다. 그러나 관리관이 시민으로서 품었던 희망을 투표함이 만족스럽게 실현해줄 기미는 전혀 보이지 않았다. 투표함의 표는 이제 간신히 바닥을 덮을 정도였다. 참석한 사람들 모두가 똑같은 생각을 하고 있었다. 지금까지의 상황으로만 보아서는 선거가 끔찍한 정치적 실패라는 것이었다. 시간이 흐르고 있었다. 탑의 시계가 3시 반을 알렸을 때 비서의 부인이 투표를 하러 왔다. 남편과 아내는 신중하게 웃음을 교환했지만, 뭐라고 딱 꼬집어 말할 수 없는 공모의 느낌도 살짝 풍겼다. 그러자 관리관은 속에서 불편한 경련이 일어나는 듯했다. 어쩌면 질투로 인한 통증일지도 몰랐다. 자신은 누구하고도 그런 웃음을 교환할 수 없을 것임을 알았기 때문이다. 30분 뒤 시계를 흘끗 보며 마누라가 결국 공연장으로 가버렸나 궁금해할 때도 그의 몸 어딘가가 여전히 아팠다. 온다 하더라도 마지막 순간에 가서야 나타날 거야, 관리관은 생각했다. 운명을 물리치는 방법은 많지만 대부분은 쓸모가 없다. 관리관이 쓰고 있는 이 방법, 즉 최선의 일이 일어날 것이라는 희망을 품으면서도 머리로는 억지로 최악을 생각하는 것은 가장 흔한 방법이며, 더 깊이 생각을 해봄직도 하다고 할 수 있다. 그러나 이 경우는 다르다. 우리는 의심할 수 없는 어떤 정보제공자로부터 관리관의 부인이 실제로 영화를 보러 갔으며, 적어도 지금까지는 투표를 할지 말지 아직 마음을 정하지 못했다는 이야기를 들어 알고 있기 때문이다. 그러나 다행히도 흔히 말하는 균형이라는 것이 있다. 이것은 우주가 제 갈 길을 가게 하고 행성들이 제 궤도를 돌게 해주는 것으로, 한쪽에서 뭔가를 가져가면 다른 쪽에서 다른 뭔가로, 대체로 대등한 뭔가로, 똑같은 질을 가진 뭔가로, 가능하다면 똑같은 크기를 가진 뭔가로 대체가 이루어지며, 그래서 불공평한 대접에 대한 불평이 그렇게 많지 않다는 것이다. 그렇지 않고서야 오후 4시, 그러니까 늦지도 이르지도 않은 시간, 물고기도 새도 아닌 시간에, 그때까지 집 안에 조용히 죽치면서 명랑하게 선거를 무시해버릴 것 같던 선거인들이 거리로 쏟아져 나오기 시작한 것을 달리 어떻게 설명할 수 있겠는가. 대부분의 선거인들은 자력으로 나왔지만, 어떤 선거인들은 소방수나 자원봉사자들의 지원을 받아서 나왔다. 그들이 사는 곳에 아직 물이 빠지지 않아 건너갈 수가 없었기 때문이다. 그들 모두가, 정말이지 건강한 사람과 병든 사람을 막론하고 그들 모두가, 건강한 사람은 걷고 병든 사람은 휠체어나, 들것이나, 구급차의 힘을 빌려 곧바로 해당 투표소로 향했다. 마치 바다로 흘러가는 길 외에 다른 길은 모르는 강들 같았다. 어쩌면 회의주의

자들이나 단순히 의심이 많은 사람들, 어떤 이익이 생기는 기적만 믿을 준비가 되어 있는 그런 사람들에게는 현재의 상황이 위에서 말한 균형과는 아무런 관계가 없는 것으로 비칠지도 모르겠다. 즉 앞서 말한 관리관의 부인이 투표를 할 것이냐 말 것이냐 하는 문제는 우주적 관점에서 보자면 너무나 하찮은 문제라서, 지구의 많은 도시들 가운데 한 곳에서 나이나 사회적 조건에 관계없이 수많은 사람들이 갑자기 정치적 또는 이념적 차이에 관하여 사전에 합의를 하지도 않고 마침내 투표를 하러 집을 나서겠다고 결정을 내리게 하는 방식으로 보완해줄 필요는 없는 일로 보일지도 모르겠다는 것이다. 그러나 그렇게 주장하는 사람들은 우주에 그 나름의 법칙들, 인류의 모순된 꿈이나 욕망에 무관심한 법칙들, 우리가 서툴게 이름을 붙인 것 말고는 기여한 것이 전혀 없는 법칙들이 있을 뿐 아니라, 어느 모로 보나 우주는 이 법칙들을 우리가 이해할 수 없는 또 앞으로도 이해하지 못할 목표에 사용한다는 것을 잊고 있다. 아직 다 끝난 것은 아니지만 어쨌든 이 투표함이 현재 얻지 못한 것, 그러니까 기분이 언짢은 것으로 보이는 관리관 부인의 표와 지금 움직이는 수많은 사람들의 파도 사이의 엄청난 불균형, 이 불균형을 지금 당장은 가장 기본적인 분배 정의의 맥락에서 받아들이기 어렵다 해도, 우리는 성급하게 어떤 결정적인 판단을 내리지 말고, 신중하게, 아무런 질문 없이 주의 깊게, 사태가, 이제 막 시작된 사태가 어떻게 전개되는지 지켜볼 필요가 있다. 그러나 직업적인 열정과 뉴스에 대한 달랠 수 없는 갈증에 사로잡힌 신문, 라디오, 텔레비전 기자들은 그 반대의 일을 하고 있다. 그들은 이리저리 뛰어다니며 녹음기와 마이크를 사람들 얼굴에 들이대고 묻는다, 왜 4시에 집을 나와 투표를 하러 나섰습니까, 모두가 똑같은 시간에 거리로 나왔다는 것이 이상하다고 생각되지 않습니까. 그러나 그런 느닷없는 호전적인 질문에 대한 답은 고작 이런 것들이었다, 그냥 우연히 그 시간에 투표를 하러 가야겠다는 마음을 먹게 되었습니다. 자유로운 시민으로서 우리 마음대로 오갈 수 있는 것 아닙니까, 누구한테도 그 이유를 설명할 필요가 없지요. 이런 멍청한 질문을 하라고 얼마를 줍디까. 내가 몇 시에 집을 나서든 말든 무슨 상관이오. 나한테 그 질문에 답을 하라고 강요하는 법이 있소. 미안하오만 나는 변호사가 있을 때에만 이야기를 하겠소. 예의 바른 사람들도 있었다. 그들은 위에 나온 예들과는 달리 신랄한 질책이 빠진 답을 했지만, 그들 역시 기자들의 모든 것을 집어삼킬 듯한 호기심을 만족시켜주지는 못했다. 그들은 그냥 어깨를 으쓱하며 말했다, 이것 보시오, 나도 댁이 하는 일을 무척 존경하고 또 댁이 조그만 거라 해도 어쨌든 좋은 뉴스를 내보내도록 돕고 싶소, 하지만 안타깝게도 내가 할 수 있는 말은 시계를 보았더니 4시이기에 가족한테, 좋아, 가자, 지금 안 하면 못한다 하고 말했다는 것뿐이오. 왜 지금이 아니면 못합니까. 그게 웃기는 거요, 보시다시피 말이 그냥 그렇게 나와버렸소. 생각을 해주십시오, 머리를 짜내주세요. 아니, 그럴 가치가 없는 일이오, 다른 사람한테 물어보시오, 다른 사람들은 알지도 모르니까. 하지만 이미 쉰 명한테 물어봤습니다. 그랬더니. 아무도 답을 못하더군요. 그랬겠지. 그런데 수천 명이나 되는 사람들이 똑같은 시간에 집을 나와 투표를 하러 갔다는 게 이상하다는 생각이 들지 않습니까. 물론 우연의 일치지, 하지만 뭐 그렇게 이상할 건 없는데. 왜 이상하지가 않지요. 아, 그건 잘 모르겠소. 다양한 텔레비전 프로그램에서 선거 과정을 지켜보던 논평자들은 자신의 분석의 근거가 될 확고한 사실들이 부족한 상태에서도 교육받은 사람들다운 추측을 내놓느라 바빴다. 그들은 새들의 비행과 노래로부터 신들의 뜻을 추론해내기도 하고, 동물 희생이 불법이 되는 바람에 꿈틀거리는 내장을 보면서 크로노스(그리스어로 시간이라는 뜻-옮긴이)와 운명의 비밀을 판독하지 못하는 것을 아쉬워하기도 했다. 이 논평자들은 우울한 투표율 전망 때문에 빠져들었던 무기력 상태에서 갑자기 깨어나, 틀림없이 우연의 일치를 토론하며 시간을 낭비하는 것이 자신들의 교육적 사명에 맞지 않는 일로 여겼기 때문이겠지만, 이리들처럼 훌륭한 시민 정신의 멋진 예에 달려들었다. 민주주의의 역사에서 유례가 없는 규모의 기권이라는 유령이 정권만이 아니라 체제 자체의 안정까지 심각하게 위협하는 지경에 이르자 수도의 주민이 무더기로 투표소에 나타나전 국민을 위한 모범을 보이고 있다는 이야기였다. 내무부에서 발표한 성명은 그 정도까지 나아가지는 않았지만, 정부가 느낀 안도감이 줄마다 느껴졌다. 선거에 참여한 세 정당, 그러니까 우익정당, 중도정당, 좌익정당은 먼저 예기치 않게 선거인들이 밀려오는 사태의 이해득실을 빨리 계산해본 뒤 환영 성명을 발표했다. 이 성명에서 그들은 문체상의 세세한 차이가 있기는 했지만 민주주의를 찬양해야 한다고 단언했다. 대통령은 궁에서 총리는 관저에서 모두 국기를 뒤의 벽에 펼쳐놓은 채 쉼표 정도의 차이는 있지만 각각 비슷한 말로 입장을 표명했다. 투표소마다 선거인은 삼열종대로 늘어서 블록을 돌아 눈이 닿는 곳까지 뻗어 있었다.

도시의 다른 모든 관리관들과 마찬가지로 제14투표소의 관리관도 자신이 역사의 특별한 순간을 살고 있다는 사실을 아주 잘 알았다. 내무부는 그날 밤 늦게 투표 시한을 두 시간 연장했다가, 투표소 내에 들어찬 선거인들이 모두 투표권을 행사할 수 있도록 30분 더 연장을 해야 했다. 마침내 투표소 사무원과 정당 참관인들은 지치고 배가 고픈 몸으로 투표함 두 개에서 쏟아낸 산더미 같은 투표용지 앞에 섰다. 두 번째 투표함은 내무부에 긴급하게 요청해 받아온 것이었다. 사무원과 참관인들은 그들 앞에 놓인 엄청난 과제 앞에서 우리가 망설임 없이 서사시적이거나 영웅적이라고 묘사할 수밖에 없는 감정으로 몸을 떨었다. 마치 나라가 숭배하는 귀신들이 다시 생명을 얻어 투표용지로 나타난 것 같았다. 그 많은 투표용지들 가운데 하나는 관리관의 부인 것이었다. 그녀는 이상한 충동에 이끌려 공연장에서 뛰쳐나와 달팽이처럼 느리게 전진하는 줄 속에 끼어 몇 시간을 보냈다. 그녀가 마침내 남편과 얼굴을 마주하게 되었을 때, 남편이 자신의 이름을 부르는 것을 들었을 때, 그녀는 가슴속에서 예전의 행복의 그림자 같은 것을 느꼈다. 그저 그림자에 불과했지만, 그렇다 해도 그것 때문에라도 거기에 오길 잘했다고 느꼈다. 개표가 끝난 것은 자정이 지나서였다. 그러나 유효표 숫자는 25퍼센트에 미치지 못했다. 우익정당이 13퍼센트로 1위를 했으며, 중도정당이 9퍼센트, 좌익정당이 2.5퍼센트였다. 무효표나 기권은 거의 없었다. 나머지 표, 그러니까 전체 표의 70퍼센트 이상이 모두 백지였다.

혼란과 망연자실, 또 조롱과 경멸의 분위기가 북에서 남까지 전국을 휩쓸었다. 나쁜 날씨 때문에 가끔 지연된 것 외에는 아무런 사건이나 동요 없이 선거를 치렀던 지방에서는 평균과 거의 다름없는 결과가 나왔다. 제대로 표를 찍은 사람 숫자도 평소와 비슷했고, 고질적인 기권자 숫자도 비슷했고, 무효표나 백지투표는 거의 없었다. 수도가 가장 순수한 공적 선거 정신의 모범으로서 전국에 중앙의 우월성을 과시하는 바람에 평소 모욕감을 느끼던 지방의회들은 이제 따귀를 맞은 것을 돌려주며, 자신들이 나라의 수도에 산다는 이유만으로 뭐나 되는 것처럼 생각하던 그 신사와 숙녀들의 어리석은 허세를 마음껏 비웃어줄 수 있었다. 그 신사와 숙녀들이라는 말, 입술을 비틀어 모든 철자까지는 아니라 해도 모든 음절마다 경멸을 뿜어내며 발음하던 그 말은 오후 4시까지 집에 있다가 어떤 저항할 수 없는 명령이라도 받은 것처럼 갑자기 투표를 하러 몰려나온 사람들이 아니라, 너무 일찍 깃발을 내건 정부, 마치 추수하러 나선 사람들이 포도밭에 달려들듯이 백지표에 달려들었던 정당들, 마치 자신들은 그런 재앙의 발생에 적극적인 역할을 하지 않았던 것처럼 조금 전까지만 해도 카피톨리누스 언덕에서 갈채를 보내다가 아무런 부담 없이 타르페이아의 벼랑(카피톨리누스 언덕에 있는 벼랑으로 고대 로마에서 국사범을 밀어 떨어뜨려 처형한 곳-옮긴이)에서 사람들을 던지는 쪽으로 옮겨간 신문과 다른 매체를 향한 것이었다.

지방에서 조롱을 하는 사람들이 어느 정도는 옳았다. 그러나 자신들이 생각하는 것만큼 옳지는 않았다. 폭탄을 찾아가는 화약 자국처럼 수도를 가로지르는 정치적 동요 밑에서는 말로 표현하기를 꺼리는 불안이 감지되었다. 그러니까 동료들끼리, 가까운 친구들끼리, 정당원과 당 기구 사이에, 정부 내에서 토론을 할 때가 아니면 잘 이야기하지 않는다는 뜻이다. 다시 선거를 하면 어떻게 될까, 이것이 모두가 잠자는 용을 깨우지 않으려고 조용히, 일부러 소리 죽여 묻는 질문이다. 용의 갈비뼈 사이에 창을 꽂는 일을 피하면서 그냥 현 상태를 유지하는 것, 아무 일도 없었던 것처럼 우익정당이 지배하는 정부와 우익정당이 지배하는 시의회를 그냥 유지하는 것이 최선이라고 생각하는 사람들도 있다. 예를 들어 정부가 수도에 비상사태를 선포한다는 것이다. 그러면 헌법이 보장하는 모든 것이 중단될 것이다, 한참 뒤 먼지가 가라앉아 이 비극적인 사건이 머나먼 과거의 사건들 목록에 들어가면 그때 새로운 선거를 준비하면 된다, 엄숙한 맹세와 공약을 쏟아내면서 신중하게 계획된 선거운동부터 시작한다, 동시에 어떤 대가를 치르더라도, 작은 불법이든 큰 불법이든 너무 마음 졸이지 말고, 이런 문제의 유명한 전문가가 이미 가혹하게 사회정치적 기형이라고 부른 현상이 되풀이될 가능성을 막도록 노력한다는 것이다. 물론 완전히 다른 관점에서 보는 사람들도 있다. 그들은 이의를 제기한다, 법은 신성한 것이다, 법에 적힌 것은 그 과정에서 누가 다치건 관계없이 복종해야 한다, 속임수의 길로 나아가 탁자 밑 거래라는 지름길을 택하면 우리는 곧장 혼돈에 빠지고 양심은 설 곳이 없게 될 것이다. 간단히 말해서 만일 법이 천재지변의 경우에 선거를 여드레 뒤에 다시 치르라고 규정하면, 여드레 뒤에, 그러니까 돌아오는 일요일에 다시 치러야 하고, 신의 뜻이 이루어지기를 기도해야 한다는 것이다. 바로 그래서 신이 있는 것이니까. 그러나 한 가지 주목해야 할 점은 정당은 동시에 모든 사람의 비위를 맞추려고 하기 때문에 자신의 견해를 표명할 때 지나치게 많은 위험을 무릅쓰려 하지 않는다는 것이다. 그들은 네라고 하면서 동시에 아니요라고 한다. 정권을 쥐고 시의회까지 지배하는 우익정당 지도자들은 이 틀림없는 카드가 그들에게 승리를 은쟁반에 담아 가져다줄 것이라고 가정하여, 외교적이고도 차분한 태도를 보여주는 전술을 채택했다. 정부의 의무는 법이 존중되는 사회를 만드는 것이며, 그들은 모든 것을 정부의 판단에 맡기겠다는 것이다. 그것이 우리나라처럼 민주주의가 오래 지속되어온 나라에서는 유일하게 논리적이고 자연스러운 일 아니겠습니까, 그들은 그렇게 결론을 내린다. 중도정당 지도자들역시 법이 준수되기를 바라지만, 정부에게 한 가지 요구를 한다. 물론 자기들도 불가능하다는 것은 뻔히 알고 있다. 즉 다음 선거가 반드시 정상적으로 치러지고, 그래서 반드시 정상적인 결과를 낳을 수 있도록 엄격한 조치를 강구하고 시행하라는 것이다. 그들은 주장한다, 그래야만 이 도시가 이 나라와전 세계에 창피스러운 구경거리가 되는 일이 다시 되풀이되지않을 것입니다. 좌익정당은 최고 지도자들을 모두 모아 오래토론을 한 끝에 다가오는 선거에서는 발전과 사회적 진보의새로운 시대가 도래하는 데 필요한 정치적 조건이 형성되기를바란다는 확고하고 간절한 희망을 표명했다. 물론 새 선거에서 승리하여 시의회를 장악하고 싶다는 말은 하지 않았지만,감추어진 뜻은 바로 그런 것이다. 그날 밤 총리는 텔레비전에나가 국민에게 현행법에 따라 지방자치체 선거를 다가오는 일요일에 다시 실시하며, 단 나흘로 끝나는 선거운동 기간은 그날 밤 자정에 시작하여 금요일 자정에 끝이 날 것이라고 발표했다. 총리는 엄숙한 얼굴로 목에 잔뜩 힘을 주고, 정부는 수도의 주민이 다시 투표를 하러 나섰을 때 그들이 과거에 늘 보여주었던 위엄과 예의로 시민의 의무를 이행할 것이며, 그래서 이 안타까운 사태를 무효로 만들 것으로 확신한다고 덧붙였다. 이 사태 동안 평소와 달리 도시 선거인의 냉철한 판단이 갑자기 흐려지고 왜곡되었는데, 아직 그 원인이 분명하게 밝혀지지는 않았지만 이미 조사가 상당히 진행되었다는 말도 덧붙였다. 대통령의 메시지는 금요일 밤에 선거운동이 끝날 때에야 공개될 예정이지만, 맨 마지막 말은 이미 골라두었다, 친애하는 동포 여러분, 이번 일요일은 날씨가 좋을 것입니다.

실제로 날씨가 좋았다. 영감을 받은 텔레비전 리포터의 말을 빌리면, 세상을 보호하는 듯한 하늘은 광채를 발하고, 황금빛 해는 수정 같은 파란색을 배경으로 타올랐다. 선거인들은 아침 일찍부터 집을 나서 각자의 투표소로 움직이기 시작했다. 일주일 전처럼 눈먼 덩어리를 이루어간 것이 아니라, 각자 혼자서 출발했다. 워낙 양심적으로 부지런히 움직였기 때문에 투표소 문이 열리기도 전에 투표할 차례를 기다리는 시민들이 길고 긴 줄을 이루었다. 그러나 이렇게 모여드는 사람들 모두가 순수하고 정직한 것은 아니었다. 도시의 여러 곳에 늘어선 마흔 개 이상의 줄마다 꼭 한 명 이상의 첩자가 끼어 있었기 때문이다. 그들의 임무는 줄을 선 사람들의 말에 귀를 기울이고 녹음을 하는 것이었다. 경찰은 예를 들어 병원 대기실에서 흔히 그러듯이, 오래 기다리다 보면 사람들은 조만간 입이 근질근질하여 실수로라도 자신의 은밀한 의도를 드러낼 것이라고 확신했다. 첩자들 다수는 전문가이며, 비밀정보부 소속이다. 그러나 자원자들도 있다. 이들은 애국심은 있지만 첩보에는 아마추어인 사람들로, 스스로 서명한 선서 진술서에서도 말했듯이 아무런 보답 없이 봉사를 하고 싶어 돕겠다고 나선 것이다. 그러나 아주 많은 사람들은 그저 누군가를 고발할 수 있다는 병적인 즐거움에 이끌려 나오기도 했다. 우리가 별 생각 없이 인간 본성이라고 부르며 살아온 것의 유전자 암호는 디옥시리보핵산, 즉 DNA의 유기적 나선구조로 환원될 수 없다. 인간 본성에 관해서는 할 말이 많고, 그것도 우리에게 해줄 이야기가 많다. 인간 본성이란 비유적으로 말해서 상보적(相補的) 나선으로, 우리는 아직 그 유치원 단계의 문도 열고 들어가보지 못했다. 다양한 학파 출신의 다양한 능력을 갖춘 심리학자와 정신분석가들이 빗장을 뽑으려고 손톱이 부러져라 노력했음에도 아직 그 문은 열리지 않은 것이다. 현재 또는 미래에 그 가치가 어떠하든 우리가 이런 과학적 고려 때문에 오늘날의 혼란스러운 현실, 예를 들어 우리가 방금 본 현실을 잊을 수는 없다. 줄 속에서 첩자들이 태연한 표정으로 사람들이 말하는 것에 귀를 기울이고 은밀히 녹음을 할 뿐 아니라, 수상한 자동차들도 줄을 지나 조용히 미끄러지고 있기 때문이다. 이들은 주차할 곳을 찾는 것처럼 보이지만, 그 안에는 우리 눈에 보이지 않는 고해상도 비디오카메라와 예술의 경지에 이른 마이크가 갖추어져 있어, 각기 서로 다른 생각을 하고 있다고 믿는 사람들의 다양한 중얼거림에 감추어져 있는 감정들을 화면에 투사할 수 있다. 말이 녹음이 되고, 그 뒤에 감추어진 감정도 녹화가 된다. 아무도 안전하지 않다. 그러나 투표소 문이 열리고 줄이 움직이기 시작할 때까지 녹음기는 의미 없는 말들만 포착했을 뿐이다. 아침의 아름다움이나 쾌적한 기온 또는 급히 해치운 식사에 관한 진부하기 짝이 없는 이야기들만 있을 뿐이다. 물론 아이들 어머니가 투표를 하러 나왔을 때 아이들은 어떻게 하느냐 하는 중요한 문제에 관한 짧은 대화도 있었다. 지금은 애들 아버지가 봐주고 있죠, 우리는 번갈아 투표를 할 거예요, 내가 먼저, 그다음에는 바깥양반이, 우리도 물론 함께 투표를 하고 오고 싶었지만, 그건 불가능한 일이죠, 흔히 하는 말대로, 고칠 수 없는 건 견뎌야죠 뭐. 우리는 막내를 아이 누나한테 맡겼다우, 딸은 아직 투표할 나이가 안 되었거든요, 그래요, 이이가 내 남편이에요. 만나서 반갑습니다. 만나서 반가워요. 아침 날씨가 좋네요, 안 그렇습니까. 일부러 이런 날씨를 준비라도 해놓은 것 같네요. 글쎄, 언젠가는 이렇게 될 수밖에 없었던 것 같아. 아침 산들바람에 안테나를 까닥거리며 지나갔다가 다시 다가오는 하얀 차, 파란 차, 녹색 차, 빨간 차, 검은 차에 탑재된 마이크는 높은 감도에도 불구하고, 이런 순수한, 평범한 표현의 거죽 밑에서 뚜렷하게 의심스러운 것을 포착하지는 못했다. 어쨌든 그냥 흘려들으면 그런 것 같았다. 하지만 마지막 두 마디, 누군가 아침의 좋은 날씨를 일부러 준비했다는 이야기, 그리고 특히 두 번째, 언젠가는 이렇게 될 수밖에 없었다는 말에 뭔가 특별한 것이 있음을 알아채는 데는 굳이 의심으로 박사가 되거나 불신으로 학위를 딸 필요가 없었다. 어쩌면 본인도 몰랐을, 어쩌면 무의식적으로 나왔을 모호한 말들이었지만, 바로 그런 이유 때문에 잠재적으로 훨씬 더 위험할 수 있었다. 따라서 그 말을 한 목소리의 성조(聲調), 무엇보다도 그 말이 만들어낸 주파수를 자세히 분석해볼 가치가 있었다. 그러니까 하부 성조를 분석해보자는 것이다. 최근의 이론을 따른다면 중요한 것은 이 하부 성조다. 이것을 파악하지 못하면 모든 구두 담화의 이해는 불가피하게 불충분하고, 불완전하고, 제한적일 수밖에 없다. 우연히 그 자리에 있었던 첩자는 그의 모든 동료와 마찬가지로 그런 경우에 해야 할 일의 정확한 지침을 받았다. 절대 용의자와 멀어지면 안 된다. 투표자들의 줄에서 용의자와 서너 사람 떨어진 곳에 자리를 잡아라. 감추고 있는 녹음기의 감도가 좋기는 하지만 만일의 경우를 대비하여 감독관이 그 선거인의 이름과 번호를 부를 때 그것을 기억해두어라. 그런 다음 뭔가 잊은 것처럼 슬며시 줄에서 빠져나와 거리로 가서 본부에 전화로 상황을 보고하고, 그런 뒤에 다시 사냥터로 돌아가 줄의 다른 곳에 자리를 잡아라. 엄격하게 말해서 이런 활동을 과녁 사격 연습에 비유할 수는 없겠지만, 그들이 여기에서 바라는 것은 우연, 운명, 행운, 뭐라고 부르든 간에 어쨌든 그런 것이 과녁을 탄환 앞에 갖다 놓아주는 것이다.

시간이 흐르면서 작전본부로 정보가 비 오듯 쏟아지지만, 거기 담긴 선거인의 의도가 분명하게, 논란의 여지없이 드러난 것은 없었다. 그 정보들이란 대개 바로 위에서 묘사한 종류의 말들이었다. 그러나 유난히 의심스러워 보이는 말, 예를 들어, 글쎄, 언젠가는 이렇게 될 수밖에 없었던 것 같아, 하는 말도 원래의 맥락에 다시 갖다놓으면 그 종잡을 수 없을 것 같은 느낌이 많이 사라진다. 그것은 최근에 이혼을 한 남자가 다른 남자와 나누는 대화 속에서 나온 말이다. 그들은 옆에 있는 사람들의 호기심을 자극하지 않으려고 이혼이라는 말 자체를 입에 올리지는 않지만 그런 식으로 대화를 마무리했다. 약간의 적의, 약간의 체념, 이혼한 남자의 가슴으로부터 새어나오는 떨리는 한숨이 섞인 그런 말로 말이다. 이 말을 들었을 때 예민한 첩자, 물론 예민함이야말로 첩자의 최고 자질이라고 가정하고 하는 말이지만, 예민한 첩자라면 분명히 그것이 체념의 말이라고 결론을 내렸을 것이다. 그러나 현장에 있었던 첩자는 이런 체념이 주목할 가치가 없다고 생각했을 수도 있다. 녹음기가 그런 체념을 포착하지 못했을 수도 있다. 그러나 이런 것은 단순히 인간의 실수나 기술의 오류 탓으로 돌릴 수 있다. 이것은 언뜻 충격적으로 느껴질지 몰라도, 인간이 어떤 존재인지 알고 또 기계의 본질을 모르지 않는 훌륭한 판사라면 마땅히 참작을 할 것이다. 이 사건과 관련된 문서에서 피고에게 죄가 없음을 보여주는 증거를 전혀 찾아볼 수 없다 하더라도, 그렇게 참작하는 것이 훌륭하고 정당한 일이다. 만일 이 무고한 남자가 내일 심문을 받는다면, 그에게 일어날 수도 있는 일을 생각하는 것만으로도 몸이 떨린다. 당신과 함께 있던 사람에게, 글쎄, 언젠가는 이렇게 될 수밖에 없었던 것 같아, 하고 말했다는 사실을 인정하겠소. 네, 인정합니다. 자, 신중하게 생각해보고 나서 대답하시오, 그 말을 할 때 무슨 이야기를 하는 중이었소. 집사람하고 헤어진 일을 이야기하고 있었습니다. 별거요, 이혼이오. 이혼입니다. 그래, 이혼하니 기분이 어땠소, 또 지금은 어떻소. 반은 화가 나고, 반은 체념하고 그럽니다. 화나는 게 더 크오, 아니면 체념하는 게 더 크오. 체념하는 게 더 큰 것 같은데요. 그럴 경우에는 한숨을 쉬는 게 자연스러울 거라고 생각하지 않소, 특히 친구하고 이야기를 하는 상황에서라면. 글쎄요, 한숨을 쉬었을지도 모르겠는데요, 사실 기억이 잘 안 납니다. 그래, 우리는 당신이 한숨을 쉬지 않았다는 걸 알고 있소. 그걸 어떻게 압니까, 거기 있지도 않았으면서. 우리가 거기 없었다고 누가 그래. 어쩌면 내 친구는 내가 한숨을 쉰 걸 기억할지도 모릅니다, 그 친구한테 물어보십시오. 당신 그 친구를 별로 좋아하지 않는가 보군. 무슨 말이죠. 그 친구를 불러 온갖 고초를 겪게 하겠다는 거잖아 지금. 아, 그건 원치 않습니다. 좋소. 이제 가도 됩니까. 물론 안 되지, 그렇게 서두르지 마쇼, 아직 우리가 물어본 질문에 대답도 안 했으면서. 무슨 질문 말입니까. 당신 친구한테 그런 이야기를 할 때 정말로 무슨 생각을 하고 있었느냐는 거요. 이미 말했잖습니까. 다른 대답을 해보시오, 아까 건 소용없으니까. 그게 내가 할 수 있는 유일한 대답입니다, 그게 사실이니까요. 그거야 당신 생각이고. 참, 없는 사실을 지어내란 얘긴지. 그래, 지어내시오, 우리가 인내심을 갖고 시간을 들여 몇 가지 기술을 제대로 구사했을 때 나올 수 있는 답만 나온다면 우리는 아무래도 좋소, 어차피 그런 기술을 구사하면 당신은 우리가 듣고 싶은 이야기를 하게 될 거요. 그럼 그 답이 무엇인지 말해주십시오, 그걸 이야기하고 끝내버리죠 뭐. 아, 그건 안 되지, 그럼 재미가 하나도 없는걸, 당신은 우리가 뭐라고 생각하는 거요, 이보쇼, 우리도 과학의 존엄성을 존중해야 하고 직업적 양심도 지켜야 한단 말이오, 상관들한테 우리가 월급 값을 하고 밥값을 한다는 걸 보여주는 건 아주 중요한 일이오. 미안합니다만 도통 무슨 말씀이신지. 뭐 서둘 것 없소.

거리와 투표소에 나와 있는 선거인들의 유난히 차분한 분위기가 행정부와 당사에 있는 사람들의 마음에도 그대로 반영되는 것은 아니었다. 그들이 가장 걱정하는 문제는 이번에는 기권율이 얼마나 되느냐 하는 것이다. 마치 거기에 이 나라가 지금까지 일주일 넘게 허우적거렸던 골치 아픈 사회적, 정치적 상황에서 벗어날 길이 있는 것 같았다. 기권율이 상당히 높다 해도, 심지어 이전 선거들에서 기록된 최고치를 넘는다 해도, 너무 높지만 않으면 세상이 정상으로 복귀했음을 알리는 신호일 터였다. 투표의 의미를 느끼지 못하고 끈질기게 불참하는 바람에 오히려 눈에 띄는 선거인들, 좋은 날씨를 한껏 활용하여 가족과 함께 해변이나 시골로 가서 하루를 보내는 쪽을 선택하는 선거인들, 오로지 대책 없는 게으름 때문에 그냥 집에 있는 선거인들이 있다는 것이야 누구나 뻔히 알고 있는 것 아닌가. 어쨌든 직전 선거 때만큼 투표소 바깥으로 몰려든 군중 때문에 기권율이 극히 낮을지도 모른다, 어쩌면 아예 없을지도 모른다는 전망이 나왔다. 그럼에도 당국을 혼란스럽게 하는 것, 그들을 거의 미치게 만드는 것은 선거인들이 극소수의 예외를 제외하면 투표 내용을 묻는 출구조사에 완강한 침묵으로만 대응한다는 점이었다. 이건 단지 통계를 위한 겁니다, 신분을 밝힐 필요도 없습니다, 이름도 말씀하지 않으셔도 됩니다. 그렇게까지 이야기를 했지만, 불신에 찬 선거인을 설득할 수는 없었다. 일주일 전에는 그래도 기자들이 답은 얻어낼 수 있었다. 물론 답이라고 해봐야 짜증과 조롱과 경멸이 섞인 목소리로 투덜대는 것뿐으로, 사실 아무 이야기도 안 하는 것이나 다를 바 없었다. 그래도 말은 오고 갔다. 한쪽에서 질문을 하면 다른 쪽에서 대답하는 척이라도 했던 것이다. 이런 단단한 침묵의 벽과는 완전히 달랐던 것이다. 이 벽은 모두가 공유하는 비밀, 모두가 지키기로 맹세한 비밀을 둘러싸고 세워진 것 같았다. 서로 알지 못하는 사람들, 똑같은 생각을 하지 않는 사람들, 서로 다른 사회 계급이나 계층에 속한 사람들 수천 명이 이런 행동의 일치를 보인다는 것은 많은 사람들에게 불가능하다고까지는 할 수 없어도 놀라워 보이는 일이었다. 간단히 말해서 정치적으로 우든 중도든 좌든, 또 어느 쪽도 아니든 관계없이 개표를 하기 전에는 다 입을 다물기로, 나중에 가서야 비밀을 드러내기로 결심을 했다는 것이다. 이것이 내무 장관이 자신의 말이 옳기를 바라면서 총리에게 하고 싶었던 이야기였고, 이것이 총리가 서둘러 대통령에게 전한 이야기였다. 대통령은 나이도 더 많고, 경험도 더 많고, 신경도 더 질기기 때문에, 간단히 말해서 인생을 더 많이 보았기 때문에, 그냥 빈정거리며 대꾸했다. 그 사람들이 지금은 이야기할 생각이 없다면서, 왜 나중에는 말을 한다는 건지 그럴 듯한 이유를 하나만 대보시오. 나라의 최고 중재자가 이렇게 찬 물을 한 양동이 퍼부었음에도 총리나 내무부장관이 모든 희망을 버리고 절망에 사로잡히지 않았던 유일한 이유는 그들에게 잠시라도 달리 붙잡을 것이 없었다는 것이다. 내무부장관은 투개표 과정에서 어떤 불법적인 일이 일어날 것을 우려하여, 물론 이런 우려는 전혀 근거 없는 것으로 확인되었지만, 어쨌든 모든 투표소에 사복 경찰관을 두 명씩 배치하라고 명령했다. 그 두 명은 서로 다른 경찰서에서 파견하고, 두 경찰관 모두에게 개표를 감독할 권한을 주었다. 또 두 경찰관은 자신의 동료를 감시하는 임무도 부여받았다. 혹시나 그들 사이에 어떤 공모, 명예로운 정치적 공모이건 아니면 자잘한 반역 행위의 시장에서 이루어진 거래이건, 그런 공모가 이루어질 것을 걱정했기 때문이다. 이런 식으로 첩자와 감시자에, 녹음기와 비디오카메라까지 갖추었으니 그들은 모든 것을 통제한다고 자신할 만도 했다. 선거 과정의 순수성을 더럽힐 수 있는 모든 유해한 개입으로부터 안전한 것 같았다. 이제 게임은 끝났으니 그들에게 남은 일은 팔짱을 끼고 투표함의 최종 평결을 기다리는 것뿐이었다. 제14투표소의 관리관, 그러니까 우리가 그곳의 헌신적인 시민들에 대한 경의의 표시로 흔쾌하게 장 하나를 바쳐, 심지어 일부 구성원들의 개인적인 문제들까지 기록했던 그 투표소의 관리관을 비롯하여 제1투표소에서 제13투표소에 이르기까지, 제15투표소에서 제44투표소에 이르기까지 다른 모든 투표소의 관리관들이 마침내 그들에게 탁자 역할을 하던 길게 늘어선 작업대들 위에 표를 쏟자, 도시 전역에서 눈사태가 맹렬하게 우르릉거리는 소리가 들렸다. 이 것은 곧 뒤따를 정치적 지진의 전조였다. 가정에서, 카페에서, 선술집과 술집에서, 텔레비전이나 라디오가 있는 모든 공공장 소에서 수도의 거주자들은 개표의 최종 결과를 기다렸다. 어 떤 사람들은 차분했고, 어떤 사람들은 약간 흥분했다. 그러나 아무리 가깝고 소중한 사람에게라도 자신이 어떻게 투표했는 지 털어놓은 사람은 없었다. 아무리 가까운 친구 사이라도 이 문제에 관해서는 입을 다물었다. 심지어 수다스럽기 짝이 없 는 사람들도 말을 잊은 것 같았다. 마침내 그날 밤 10시에 총 리가 텔레비전에 나왔다. 얼굴이 일그러진 것 같았다. 눈 밑에 는 시커먼 반원이 자리 잡고 있었다. 일주일 내내 잠을 못 이 룬 결과였다. 건강한 빛을 내뿜도록 분장을 했지만 그 밑은 창 백했다. 총리는 손에 쪽지를 들고 나왔지만 그것을 보고 읽지 는 않았다. 말의 실마리를 놓치지 않으려고 이따금씩 흘끔거 릴 뿐이었다. 친애하는 시민 여러분, 오늘 우리나라 수도에서 실시된 선거 결과는 다음과 같습니다, 우익정당 8퍼센트, 중 도정당 8퍼센트, 좌익정당 1퍼센트, 기권 없음, 무효표 없음, 백지투표 83퍼센트. 총리는 말을 끊고 옆에 있던 잔으로 물 을 한 모금 마시더니 말을 이어갔다, 우리는 오늘의 투표가 지 난 일요일에 드러난 경향의 확인인 동시에 악화임을 알기 때문에, 이 곤혹스러운 결과의 모든 원인을 진지하게 조사할 필요가 있다는 데 만장일치로 합의했습니다. 그러나 정부는 대통령 각하와 논의한 끝에 현 정부의 정통성에 문제가 제기된 것은 아니라고 판단했습니다. 방금 실시된 선거는 지방선거에 불과하기 때문입니다. 정부는 오히려 자신의 절박하고 긴급한 의무가 지난 7일간의 비정상적 사태를 심도 있게 조사하는 것이라고 믿습니다. 사실 우리 모두가 이 사태에 경악한 증인인 동시에 대담한 참여자이기도 합니다. 이런 말을 하게 되어 몹시 안타깝지만, 우리의 개인적이고 집단적인 생활의 민주적이고 정상적인 상태에 잔혹한 타격을 준 이 백지투표는 하늘에서 떨어진 것도 아니고 땅에서 솟은 것도 아닙니다. 이 백지투표는 이 도시의 100명의 선거인당 83명의 호주머니에서 나온 것입니다. 그들은 그 비애국적인 손으로 백지를 투표함에 넣었습니다. 총리는 다시 물을 마셨다. 갑자기 목이 말랐기 때문에 이번에는 아까보다 물이 더 절실하게 필요했다. 그러나 아직 이 잘못을 교정할 시간이 있습니다. 그렇다고 선거를 또 하자는 것은 아닙니다. 그것은 현재 상황을 고려할 때 쓸모없을 뿐 아니라 역효과를 낼 수도 있습니다. 따라서 재선거를 하자는 게 아니라 양심을 엄격하게 살피자는 것입니다. 나는 이 공적인 단상에서 수도의 모든 거주자에게 그것을 촉구합니다. 어떤 사람들은 자신의 머리 위까지 다가온 무시무시한 위협으로부터 자신을 보호하기 위해 그렇게 해야 합니다. 또 어떤 사람들은 그 의도가 유죄든 무죄든, 다른 사람에 의해 끌려들어간 악에 등을 돌리기 위해 그렇게 해야 합니다. 그렇지 않을 경우 비상사태하에서 예견되는 제재의 직접적인 대상이 될 것을 각오해야 합니다. 정부는 대통령 각하에게 비상사태 선포를 요청할 것이기 때문입니다. 물론 국회와 먼저 협의를 할 것이며, 임시국회는 내일 열릴 예정입니다. 우리는 국회로부터 만장일치로 승인을 얻을 것이라고 예상하고 있습니다. 총리의 목소리가 바뀌었다. 두 팔도 약간 벌리고, 두 손은 어깨 높이까지 들어올렸다. 중앙 정부는 사랑하는 아버지처럼, 곧고 좁은 길로부터 벗어난 수도의 주민에게 돌아온 탕자의 우화에서 배워야 할 숭고한 교훈을 일깨워줄 수 있다고 믿습니다. 정부는 그들에게 진정으로 뉘우치고 완전히 회개하면 용서 못할 잘못이 없다고 말합니다. 이것은 이 나라의 나머지 국민들, 찬사를 보낼 만한 시민 정신으로 선거인의 의무를 올바르게 이행한 모든 국민의 우애 어린 의지를 대변한 말이기도 합니다. 총리는 화려한 말로 끝을 맺었다. 여러분의 조국의 명예를 드높이십시오, 조국의 눈이 여러분을 주시하고 있습니다. 그러자 북소리와 나팔 소리가 울려퍼졌다. 그러나 케케묵은 민족주의적 수사들을 보관한 다락방에서 발굴한 그 말은 전혀 진심이 느껴지지 않는 그다음 말, 그럼 안녕히 주무십시오, 하는 말 때문에 효과가 망쳐지고 말았다. 사실 이것이야말로 평범한 말의 위대한 점이니, 그런 말은 기만이 불가능한 것이다.

우익정당, 중도정당, 심지어 좌익정당 출신의 선거인들까지 읍내, 집, 술집, 선술집, 카페, 식당, 결사체, 정당 본부에 모여 총리의 연설을 두고 열띤 토론을 벌였다. 당연한 일이지만 다양한 관점에서 여러 가지 방법으로 토론이 이루어졌다. 총리의 연기에 가장 만족한 사람들, 연기라는 잔인한 표현은 서술자가 아니라 그들이 사용한 것인데, 어쨌든 그렇게 만족한 사람들은 우익정당 사람들이었다. 그들은 다 안다는 표정으로 눈을 찡긋거리며 그들의 지도자의 탁월한 기술을 칭찬했다. 그것은 종종 당근과 채찍이라는 약간 묘한 말로 묘사되는 것이다. 이 방법은 옛날에는 주로 나귀와 노새에게 적용되었지만, 근대에 들어서는 인간에게도 사용되었고 또 꽤나 성공을 거두었다. 그러나 어떤 사람들, 허세를 부리고 허풍을 떨기를 좋아하는 사람들은 총리가 비상사태 선포가 임박했음을 알린 그 지점에서 연설을 마쳤어야 한다고 생각했다. 그 뒤에 한 말은 모두 불필요하다는 것이고, 대중에게는 몽둥이가 약이라는 것이었다. 어정쩡한 방법으로는 아무런 성과도 거둘 수 없어, 적에게 절대 잠시라도 여유를 주지 말아야지, 그 비슷한 노골적인 이야기들이 튀어나왔다. 그들의 동료들은 그렇지 않다고, 그들의 지도자가 정신이 온전한 게 틀림없다고 주장했다. 그러나 늘 순진한 이 평화주의자들은 비타협적 동료들의 난폭한 반응이 사실은 전술적인 행동이라는 사실을 모르고 있었다. 그 행동의 목적은 당원들의 전투적 분위기를 팽팽하게 유지하는 것이었다. 만사에 대비하라, 그것이 슬로건 아니었던가. 중도정당 사람들은 제1야당의 구성원들로서 총리의 연설의 골자에는 동의했다. 즉 책임자를 가려내 범인 또는 음

모자들을 처벌하는 것이 시급히 필요한 일이라는 데는 동의
했다는 것이다. 그러나 비상사태 선포는 전혀 어울리지 않는
일이라고 생각했다. 도대체 비상사태가 얼마나 오래 지속될지
알 수 없는 데다가, 자신의 권리를 행사한 죄밖에 없는 사람들
의 권리를 빼앗는다는 것이 터무니없고 말도 안 되는 짓이었
기 때문이다. 시민들이 헌법재판소에 이 문제를 들고 가면 어
떻게 되는 거지, 그들은 궁금했다. 진정으로 지혜롭고 애국적
인 일은 모든 정당 대표자들로 구성되는 구국내각을 구성하
는 거야, 그들은 덧붙였다, 만일 이것이 진짜로 집단적 위기라
면 계엄 선포로는 그것을 해결할 수 없기 때문이지, 우익정당
은 심연으로 뛰어든 거야, 거기에서 익사할 가능성이 높아. 좌
익정당 당원들은 자신들이 연립내각의 일부로 참여할 가능
성을 비웃었다. 그들이 정말로 관심을 갖는 일은 자신의 득표
율의 처참한 하락을 합리화해줄 선거 결과 해석을 내놓는 것
이었다. 그들의 득표율은 지난 선거에서는 5퍼센트였는데, 이
번 선거 1차 투표에서는 2.5퍼센트, 그리고 이번에는 비참하게
도 1퍼센트에 그쳤으니, 앞날이 암담할 뿐이었다. 그들의 분석
은 백지투표가 국가 안보나 체제의 안정을 목표로 한 것이라
고 생각할 객관적 이유가 없으므로 거기에 표현된 변화의 욕
망은 좌익정당 강령에 포함된 진보적 제안들의 실현을 바라
는 것으로 읽어야 한다는, 그 이상도 이하도 아니라는 내용의
성명을 준비하는 데서 절정에 이르렀다.

　총리가 연설을 마치자마자 텔레비전을 끄는 사람들도 있었

다. 그들은 잠자리에 들기 전에 둘러앉아 자신들의 생활을 이야기했다. 이런저런 문건을 찢고 태우며 저녁 나머지 시간을 보낸 사람들도 있었다. 그들은 음모자들이 아니라, 그냥 두려움에 떠는 사람들이었다.

병역을 마친 적도 없는 민간인 국방부장관에게 비상사태 선포는 맥주 한 모금에 불과했다. 그는 전부터 제대로 된 순수한 계엄을 원했다. 말 그대로의 계엄. 페스트와 탈저가 아직 건강한 곳으로 퍼지기 전에, 국방부장관은 그렇게 표현했다, 소요의 원천을 격리해 단 한 방의 압도적 반격으로 분쇄해버릴 수 있는 움직이는 벽 같은 계엄. 단단하고, 무자비한 계엄. 총리도 상황이 극히 심각하며, 조국의 대의민주제 기반 자체가 야비한 공격을 받았다는 것을 인정했다. 그러나 국방부장관은 다른 식으로 생각하고 싶었다, 나 같으면 체제를 겨냥해 수중 폭탄을 터뜨린 것에 비유를 하고 싶습니다만. 그렇다고도 할 수 있겠지, 하지만 내 생각에는, 대통령도 이 점에는 동의하시지만, 현 상황의 위험성을 간과하지 않으면서도 필요할 때마다 수단이나 목표를 다양하게 바꾸어가며 행동할 수 있으려면, 군대를 거리로 내보내고, 공항을 폐쇄하고 도시 밖으로 나가는 도로를 차단하는 것보다 더 신중하고 겉으로 잘 드러나지 않으면서도 더 효과적인 방법부터 시작하는 것이 더 나을 것 같소. 대체 그 방법이 뭡니까, 국방부장관이 조금도 짜증을 감추려 하지 않고 물었다. 장관이 모를 만한 것은 없소, 사실 군도 그 나름의 첩보 체계를 갖추고 있지 않소. 우리 쪽 체계는 방첩이라고 부르지요. 그게 그거 아니오. 아, 무슨 말씀을 하시려는지 알겠습니다. 좋소, 나도 장관이 알아들을 줄 알았소, 총리는 그렇게 말하면서 내무부장관 쪽으로 고갯짓을 했다. 내무부장관이 입을 열었다, 실제적인 작전상의 세부 사항은 말씀드리지 않겠습니다, 뭐 이해하시겠지만 그건 일급기밀이라고 할 수는 없어도 보안 사항이니까요, 어쨌든 우리 부서에서 작성한 계획의 핵심은 뭉뚱그려 말하자면 특별 훈련을 받은 요원들을 주민 가운데 폭넓게 체계적으로 침투시키는 겁니다, 그렇게 하면 현재 발생한 사태의 원인을 밝혀내고 악을 알의 수준에서부터(ad ovo, 처음부터라는 뜻의 라틴어-옮긴이) 파괴하는 데 필요한 조치를 취하는 데 도움이 될 겁니다. 알부터라고 하셨지만, 내가 보기에는 그게 이미 부화된 것 같은데요, 법무부장관이 말했다. 말이 그렇다는 거지요, 내무부장관이 약간 짜증을 내며 대꾸하더니 말을 이어나갔다, 여기 각료회의 자리에 모이신 여러분에게 완전하고 충분한 자신감을 갖고 말씀드리거니와, 아, 완전한 거나 충분한 거나 그게 그거네요, 미안합니다, 어쨌든 제 명령을 따르는 첩보국, 아니, 제가 책임지는 부서의 지휘를 받는 첩보국은 현재 발생한 사태의 진짜 뿌리가 해외에 있을 가능성을 배제하지 않습니다, 그러니까 이게 거대한 음모, 세계를 불안하게 만들려는 음모라는 빙산의 일각일 수도 있다는 거지요, 물론 보나마나 무정부주의자들 짓이겠지만, 도대체 왜 우리나라를 첫 번째 모르모트로 택했는지는 잘 모르겠습니다. 그건 좀 이상한데요, 문화부장관이 말했다, 내 지식으로 볼 때 무정부주의자들은 이론적인 영역에서도 이런 성격, 이런 규모의 행동을 하자고 제안한 적이 없거든요. 국방부장관이 빈정거리는 말투로 말을 받았다, 그거야 장관님 지식이 장관님 할아버지가 살던 목가적 세계에서 나온 것이기 때문이지요, 이상하게 들릴지 모르지만, 그때 이후로 아주 많은 게 변했소, 물론 니힐리즘이 피를 별로 보지 않는 서정적인 형태를 띠던 시절도 있었지요, 하지만 오늘날 우리가 직면하고 있는 것은 테러, 불순물이 섞이지 않은 순수한 테러요, 얼굴과 표정은 다를지 몰라도, 본질에서는 똑같은 것이지요. 그런 황당한 주장과 그런 편의적인 유추는 조심하셔야 합니다, 법무부장관이 말했다, 투표함에서 백지가 몇 장 나왔다고 해서 그것을 테러, 그것도 불순물이 섞이지 않은 순수한 테러라고 부르는 것은 터무니없다고까지는 할 수 없어도 상당히 위험해 보입니다. 백지 몇 장, 백지 몇 장, 국방부장관이 침만 튀길 뿐 말을 제대로 하지 못하다가 간신히 말을 이어나갔다, 어떻게, 정말 알고 싶어서 하는 얘긴데,

100표마다 83표씩 나온 걸 어떻게 백지 몇 장이라고 부를 수가 있소, 우리가 이해해야만 하는 것, 우리가 알아야만 하는 것은 그 백지 한 장 한 장이 비열하게 수면 밑에서 공격을 하는 어뢰와 같다는 거요. 무정부주의에 관한 내 지식이 낡은 것일 수도 있지요, 나도 그건 부정하지 않습니다, 문화부장관이 말했다, 하지만 내가 아는 한, 물론 나는 나 자신이 해상 전투 전문가라고 생각하지도 않지만, 어뢰란 늘 수면 밑에서 공격을 하지요. 어뢰에게는 다른 선택의 여지가 없습니다, 그렇게 하라고 만들었기 때문이지요. 내무부장관이 갑자기 벌떡 일어났다. 자신의 동료인 국방부장관을 그런 조롱하는 말로부터 방어하려는 것인지도 몰랐다. 이 회의에서 분명하게 드러난 정치적 공감의 부재를 비난하려는 것인지도 몰랐다. 그러나 총리가 손으로 탁자를 세게 내리쳐 침묵을 요구했다, 문화부장관과 국방부장관은 지금 학문적 토론에 열을 올리시나 본데, 그건 다른 데 가서 하시오, 여러분에게 분명히 말해두고 싶은 게 있소, 그것은 우리가 이 방, 심지어 의회보다도 민주주의의 힘과 권위를 더 훌륭하게 대표하는 이 방에 모인 것은 이 나라를 수백 년래의 가장 심각한 위기로부터 구할 결정을 내리기 위해서라는 점이오, 우리는 까다로운 도전에 직면해 있소, 이런 엄청난 과제에 직면한 마당에 이런 허튼소리, 해석을 둘러싼 말다툼이나 하는 것은 있을 수 없는 일이오, 그것은 우리의 책무를 감당하는 태도가 아니오. 정적이 흘렀다. 감히 아무도 그의 말을 끊으려 하지 않았다. 총리가 말을 이어갔다. 일단 국방부장관에게 한 가지 분명히 해두고 싶소, 이 위기에 대처하는 첫 단계에서 대통령이 내무부의 관련 실무진이 작성한 계획을 선택하셨다 해서 계엄을 선포할 가능성을 완전히 배제한다는 뜻은 아니라는 거요, 절대 그럴 수 없소, 모든 것은 사태가 어떤 방향으로 흘러가느냐, 수도의 주민이 어떤 반응을 보이느냐, 다른 지방에서 어떤 반응을 보이느냐에 달려 있소, 그리고 늘 예측할 수 없는 야당, 그러니까 좌익정당의 행동도 변수가 되오, 그들은 이제 잃을 것이 없기 때문에 자신들에게 남은 얼마 안 되는 것을 가지고 모험을 하는 것도 망설이지 않을 거요. 아, 1퍼센트밖에 표를 얻지 못하는 정당에 관해서는 별 걱정을 할 필요가 없다고 봅니다, 내무부장관이 말하며 경멸하는 표정으로 어깨를 으쓱했다. 장관, 그쪽 성명은 읽어봤소. 물론 읽어봤지요, 정치적 성명을 읽는 것이 내 일의 한 부분, 내 의무의 하나이기도 하니까요, 물론 음식을 먹기 좋게 먼저 좀 씹어달라고 돈을 주고 시키는 사람들도 있습니다만, 나는 구식이라 놔서, 늘 내 머리만 믿지요, 설사 틀렸다 해도 말입니다. 장관이란 결국 총리의 보좌관이라는 사실을 잊고 있군 그래. 그런 보좌관이 되는 것이야말로 영광이지요, 총리님, 여기서 차이, 아주 큰 차이는 우리가 총리님께 당장이라도 소화가 될 수 있는 음식을 갖다 드린다는 것이지요. 다 좋소만, 이제 요리니 소화니 하는 이야기는 그만하고 좌익정당의 성명 문제로 돌아갑시다, 의견을 이야기해보시오, 그걸 보고 무슨 생각을 하셨소. 못 이길 것 같으면 합세해라, 하는 옛날 말을 조악하고 순진하게 바꾸어 표현한 것에 불과하지요. 그걸 현재의 경우에 적용해본다면. 현재의 경우에 적용해본다면, 총리님, 만일 그것들이 네 표가 아니라면 네 표처럼 보이게 하려고 노력해라, 이렇게 말할 수 있겠지요. 그렇다 해도 경계를 늦추지 않는 게 좋겠소, 그 자들의 그 작은 계략이 주민 가운데 왼쪽으로 기운 층에게는 효과가 있을지도 모르니까. 법무부장관이 말을 받았다, 지금으로서는 그게 어떤 층인지 알 수 없지만, 내가 보기에 우리가 솔직하게 터놓고 직시하지 못하는 것은 그 83퍼센트의 대다수가 원래는 우리의 표거나 중도정당의 표라는 사실입니다, 우리는 왜 그들이 그렇게 백지를 던졌는지 자문해보아야 합니다, 좌익정당이 지혜로운 주장을 내놓든 순진한 주장을 내놓든 그게 문제가 아니라, 바로 이것이 사태의 핵심입니다. 총리가 대꾸했다, 그래, 가만히 생각해보니 우리의 전술도 좌익정당이 사용하는 전술과 별로 다를 게 없군, 표의 대부분이 너의 것이 아니라면 네 적의 것도 아닌 것처럼 보이게 해라, 하는 것이니까. 탁자 한 구석에서 교통통신부장관이 큰 소리로 말했다, 뭐 우리 모두가 똑같은 술책을 쓰고 있는 거지요. 우리가 처한 상황을 정리하는 말치고는 좀 경박하기는 하구려, 어쨌든 내가 지금 하는 말은 순수하게 정치적 관점에서 한 것이지만, 그렇다고 전혀 말이 안 되는 것도 아니라는 점을 잊지 마시오, 총리는 그런 말로 토론을 끝맺었다.

신속한 비상사태 선포는 섭리가 가르쳐준 솔로몬의 판결처럼 고르디우스 왕의 매듭을 단칼에 잘라버렸다. 언론, 특히 신문은 첫 번째 선거에서 불행한 결과가 나온 이후 상당히 솜씨 있게 또 섬세하게 이 매듭을 풀어보려고 했다. 두 번째 결과 뒤에는 더 극적인 방식으로 풀어보려고도 했다. 물론 그들은 자신들의 노력이 지나치게 많은 관심을 끌지 않도록 늘 조심했다. 신문들은 일단 사설과 특별히 청탁한 외부 기고를 통해 시민적인 분노를 앞세우며 유권자들의 예상치 못한 무책임한 행동을 비난했다. 어떻게 보면 이렇게 하는 것이 그들의 기본적이고도 명백한 의무이기도 했다. 그들은 유권자들이 어떤 이상하고 위험스러운 도착 상태에 사로잡혀 나라 전체의 이익이라는 더 높은 수준의 대의에 눈을 감아버림으로써 공적 생활을 전례 없이 복잡하게 만들어버렸다고, 아무리 밝은 빛을 비추어도 빠져나갈 길이 보이지 않는 어두운 골목길에 몰아넣었다고 질타했다. 그러나 신문은 자신이 사용하는 모든 말의 무게를 달고 길이를 재고, 받아들이는 사람들의 입장을 고려할 수밖에 없었다. 말하자면 2보 전진에 1보 후퇴를 해야 했다. 그래야 오랜 세월에 걸쳐 신문과 완벽한 조화를 이루며 열렬한 독자층을 형성해온 사람들이 갑자기 자신을 반역자와 미치광이 취급하고 나선 신문에 등 돌리는 일을 막을 수 있었기 때문이다. 그러다가 비상사태가 선포되자 정부는 그와 관련된 권한을 행사하여 펜 끝 하나로 모든 헌법적 보장 장치들을 중단해버릴 수 있게 되었으며, 그 덕분에 신문은 불편한 부담도 덜었다. 편집자와 관리자의 머리 위에 맴돌던 위협적인 그림자가 사라져버린 것이다. 표현과 소통의 자유가 엄격하게 규제되고, 검열이 늘 편집자의 어깨 너머를 기웃거리자, 그들은 외려 최고의 구실과 가장 완벽한 합리화의 근거를 얻었다. 그들은 이렇게 말한다, 우리도 정말이지 비합리적인 개입과 참을 수 없는 제약에서 벗어나 존경하는 독자들에게 소식과 의견에 있는 그대로 접근할 기회를 제공하고 싶으며, 그것은 독자들의 권리이기도 하다, 특히 우리가 현재 살고 있는 이런 극도로 예민한 시대에는 더욱 그렇다, 그러나 상황을 보라, 저널리즘이라는 명예로운 직업에 종사해본 사람만이 거의 24시간 감시를 당하며 일한다는 것이 얼마나 고통스러운 일인지 알 것이다, 그리고 사실 말이지, 현재 벌어지고 있는 일에 가장 큰 책임을 져야 할 사람들은 지방의 선거인이 아니라 수도의 선거인들이다, 그러나 안타깝게도, 설상가상으로, 우리의 호소에도 불구하고, 정부는 수도에는 검열판을 내보내고 나머지 지역에는 비검열판을 내보내는 것을 허락해주지 않는다, 바로 어제만 해도 고위층 한 사람은 우리에게 제대로 된 검열은 해와 같다는 말을 했다, 그러니까 해가 뜨면 해는 모두에게 비춘다는 것이다, 이것은 우리에게 새로운 일도 아니다, 우리는 세상이 어떻게 돌아가는지 안다, 늘 정의로운 자들이 죄인의 죗값을 대신 치르는 것이다. 그 형식이나 내용에서 이렇게 조심을 했음에도, 신문에 대한 공중의 관심이 급격히 떨어졌다는 사실은 곧 분명하게 드러났다. 이해할 수 있는 일이지만 모든 사람의 비위를 맞추고자 하는 충동에서 어떤 신문들은 남자든 여자든, 함께든 혼자든, 단독으로든 쌍으로든, 가만히 있든 움직이든, 현대의 쾌락의 정원에서 즐겁게 노니는 벌거벗은 몸들로 자신의 지면을 도배하여 독자 이탈 사태와 싸우려 했다. 그러나 아주 작고, 심지어 색깔이나 형태에서 별로 자극적이지 않은 이런 이미지들은 오래전 옛날부터 인간의 리비도 탐험이라는 영역에서 진부하고 흔해빠진 것으로 간주되어왔다. 독자들은 이런 이미지들에 짜증을 내며, 냉담하고, 무관심한 반응을 보였고, 심지어 욕지기까지 해댔다. 그 바람에 인쇄와 판매 부수는 급전직하로 떨어졌다. 약간 구접스럽고 내밀한 것들, 온갖 종류의 추문과 불법 행위를 찾아 폭로하는 것, 이런 식으로 사적인 악덕을 공적인 미덕으로 가장하는 오래된 게임, 사적인 악덕을 공적인 미덕의 지위로 높이는 이 즐거운 회전목마는 최근까지만 해도 결코 구경꾼도, 또 자신을 은근히 과시하고 싶은 후보도 부족한 적이 없었다. 그러나 지금은 이것마저도 돌이킬 수 없이 썰물을 타고 있는 하루하루의 대차대조표에 우호적인 영향을 주지 못했다. 정말이지 도시 주민 다수가 자신의 생활과 자신의 취향과 자신의 스타일을 바꾸기로 결심한 것 같았다. 그들의 큰 잘못은, 이제 그들도 곧 알게 되겠지만, 백지투표를 던졌다는 것이었다. 그들은 정화를 원했으며, 이제 원하던 것을 얻게 될 터였다.

그것이 정부, 특히 내무부의 확고한 관점이었다. 몰래 대중의 마음을 파고들 요원들을 선발하는 과정은 신속하고 능률적이었다. 일부는 비밀정보부에서 뽑았고, 일부는 공적 기관에서 뽑았다. 그들은 자신이 모범 시민임을 증명하려고 선서를 한 뒤에 자신이 투표한 정당의 이름을 공개했으며, 역시 선서를 한 뒤에 주민 다수를 감염시킨 도덕적 전염병에 대한 적극적인 거부감을 표현하는 문서에 서명을 했다. 이 요원들의 첫 번째 활동은 두 번째 투표 동안 첩자들이 모은 엄청난 양의 자료를 추리는 것이었다. 흔히 입에 오르내리는, 모든 악한 것은 인간의 손에서 나온다, 하는 말이 이번에도 입에 오르지 않도록, 모든 요원이 일을 시작하기 전에 남녀 할 것 없이 마치 반을 나누듯이 40명씩 그룹으로 나뉘었으며, 교사들의 지도에 따라 소리와 영상의 전자 기록을 판별하고, 인식하고, 해석하는 훈련을 받았다는 사실은 말해두어야겠다. 그들이 추리는 자료는 투표소 줄에 끼어들어 귀를 기울이던 첩자들, 차를 타고 줄을 지나가며 비디오카메라와 마이크를 휘두르던 첩자들이 수집한 것이었다. 새로 선발된 요원들은 이렇게 정보의 내장을 뒤지는 일부터 시작했으니, 뜨거운 열의와 사냥개 같은 날카로운 후각으로 현장 활동과 작업에 투입되기 전에 닫힌 문 뒤에서 이루어지는 조사의 맛부터 보게 된 셈이었다. 그 조사의 분위기에 관해서는 우리가 몇 페이지 전에 간략하지만 명료한 예를 들 기회가 있었다. 조사실 자료에는 다음과 같은 평범하고 단순한 이야기가 있다, 나는 보통 투표하러 가지 않지만 오늘은 여기 왔어. 과연 귀찮게 여기까지 올 가치가 있었을까. 주전자가 우물에 자주 가다 보면 결국 거기에 손잡이를 놓고 오게 되지, 나는 지난주에도 투표를 했는데, 그날은 집에서 4시에 나올 수밖에 없었어. 이건 복권하고 같아, 나는 언제나 꽝만 뽑거든. 그래도 계속 시도해봐야지. 희망은 소금 같은 거야, 영양분은 안 들어 있지만, 그래도 빵에 맛을 내주거든. 조사실에서는 이런 말이나 다른 수천의 똑같이 해로울 것 없고, 똑같이 중립적이고, 똑같이 순진한 말들을 몇 시간씩 음절별로 분리하여 단순한 부스러기로 만든 다음, 그것을 뒤집어 절구에 넣고 질문이라는 공이로 찧어댔다. 그 주전자 이야기를 다시 설명해보시오. 왜 손잡이가 가는 길이나 오는 길이 아니라 하필이면 우물에서 떨어진 거요. 왜 평소에는 투표를 하지 않으면서, 이번에는 투표를 한 거요. 희망이 소금과 같다고 했는데, 소금을 희망처럼 만들려면 어떻게 해야 한다고 생각하시오. 희망은 녹색이고 소금은 흰색인데 그런 색깔의 차이를 어떻게 해소할 거요. 정말로 투표용지가 복권과 똑같다고 생각하시오. 꽝이란 말은 무슨 뜻으로 사용한 거요. 또 이런 질문들도 가능했다. 어떤 주전자요. 우물에 간 건 목이 말라서요, 아니면 누구를 만나려는 거였소. 주전자 손잡이가 상징하는 게 뭐요. 음식에 소금을 뿌린다는 게 사실은 희망을 뿌리는 거라고 생각하지 않소. 당신 왜 하얀 셔츠를 입고 있소. 말해보시오, 그 주전자라는 게 진짜 주전자였소, 아니면 비유적인 거였소. 그 색깔이 뭐였소, 검은색이었소, 붉은색이었소. 그냥 민짜였소, 아니면 무늬가 있었소. 안에 석영이 들어간 거였소. 어떤 석영인지 아시오. 당신 복권 당첨된 적 있소. 왜 첫 번째 선거에서 비가 2시에 그쳤는데도 4시가 되어서야 집을 나선 거요. 이 사진에서 당신 옆에 있는 여자는 누구요. 당신 둘은 무엇 때문에 웃고 있는 거요. 책임 있는 선거인이라면 투표 같은 중요한 일을 할 때 엄숙하고, 진지하고, 성실한 표정을 지어야 한다고 생각하지 않소, 아니면 민주주의가 웃음거리라도 된다는 거요, 아니면 혹시 울음거리라고 생각하는 거요, 어느 쪽이오, 웃음거리요 아니면 울음거리요. 그주전자 이야기를 다시 해보시오, 왜 손잡이를 다시 본드로 붙일 생각을 하지 않았소, 바로 그런 목적을 위해 특별히 만든 본드도 있던데, 말을 못하는 걸 보니 당신도 손잡이가 없는 것 아니오. 어느 쪽이오. 당신이 살게 된 이 시대가 마음에 드시오, 아니면 다른 시대에 살고 싶소. 다시 소금과 희망 이야기로 돌아갑시다, 당신이 바라는 것이 먹을 만해지려면 얼마나 넣어야 하오. 피곤하시오, 집에 가고 싶소, 나는 바쁠 것 없소, 서두르면 실수하는 법이오, 잘 생각해보고 답을 하지 않으면 그 결과가 참담할 수 있소. 아니, 당신이 헤매는 게 아니오, 바로 그 점을 아직 제대로 이해하지 못하고 있군, 여기에서는 사람들이 자신을 잃고 헤매지 않소, 외려 자신을 찾지. 걱정마시오, 우리는 당신을 협박하는 게 아니오, 당신이 서둘지 않기를 바랄 뿐이오, 그뿐이오. 먹이가 지치고 궁지에 몰린 이지점에서 그들은 운명적인 질문을 하곤 한다. 자, 이제 당신이어떻게 투표를 했는지 말해주었으면 좋겠소, 그러니까 어느당을 찍었느냐 이거요. 이들은 투표소 앞에 늘어선 선거인의줄에서 골라낸 500명의 용의자를 소환하여 심문을 하고 있었다. 그런데 방금 우리가 설득력 있는 예를 제시했듯이, 지향성 마이크와 테이프 녹음기로 포착한 그런 말들에 기초한 고발은 전혀 근거가 없는 것이었으며, 따라서 누구라도 그 500명 가운데 들어갈 수 있었다. 이런 전제에서 논리적으로 보자면, 문제가 되고 있는 통계적 모집단의 상대적 폭을 염두에 둘 때, 작은 오차 정도는 자연스러운 일이겠지만, 어쨌든 그 질문에 대한 답은 개표 결과와 대체로 비례해야 할 터였다. 즉 40명은 당당하게 여당인 우익정당에 투표를 했다고 말하고, 같은 숫자는 약간은 도전하는 듯한 말투로 야당이라고 할 만한 야당, 즉 중도정당에 투표를 했음을 인정하고, 다섯 명, 몰리고 몰려서 더 이상 갈 곳이 없는 다섯 명은 단호하게, 그러나 자신도 고칠 도리가 없는 반골 기질을 사과하는 듯한 말투로, 나는 좌익정당에 투표했소, 하고 말을 해야 했을 것이다. 그리고 나머지, 415명이라는 엄청난 숫자는 통계의 양상 논리에 따라, 나는 백지투표를 했소, 하고 말해야 했을 것이다. 컴퓨터나 계산기라면 허세나 신중함이 없으니, 그런 태도에서 비롯된 모호함도 없어 그렇게 분명한 대답을 했을지도 모른다. 사실 그 융통성 없는 정직한 본성, 컴퓨터와 기계의 본성은 그것만을 유일한 답으로 허용했을 것이다. 그러나 우리는 지금 인간을 다루고 있으며, 인간은 보편적으로 거짓말을 할 수 있는 유일한 동물로 알려져 있다. 인간이 가끔 두려움 때문에 또 가끔 자신의 이익 때문에 거짓말을 한다는 것은 사실이지만, 또 가끔씩은 거짓말이 진실을 방어할 유일한 수단임을 적시에 깨닫는 바람에 거짓말을 하기도 한다. 그래서 내무부의 계획은 겉으로 보기에는 실패를 했다. 처음 몇 분 동안 참모들은 완벽하게 수치스러운 혼란에 빠져들었다. 조사하는 사람들을 모두 고문해도 좋다는 명령이 떨어지지 않는 한 이 예기치 않은 장애물을 넘어갈 방법은 없는 것 같았다. 그러나 모두가 알다시피, 고문 같은 초보적이고 중세적인 방법에 의존하지 않고도 목적을 달성할 만큼 솜씨가 뛰어난 민주적인 우익 국가에서는 고문을 받아들일 수가 없는 것이다. 바로 이런 복잡한 상황에 빠져 있을 때 내무부장관은 정치적 기지와 더불어 전술적이고 전략적인 유연성을 과시했다. 누가 알랴, 이것이 앞으로 나올 더 위대한 것들의 전조일지. 내무부장관은 두 가지 결정을 내렸는데, 이 두 가지가 모두 중요했다. 첫 번째는 나중에 사악하고 마키아벨리적인 것으로 비난을 받게 되는데, 어쨌든 그것은 내무부가 비공식 정부 기관을 통해 매스미디어에 배포하는 공식 자료의 형태로 나타났다. 그 내용은 최근에 자발적으로 당국에 출두하여 정부를 충성스럽게 지원하는 태도로 지난 두 번의 선거에서 드러난 비정상적 요인들에 대한 조사에 어떤 협조도 아끼지 않은 500명의 모범 시민에게 심심한 감사를 표한다는 것이었다. 내무부는 이런 기본적인 사의 표명을 하고 난 뒤, 미리 질문을 예상하여 피심문자 가족들에게 지금 자리에 없는 사랑하는 사람으로부터 소식이 없더라도 놀라거나 걱정하지 말라고 이야기를 했다. 이 미묘한 작전에 빨강/빨강이라는 최고의 보안 수준이 적용되었음을 고려할 때 그런 침묵이야말로 그들의 개인적 안전이 보장된다는 증거라는 이야기였다. 내부에만 회람된 두 번째 결정은 이전에 작성된 계획을 완전히 뒤집어놓은 것이었다. 기억하겠지만, 이전에 작성했던 계획은 대중의 가슴속으로 조사관들을 대량 침투시키는 것이야말로 이 백지투표라는 미스터리, 수수께끼, 제스처 게임, 퍼즐, 뭐라고 부르든 어쨌든 그것을 판독할 수 있는 최고의 수단이라고 전제했다. 그러나 이제부터는 요원들을 수적으로 균등하지 않은 두 집단으로 나누어 일을 맡기기로 했다. 소수 집단은 현장 일을 맡기로 했는데, 솔직히 말해 이곳에서는 이제 별 성과를 기대하지 않았다. 다수 집단은 임의 동행한, 구금했다는 표현을 사용하지 않았다는 점에 유의하라, 500명의 심문을 계속하면서, 그들이 이미 받고 있는 신체적, 심리적 압박의 수위를 높이기로 했다. 속담이 수백 년 동안 가르쳐왔듯이, 손안에 든 새 500마리가 숲에 있는 새 501마리보다 더 귀한 것이다. 이 점은 오래지 않아 확인되었다. 현장, 즉 도시에 있는 요원이 뛰어난 외교적 기술을 구사한 뒤에, 수도 없이 다른 이야기로 벗어나며 눈치를 본 뒤에, 간신히 첫 번째 질문, 누구한테 투표를 했는지 말씀해주시겠습니까, 하는 질문을 했을 때, 그들이 받은 답은 마치 외우기라도 한 것처럼 법에 나온 답과 한 글자도 다르지 않고 똑같았다, 누구도 어떤 구실로도 자신의 투표를 공개하도록 강요받지 아니하며, 이 점과 관련하여 당국으로부터 답변을 강요받지 않습니다. 그러면 요원은 마치 이 문제가 별것 아니라고 생각하는 사람 같은 무관심한 말투로 두 번째 질문을 던졌다, 이거 호기심이 많아 죄송합니다만, 혹시 백지투표를 하셨나요. 그러면 대답하는 사람은 문제를 단순한 학문적 문제로 교묘하게 축소해버렸다, 아니요, 백지투표는 하지 않았습니다, 하지만 설사 했다 해도 그것은 투표용지에 나온 정당들 가운데 한 곳에 투표를 했을 경우나, 총리의 얼굴을 그려 표를 무효로 만들었을 경우와 마찬가지로 법에 저촉되지 않습니다. 백지투표를 던지는 것은 자유로운 권리이며, 법은 그것을 선거인에게 허용할 수밖에 없습니다. 백지투표를 했다는 이유로 박해받으면 안 된다고 분명히 나와 있지요, 하지만 댁의 마음을 편하게 해드리기 위해 다시 말하지만, 나는 백지투표를 한 사람이 아니올시다, 그냥 말이 그렇다는 이야기였습니다, 그저 학문적 가정이었을 뿐이지요, 그뿐입니다. 보통의 경우라면 그런 답을 두세 번 듣는다고 해도 아무 상관이 없을 터였다. 그저 세상에는 이 나라의 법을 잘 알아 그것을 유난히 강조하는 사람이 몇 명 있나 보다 하고 넘겼을 것이다. 그러나 성을 내기는커녕 눈썹 하나 치켜올리지도 못하고 마치 암기한 호칭 기도를 듣는 것처럼 100번, 1,000번 그 이야기를 들어야 한다는 것은 이까다로운 임무를 위해 많은 준비를 했음에도 이제 그것을 완수할 수 없음을 알게 된 사람에게는 인내의 한계를 넘어서는 일이었다. 따라서 선거인의 치밀한 임무 방해 행동에 요원 몇 명이 자제심을 잃고 모욕이나 폭력에 의존한 것도 놀랄 일은 아니다. 그러나 그렇게 싸움이 붙었을 때 멀쩡한 몸으로 돌아오지는 못했다. 그들이 먹이에게 겁을 주지 않으려고 혼자 행동하고 있었다는 점, 또 이른바 우범지대에서는 다른 선거인들이 외지인에게 공격당한 사람을 도와주러 달려드는 일이 드물지 않다는 점을 고려할 때 그 결과는 쉽게 상상이 갈 것이다. 요원들이 작전본부에 보낸 보고는 실망스러울 정도로 내용이 빈약했다. 한 사람도, 단 한 사람도 백지투표를 던졌다는 사실을 인정하지 않았다. 어떤 사람들은 무슨 말인지 이해하지 못하는 척했으며, 어떤 사람들은 가게가 문을 닫기 전에 얼른 가봐야 하니 나중에 시간 여유가 있을 때 다시 이야기하고 했다. 그러나 최악은 아예 못 들은 체해버렸다는 것이었다. 귀머거리 전염병 때문에 방음 장치가 된 캡슐 안에 갇혀버린 것 같았다. 아주 재간이 뛰어난 요원이 종이에 질문을 적어 보여주자 그 건방지고 밉살맞은 놈들은 안경이 망가졌다느니 글자를 알아볼 수 없다느니 하는 말만 했다. 심지어 아주 간단하게 글을 읽을 줄 모른다고 대꾸하기도 했다. 그러나 더 교활한 요원들도 있었다. 그들은 침투라는 말을 진지하게, 문자 그대로 받아들여, 술집을 자주 찾아가, 사람들에게 술을 사주기도 하고, 무일푼의 포커꾼에게 판돈을 빌려주기도 하고, 운동 시합, 그중에서도 사람들이 관중석에서 많이 어울리는 축구나 야구를 구경하러 가 구경꾼들과 이야기를 나누기도 했다. 그러다 축구의 경우 골이 들어가지 않아 무승부가 나면 빼어나게 교활한 솜씨로, 은근슬쩍 다 안다는 표정으로 백지 같은 결과가 나왔다고 슬쩍 말을 건네기도 했다. 어떤 반응이 나오나 보려고. 그러나 정말이지 아무런 반응도 없었다. 그러다 조만간 그 질문을 해야 할 순간이 왔다, 누구한테 투표를 하셨지요. 이거 호기심이 많아 죄송합니다만, 혹시 백지투표를 하셨나요. 그러면 귀에 익은 대답이 독창으로든 합창으로든 되풀이되었다. 내가요, 무슨 말씀을. 우리가요, 무슨 말도 안 되는 소리를. 그런 뒤에 그들은 즉시 몇 항 몇 조까지 들먹이며 법적인 근거를 제시했다. 하도 유창하게 좔좔 외는 바람에 도시의 투표권을 가진 모든 주민이 국내외 투표법을 집중 교육이라도 받은 것 같았다.

며칠이 지나면서 백지라는 말이 갑자기 외설적이거나 무례한 말이라도 된 것처럼 입에 오르지 않게 되었다. 처음에는 감지하기 힘든 정도였지만 곧 누구나 느낄 정도가 되었다. 사람들은 온갖 종류의 방법으로 그 말을 피해가거나 에둘러갔다. 예를 들어 아무것도 적히지 않은 백지는 빈 종이라고 불렀고, 얼굴이 백지장 같다는 표현은 그냥 얼굴이 창백하다고 표현해버렸으며, 액수가 적히지 않은 수표는 백지수표가 아니라 자유수표라고 불렀다. 학생들은 자신이 어떤 문제에 대해 백지상태라는 말을 하지 않았다. 그냥 그 주제에 대해 모른다고 말해버렸다. 가장 흥미로운 사실은 여러 세대에 걸쳐, 부모, 조부모, 숙모, 숙부, 이웃이 어린아이들의 지력과 연역력을 자극하려고 내던 수수께끼가 갑자기 사라져버렸다는 것이다, 나는 채울 수 있지, 내 위에 그릴 수도 있지, 나한테 불을 붙일 수도 있지, 자, 나는 누구일까. 사람들은 순진한 아이들에게서 백지라는 말을 끄집어내는 것이 망설여지자, 이 수수께끼가 세상 경험이 제한된 아이들에게는 너무 어렵다는 말로 없애는 것을 정당화해버렸다. 이렇게 해서 내무부장관의 눈앞에까지 다가왔던 높은 정치적 지위는 태어나지도 못한 채 사라져버리게 된 것 같았다. 내무부장관은 태양에 손이 닿을 정도로 가까이 다가갔지만 수치스럽게도 헬레스폰트 해협에 빠져 죽을 운명인 것 같았다. 그러나 다른 생각이 번개처럼 번쩍이며 밤을 밝힌 덕분에 내무부장관은 다시 위로 솟구치게 되었다. 그러니까 다 잃은 것은 아닌 셈이었다. 장관은 현장에 나간 요원들에게 복귀를 명령했다. 단기계약을 맺은 사람들은 단칼에 해고를 해버렸다. 비밀경찰은 호되게 꾸짖은 다음 일을 시켰다.

도시는 거짓말쟁이라는 흰개미의 소굴이라는 것이 분명해졌다. 장관이 손에 쥔 500명도 입 안의 치아 하나하나로 거짓말을 하는 것이 분명했다. 그러나 이 두 집단 사이에는 한 가지 차이가 있었다. 앞의 집단은 마음대로 집을 들락거리고, 뱀장어처럼 요리조리 피해가며 쉽게 나타났다 사라지고, 나중에 다시 나타났다가 또다시 사라질 수도 있었다. 그러나 두 번째 집단을 다루는 것은 세상에서 제일 쉬운 일이었다. 그냥 내무부 지하실로 내려가기만 하면 되었다. 물론 500명이 다 그곳에 있는 것은 아니었다. 공간이 부족했기 때문에 대부분은 다른 조사부서로 넘겨주었다. 그러나 항시 관찰할 수 있는 50여 명이면 첫 번째 시도를 해보기에는 충분하고도 넘쳤다. 지금까지 일부 회의적인 전문가들은 이 기계의 신뢰성에 의문을 제기했고, 일부 법원은 이 시험에서 얻은 결과를 증거로 인정하지 않았다. 그럼에도 내무부장관은 이 기계가 현재 조사가 처박혀 있는 어두운 터널에서 탈출구를 찾는 데 도움이 될 만한 작은 불꽃이라도 튀겨주기를 바랐다. 이미 충분히 짐작을 했겠지만, 장관의 계획은 거짓말 탐지기라고도 알려진 유명한 박동, 혈압, 발한 기록 장치, 좀 더 과학적인 용어로 표현하면 다양한 심리적이고 생리적인 기능들을 동시에 기록하는 데 사용되는 기계, 또는 좀 더 세부적으로 묘사해 들어가자면, 요오드화칼륨과 풀을 넣은 축축한 종이에 생리적 현상들을 전기적으로 기록하는 도구를 다시 도입하자는 것이었다. 여러 가닥의 전선, 완장, 흡입 패드를 이용해서 기계와 연결해도 환자는 아무런 통증을 느끼지는 않는다. 그냥 진실, 모든 진실, 오로지 진실만 말하면 된다. 그리고 태초로부터 우리 귀에 못이 박히도록 전파되었던 보편적인 주장, 그 낡고 낡은 이야기, 즉 의지로 무슨 일이든 할 수 있다는 이야기만 믿지 않으면 된다. 그런 주장은 이제 금방 반박할 수 있다. 당신이 아무리 당신의 훌륭한 의지를 믿더라도, 지금까지 그 의지가 아무리 완강했다 하더라도, 그것은 꿈틀거리는 근육을 통제할 수 없고, 원치 않는 땀을 멈출 수 없고, 눈이 깜빡이는 것을 막을 수 없고, 호흡을 통제할 수 없다. 결국 그들은 당신이 거짓말을 했다고 말할 것이고, 당신은 그것을 부정할 것이다. 당신은 진실을, 모든 진실을, 오로지 진실만을 말했다고 맹세할 것이다. 그것이 사실일 수도 있다. 당신은 거짓말을 하지 않았을 수도 있다. 그냥 신경이 아주 예민한 사람일 수도 있다. 의지는 강하지만 그래, 그럴 것이다. 그렇다 해도 당신은 아주 가벼운 바람에도 몸을 떠는 갈대에 불과하다. 따라서 그들은 당신을 다시 기계에 연결할 것이고, 그 결과는 더 심각할 것이다. 그들은 당신이 살아 있느냐고 묻고, 당신은 물론 나는 살아 있다고 대답할 것이다. 그러나 당신의 몸은 저항할 것이고, 당신 말을 반박할 것이다. 당신의 턱은 전율하면서, 아니라고, 나는 죽었다고 말할 것이다. 그 말이 맞을지도 모른다. 어쩌면 당신 몸은 그들이 당신을 죽일 것임을 당신보다 먼저 안 것인지도 모른다. 물론 그런 일이 내무부 지하에서 일어날 가능성은 없을 것이다. 이 사람들의 유일한 범죄는 백지투표를 했다는 것뿐이니까. 물론 그들이 일반 용의자에 불과했다면 그렇게 하는 것도 대수롭지 않은 일이었을지 모르지만, 이들은 숫자가 많다. 너무 많다. 거의 전부다. 사실 그것이 당신의 양도할 수 없는 권리든 뭐든, 동종 요법에서 사용할 수 있을 양만큼만 사용된다면 누가 상관을 하겠는가. 한 방울씩만 말이다. 하지만 백지투표가 흘러넘치도록 가득 담긴 주전자를 들고 오는 건 다르지 않은가. 바로 그래서 손잡이가 떨어져나간 것이다. 우리는 늘 그 손잡이에 뭔가 수상쩍은 것이 있다고 생각했다. 많이 담을 수 있는 것이 적게 담고도 만족을 했다면, 그것이야말로 매우 칭찬할 만한 겸손함을 보여주는 것 아닌가. 문제가 생기는 것은 야망을 품을 때다. 당신은 태양까지 날아오를 수 있다고 생각했지만, 결국 다르다넬스 해협(헬레스폰트 해협의 현재 이름–옮긴이)으로 곤두박질친 것이다. 당신은 우리가 내무부장관에 대해서도 똑같은 이야기를 했다는 사실을 기억할 것이다. 그러나 장관은 다른 종족에 속한 사람이다. 사나이답고, 씩씩하고, 턱에 수염이 뻣뻣한 사람이다. 절대 머리를 숙이지 않는 사람이다. 이제 당신이 거짓말의 사냥꾼을 어떻게 피하는지 어디 한번 보자. 당신의 크고 작은 범법 행위들이 요오드화칼륨과 풀을 넣은 종이 띠에 어떤 자취를 남기는지 보자. 당신은 스스로 특별한 사람이라고 생각했겠지. 하지만 그렇게 자랑하는 인간의 지고한 존엄도 이렇게 축축한 종이 한 조각으로 줄어들 수 있는 것이다.

자, 거짓말 탐지기는 뒤로 갔다 앞으로 왔다 하며 우리에게 경우에 따라, 이 사람은 거짓말을 했습니다, 이 사람은 거짓말을 하지 않았습니다, 하고 말해주는 원반이 장착된 기계가 아니다. 만일 그렇다면 유죄를 선고하거나 죄를 사해주는 재판관이 되는 것이야말로 세상에서 가장 쉬운 일일 것이다. 경찰서는 기계 응용 심리학 부서로 대체되고, 변호사는 의뢰인이 없어 셔터를 내리고, 법원은 다른 용도가 발견될 때까지 파리들의 놀이터가 될 것이다. 그러니까 거짓말 탐지기는 인간이 도와주지 않으면 아무런 의미를 전달하지 못하는 기계라는 것이다. 훈련받은 기술자가 옆에 붙어서 종이에 나타나는 선을 해석해야 한다. 그렇다고 이 기술자가 진실의 감정가일 필요는 없다. 그는 눈앞에 있는 것이 무엇인지만 알면 된다. 관찰을 받는 환자에게 질문을 하면 우리가 혁신적으로 알레르고 그라피 반응이라고 부르는 것이 나온다. 더 문학적이기는 하지만 상상력이라는 면에서는 엇비슷한 용어로 하자면 거짓말의 윤곽이 나오는 것이다. 어쨌든 이렇게 해서 뭔가를 얻을 수도 있을 것 같았다. 적어도 최초의 선별은 할 수 있을 터였다. 밀은 이쪽에 가라지는 저쪽에 놓을 수 있을 것이다. 백지투표를 했습니까, 하는 질문에, 아니요, 하고 답변을 했음에도 기계의 반박을 당하지 않아 마침내 자신의 진실을 입증한 사람들에게 자유와 가족 생활을 돌려주고, 유치장을 약간이라도 비우는 것은 가능할 것이다. 나머지 사람들, 선거 과정에서 위반 행위로 인해 죄책감에 양심이 짓눌리는 사람들의 경우에는 예수회 방식의 정신적 침묵이나 선(禪) 방식의 영적인 내적 성찰도 다 소용이 없을 것이다. 그들이 백지투표를 던진 것을 부정하든 아니면 이러저런 정당에 투표를 했다고 주장하든 흠 없고 감정도 없는 거짓말 탐지기가 즉시 허위의 냄새를 맡을 것이기 때문이다. 상황이 우호적일 경우 거짓말 하나 정도는 어떻게 피해나갈 수 있을지 모르지만 둘은 영락없을 것이다. 그러나 내무부장관은 만일을 대비하여 시험 결과가 어떻게 나오든 일단 아무도 석방하지 말라고 명령했다. 그냥 내버려두시오, 인간의 악의는 끝 간 데를 모르는 거니까, 장관은 그렇게 말했다. 사실 그의 말이, 그 가증스러운 자의 말이 맞았다. 모든 사람을 관찰하며 영혼의 떨림을 기록하는 종이에 구불구불 긁적긁적 수십 미터나 선이 그려진 뒤, 늘 똑같은, 늘 동일한 질문과 답변이 수백 번이나 되풀이된 뒤, 한 비밀정보부 요원, 유혹을 받아본 경험이 거의 없는 젊은 청년은 젊고 예쁜 여자가 던진 도전에 갓 태어난 양처럼 순진하게 넘어가고 말았다. 이 마타하리는 거짓말 탐지기로부터 진술이 기만적이고 그릇되었다는 판정을 받더니 이렇게 말했다. 저 기계는 쓸모가 없어요. 쓸모가 없다니, 왜요, 요원이 이런 대화는 자신에게 위임된 과제의 범위를 벗어난다는 사실을 잊고 그렇게 물었다. 모두가 의심을 받는 이런 상황에서는 투표 이야기는 꺼내지도 않고 그냥 백지라는 말만 해도 문제가 생겨요, 설사 조사를 받는 사람이 가장 순수한 사람, 순수의 완벽한 결정체 같은 존재라 해도 그 말은 부정적인 반응, 혼란, 불안을 자극하니까요. 아, 그만하세요, 나는 그렇게 생각하지 않습니다, 요원이 자신 있게 반박했다, 양심이 깨끗한 사람이라면 거짓말 탐지기 검사를 쉽게 통과할 수 있습니다, 진실만 말하면 되니까요. 이보세요, 요원 아저씨, 우리는 로봇도 아니고 말하는 돌도 아니에요, 인간의 모든 진실에는 늘 불안이나 갈등의 요소가 있게 마련이에요, 나는 지금 단순히 삶이 덧없다는 이야기를 하는 게 아니에요, 우리는 떨리는 작은 불꽃이라서 언제 꺼질지 몰라요, 우리는 두려움을 느껴요, 다른 무엇보다도 두려움을 느낀다고요. 그건 틀린 말입니다, 나는 두렵지 않습니다, 나는 어떤 상황에서도 두려움을 극복하도록 훈련을 받았습니다, 게다가 나는 천성적으로 겁쟁이가 아닙니다, 심지어 어렸을 때도 겁쟁이가 아니었습니다, 요원이 대답했다. 그렇다면 실험을 좀 해보는 게 어때요, 여자가 제안했다, 당신이 기계를 몸에 붙이고 내가 질문을 하는 거예요. 미쳤군요, 나는 이곳 책임자가 아닙니다, 게다가 용의자는 당신이지 내가 아니란 말입니다. 그러니까 두렵다는 거로군요. 아뇨, 아닙니다. 그럼 기계를 붙이고 진실한 인간이 어떤 것인지 나한테 보여주세요. 요원은 여자를 보았다. 여자는 웃음을 짓고 있었다. 요원은 기술자를 보았다. 그는 웃음을 참으려고 애쓰고 있었다. 요원이 말했다, 그럼, 좋습니다, 한 번 해본다고 무슨 문제가 생기겠습니까, 실험을 해보지요. 기술자는 전선을 부착하고, 팔에 두르는 띠를 조이고, 흡입 패드를 조정했다. 자 준비됐습니다. 여자는 깊은숨을 들이쉬었다. 여자는 3초 동안 허파에 숨을 간직하고 있다가 다급하게 한마디를 내뱉었다, 백지. 그것은 질문이라기보다는 감탄사였다. 그럼에도 바늘은 움직이고 종이에 흔적이 남았다. 그 뒤에 이어진 정적 속에서도 바늘은 완전히 멈추지 않았다. 계속 움직이면서 아주 작은 자취들을 남겼다. 물에 던진 돌이 만드는 잔물결 같았다. 여자는 묶인 남자가 아니라 바늘을 보고 있었다. 이윽고 여자는 고개를 돌려 남자의 눈을 바라보며 상냥한, 거의 다정하다고 할 수 있는 목소리로 물었다, 자, 말씀해주세요, 백지투표를 하셨나요. 아니요, 안 했습니다, 나는 백지투표를 한 적이 없고, 앞으로도 안 할 겁니다, 남자가 맹렬하게 외쳤다. 바늘들이 빠르게, 가파르게, 힘차게 움직였다. 다시 정적이 흘렀다. 어떻습니까, 요원이 물었다. 기술자는 한참 뜸을 들였다. 요원이 다시 물었다, 어때요, 기계가 뭐랍니까. 기계에는 거짓말을 했다고 나오는데요, 당황한 기술자가 말했다. 말도 안 돼, 요원이 소리 쳤다, 나는 진실을 말했습니다, 백지투표를 하지 않았다고요, 나는 전문적인 비밀정보부 요원입니다, 국가의 이익을 방어하려고 노력하는 애국자고요, 기계가 잘못된 게 틀림없습니다. 힘을 낭비하지 마세요, 자신을 합리화하려고 할 필요 없어요, 여자가 말했다, 나는 댁이 진실을 말했다고 믿어요, 백지투표를 하지도 않았고 앞으로도 하지 않을 것이라고 믿어요, 하지만, 분명히 말하지만, 그게 핵심이 아니에요, 나는 우리가 우리 몸을 완전히 신뢰할 수 없다는 것을 보여주려 했던 것이고, 결국 성공을 거둔 것 같네요. 다 당신 잘못입니다, 당신이 나를 예민하게 만들었습니다. 물론 내 잘못이죠, 유혹녀 하와의 잘못이고 말고요, 하지만 우리에게 저 이상한 기계를 연결시킬 때 아무도 우리한테 지금 예민하냐고 물어보지 않던데요. 당신들은 죄책감 때문에 예민한 겁니다. 그럴 수도 있죠, 하지만 당신 상관한테 가서, 왜 모든 악으로부터 자유로운 댁이 마치 죄를 지은 사람처럼 행동했는지 물어보세요. 더 할 말 없습니다, 요원이 말했다, 방금 그 일은 없었던 일입니다. 요원은 그러더니 기술자를 향해 말했다, 그 종이 주시오, 잊지 마시오, 아무 말도 하면 안 되오, 만일 한마디라도 하면 태어난 것을 후회하게 될 거요. 알겠습니다, 걱정하지 마십시오, 입을 꾹 다물고 있겠습니다. 나도요, 여자가 말했다, 하지만 적어도 장관님한테 이 말은 좀 해주세요, 아무리 빈틈없는 꾀를 내도 소용이 없다고요, 우리는 진실을 말할 때도 계속 거짓말을 하고, 거짓말을 할 때도 계속 진실을 말한다고요, 바로 장관님처럼, 바로 댁처럼 말이에요, 생각해보세요, 내가 댁한테 나하고 같이 자고 싶으냐고 물었다면 댁은 뭐라고 말했겠어요, 저 기계는 뭐라고 말했을까요.

국방부장관이 가장 좋아하는 표현인 체제를 공격하는 어뢰는 그가 잠수함을 타고 역사적 여행을 했던 잊을 수 없는 경험에서 영감을 받은 것이기도 했다. 그는 총 30분 동안 이 여행을 했는데 물론 이 여행은 평온하고 잔잔한 바다에서 이루어졌다. 어쨌든 이 표현이 갑자기 힘을 얻고 관심을 끌기 시작했다. 내무부장관의 계획이 한두 가지 작은 성공을 거두기는 했지만, 이것은 전체적인 상황에 비추어 이렇다 할 의미가 없는 것으로 그 주요한 목적을 달성하는 데는 실패했다는 사실이 드러났기 때문이다. 그 목적이란 도시 주민, 더 정확하게 말해서 백지투표를 던진 타락자, 비행자, 파괴분자들이 자신의 행동이 잘못임을 인정하도록 설득하는 것이었다. 그러면 그들은 새로운 선거라는 형태로 참회할 기회를 달라고 간청할 것이며, 정부가 정한 날 떼로 몰려나와 다시는 잘못을 되풀이하지 않겠다고 맹세하며 투표로 어리석은 죄를 씻을 것이라는 이야기였다. 이런 희생이 물거품이 되었기 때문에 여전히 회의적인 법무부장관과 문화부장관을 제외한 내각 전체가 나사를 더 죄는 것이 긴급하게 필요하다고 판단하게 되었다. 큰 희망을 걸고 비상사태까지 선포했음에도 바라던 방향으로 눈에 띄는 변화가 감지되지 않는 상황이 그런 판단을 뒷받침해 주었다. 사실 이 나라의 국민은 헌법이 부여한 권리의 적절한 이행을 요구하는 건강한 습관이 없었기 때문에, 그 논리적이고 자연스러운 결과로 자신들의 권리가 중단된 것조차 잘 느끼지 못했다. 어쨌든 정부에서는 본격 계엄령 선포 이야기가 나왔다. 그냥 겁만 주는 것이 아니라 통행금지, 공연장과 영화관 폐쇄, 군부대의 상시 도로 순찰, 다섯 명 이상의 집회 금지, 수도 출입 절대 금지 등 갖출 것을 다 갖춘 계엄이었다. 대신 수도 이외의 지역에서 그때까지 시행하던 제한 조치, 물론 수도보다 훨씬 덜 엄격하기는 했지만, 어쨌든 그런 조치들을 모두 해제할 생각이었다. 명백한 차별 대우를 하여 수도가 당하는 수모를 훨씬 더 노골적이고 저주스럽게 만들려는 것이었다. 국방부장관은 말했다, 우리가 그곳 사람들에게 말하고자 하는 것, 그 사람들이 좀 알아들었으면 좋겠지만, 어쨌든 그것은 그 사람들이 신뢰받을 만한 모습을 보여주지 못했으므로 그에 합당한 대우를 받아야 한다는 것입니다. 내무부장관은 자신의 비밀요원들의 실패를 어떻게 해서든 덮어야 했기 때문에 즉각적인 계엄령 선포에 전폭적으로 찬성했다. 그러나 자신에게도 아직 카드가 몇 장 남아 있으므로 게임에서 완전히 빠진 것은 아님을 보여주려고 덧붙였다, 인터폴과 긴밀하게 협력하여 철저한 조사를 한 끝에 국제적인 무정부주의 운동은, 있어 봤자 벽에 농담이나 몇 자 끄적이는 정도지만, 내무부장관은 동료들의 그럴 줄 알았다는 웃음이 터지기를 기다리며 잠깐 말을 끊었다가 자신과 동료들에게 똑같이 흡족함을 느낀 뒤에 말을 마무리했다, 우리가 겪은 선거 보이콧과는 아무런 관계가 없다, 하는 결론에 이르렀습니다, 따라서 이것은 단순히 국내 문제일 뿐입니다. 외무부장관이 말을 받았다, 이런 말을 해서 미안하지만, 단순히라는 말은 적절한 부사라고 생각되지 않는군요, 여러 장관들에게 분명히 말씀드리지만 다른 여러 나라에서는 나에게 여기서 지금 벌어지고 있는 일이 국경을 넘어 현대의 흑사병처럼 퍼질 수도 있다는 우려를 표명했습니다. 백지투표에서 벌어진 일이니 백사병이라고 해야 하지 않겠소, 안 그렇소, 총리가 회유적인 웃음을 지으며 말했다. 외무부장관은 조금도 흔들리지 않고 하던 말을 이어나갔다, 만일 그렇게 될 경우 단순히, 그저 한 나라, 우리나라만이 아니라 전 세계 민주체제의 안정성을 위협하는 어뢰 공격이 시작되었다고 말해도 전혀 틀린 말이 아닐 것입니다. 내무부장관은 최근 사태로 인해 자신이 주요한 국가적 인물의 지위에 올라섰지만 이제 그 자리가 자신의 손아귀에서 빠져나가는 것을 느꼈다. 장관은 그것이 완전히 빠져나가는 것을 막으려고 우선 외무부장관에게 감사를 한 뒤, 큰 아량을 보이며 그가 한 말에 일리가 있음을 인정했다. 그런 뒤에 내무부장관은 자신도 아주 섬세한 기호학적 해석을 할 능력이 있음을 보여주려고 안간힘을 썼다, 우리도 모르는 새에 단어의 의미가 바뀌는 것을 지켜보는 것은 흥미로운 일이지요, 그러는 바람에 우리가 어떤 단어를 과거의 의미와 정반대되는 뜻으로 쓰게 되는 일이 종종 있지요, 그렇다고 해도 어떤 면에서는 과거의 의미가 마치 희미해진 메아리처럼 계속 남는다고도 말할 수 있지요. 문화부장관이 말을 받았다, 그거야 의미 변화의 정상적인 과정이지요. 외무부장관이 물었다, 그런데 그게 백지투표하고 무슨 관계가 있다는 말씀이신지. 아, 백지투표하고는 아무런 관계가 없지만, 계엄령과는 많은 관계가 있지요, 내무부장관이 의기양양하게 말했다. 대체 무슨 말씀이시오, 국방부장관이 말했다. 아주 간단합니다. 장관한테야 간단할지 몰라도 나는 모르겠소. 예를 들어 계엄이라는 게 무슨 뜻일까요, 아, 좋습니다, 순수한 수사의문문이니까요, 답을 기대한 게 아니란 말이지요, 우리 모두 계엄이 어떤 곳을 병력으로 둘러싸서 경계한다는 뜻이라는 것을 압니다, 안 그렇습니까. 그거야 2 더하기 2는 4라는 것과 똑같은 말 아니오. 따라서 계엄을 선포한다는 것은 이 나라의 수도가 적에게 포위되었다, 차단당했다, 둘러싸였다고 말하는 것과 같습니다, 하지만 이 경우에는 적, 그렇게 불러도 좋을까 모르겠습니다만, 어쨌든 그 적이 외부가 아니라 내부에 있지요. 다른 장관들은 서로 얼굴을 마주 보았다. 총리는 듣지 않는 척하며 서류를 뒤적이기 시작했다. 그러나 국방부장관은 이 기호론의 전투에서 기필코 승리를 거둘 생각이었다. 다르게 볼 수도 있소. 어떻게 보는 겁니까. 이 폭동, 지금 벌어지고 있는 일을 폭동이라고 부른다 해도 과장은 아니라고 생각하는데, 어쨌든 폭동을 일으키는 바람에 수도의 주민은, 정말 당연한 일이지만, 포위당하고 차단당하고 둘러싸인 거요. 솔직히 어떤 표현을 사용하느냐 하는 것에는 나는 전혀 관심이 없소. 법무부장관이 나섰다. 친애하는 국방부장관과 내각 전체에게 말씀드리고 싶습니다만, 백지 투표를 던지기로 했을 때 시민들은 법이 명백하게 허용하는 일을 했을 뿐입니다. 따라서 이런 경우에 폭동이라는 말을 사용한다는 것은, 내가 생각하기에는, 심각한 의미론적 오류입니다. 아, 내가 알지도 못하는 영역에 관해 주제넘게 언급한 것은 용서해주시기 바랍니다. 하지만 법적인 관점에서 보아도 이것은 도무지 말이 안 되는 이야기입니다. 권리란 추상적인 게 아니오. 국방부장관이 쏘아붙였다. 사람들은 권리를 누릴 자격이 있거나 아니거나 둘 중 하나요. 그런데 이 사람들은 분명히 자격이 없소. 나머지는 죄다 공허한 소리요. 맞는 말씀입니다. 문화부장관이 말했다. 권리란 추상적인 게 아니지요, 존중받지 못할 때도 계속 존재하니까요. 점점 철학적으로 나오시는구먼. 국방부장관께서는 철학에 반감이 있으십니까. 내가 관심이 있는 철학은 군사철학뿐이오, 그것도 그런 철학이 우리에게 승리를 가져다줄 때에만. 여러분, 나는 막사의 실용주의자요. 내 방법은, 여러분 마음에 들건 들지 않건, 삽을 삽이라고 부르는 거요. 하지만 지금은 여러분이 나를 지능이 열등한 사람으로 낮추어보지 않도록, 원을 면적이 같은 사각형으로 바꿀 수 있다는 것을 증명하는 문제가 아니라면, 권리가 존중을 받지 못해도 어떻게 계속 존재할 수 있는 건지 나한테 설명을 좀 해주시면 고맙겠소. 아주 간단합니다, 권리는 다른 사람들의 의무, 그 권리를 존중하고 따를 의무 속에 잠재적으로 존재합니다. 기분 나쁘게 듣지는 마시오, 하지만 바른 생활 설교나 선동으로는 아무것도 이룰 수 없소, 계엄을 때리고 어디 어떻게 나오나 한번 봅시다. 물론 역효과가 나는 일이 없어야겠지요, 법무부장관이 말했다. 당연한 말씀. 그걸 나는 아직 잘 모르겠습니다, 하지만 뭐 기다려봐야지요, 지금 우리나라에서 일어나고 있는 일이 세상 어디에서 일어날 거라고 상상해본 사람은 없지 않습니까, 하지만 이렇게 일어나고 말았습니다, 풀 수 없게 꽉 묶은 매듭처럼 지금 우리 앞에 있지 않습니까, 그래서 우리가 결정을 내리려고 이 탁자에 모여 앉아 있지만, 이 위기에 대한 확실한 해법으로 제시된 모든 제안이 현재까지는 아무런 성과도 거두지 못했습니다, 따라서 그냥 기다려봅시다, 사람들이 계엄에 어떻게 반응할지 금방 알게 될 테니까. 미안합니다만, 그 말에는 이의 제기를 하지 않을 수 없군요, 내무부장관이 침을 튀기며 말했다, 우리가 취했던 조치는 이 각료회의에서 만장일치로 승인한 것입니다, 내 기억으로는 회의에 참석한 누구도 다른 제안이나 더 나은 제안을 내놓지 않았습니다, 파국의 짐, 그렇습니다, 나는 이것을 파국이라고 부를 것이고 또 짐이라고 부를 것입니다, 물론 내 동료 장관들 가운데 일부는 내가 과장한다고 생각하시겠지만요, 지금까지 그 으스대고 비꼬는 분위기가 분명히 보여주었듯이 말입니다, 다시 말하지만 파국의 짐은 1차적으로, 당연한 일이지만, 대통령 각하와 총리에게 가며, 그다음에, 우리가 차지한 자리에 따르는 책임으로 볼 때, 국방부장관과 나에게 옵니다, 다른 분들에 관해 말하자면, 특히 친절하게도 우리에게 지성의 빛을 비추어주신 법무부장관과 문화부장관에 관해 말하자면 그분들에게서는 아직까지 한번 들은 뒤에 더 깊이 생각해볼 만한 제안을 하나도 들어본 적이 없군요. 장관 표현을 빌리자면, 내가 친절하게도 이 내각에 비추었다고 하는 그 빛은 나 자신의 빛이 아니라, 법, 오로지 법의 빛일 뿐입니다, 법무부장관이 대꾸했다. 문화부장관도 가만히 있지 않았다, 이 도매금으로 싸잡는 질책에서 나 자신의 초라한 인물됨과 역할에 관하여 말하자면, 나에게 그렇게 빈약한 예산을 할당해놓고 더 많은 것을 기대하지는 마시기 바랍니다. 아, 이제야 장관의 무정부주의적인 경향이 이해가 되는군요, 내무부장관이 신랄하게 말했다, 장관은 늦든 빠르든 끝에는 언제나 똑같은 농담이에요.

이제 총리는 더 뒤적일 서류가 남지 않았다. 그는 물 잔을 펜으로 가볍게 두드려 주목과 침묵을 요구했다, 나도 여러분의 흥미로운 논쟁을 방해하고 싶지는 않소, 물론 약간 한눈을 팔기는 했지만 나도 이 논쟁에서 많은 것을 배운 것 같소, 경험이 말해주듯이 쌓인 긴장을 방출하는 데에는 좋은 논쟁만한 것이 없기 때문이오, 특히 이런 상황, 뭔가 하기는 해야 하는데 무엇을 해야 할지는 모르는 상황에서는 말이오. 총리는 일부러 입을 다물더니 메모를 참조하는 척하면서 말을 이어갔다. 자, 이제 모두 긴장이 풀려 차분해졌으면, 분위기가 좀 가라앉았으면, 이제 드디어 국방부장관이 내놓은 제안을 승인할 수 있겠구려, 그러니까 무기한 계엄을 선포하고, 발표 즉시 효력을 발휘하게 하자는 제안 말이오. 말투는 달랐고, 누가 무슨 말을 하는지 알기는 힘들었지만, 대체로 전체가 동의하는 말을 중얼거렸다. 국방부장관은 혹시 누가 반대를 하거나 소리 없이 열광하는지 파악하려고 좌중을 휘둘러보았다. 총리가 말을 이어갔다. 안타깝게도 아무리 완벽하게 갈고닦은 구상이라도 그것을 실행에 옮길 때가 오면, 마지막 순간에 딸꾹질이 나온다든지 기대와 현실 사이에 차이가 있다든지 어떤 위태로운 지점에서 상황이 통제를 벗어난다든지 하는 오만 가지 이유 때문에 실패를 할 수도 있다는 것, 또는 당장 실행에 옮길 가치가 없는 일이 될 수도 있고 실행에 옮길 시간이 없을 수도 있다는 것을 경험은 가르쳐주지요. 따라서 현재의 계획을 대체하거나 보완할 계획을 따로 준비하는 게 아주 긴요하오, 그래야 이 경우에 생겨날 수도 있는 권력의 공백을, 좀더 끔찍한 표현을 사용하자면 거리의 권력이 나타나는 것을 예방할 수 있을 것이오, 어느 쪽이든 그 결과는 참담하지 않겠소. 3보 전진 2보 후퇴하는, 말을 바꾸면, 늘 신중하게 형세를 관망하는 총리의 수사에 익숙한 장관들은 총리가 마지막 말, 분명한 결론적인 말, 모든 것을 설명해주는 말을 해주기를 참을성 있게 기다렸다. 그러나 그런 말은 나오지 않았다. 총리는 물을 한 모금 마시더니 상의 안주머니에서 꺼낸 하얀 손수건으로 입술을 토닥였다. 그런 뒤에 메모를 참조하는 듯하더니 막판에 그것을 옆으로 밀며 말했다, 만일 계엄의 결과가 기대 이하이면, 그러니까 시민들을 정상적인 민주적 상태로 돌아가게 하지 못한다면, 선거법을 균형 잡힌 분별력 있는 방식으로 이용하게 해주지 못한다면, 사실 말이지 입법자들의 경솔한 주의력 부족으로 법률적 남용이라고 말해도 무방한 사태가 벌어질 수 있는 문을 열어두게 되었지 않소, 어쨌든 그렇게 된다면, 여기 모인 장관들에게 분명히 말하거니와, 나는 총리로서 다른 조치가 시행될 것이라고 예상하고 있소, 그 조치는 우리가 방금 취한 조치, 물론 계엄 선포 이야기를 하는 거요, 이 조치를 심리적으로 강화할 뿐 아니라, 틀림없이 그 자체로도 혼란에 빠진 우리나라의 정치적 저울의 눈금을 재조정하여 우리가 빠져든 악몽 같은 상황에 단번에 종지부를 찍게 될 것이오. 총리는 다시 말을 끊고, 다시 물을 마시고, 다시 손수건으로 입을 토닥이더니 말을 이어갔다, 그렇다면 계엄령을 선포하여 시간을 낭비하는 대신 그냥 그 조치를 취하면 되는 것 아니냐고 물을 사람들이 있을 것이오, 사실 계엄령을 선포하면 우리가 잘 알다시피 죄가 있든 없든 모든 수도 주민의 모든 생활의 모든 측면이 아주 힘겨워질 것이오, 따라서 그런 질문도 타당성이 없다고 할 수는 없소, 그러나 무시할 수 없는 중요한 요인들이 있소, 일부는 그 성격상 순전히 실무적인 것이고, 또 일부는 그렇지 않소, 주된 요인은 이런 극단적인 조치를 갑자기 도입했을 때 나타나는 그 결과요, 그것은 충격적이라고 말해도 과장이 아닐 것이오, 그래서 나는 점진적으로 행동해 나아가는 것이 좋겠다고 생각하는 거요, 그 가운데 계엄령은 첫 번째 행동이 될 것이오. 총리는 다시 서류를 뒤적였지만, 이번에는 물 잔에 손을 대지 않았다. 나도 이 문제에 관한 여러분의 호기심을 이해하오, 총리가 말했다, 하지만 지금은 이 정도로 끝내겠소, 다만 오늘 아침에 공화국 대통령 각하를 접견할 기회가 있어 내 구상을 말씀드렸고, 각하께서 전폭적으로, 무조건적으로 지지하셨다는 말만 하겠소, 나중에 더 자세히 알게 될 거요, 이제 이 생산적인 회의를 마치기 전에 여러분 모두에게, 특히 계엄령을 선포하고 이행하는 데 필요한 복잡한 절차를 책임져줄 국방부장관과 내무부장관에게 바라는 목표를 향해 부지런하고 힘차게 일을 해줄 것을 당부하겠소, 무장 병력과 경찰은 각자가 독자적인 능력을 발휘할 수 있는 범위 내에서 일을 하건 아니면 공동 작전을 펼치건, 늘 최대한 엄격하게 서로를 존중하고 상석을 차지하려는 싸움을 피하면서, 그런 싸움을 해봐야 우리 목표에 해만 될 것 아니겠소, 어쨌든 그런 점을 조심하면서, 우리 조상들이 사랑하던 표현, 우리의 목가적인 전통에 깊이 뿌리를 내린 표현을 사용하자면, 길 잃은 양떼를 다시 우리로 이끄는 애국적 임무를 수행할 책임이 있소, 그리고 잊지 마시오, 여러분은 현재 우리의 반대자일 뿐인 사람들이 나라의 적이 되지 않도록 최선을 다 해야 하오, 신이 여러분과 동행하며 신성한 임무를 수행하는 여러분의 발길을 인도해주셔서, 다시 일치의 태양이 우리 동료 시민들의 양심을 비추고, 평화가 그들의 일상생활에서 사라져버린 조화를 되살려주기를 기원하는 바이올시다.

총리가 텔레비전에 나가 현재의 정치적이고 사회적인 불안정으로 인한 국가 안보 위기를 이유로 계엄령을 선포하면서, 그런 불안정이 전복 그룹들이 되풀이하여 조직적으로 국민의 정당한 투표권을 방해한 결과라고 말하는 동안, 보병과 헌병 부대는 탱크와 다른 전투 차량의 지원을 받아 철도역을 점령하고 수도에서 밖으로 나가는 모든 도로에 초소를 설치했다. 도시에서 북쪽으로 약 25킬로미터 떨어진 공항은 군의 통제 영역 바깥에 있었기 때문에, 황색경보 때 예측할 수 있는 사항들 외에는 아무런 제한 없이 계속 자기 기능을 유지했다. 즉 관광객들을 수송하는 비행기는 여전히 이착륙할 수 있었다는 뜻이다. 내국인들의 여행도 물론 금지된 것은 아니었다. 그러나 군 당국은 시민에게 자제를 강력하게 요구하면서, 특별한 경우 사례별로 검토하여 허가해주었다. 이런 군사 작전의 영상들은, 한 기자의 말을 빌리면, 강력한 직격 펀치처럼 수도의 당황한 거주자들을 가격했다. 텔레비전 화면에서 장교들은 명령을 내리고, 하사관들은 부하들에게 그 명령을 이행하라고 고함을 지르고, 공병대원들은 바리케이드를 치고, 구급차가 달리고 무전기가 딸각거리고, 밝은 탐조등이 간선도로의 첫 굽이까지 비추었다. 완전 무장한 병사들은 임박한 힘든 전투만이 아니라 긴 소모전에 대비한 장비를 갖추고 트럭에서 뛰어내려 자기 자리를 찾아갔다. 수도에서 일을 하거나 공부를 하는 사람이 있는 가족들은 이 전쟁 같은 광경을 보며 고개를 설레설레 저었다. 저 자들이 미쳤군. 매일 아버지나 아들이 수도를 둘러싼 산업지대에 있는 공장으로 출근하는 가족들, 저녁이면 그들이 돌아오기를 기다렸다가 반갑게 맞이하는 가족들은 도시를 마음대로 출입하지 못하면 이제 어떻게, 무얼 먹고 살아야 할지 걱정했다. 어쩌면 수도 밖에서 일하는 사람들한테는 안전통행권을 줄지도 모르지, 오래전에 퇴직을 했기 때문에 여전히 보불 전쟁이나 다른 옛 전쟁 시대의 용어를 쓰고 있는 한 노인은 그렇게 말했다. 이 지혜로운 노인의 말은 크게 틀리지 않았다. 다음 날 기업체들이 모인 단체가 그들의 근거 있는 불안을 정부에 알렸기 때문이다. 우리는 정부의 강력한 조치를 속이 뻔히 들여다뵈는 전복 활동의 해로운 결과들과 맞서는 데 반드시 필요한 구국 차원의 행동으로서 흔들림 없는 애국심으로 무조건 지지하지만, 그럼에도 존경하는 마음으로 관할 당국에 요청하거니와 우리 고용인들과 노동자들에게 통행증을 긴급하게 발급해주십시오, 즉시 발급을 하지 않으면 우리의 산업적이고 상업적인 활동에 심각하고 돌이킬 수 없는 피해를 줄 위험이 있고, 이것은 또 불가피하게 국가 경제 전체에 해를 줄 위험이 있기 때문입니다. 같은 날 오후 국방부, 내무부, 재무부 장관은 공동성명을 발표하여 정부는 고용주들의 정당한 우려를 이해하고 또 거기에 공감하지만, 업계가 요구하는 그런 규모로 통행증을 발급할 수는 없다고 답변했다. 정부가 그런 너그러운 태도를 보이면 수도 주위의 새로운 경계선을 방어하는 부대들의 보안과 전력을 위험에 빠뜨릴 수 있다는 이야기였다. 그러나 정부는 개방적 태도로 최악의 사태를 막기 위해 회사의 정상적 운영에 핵심적이라고 판단되는 관리자와 기술 팀에게는 그런 증서를 발급할 준비가 되어 있으며, 회사는 도시 안팎에서 이런 특권의 혜택을 볼 수 있는 사람들의 행동, 범죄적이든 아니든 모든 행동에 완벽한 책임을 져야 할 것이다, 이 계획이 승인될 경우, 이 사람들은 주중에 아침마다 지정된 장소에 모여 경찰의 호위하에 버스를 타고 도시의 여러 출구로 이동할 것이며, 그곳에서 더 많은 버스들이 이들을 그들이 일하는 공장이나 다른 근무처로 실어다 줄 것이고, 일과가 끝나면 같은 곳으로 돌아오게 될 것이다, 버스를 세내고 호위를 하는 경찰에게 보수를 주는 등이 작전에 들어가는 비용은 회사들이 감당해야 하지만, 이 지출에 대해서는 세금은 감면해줄 수도 있다, 물론 이 문제에 대한 확실한 결정은 재무부에서 실행 가능성을 검토해본 뒤에 내려질 것이다. 상상할 수 있는 일이지만, 민원은 거기에서 끝나지 않았다. 사람들이 먹을 것과 마실 것 없이 살 수 없다는 것은 기본적인 삶의 진실이다. 따라서 고기가 외부로부터 오고, 생선이 외부로부터 오고, 채소가 외부로부터 온다는 사실, 간단히 말해서 모든 것이 외부로부터 오며, 이 도시가 그 자체에서 생산하거나 저장한 것으로는 일주일도 버틸 수 없다는 사실을 고려할 때, 업계에 기술자와 관리자를 공급하는 것과 비슷한 공급 체계를 구축하는 것이 필수적일 터였다. 다만 어떤 제품들은 상할 수밖에 없다는 점을 고려하면 그 체계는 훨씬 더 복잡할 것이 분명했다. 병원과 약국은 말할 것도 없고, 봉합사 수 킬로미터, 산더미 같은 솜, 엄청난 알약, 헬리콥터 몇 대 분의 주사액, 수많은 상자의 콘돔이 필요했다. 또 휘발유나 디젤도 고려해야 했다. 정부의 누군가가 수도의 주민들이 모두 걸어다니게 하는 벌까지 주겠다는 마키아벨리적인 생각을 하지 않는 한 그런 연료를 주유소까지 운송할 방법을 찾아내야 했던 것이다. 계엄이 그렇게 간단한 것이 아니라는 사실을 정부가 깨닫는 데에는 불과 며칠밖에 걸리지 않았다. 먼 과거에 흔히 그랬던 것처럼 포위한 주민을 굶겨죽일 작정이 아니라면, 계엄이란 순식간에 대충 짜 맞춰서 실행에 옮길 수 있는 것이 아니었다. 목표가 정확하게 무엇이고 그것을 어떻게 달성할지, 그 결과를 어떻게 판단할지, 반응을 어떻게 평가할지, 문제를 어떻게 고려할지, 이익과 손실을 어떻게 계산할지를 알아야 했다. 그래야 엄청난 양의 일이 정부 부서에 갑자기 밀어닥치는 것을 피할 수 있었다. 정부는 홍수처럼 걷잡을 수 없이 밀려드는 항의, 민원, 해명 요청 등에 압도당했다. 그들은 거의 아무런 대답도 하지 못했다. 고위층에서 내려오는 지침은 계엄이라는 일반 원칙들만 강조할 뿐 그것을 집행하는 관료적 세부 사항은 완전히 무시하고 있었는데, 바로 그런 부분에서 불가피하게 혼돈이 찾아들 수밖에 없었기 때문이다. 이런 상황에도 풍자적인 핏줄과 냉소하는 눈을 가진 사람이라면 알아챌 수밖에 없는 한 가지 흥미로운 면이 있었는데, 그것은 정부가 법률적으로 포위를 하는 존재이면서 동시에 포위를 당한 존재이기도 하다는 점이었다. 그 의사당과 대기실, 그 집무실과 복도, 그 부서와 문서보관소, 서류함과 도장이 모두 도시의 핵심부에 있을 뿐만 아니라 유기적으로 그 일부를 이루고 있다는 사실 때문만이 아니었다. 그 구성원들 가운데 일부, 적어도 장관 세 명, 부장과 차장 몇 명만이 아니라 사무총장 두 명도 시 외곽에 살고 있었기 때문이다. 아침과 저녁마다 이런저런 방식으로 기차, 전철, 버스를 이용해야 하는 공무원들은 말할 것도 없었다. 자가용이 없거나 복잡한 교통 체증에 휘말리고 싶지 않을 경우 그들은 그런 대중교통을 이용해야만 했다. 쫓기는 사냥꾼이나 물리는 뱀이라는 잘 알려진 주제를 탐사하는 이런 이야기를 사람들이 늘 혼잣말로 나지막하게 중얼거리기만 하는 것도 아니었고, 또 그런 어린아이 같은 순진한 비유, 아름다운 시절의 유치원에서나 사용할 유머로만 표현하는 것도 아니었다. 이 이야기의 형태는 변화무쌍했다. 그 가운데 일부는 아주 외설적이었으며, 또 가장 기본적인 좋은 취향의 관점에서 보자면 괘씸할 정도로 분변(糞便)을 소재로 삼기도 했다. 그러나 안타깝게도, 여기서도 사람들이 정부에 상처를 주고 싶어 하는 모든 비꼬는 말, 비아냥거림, 익살, 패러디, 풍자, 기타 농담들의 제한된 범위와 구조적 약점의 증거를 다시 보게 되거니와, 이들이 아무리 입으로 그렇게 떠들어도 계엄령은 철폐되지 않았고, 공급의 문제는 여전히 해결되지 않았던 것이다.

며칠이 흘렀다. 어려움들은 계속 늘어나, 점점 심각해지고 다양해졌다. 비 온 뒤에 발밑에서 피어나는 버섯 같았다. 그러나 주민의 정신적 힘은 스스로를 낮출 생각이 없는 것 같았다. 스스로 정당한 태도라고 생각했던 것, 그리고 투표함을 통해 표현했던 것, 즉 합의에 의해 성립된 기존의 의견을 따르지 않을 단순한 권리를 포기할 것 같지 않았다. 일부 관찰자들, 보통은 사건을 취재하러 급파되어 지역적 특이성에 익숙하지 않은 외국 통신원들이지만, 어쨌든 이들은 생각에 잠긴 표정으로 도시 주민 사이에 갈등이 전혀 없다는 점에 주목했다. 물론 그들은 나중에 공작원으로 판명난 사람들이 아직은 이루어지지 않은 도약, 즉 계엄으로부터 전쟁으로의 이동을 이른바 국제 사회의 눈앞에서 정당화해줄 수도 있는 불안정한 상황을 조성하려고 노력하는 것을 관찰하기는 했다. 어쨌든 이런 논평가들 가운데 한 사람은 독창적인 능력을 과시하고 싶은 마음에 이것을 이전에 보지 못했던 이념적 만장일치의 독특한 예라고까지 불렀다. 만일 그 말이 사실이라면 수도의 주민은 연구할 가치가 있는 매혹적인 사례, 하나의 정치적 현상이 되는 셈이었다. 그러나 어느 쪽으로 보건 간에 그런 생각은 터무니없는 것이었으며, 현실적 상황과는 아무런 관계가 없었다. 이곳도 지구의 다른 어느 곳과 마찬가지로 사람들은 다르고, 다르게 생각하고, 모두 가난하지도 모두 부유하지도 않기 때문이다. 심지어 상당히 부유한 사람들 가운데도 일부는 더 부유하고 일부는 덜 부유했다. 사전에 토론을 하지 않고도 그들이 모두 동의했던 한 가지 주제는 우리가 이미 잘 알고 있는 것이기 때문에, 다시 그 이야기를 되풀이할 필요는 없겠다. 그럼에도 지금까지 백지투표를 한 사람들과 하지 않은 사람들 사이에 아무런 사고, 싸움, 악다구니, 주먹다짐이 없다는 사실 뒤에 숨은 독특한 이유가 무엇인지 알고 싶은 것은 어찌 보면 당연한 일이며, 실제로 외국 기자나 국내 기자들이 그 질문을 자주 했다. 그러나 이 질문은 기자라는 일을 제대로 하는 데 대수의 기초 지식이 얼마나 중요한지를 잘 보여준다. 백지투표를 한 사람이 수도 주민의 83퍼센트이며, 나머지는 모두 합해서 17퍼센트에 불과하다는 사실을 기억하기만 하면 그만이기 때문이다. 또 좌익정당이 제시한 논란의 여지가 있는 명제도 잊지 말아야 한다. 그 명제에 따르면 백지투표와 그들에게 던진 표는 비유적으로 말해서 하나의 뼈요 하나의 살이라는 것이다. 또 만일 좌익정당 지지자들이 모두 백지투표를 하지 않았다면, 물론 그들 다수가 두 번째 투표에서는 그렇게 했다는 것이 분명하지만, 어쨌든 그것은, 이것은 우리 자신의 결론이지만, 단지 그들이 백지투표를 하라는 명령을 받지 않았기 때문이라는 점도 잊지 말아야 한다. 만일 열일곱 명이 여든세 명에게 덤벼들기로 작정했다고 누가 말한다면 아무도 그 말을 믿지 않을 것이다. 신들의 도움을 받아 전투에서 이기던 시절은 오래전에 지났으니까. 자연스러운 호기심 때문에 두 가지 질문이 뒤따른다. 하나는 내무부의 첩자들이 유권자들의 줄에서 뽑아내 그 뒤에 심문의 고통과 거짓말탐지기에 의해 자신의 가장 내밀한 비밀들이 드러나는 괴로움을 맛보아야 했던 500명은 어떻게 되었을까. 또 하나는 그 전문적인 비밀정보부 요원들과 그들만큼 자격을 갖추지는 못한 조수들은 도대체 무슨 일을 하고 있을까. 첫 번째 문제에 대해서는 의심만 있을 뿐 그것을 해소할 방법은 없다. 500명의 죄수들이, 경찰 내에서 인기 있는 완곡어법을 따르자면 여전히 사실을 해명할 희망을 품고 당국에 협조하고 있다고 말하는 사람들도 있다. 또 어떤 사람들은 이목을 끌지 않기 위해 한 번에 몇 명씩 풀어주기는 하지만 어쨌든 점차 풀려나고 있다고 말하기도 한다. 그러나 회의적인 관찰자들은 세 번째 이야기를 믿는다. 그들이 모두 도시에서 다른 미지의 장소로 옮겨져, 지금까지 별 성과가 없었음에도 심문이 계속되고 있다는 것이다. 누구 말이 옳을지 누가 알랴. 두 번째 문제, 비밀정보부 요원들이 무엇을 하느냐 하는 문제는 우리가 답을 확실히 안다. 모든 정직하고 훌륭한 일꾼과 마찬가지로 그들도 매일 아침 출근을 하여 도시 끝에서 끝까지 터덜터덜 걸어다닌다. 물고기가 입질을 할 것 같으면 새로운 전술을 시도해본다. 그런 전술 가운데는 모든 에두른 표현을 버리고 함께 있는 사람에게 노골적으로 들이대는 것도 있다, 솔직히 말해봅시다, 친구처럼 말입니다, 자, 나는 백지투표를 했습니다, 댁은 어떻게 했습니까. 그런 질문은 처음에는 앞서 말했던 답밖에 얻지 못했다. 자신이 어떻게 투표했는지 밝힐 의무는 없다, 당국도 그런 질문을 할 수는 없다는 것이다. 만일 그런 질문을 받은 사람 가운데 하나가 그 뻔뻔스러운 질문자에게 정체를 밝히라고 요구하고, 무슨 권력과 권한으로 그런 질문을 하느냐고 따져보겠다는 멋진 생각을 한다면, 우리는 비밀정보부 요원이 몹시 당황하여 두 다리 사이에 꼬리를 감추고 도망치는 유쾌한 광경을 보게 될 것이다. 그 가운데 누구도 감히 지갑을 펼치고 자신의 신원을 증명하는 신분증, 사진에 직인에 나라의 색깔로 테까지 두른 신분증을 보여줄 생각을 하는 사람은 없을 것이기 때문이다. 그러나 방금 말했듯이 처음에만 그랬다. 시간이 좀 지나자 마치 모두가 그런 상황에서는 그런 질문을 하는 사람을 무시하고 그냥 등을 돌리는 것이 최선이라고, 또는 그들이 너무 집요하게 나오면 크고 분명한 목소리로, 나 좀 내버려둬, 아니면 성공할 가능성이 더 많은 방법으로, 더 간단하게, 꺼져, 하고 말하는 것이 최선이라고 합의라도 본 것 같았다. 물론 비밀정보부 요원들이 상사들에게 보내는 보고서는 이렇게 퇴짜를 맞고 난관에 부딪힌 이야기를 적당히 위장하고 얼버무리고 있다. 대신 주민 가운데 수상쩍은 층이 완강하게 체계적으로 협력을 거부한다고만 말하고 있다. 대체로 힘이 똑같은 두 씨름 선수가 맞붙은 상황과 아주 비슷한 상황에 이르렀다고 생각할지도 모르겠다. 한쪽은 이쪽으로 밀고, 다른 쪽은 저쪽으로 민다. 그들이 처음 시작한 지점에서 움직이지 않은 것은 사실이지만, 그들 모두 심지어 1센티미터도 전진하지 못한 것이 사실이지만, 결국은 한쪽의 힘이 다 빠졌을 때 다른 쪽에게 승리가 돌아갈 것이다. 비밀정보부를 책임지고 있는 사람의 의견에 따르면, 이런 교착 상태는 한 씨름 선수가 제3의 선수의 도움을 받으면 금방 해소될 수 있다. 이것은 이 특수한 상황에서는 지금까지 사용해온 설득 기법이 모두 쓸모없다고 간주하여 다 갖다 버리고, 야만적인 힘을 거리낌 없이 사용하는 것도 배제하지 않고 다양한 방법으로 사람들 마음을 돌리게 한다는 것을 의미한다. 수도가 자신의 많은 잘못 때문에 계엄령하에 놓이는 상황, 규율을 강제하는 일과 사회적 질서의 훼손에 대응하는 일이 무장 병력의 손으로 넘어가는 상황, 결정을 내려야 할 때가 왔을 때 최고사령부가 명예를 걸고 망설이지 않고 모든 책임을 져야 하는 상황, 그런 상황이 왔기 때문에 비밀정보부는 정부가 아주 관대하게도 모든 평화적인, 다시 말하지만 설득력 있는 수단을 동원해 피하려고 했던 가혹한 탄압을 선험적으로 정당화할 적당한 소요의 초점을 만들어낼 작정이었다. 그런다고 해서 봉기자들이 나중에 그들에게 불평을 하러 올 수 없을 터였다. 물론 오고 싶어야 오는 것이고, 불평이 있어야 오는 것이지만. 내무부장관이 이런 구상을 들고 그사이에 구성된 핵심각료회의, 또는 비상 평의회에 들어가자, 총리는 갈등을 해소하기 위해 아직 사용하지 않은 무기가 하나 있으며, 그럴 리는 없겠지만 그 무기가 소용이 없을 경우에 새로운 계획이나 또 다른 계획을 고려해보겠다고 말했다. 내무부장관은 간단하게 두 마디로 반대의 뜻을 나타냈다, 시간 낭비입니다. 국방부장관도 군대가, 우리의 오랜 역사에서 늘 그래왔듯이, 희생을 마다하지 않고, 자신의 의무를 이행하도록 보장하려면 더 많은 것이 필요하다고 말했다. 이 미묘한 문제는 거기에서 더 나아가지 못했다. 열매는 아직 익지 않은 것처럼 보였다. 그때 다른 씨름 선수가 기다리느라 지쳤는지 위험을 무릅쓰고 한 걸음을 내디뎠다. 어느 날 아침 수도의 거리에 가슴에 스티커를 붙인 사람들이 꽉 들어찬 것이다. 스티커에는 검은 바탕에 붉은 글씨로, 나는 백지투표를 했다, 라고 적혀 있었다. 창문에는 거대한 현수막이 내걸렸는데, 거기에는 붉은 바탕에 검은 글씨로, 우리는 백지투표를 했다, 라고 적혀 있었다. 그러나 가장 놀라운 광경은 전진하는 시위자들의 머리 위로 텅 빈 백기가 나부끼며 끝도 없는 물줄기를 이루었다는 것이다. 그것을 본 머리가 모자란 통신원은 전화기로 달려가 자신의 신문사에 도시가 항복을 했다고 알렸다. 경찰 확성기는 다섯 명 이상의 집회는 허용되지 않는다고 고함을 질러댔다. 그러나 그곳에는 50, 500, 5,000, 5만 명이 있었다. 사실 누가 그런 상황에서 다섯을 기준으로 세겠느냐만. 경찰국장은 최루탄과 물대포를 사용해도 괜찮은지 알고 싶었다. 북부사단을 책임진 장군은 자신에게 탱크를 진격시킬 권한이 있는지 알고 싶었다. 남부 공수부대 사단을 지휘하는 장군은 낙하산부대를 보낼 만한 조건이 되는지, 아니면 지붕에 떨어질 위험 때문에 적당치 않은지 알고 싶었다. 어쨌든 전쟁이 터질 판이었다.

그러자 총리가 정부에 자신의 계획을 밝혔다. 각료들은 대통령이 참석하는 전체 회의에 참석했다. 총리가 말했다, 저항의 등뼈를 부러뜨릴 때가 왔소, 모든 심리적인 게임, 첩보, 거짓말 탐지기 등등의 기술적인 장치들은 다 집어치웁시다, 내무부장관이 열심히 노력을 했음에도 이런 방법들로는 문제를 풀 수가 없었기 때문이오, 그렇다고 군대의 직접 개입이 적당하다고 생각하는 것은 아니라는 점을 덧붙여야겠소, 대량 학살이라는 불편한 일이 일어날 가능성이 아주 높은데, 어떤 일이 있어도 그것은 피하는 것이 우리의 의무이기 때문이오, 내가 그 대신 여러분에게 제안하는 것은 다름 아닌 복합 철수요, 여러분 가운데 일부는 이 일련의 행동 계획이 터무니없다고 생각할지 모르지만, 나는 이것이 우리에게 완전한 승리와 더불어 민주적인 정상적 상태를 가져다줄 것이라고 확신하오, 다시 말해서 이 계획이란 정부를 즉시 다른 도시로 이동하여, 그 도시를 나라의 새로운 수도로 삼는 거요, 수도에 배치 중인 모든 부대도 철수하고, 경찰도 모두 철수하는 거요, 이런 과감한 조치의 목적은 반란의 도시를 완전히 혼자 내버려두어서 그들이 마음껏 시간을 쓰면서 나라의 신성불가침의 통일성으로부터 단절되었을 때 어떤 대가를 치르는지 이해하게 하자는 것이오, 이 도시가 고립, 모욕, 경멸을 더 견딜 수 없을 때, 도시 안의 삶이 혼돈에 빠졌을 때, 그때 그 죄를 지은 주민은 고개를 떨어뜨리고 우리에게 다가와 용서를 구할 거요. 총리는 주위를 둘러보더니 말했다, 그게 내 계획이오, 여러분이 한번 검토하고 토론해보시오, 하지만 긴 말 할 필요도 없이 나는 여러분이 만장일치로 승인할 것이라 기대하고 있소, 지독한 병에는 지독한 치료가 필요하기 때문이오, 내가 처방하는 치료법이 여러분에게 고통스럽다면, 그것은 우리를 괴롭히는 질병이 간단히 말해 치명적이기 때문이오.

비록 교육은 덜 받았지만 그렇잖아도 위태로운 인류의 생존을 위협하는 여러 가지 병의 심각성과 다양성에 완전히 무지하지는 않은 계급들의 지능으로도 이해할 수 있는 말로 하자면, 총리가 제안한 것은 수도의 주민 다수를 공격한 바이러스, 나아가, 최악은 늘 문 뒤에서 기다리고 있다는 점을 고려할 때, 남은 주민 모두를 감염시키고, 심지어, 누가 알랴, 전국을 감염시킬 수도 있는 바이러스로부터 도망치자는 이야기 이상도 이하도 아니었다. 그렇다고 총리와 그의 정부가 스스로 이 전복의 벌레에 물려 감염될 것을 두려워한다는 뜻은 아니었다. 몇몇 개인의 몇 번의 충돌과 아주 사소한 의견의 차이, 그것도 목적보다는 수단을 둘러싼 의견의 차이를 제외하면, 오랫동안 쉴 새 없이 고통을 겪어온 알려진 세계의 역사에서도 한 번도 등장한 적이 없는 재난에 예고도 없이 빠져든 나라를 운영할 책임을 진 이 땅의 정치가들이 제도 내에서 흔들림 없는 단결을 유지하고 있다는 증거는 아주 많기 때문이다. 고약한 의도를 가진 사람들이야 틀림없이 다르게 생각하고 주장하겠지만, 이것은 겁쟁이의 탈출이 아니라, 그 대담함에서 유례를 찾아볼 수 없는 일급의 전략적 행동이었다. 그 미래의 결과들은 나무에 달린 익은 과일처럼 손으로 만져질 듯하다. 이제 이 과제에 성공이라는 왕관을 얹어주기 위해 필요한 일은 이 계획을 수행하는 데 들어가는 에너지가 그 목표 수립의 과단성에 부응해야 한다는 것이었다. 우선 그들은 누가 도시를 떠나고 누가 남을지를 결정해야 한다. 물론 대통령을 포함하여 차관급에 이르기까지 정부 전체는 가장 가까운 보좌관들과 더불어 떠날 것이다. 입법이 중단되지 않도록 국회의원들도 떠날 것이다. 교통경찰관을 포함한 경찰과 군대도 떠날 것이다. 그러나 지방의회 의원들은 그 지도자와 더불어 남을 것이다. 소방수 조직도 남을 것이다. 그래야 부주의한 행동이나 사보타주 때문에 도시가 다 타버리는 일이 생기지 않을 터이기 때문이다. 전염병에 대비하여 도시의 청소부서 직원들도 남을 것이다. 말할 필요도 없는 일이지만, 당국은 물과 전기를 계속 공급할 것이다. 생명에 필수적인 공익 시설은 유지한다는 뜻이다. 식량에 관해서는 영양학자들이 이미 기본 식단을 짜는 책임을 맡았는데, 그들은 주민을 기아선상으로 몰아가지 않으면서도 계엄령의 궁극적인 결과가 결코 유쾌하지 않다는 사실을 일깨우는 것을 목표로 삼았다. 그렇다고 정부가 상황이 그렇게까지 악화될 것이라고 믿는 것은 아니었다. 외려 며칠이 지나지 않아 시민 대표들이 도시의 도로 한 곳의 군대 초소에 백기를 들고 나타날 것이라고 믿었다. 이것은 봉기의 깃발이 아니라 무조건 항복의 깃발일 터인데, 그 두 가지가 똑같은 색깔이라는 사실은 주목할 만한 우연의 일치다. 그러나 지금 당장은 그 사실을 생각할 여유가 없으며, 나중에 여러 가지 이유로 그 점을 다시 고려해보게 될 것이다.

우리가 전 장의 마지막 페이지에서 충분히 이야기했던 내각의 전원회의 뒤에 다시 핵심 각료 회의 또는 비상 평의회가 열려 논의 끝에 몇 가지가 결정되었다. 그 결정 내용은 시간이 흐를 만큼 흐르면 밝혀지겠지만, 어쨌든 우리가 전에도 이야기를 했던 것처럼, 회의에 참석한 사람들은 이런 결정을 무효로 만드는 방향으로, 또는 다른 결정으로 바꿔야 할 필요가 생기는 방향으로 사태가 발전하지는 않을 것이라고 늘 가정을 하게 마련이다. 그러나 제안을 하는 것은 인간의 일이지만 결말을 짓는 것은 신의 일임을 늘 기억해야 지혜롭다는 말을 들을 수 있다. 물론 인간과 신이 합의를 하여 함께 결말을 지은 경우가 드물기는 하지만 있기는 했다. 그러나 그 대부분은 비극적이었다. 어쨌든 가장 뜨겁게 논란이 되었던 것은 정부가 수도에서 철수하는 문제였다. 언제 어떻게 철수할 것인가, 신중하게 할 것인가 서둘러 할 것인가, 텔레비전 취재를 허용할 것인가 하지 않을 것인가, 군악대를 동원할 것인가 말 것인가, 차에 화환을 걸 것인가 말 것인가, 보닛에 국기를 달 것인가 말 것인가. 이밖에도 의전의 세부적인 사항을 둘러싸고 끝도 없이 논란이 벌어졌으니, 이는 나라가 세워진 이후 이런 난관은 겪어본 적이 없기 때문이다. 결국 확정된 최종 철수 계획은 전술의 걸작이라 할 만했다. 그 계획의 기본은 부처마다 서로 겹치지 않게 다른 경로로 이동한다는 것이었다. 그래야 자신들을 버려두는 것에 대해 이 도시가 느낄 수도 있는 불쾌, 불만, 분개를 표현하려고 시위자들이 모인다 해도, 한 곳으로 집중하는 것을 막을 수 있었기 때문이다. 따라서 대통령의 철수 계획이 따로 있고, 총리의 철수 계획이 따로 있고, 내각의 각 각료의 철수 계획이 따로 있었으니, 모두 스물일곱 개의 서로 다른 여정이 있는 셈이었다. 모두 군대와 경찰의 보호를 받았으며, 교차로에는 공격용 차량을 배치했으며, 만일의 사태에 대비하여 행렬의 끝에는 구급차가 따라오게 했다. 군 지휘관과 경찰의 추적 전문가들이 48시간 동안 고생하며 만든 거대한 전광판 도시 지도에는 팔이 스물일곱 개 달린 빨간 별이 반짝였다. 팔 열네 개는 북반구를 향했고, 열세 개는 남반구를 향했다. 적도는 수도를 둘로 갈랐다. 이 팔들을 따라 공무 수행용 검은 차량들이 줄을 지어 달릴 것이고, 그 주위를 경호원과 워키토키가 둘러쌀 터였다. 이 나라에는 아직 이런 낡은 장비가 사용되고 있었지만, 다행스럽게도 현대화를 위한 예산 승인이 떨어졌다. 이 작전의 다양한 단계에 관여하는 사람들은 참여 정도가 어느 수준이건 모두 절대 비밀을 지킬 것을 약속해야 했다. 우선 복음서에 오른손을 올려놓았다가, 파란 모로코가죽으로 장정한 헌법으로 손을 옮긴 다음, 마지막으로 이 이중의 약속을 완성하기 위해 민중의 전통에서 끌어낸 선서, 진실로 사람의 마음을 묶는 선서를 해야 했다, 만일 내가 이 맹세를 깨면 내 머리와 앞으로 4대 동안 내 후손들의 머리 위에 벌이 떨어질지어다. 이렇게 어떤 데서도 새지 않도록 비밀을 봉해놓고, 날짜는 이틀 후로 잡았다. 출발 시간은 모두 똑같이 정해, 새벽 3시로 잡았다. 오직 심각한 불면증에 걸린 사람만이 침대에서 계속 뒤척이다가 밤의 아들이자 타나토스의 쌍둥이 형제인 히프노스 신에게 자신의 상처 입은 가없는 눈까풀에 양귀비의 달콤한 향유를 떨어뜨려 이 고통에서 헤어나오게 해달라고 기도할 시간이었다. 남은 이틀 동안 대거 작전 현장으로 출동한 첩자들은 도시의 광장, 대로, 거리, 이면도로를 돌아다니며, 은밀하게 주민의 맥박을 재고, 제대로 감추지 못해 삐져나온 의도를 탐사하고, 여기저기서 얻은 말들을 연결시켰다. 내각에서 내린 결정들, 특히 정부의 임박한 철수 소식이 혹시 새어나가지 않았나 확인하려는 것이었다. 첩자라는 이름을 얻을 만한 자격이 있는 첩자라면 맹세란 결코 믿을 수 없다는 것을 신성한 원리, 황금률, 법조문으로 간주하기 때문이었다. 누가 맹세를 해도 마찬가지였다. 심지어 그들에게 생명을 준 어머니의 맹세라도. 하물며 하나의 맹세가 아니라 두 개의 맹세가 있을 때는 더 그랬으며, 두 개의 맹세가 아니라 세 개의 맹세가 있을 때는 더욱더 그랬다. 그러나 이번 경우에는 그들도 공식적 비밀이 잘 지켜진 것을 인정할 수밖에 없었고, 그래서 전문가 입장에서는 어느 정도 좌절감을 맛볼 수밖에 없었다. 이런 경험적 진실은 내무부의 중앙 컴퓨터 시스템의 계산 결과하고도 맞아떨어졌다. 이 시스템은 녹음된 수많은 대화 조각들을 수도 없이 쥐어짜고, 거르고 섞고, 뒤섞고 다시 뒤섞어 보았지만, 불쾌하고 놀라운 일이 나타날 것이라는 심증을 품고 잡아당겨볼 만한 수상쩍은 표시 하나, 의심스러운 실마리 하나, 아주 작디작은 증거 조각 하나를 발견하지 못했기 때문이다. 비밀정보부가 내무부에 급송한 메시지들은 놀랍게도 안심을 시켜주는 기분 좋은 것들이었다. 고도의 능률을 갖춘 군 정보부에서 국방부의 정보심리 담당 대령들에게 보낸 메시지도 마찬가지였다. 군 정보부도 그들의 민간인 경쟁자들의 활동을 까맣게 모른 채, 그들 나름대로 조사를 하고 있었던 것이다. 어쨌든 양쪽 정보부에서는 문학이 고전으로 만들어버린 표현을 사용하고 싶었을지도 모른다, 서부 전선 이상 없다. 그렇다고 방금 어떤 병사가 죽었다는 것은 아니지만. 모두가, 대통령에서부터 최하급 정부 참모에 이르기까지 안도의 숨을 내쉬었다. 다행스럽게도 철수는 자신들의 전혀 설명할 길 없는 선동 행위를 약간이라도 뉘우쳤을지 모르는 주민에게 지나친 상처를 주지 않고 조용하게 이루어질 것 같았다. 그들은 그런 선동 행위에도 불구하고 칭찬할 만한 시민 정신, 밝은 미래를 약속해주는 시민정신을 보여주어, 이 고통스럽지만 불가피한 별거의 순간에 그들의 합법적인 지도

자나 대표자에게 말로나 행위로나 해를 끼칠 의도는 없는 것 같았다. 이것이 모든 보고에서 끌어낸 결론이었으며, 실제로 그렇기도 했다.

새벽 2시 반, 여행을 떠날 사람들은 대통령 관저, 총리 공관, 여러 부처 건물 등과 자신을 묶고 있는 밧줄을 끊을 준비가 되었다. 반짝거리는 검은 차량들이 줄을 서서 기다리고 있었다. 완전 무장한 경호원들이 서류를 잔뜩 실은 트럭을 둘러싸고 있었다. 믿어지지 않을지 모르지만 경호원들은 독침을 뱉을 능력까지 갖추고 있었다. 오토바이를 탄 경찰 선도자도 자리를 잡았다. 구급차도 준비가 되었다. 안의 사무실에서는 탈주 지도자들, 또는 도망자들, 아니 좀 더 고상한 언어로 변절자들이라고 불러야 할지도 모르는 사람들이 여전히 마지막 남은 벽장과 서랍을 열고 닫으며, 슬픈 표정으로 기념품 몇 가지를 챙기고 있었다. 단체 사진, 헌사가 들어간 단체 사진 또 한 장, 사람 머리카락으로 만든 반지, 자그마한 행복의 여신상, 학창 시절의 연필깎이, 반송된 수표, 익명의 편지, 수놓은 손수건, 수수께끼의 열쇠, 이름이 새겨진 여분의 펜, 의심을 초래할 만한 종이 한 장, 의심을 초래할 만한 종이 또 한 장. 하지만 두 번째 종이는 옆 부서의 동료에게 의심을 초래할 만한 것일 뿐이다. 몇 사람은 눈물을 글썽였다. 대부분 간신히 감정을 억제하고 있었다. 내가 위계의 사다리를 올라가는 걸 지켜봐주었던 이 사랑하는 곳으로 다시 돌아올 수 있을까. 그러나 운명이 그 정도로 출세를 도와주지 않았던 다른 사람들은 지금까지 겪었던 실망과 불공정한 대접을 잊어버리고 마침내 합당한 자리를 얻을 수도 있는 다른 세상과 다른 기회를 꿈꾸고 있었다. 군과 경찰은 이미 스물일곱 개 통로의 전략적으로 중요한 지점에 자리를 잡았고, 공격용 차량으로 주요 교차로를 모두 지키는 것도 잊지 않았다. 마침내 3시 15분 전, 퇴각을 은폐하기 위해 가로등의 밝기를 줄이라는 명령이 떨어졌다. 물론 퇴각이라는 말은 듣는 사람들 귀에 몹시 거슬렸다. 차와 트럭들이 통과해야 하는 도로에는 한 사람도, 단 한 사람도 없었다. 도시 나머지 지역으로부터 계속 흘러드는 정보도 똑같은 사실을 이야기해주었다. 집단적으로 모여드는 사람은 없다, 수상쩍은 활동도 없다. 집으로 돌아가거나 집을 떠나는 밤새들 가운데도 걱정할 만한 일을 하는 사람은 없는 것 같았다. 어깨 위에 깃발을 걸고 다니지도 않았으며, 주둥이에 걸레가 삐져나온 휘발유병을 감추고 다니지도 않았다. 곤봉이나 자전거 체인을 머리 위에 휘두르지도 않았다. 간혹 곧고 좁은 길에서 벗어나는 것처럼 보이는 사람이 있다 해도, 이것을 정치적인 성격의 탈선으로 볼 이유는 없었다. 그저 얼마든지 용서할 수 있는 과음의 결과일 뿐이었다. 3시 3분 전, 행렬의 자동차들이 시동을 걸었다. 3시 정각, 계획된 대로, 퇴각이 시작되었다.

그 순간, 오 놀라워라, 오 경악스러워라, 오 전에 한 번도 본 적이 없는 경이로다. 처음에는 혼란과 당황, 그다음에는 불안, 그다음에는 공포가 대통령과 총리, 장관들, 차관과 차관보들,

국장들, 경호원과 경찰 선도자들의 목 안으로 파고들었다. 심지어 그들보다는 덜했지만, 직업상 최악의 사태에 익숙한 구급차 요원들도 예외가 아니었다. 차가 도로를 따라 움직이기 시작하자 도로변 건물들의 전면에 하나씩하나씩, 꼭대기부터 아래까지 불이 켜진 것이다. 랜턴, 램프, 스포트라이트, 횃불, 이용할 수 있는 경우에는 촛대, 심지어 낡은 놋쇠 등잔까지 동원하여, 모두 창문을 활짝 열고 빛을 밝히고 있었다. 빛이 큰 강을 이루어 흘러가는 것 같았다. 수많은 하얀 불들이 수정처럼 반짝이며 길을 표시해주었다. 탈주자들이 길을 잃지 않도록, 샛길로 빠져들지 않도록 탈출로를 밝혀주고 있었다. 그것을 보자마자 행렬의 보안을 책임진 사람들의 첫 번째 반응은 이것저것 가리지 말고 있는 대로 밟아 미친 듯이 달리라고 명령했다. 그러자 차량 공식 운전자들은 억누를 수 없는 기쁨을 맛보게 되었다. 모두가 알다시피 운전자들은 200마력짜리 엔진으로 달팽이처럼 기어가는 것을 혐오한다. 그러나 폭발적인 질주는 오래가지 않았다. 그 무뚝뚝하고 경솔한 결정은 두려움에서 나온 결정이 모두 그렇듯이 나쁜 결과를 낳았다. 거의 모든 경로에서, 앞쪽에서든 뒤쪽에서든 가벼운 추돌 사고가 발생한 것이다. 보통 뒤에 있는 차가 앞에 있는 차를 박았다. 다행히도 승객에게 심한 영향은 주지 않았다. 약간 겁을 먹거나, 이마에 멍이 들거나, 얼굴에 긁힌 자국이 생기거나, 목이 삐는 정도였다. 상이용사에게 주는 훈장, 그러니까 프랑스의 무공십자훈장, 미국의 명예상이기장 같은 어마어마한 상을 받을 만한 부상자는 한 명도 없었다. 구급차들이 쏜살같이 앞으로 내달렸다. 의료진과 간호진이 열심히 부상자들을 돌보았다. 엄청난 혼란, 모든 면에서 개탄할 만한 혼란이 발생했다. 행렬은 멈추어 섰다. 다른 경로에서 무슨 일이 벌어졌는지 알아보느라 전화가 오갔다. 누군가 큰 소리로 상황을 정확하게 이야기해달라고 다그치고 있었다. 그 모든 것 위로 크리스마스트리처럼 불을 밝힌 건물들이 줄지어 있었다. 빠진 것은 불꽃놀이와 회전목마뿐이었다. 아래 거리에서 무료로 펼쳐지는 공연을 즐기려고 창문 밖으로 고개를 내미는 사람이 한 명도 없었다는 것이 그나마 다행이었다. 차들의 충돌을 보고 웃고, 조롱하고, 손가락질하는 사람은 없었다는 것이다. 근시안적인 하급자들, 현재 순간에만 관심을 가지는 사람들, 그러니까 그들 대부분은 틀림없이 가슴을 쓸어내렸을 것이다. 미래가 거의 없는 차관이나 보좌관들 몇 명도 가슴을 쓸어내렸을 것이다. 그러나 총리는 달랐다. 이미 스스로 멀리 내다보는 사람임을 증명해 보였던 총리는 가슴을 쓸어내리지 않았던 것이다. 의사가 소독약으로 총리의 턱을 토닥이면서 부상당한 총리에게 파상풍 예방주사를 놓는 것이 지나친 것인지 아닌지 고민하고 있는 동안, 총리는 건물에 불이 처음 켜지는 순간 그의 영혼을 흔들었던 불안한 떨림을 계속 곰곰이 씹어보고 있었다. 그것은 아무리 냉담한 정치가의 마음이라도 흔들어놓을 만했다. 의심의 여지없이 곤혹스럽고 불안한 일이었다. 그러나 더 심각한 일, 훨씬 더 심각한 일은 그 창들에 아무도 없다는 사실이었다. 따라서 공식 행렬은 멍청하게도 아무것도 아닌 것으로부터 달아나는 것과 다름없었다. 공격용 차량과 물대포를 갖춘 군과 경찰이 적으로부터 경멸을 당했지만 싸울 상대가 없는 것과 다름없었다. 총리는 추돌 사고로 약간 정신이 멍한 상태였음에도, 턱에 반창고를 붙인 채 금욕적인 태도로 짜증을 부리며 파상풍 예방주사를 거부하고 나서, 대통령에게 전화를 하여 안부를 묻는 것, 몸이 괜찮은지 묻는 것이 자신의 첫 번째 의무라는 사실을 기억해냈다. 그는 대통령이 순수한 장난기와 정치적인 주도면밀함을 동시에 드러내 먼저 전화를 한 다음, 바지를 내리다 들켰군(허를 찔렸다는 뜻—옮긴이), 물론 말이 그렇다는 얘기지만, 하는 농담을 던지지 않도록 지체 없이 전화를 해야 한다고 생각했다. 총리는 비서에게 전화를 해달라고 했다. 다른 비서가 전화를 받았다. 이쪽 비서는 총리가 대통령과 이야기를 하고 싶다고 말했다. 저쪽 비서는 잠깐 기다리라고 말했다. 이쪽 비서는 수화기를 총리에게 건네주었다. 총리는 경우에 맞게 기다렸다. 그곳 상황은 어떻소, 대통령이 물었다. 약간 찌그러진 정도이고 심각한 일은 없습니다, 총리가 대답했다. 우리는 아무런 문제없소. 추돌사고도 없습니까. 가볍게 부딪힌 정도요. 심각한 건 아니기를 바랍니다. 아니요, 이 장갑차는 폭탄에도 끄떡없소. 죄송합니다만, 각하, 폭탄에도 끄떡없는 장갑차는 없습니다. 그런 얘기까지 해줄 필요는 없소, 어떤 가슴받이에나 그것을 뚫는 창이 있고, 어떤 장갑차라도 그것을 뚫는 폭탄이 있는 법이니까. 다치셨습니까. 전혀. 경찰관의 얼굴이 창문에 나타나더니 가도 좋다는 신호를 했다. 우리는 다시 움직입니다, 총리가 대통령에게 말했다. 아, 우리는 사실 멈출 필요도 없었는데, 대통령이 대꾸했다. 말씀 좀 드려도 되겠습니까, 각하. 물론이오. 어, 저는 솔직히 걱정이 됩니다, 첫 선거 날보다 훨씬 더 걱정이 큽니다. 왜 그렇소. 우리가 막 떠나려고 할 때 불이 들어왔지 않습니까, 그리고 아마 우리가 가는 길을 따라 계속 불이 밝혀질 것 같은데요, 도시를 빠져나갈 때까지 말입니다, 그런데 사람은 하나도 안 보입니다, 그러니까 창에나 거리에나 한 사람도 보이지 않는다는 겁니다, 이건 이상한 일입니다, 아주 이상한 일입니다, 지금까지 늘 부인해왔던 것을 진지하게 생각해봐야 할지도 모른다는 생각이 들었습니다, 이 모든 일 배후에 어떤 목적이 있다는 것 말입니다, 어떤 구상, 계획된 목적이 있을지도 모른다는 생각 말입니다, 마치 주민이 어떤 계획에 복종하고 있는 것처럼, 중심에서 누가 조율을 하는 것처럼 일들이 진행되지 않습니까. 아, 나는 그렇게 생각하지 않소, 총리, 무정부주의자 음모론은 전혀 말이 안 된다는 걸 총리가 나보다 더 잘 알지 않소, 외국의 나쁜 나라가 우리나라의 안정을 해치려 한다는 이야기도 똑같이 말이 되지 않소. 우리는 모든 것을 완전히 통제한다고 생각했습니다, 우리가 상황의 주인이라고 생각했지요, 그러다가 아무도 상상도 못 했던 일이 튀어나와 놀라게 된 것 아닙니까, 대단한 극적 효과지요. 그래서 어떻게 할 생각이오. 당장은 우리 계획대로 하겠습니다, 미래의 조건 때문에 변경을 해야만 한다면, 뭐가 되었든 새로운 자료를 철저히 검토한 뒤에 그렇게 하겠습니다, 하지만 바탕은 달라질 게 없을 것 같습니다. 총리의 의견으로는 그 바탕이란 게 뭐요. 이미 논의를 해서 합의를 본 사항이지요, 각하, 우리의 목표는 주민을 고립시켜 그들이 부글부글 끓게 하는 것입니다, 조만간 싸움, 이해의 충돌이 일어날 것이고, 사람들 인생이 점점 고달파질 겁니다, 거리에는 쓰레기가 가득할 테고요, 상상해보십시오, 각하, 비가 오면 어떻게 되겠습니까, 제가 총리라는 사실만큼이나 분명한 것이지만, 식량의 공급과 분배에도 심각한 문제가 생길 수밖에 없습니다, 필요하다면 우리가 만들어내기라도 해야 할 문제이지요. 그러니까 이 도시가 오래 지탱할 수는 없을 거라는 이야기요. 네, 그렇게 생각합니다, 게다가 다른 중요한 요인이 있습니다, 어쩌면 가장 중요한 요인일지도 모르지요. 그게 뭐요, 많은 사람들이 열심히 노력을 해왔고 또 지금도 노력하고 있지만, 사람들이란 모두가 똑같이 생각을 하는 것이 불가능하다는 것이지요. 하지만 이번에는 성공한 것 같던데. 너무 완벽해서 현실적으로 보이지 않습니다, 각하. 방금 총리도 가설로서 인정했듯이 말이요, 만일 정말로 어떤 비밀 조직이 있다면 어쩔 거요, 마피아라든가, 카모라라든가, 코사노스트라라든가, CIA라든가, KGB라든가. CIA는 비밀 조직이 아니지요, 각하, KGB는 이제 존재하지 않고요. 뭐 그렇다고 내 이야기가 크게 달라질 건 없을 것 같소만, 어쨌든 그 비슷한 것, 아니, 가능하다면 더 나쁜 것, 더 마키아벨리적인 것이 이런 거의 만장일치에 가까운 상황을 만들었다고 상상해보시오, 그러니까 이걸 둘러싸고, 이 뭣이냐, 솔직히 말해서 뭐라고 해야 할지도 모르겠지만 말이오. 백지투표 말씀이시로군요, 각하, 백지투표요. 그건, 총리, 나 혼자서도 생각할 수 있었던 거요, 내가 관심을 가지는 건 내가 모르는 거란 말이오. 물론입니다, 각하. 어쨌든 하던 이야기로 돌아가봅시다. 제가 이론적으로, 오직 이론적으로만 하는 이야기입니다만, 국가 안보를 파괴하고 민주체제의 정통성에 반대하는 비밀 조직의 존재 가능성을 어쩔 수 없이 받아들인다 해도, 이런 일들은 연줄 없이는, 회의 없이는, 비밀 세포 없이는, 자극 없이는, 문서 없이는, 그렇습니다, 문서가 없이는 이루어질 수 없습니다, 각하도 이 세상에서 문서가 없으면 되는 일이 없다는 것을 잘 아시지 않습니까, 그러나 우리는 방금 제가 말씀드린 활동과 관련하여 어떤 정보도 가지고 있지 않을 뿐더러, 나아가자, 동지들이여, 르 주르 드 글루아르 에 아리베 (le jour de gloire est arrive, 영광의 날이 왔도다, 라는 뜻으로 프랑스 혁명 당시 혁명가로 사용되었던 프랑스 국가 〈라 마르세예즈〉의 한 구절-옮긴이), 하는 말이 적힌 일기장 하나도 찾아내지 못했습니다. 왜 그게 프랑스 말로 적혀 있어야 하는 거요. 그 사람들의 혁명 전통 때문이지요, 각하. 우리는 참 별난 나라에 살고 있구려, 이 행성의 다른 곳에서는 일어난 적도 없는 일이 일어나는 곳이니 말이오. 하지만 그런 경우가 우리나라에 처음은 아닙니다, 굳이 상기시켜드릴 필요는 없겠지만 말입니다, 각하.

내 말이 바로 그거요, 총리. 하지만 두 사건 사이에 연결 고리가 있을 가능성은 전혀 없습니다. 물론 그렇겠지, 전에는 백색 실명 전염병이었고 이번에는 백지투표라는 전염병이니까. 우리는 첫 번째 전염병의 이유도 아직 밝혀내지 못했습니다. 이번 것도 마찬가지잖소. 밝혀낼 것입니다, 각하, 밝혀내겠습니다. 첫 번째 경우에도 벽에 부딪혔는데. 믿음을 가져야 합니다, 각하, 믿음이 근본입니다. 뭐에, 누구한테 믿음을 가지라는 거요. 민주적 제도에 믿음을 가져야지요. 이보시오, 그런 얘기는 텔레비전에 나가서나 하시오, 지금은 우리 장관들밖에 듣는 사람이 없으니 솔직히 말해도 괜찮소. 총리는 화제를 바꾸었다, 이쪽은 도시를 떠나고 있습니다, 각하. 그래, 이곳도 마찬가지요. 잠깐 뒤를 봐주시지 않겠습니까, 각하. 왜. 불 때문입니다. 그게 뭐가 어때서. 아직 켜져 있습니다, 아무도 끄지 않았군요. 이 불에서 내가 어떤 결론을 이끌어내야 한다고 생각하는 거요. 글쎄요, 저도 정확하게는 모르겠습니다, 각하, 우리가 지나가면 불이 꺼지는 게 자연스럽기는 할 텐데요, 하지만 그대로 있네요, 참, 생각을 해보니, 공중에서 보면 팔이 스물일곱 개 달린 거대한 별처럼 보이겠네요. 내가 시인을 총리로 임명한 것 같구려. 아, 저는 시인이 아닙니다만, 별은 별이고 별이지요, 그건 아무도 부정할 수 없습니다, 각하. 그래, 그래서. 정부는 아무것도 안 하고 그냥 앉아 있지는 않을 겁니다, 아직 우리 탄약이 바닥난 게 아닙니다, 우리 화살통에는 아직 화살이 있습니다. 총리가 과녁을 제대로 보고 있기를 바랄 뿐이오. 적만 눈에 보이면 됩니다. 하지만 바로 그게 문제가 아니오, 우리는 적이 어디에 있는지 모르지 않소, 누군지도 모르지 않소. 나타날 겁니다, 각하, 시간문제일 뿐입니다, 영원히 숨어 있을 수는 없습니다. 우리한테 시간이 있을 때 그래야 하는데. 해결책을 찾을 겁니다. 시 경계에 다 왔군, 내 집무실에서 이야기를 계속합시다, 나중에 거기서 봅시다, 6시쯤. 알겠습니다, 각하, 그때 뵙겠습니다.

시 경계는 도시에서 빠져나가는 어느 출구에서나 똑같은 모습이었다. 이동 가능한 묵직한 바리케이드, 도로 양쪽에 탱크 한 대씩 두 대, 가건물 몇 개, 얼굴에 칠을 하고 전투복을 입은 무장 병사들. 강력한 스포트라이트가 검문소를 밝히고 있었다. 대통령은 차에서 내려 지휘관의 흠 하나 없는 경례에 정중하지만 약간 경멸이 섞인 동작으로 답을 하고 나서 물었다, 이곳 상황은 어떻소. 이상 없습니다, 각하, 평온한 상황입니다. 이곳을 나가려고 한 사람이 있소. 없습니다, 각하. 그러니까 자동차, 자전거, 수레, 스케이트보드 같은 것들을 말하는 거요. 자동차를 말하는 겁니다, 각하. 걸어서 나가려는 사람은. 한 사람도 없었습니다. 물론 도망자들이 도로를 이용하지 않을 가능성은 이미 생각을 해두었겠지. 생각을 했습니다만, 각하, 그래도 빠져나가지 못할 겁니다, 우리와 양옆의 가장 가까운 출구 사이의 공간에는 재래식 순찰대가 파견되어 있을 뿐 아니라, 전자 감지기까지 설치해놓았기 때문입니다, 이 감지기는 조정해놓기에 따라서 쥐까지 감지해낼 수 있습니다.

아주 좋소, 물론 이런 경우에 흔히 하는 이야기니까 귀관도 자주 들어보았겠지만, 어쨌든 국가는 귀관을 지켜보고 있소. 네, 각하, 우리는 우리 임무의 중요성을 잘 알고 있습니다. 대량 탈출 시도가 이루어질 경우에 어떻게 하라는 명령은 받았겠지. 네, 각하. 그 명령이 뭐요. 우선 멈추라고 말하는 것입니다. 그거야 뻔하지. 네, 각하. 그런데 안 멈추면. 멈추지 않으면, 공포를 쏩니다. 그래도 계속 밀고 오면. 그럼 우리에게 할당된 폭동진압 경찰이 행동에 나섭니다. 그 경찰은 어떤 일을 하게 되오. 글쎄요, 각하, 상황에 따라 다릅니다만, 최루탄을 사용할 수도 있고 물대포를 쓸 수도 있습니다, 군은 그런 일은 하지 않습니다만. 그러니까 그런 게 못마땅하다는 뜻으로 알아들어도 되겠소. 그저 그것은 전쟁을 수행하는 방식이 아니라고 생각한다는 말일 뿐입니다, 각하. 흥미 있는 이야기로군, 그래, 그래도 사람들이 물러서지 않으면. 물러날 수밖에 없습니다, 각하, 최루탄 공격과 물대포를 견딜 수 있는 사람은 없습니다. 그래도 버틴다고 생각해봅시다, 그럴 경우에 받은 명령은 뭐요. 다리를 쏘는 겁니다. 왜 다리요. 동포를 죽이고 싶지 않기 때문입니다. 하지만 그런 일이 일어날 수도 있지 않겠소. 네, 각하, 일어날 수 있지요. 귀관은 도시에 가족이 있소. 네, 각하. 다가오는 사람들 선두에 귀관의 처자식이 보이면 어쩌겠소. 군인의 가족은 어떤 상황에서든 조심해서 행동할 줄 압니다. 그래, 물론 그렇겠지, 하지만 그냥 상상을 해보자는 거요. 명령을 따라야 합니다, 각하. 모든 명령을 말이오. 오늘까지 저는 저에게 주어진 모든 명령을 따랐다는 것을 명예로 삼고 있습니다. 그럼 내일은. 내일은 각하께 보고드릴 내용이 없기를 간절히 바랄 뿐입니다, 각하. 나도 마찬가지요. 대통령은 자기 차 쪽으로 두 걸음을 걷다가 갑자기 물었다. 귀관의 부인이 백지투표를 하지 않은 게 분명하오. 네, 각하, 손에 장이라도 지지겠습니다, 각하. 정말이오. 말이 그렇다는 겁니다, 각하, 집사람이 선거인으로서 자신의 의무를 이행했을 것이라고 확신한다는 뜻이었습니다. 투표를 함으로써 말이지. 네. 하지만 그건 내 질문에 대한 답이 아니지 않소. 아니지요, 각하. 그럼 대답해보시오. 못합니다, 각하. 왜 못하오. 법이 허용하지 않기 때문입니다. 아. 대통령은 우두커니 서서 장교를 한참 보더니 말했다. 수고하시오, 대위, 대위 맞지요. 네, 각하. 수고하시오, 대위, 언젠가 다시 보게 될지도 모르겠소. 안녕히 가십시오, 각하. 나는 귀관이 백지투표를 했느냐고는 묻지 않았소. 네, 압니다, 각하. 차가 빠르게 내달렸다. 대위는 두 손으로 얼굴을 덮었다. 이마에서 땀이 뚝뚝 듣고 있었다.

마지막 군 트럭과 마지막 경찰 밴이 도시를 떠나자 불이 꺼지기 시작했다. 마치 작별 인사라도 하듯이 별의 팔 스물일곱 개가 점차 사라지고 버려진 도로들로 이루어진 희미한 지도만 남았다. 아무도 가로등을 본래 밝기로 돌려놓을 생각을 하지 않았기 때문에 침침한 가로등만 거리의 윤곽을 표시하고 있었다. 곧 짙은 검은색 하늘이 서서히 해체되면서 짙푸르고 느린 물결이 출렁일 것이다. 시력만 좋다면 누구라도 벌써 이런 물결이 지평선으로부터 올라오고 있음을 알아차렸을 것이다. 이제 곧 이 도시가 얼마나 살아 있는지 볼 수 있을 것이다. 이 도로변 건물들의 여러 층에 사는 남녀들이 실제로 일을 하러 나가는지, 처음 오는 버스가 첫 승객을 태우는지, 전차가 굉음을 내며 터널을 통과하는지, 상점들이 문을 열고 셔터를 올리는지, 신문이 가판대로 배달되는지 보게 될 것이다. 이른 아침, 사람들은 씻고 옷을 입고 평소대로 아침 커피를 마시면서 라디오에 귀를 기울인다. 라디오는 흥분된 목소리로 대통령, 정부, 의회가 새벽에 도시를 떠났다고, 도시에는 경찰이 남지 않았다고, 군인도 철수했다고 알린다. 그러자 사람들은 텔레비전을 켠다. 텔레비전도 똑같은 목소리로 똑같은 소식을 전한다. 라디오와 텔레비전은 서로 아주 짧은 간격만 둔 채로 계속해서 7시 정각에 대통령의 중요 연설이 전국에, 물론 수도의 고집스러운 거주자들에게도 방송될 것이라고 보도한다. 아직 가판대는 문을 열지 않았으므로 신문을 사러 거리로 나가보았자 소용이 없다. 좀 더 현대적인 시민들이 이미 시도해본 일이지만, 웹, 월드와이드웹에서 대통령의 악담이 어떤 식으로 전개될지 검색해보는 것도 소용없다. 몇 시간 전 여러 건물에서 동시에 전등 스위치가 올라간 것에서도 알 수 있듯이 공식적인 비밀은 가끔 누설과 폭로에 시달리기도 하지만, 고위층의 문제가 되면 극도의 엄격성이 발휘된다. 모두가 알다시피 그들은 아주 경박한 동기로 그런 비밀을 못 지키는 사람들에게 신속하고 자세한 설명을 요구할 뿐 아니라, 가끔 그들의 머리를 자르기도 하기 때문이다. 7시 10분 전이다. 여전히 게으름을 피우고 있는 사람들 가운데 다수는 당연히 출근을 하러 거리로 나가야 한다. 하지만 모든 날이 똑같은 것은 아니다. 공무원들은 마치 늦게 출근해도 좋다는 허락을 받은 것 같다. 사기업들은 대부분 도대체 사태가 어떻게 흘러가는지 보려고 하루 종일 문을 닫을 것이다. 조심을 하는 것과 닭고기 수프를 먹는 것은 전혀 해가 될 것이 없지 않은가. 건강이 좋은 사람이든 나쁜 사람이든 말이다. 군중의 세계사를 보면 공공질서가 실제로 깨진 경우나 깨질 위험에 처했을 때, 가장 훌륭하게 신중의 모범을 보이는 사람들은 주로 거리에 면한 사업체나 산업체다. 우리는 그들의 예민한 태도를 존중할 수밖에 없다. 그곳이 가장 잃을 것이 많고, 또 박살난 진열장, 강탈, 약탈, 사보타주 등등으로 실제로 많은 것을 잃을 수밖에 없는 사람들이 일을 하는 곳이기 때문이다. 7시 2분 전, 텔레비전과 라디오 아나운서들이 이런 상황에 어울리는 우울한 얼굴과 목소리로 마침내 대통령이 곧 대국민 연설을 할 것이라고 발표한다. 이어 마음의 준비를 하라는 듯, 천천히 흐느적거리는 국기를 보여준다. 기는 당장이라도 깃대를 타고 무력하게 미끄러져 내릴 것 같다. 저 사람들이 저걸 찍은 날에는 바람이 제대로 불지 않았던 게 분명하군, 한 주민이 말했다. 그러나 나라의 상징은 국가(國歌)의 첫 화음을 듣고 소생하는 것 같았다. 가벼운 산들바람이 갑자기 기운찬 바람에 자리를 내주었다. 새로운 바람은 거대한 대양이나 승리를 거둔 전장에서 불어온 것이 틀림없었다. 이 바람이 더 세게 분다면, 조금만 더 세게 분다면, 우리는 뒤에 영웅들을 태우고 오는 말을 탄 발키리들을 보게 될 것이 틀림없다. 이윽고 국가가 차츰 희미해지면서 국기도 데려갔다. 아니면 국기가 국가를 데려갔는지도 모르지만, 순서는 중요하지 않다. 이윽고 대통령이 국민 앞에 나타났다. 책상 뒤에 앉아 엄격한 눈을 텔레프롬프터에 고정시키고 있었다. 오른쪽에는 국기가 차려 자세로 서 있었다. 방금 말했던 국기가 아니라 신중하게 겹겹이 주름을 잡아 세워놓은 실내용 국기였다. 대통령은 두 손의 손가락들을 얽어 잡고 있었다. 자기도 모르게 경련이 생길까 봐 걱정하는 것 같았다. 초조해 보이는군, 조금 전에 바람이 제대로 불지 않았다는 이야기를 한 사람이 말했다, 우리한테 쓴 비열한 책략을 설명할 때 저 사람 표정이 어떻지 좀 보고 싶어. 대통령의 임박한 웅변을 기다리는 사람들은 공화국의 연설 보좌관들이 연설을 준비하느라 들인 노력을 상상도 하지 못할 것이다. 그러나 내용 때문에 고생했던 것은 아니다. 그것은 이미 정해진 악기의 줄 몇 개만 퉁겨보면 끝나는 일이었다. 그들이 고생한 것은 규범을 따를 경우 보통 이런 연설의 서두를 장식하는 호칭의 형식, 보통 이런 유형의 장광설의 도입부를 이루는 대목이었다. 사실 이 메시지의 민감한 성격을 고려할 때, 친애하는 동포 여러분이나 존경하는 동료 시민 여러분, 하고 말하는 것은 모욕이나 다름없었다. 아니면 마치 적당량의 비브라토를 넣어 애국주의라는 베이스 줄을 퉁길 시간이라도 된 것처럼, 가장 간단하고 가장 고귀한 호칭 양식으로, 포르투갈의 남녀 여러분, 하고 부르는 것도 마찬가지였다. 서둘러 덧붙이거니와, 포르투갈이라는 말이 나온 것은 객관적 사실로 근거를 댈 수는 없지만, 우리가 꼼꼼하고 자세하게 묘사하게 된 이 비참한 사태가 방금 말한 포르투갈의 남녀 여러분의 땅에서 일어나는 일 또는 일어났던 일일 수도 있다는, 아무런 부질없는 상상 때문이다. 이것은 단지 하나의 예일 뿐이지 그 이상이 아니다. 이 점과 관련하여 우리는 오로지 선한 의도밖에 없었지만, 그럼에도 미리 사과를 드린다. 무엇보다도 포르투갈 사람들은 전 세계에서 칭찬을 들을 만한 시민적 규율과 종교적 헌신성으로 유권자의 의무를 성실하게 이행해왔다는 평판을 얻고 있기 때문이다.

자, 우리가 관찰 대상으로 삼고 있는 집으로 돌아가, 일반적인 예상과는 달리 대통령의 입에서 이런 일반적인 호칭 형식 가운데 어느 것도 나오지 않았다는 사실, 이것이든 저것이든 또 다른 것이든 아무런 호칭도 없었다는 사실을 단 한 사람의 시청자나 청취자도 알아채지 못했다는 점을 이야기해야겠다. 아마 에테르에 던져진 첫 몇 마디의 구슬프게 울리는 드라마 때문이었는지도 모른다, 나는 내 심장을 두 손에 쥐고 여러분에게 이야기합니다. 그 말 때문에 대통령의 연설 보좌관들은 위에 말한 일반적인 후렴구를 사용하는 것이 불필요하고 부적절하다는 것을 깨달았다. 다정하게, 존경하는 동료 시민 여러분이나 친애하는 동포 여러분 하고 시작했다면 정말 어울리지 않았을 것이다. 마치 내일 석유 값을 50퍼센트 내릴 것이라는 말을 할 것처럼 불러놓고는 공포에 질린 시청자의 눈앞에 피가 뚝뚝 떨어지는, 여전히 고동을 치고 있는 미끌미끌한 장기(臟器)를 들이밀어야 할 터이기 때문이다. 대통령이 하려는 말이, 안녕, 안녕, 나중에 봅시다, 하는 내용이라는 것은 누구나 다 아는 일이었다. 그러나, 이해할 수 있는 일이지만, 사람들은 그가 어떻게 이 상황에서 빠져나갈지 궁금했던 것이다. 자, 여기에 그의 연설 전문이 있다. 물론 말을 글로 옮겨 적는 것이 불가능한지라, 목소리의 떨림, 비통한 얼굴, 이따금씩 반짝거리는 간신히 억누른 눈물까지 보여줄 수는 없다. 나는 내 심장을 두 손에 쥐고 이야기합니다, 마치 사랑하는 자식에게 버림받은 아버지처럼, 이해할 수 없는 균열의 고통 때문에 갈기갈기 찢어진 사람으로서 이야기합니다, 우리 모두 우리의 고귀한 가족적 조화를 파괴한 이 특별한 일련의 사태에 혼란을 겪고 당황하고 있습니다, 우리가, 내가, 이 나라 정부와 그 선출된 대표들이 국민을 떠났다고 말하지 마십시오, 오늘 아침 우리가 다른 도시로, 앞으로 이 나라의 새로운 수도가 될 도시로 물러난 것은 사실입니다, 한때 우리의 수도였지만 지금은 아닌 곳에 엄중한 계엄령을 내린 것은 사실이고, 이 때문에 중요한 의미가 있는 도시, 또 물리적으로나 사회적으로 규모가 큰 도시의 기능에 불가피하게 심각한 장애가 일어나고 있는 것 또한 사실입니다, 여러분이 사는 그 도시는 현재 포위되어 있고, 여러분은 그 도시 경계 안에 갇혀 있다는 것, 여러분은 그곳을 떠날 수도 없고, 떠나려 할 경우 즉각적인 무장 대응과 직면하게 된다는 것 또한 사실입니다, 하지만 여러분은 이것이 일련의 평화롭고, 정직하고, 민주적인 경합 과정에서 자유롭게 표현된 국민의 의지에 따라 나라의 운명을 책임지게 된 사람들, 안팎의 모든 위험으로부터 나라의 운명을 지킬 임무를 부여받은 사람들의 잘못 때문이라고 말할 수는 없을 것입니다, 이것은 여러분 책임입니다, 그렇습니다, 여러분이 전복과 무질서라는 고통스러운 길을 선택하여, 어느 나라의 역사에 비추어도 부끄러울 것이 없는 정통적인 국가 권력에 가장 사악하게 또 악마적으로 도전하는 길을 택하여 나라의 화합을 불명예스럽게 거부한 것입니다, 우리한테 책임을 물으려 하지 마십시오, 여러분 자신에게 책임을 물으십시오, 내 이름으로 말하는 사람들에게서 책임을 찾지 마십시오, 물론 나는 지금 정부 이야기를 하는 겁니다, 그들은 되풀이하여 여러분에게 그 사악한 외고집을 버리라고 요청했습니다, 아니, 간청하고 애원했습니다, 그런 외고집의 궁극적인 의미는 정부 당국이 엄청난 노력을 기울여 조사를 했음에도 오늘날까지 오리무중입니다, 수백 년 동안 여러분은 이 땅의 머리이자 이 나라의 자부심이었습니다, 수백 년 동안 나라에 위기가 닥치고 집단적 불안이 엄습할 때면 우리 국민은 이 도시, 이 산들로 눈을 돌리곤 했습니다, 그곳으로부터 해법이, 위로하는 말이, 미래로 향하는 올바른 길이 나올 것임을 알았기 때문입니다, 그러나 여러분은 선조의 기억을 배신했습니다, 이 엄혹한 진실이 여러분의 양심을 영원히 괴롭힐 것입니다, 선조들은 돌을 하나씩 쌓아 이 나라의 제단을 세웠습니다, 그런데 부끄럽게도 여러분은 그것을 부수어버렸습니다, 내 온 영혼으로 말하거니와, 나는 여러분의 광기가 일시적인 것이기를 바랍니다, 그것이 지속되지 않기를 바랍니다, 나는 미래를 생각하고 싶습니다, 어서 그 미래가 다가오게 해달라고 하늘에 기도하고 있습니다, 여러분의 심장에 가책이 스며들게 되고, 여러분이 적법성과 화해를 하고, 그와 더불어 뿌리 가운데 뿌리인 민족 공동체와 화해를 하며 탕자처럼 부모의 집으로 돌아올 미래를 기다리는 것입니다, 여러분은 현재 법이 없는 도시에 살고 있습니다, 여러분에게는 무엇을 해라 하지 마라 할 정부, 어떻게 행동하고 행동하지 말지를 말해줄 정부가 없습니다, 거리는 여러분의 것이 될 것입니다, 여러분 소유입니다, 그러니 마음대로 쓰십시오, 이제 여러분이 가는 길을 막고 건전한 충고를 해줄 권위는 없습니다, 하지만, 내 말 잘 들으십시오, 그와 더불어 여러분을 도둑, 강간범, 살인범으로부터 보호해줄 권위도 사라질 것입니다, 그것이 여러분의 자유가 될 것입니다, 그것을 즐기시기 바랍니다, 혹시 여러분이 자유로운 의지와 온갖 변덕대로 행동하면 오래된 방법과 오래된 법을 사용할 때보다 여러분의 삶을 더 잘 조직하고 방어할 수 있을 것이라고 그릇된 상상을 할지도 모릅니다, 그러나 그것은 심각한 착오입니다, 조만간 여러분은 여러분을 다스릴 지도자들을 찾아야 할 것입니다, 그들이 여러분이 빠져들 불가피한 혼돈으로부터 먼저 짐승처럼 뛰쳐나와 여러분에게 그들 자신의 법을 강제하지 않는다면 말입니다, 그러면 여러분은 여러분의 자기기만의 비극적 본질을 깨닫게 될 것입니다, 어쩌면 여러분은 권위주의 통치 시절에 하던 것처럼, 모진 독재의 시절에 하던 것처럼 반역에 나설지도 모릅니다, 그러나 착각하지 마십시오, 여러분은 과거와 똑같은 폭력으로 진압을 당할 것입니다, 여러분은 투표를 해달라는 요청을 받지 못할 것입니다, 선거가 없을 테니까요, 있다 해도, 여러분이 경멸했던 자유롭고, 공개적이고, 정직한 선거는 없을 것입니다, 결국에 가서는 오늘 여러분을 여러분이 선택한 운명에 맡기고 떠나오기로 결정한 나와 국민의 정부가 다시 무력을 이끌고 돌아가 여러분 자신이 만들어낸 괴물로부터 여러분을 해방시킬 수밖에 없는 날이 올 것입니다, 여러분은 그간의 모든 고통이 헛되고, 모든 고집이 쓸데없었다는 사실을 깨달을 것입니다, 그제야 여러분은 뒤늦게 권리는 그것이 표현되는 말 속에서만, 또 헌법이든 법이든 규칙이든 그것이 기록되는 종이 위에서만 온전하게 존재할 수 있을 뿐임을 이해하게 될 것입니다, 그제야 여러분은 그 권리를 그릇되게 또는 아무 생각 없이 적용하다가는 이미 단단하게 자리를 잡은 사회를 흔들어놓을 뿐이라는 사실을 이해하게 될 것이며, 또 바라건대, 확신하게 될 것입니다, 마지막으로 여러분은 약간의 상식만 있는 사람이라면 그 권리라는 것을 가능한 일의 상징으로 받아들이지, 절대 실행 가능한, 구체적 현실로 받아들이지 않는다는 사실을 이해하게 될 것입니다, 백지투표를 하는 것은 여러분의 변경 불가능한 권리입니다, 아무도 그 권리를 부정하지 않습니다, 그러나 우리는 아이들에게 성냥을 가지고 놀지 말라고 말하듯이, 모든 민족들에게 다이너마이트를 가지고 노는 일의 위험을 경고하기도 합니다, 이제 말을 맺겠습니다, 나의 모진 경고를 위협으로 받아들이지 마시고, 여러분이 여러분 자신의 가슴에서 만들어내고 또 여러분 스스로 잠겨버린 더러운 정치적 고름을 불로 지지는 것이라고 받아들이십시오, 여러분이 용서를 받을 만한 자격이 생겼을 때 나는 다시 여러분 앞에 나와 이야기를 하게 될 것입니다, 우리는 그 모든 일에도 불구하고 여러분에게 용서를 베풀고 싶습니다, 여러분의 대통령인 나, 행복했던 시절에 여러분이 선출한 정부, 국민 가운데 건강과 순수를 잃지 않은 사람들, 현재로서는 여러분이 만날 자격이 없는 그 사람들이 모두 다 그런 용서하고 싶은 마음을 갖고 있습니다, 그날까지 안녕히 계십시오, 주님께서 여러분을 보호하시기를. 대통령의 엄숙하고 슬픈 얼굴이 사라지고, 그 자리에 깃대 위의 깃발이 나타났다. 바람은 미치광이를 흔들듯이 기를 사납게 흔들어댔다. 국가는 멈출 수 없는 애국적 자존심의 시대에 작곡된 호전적인 화음과 호전적인 악센트를 되풀이했다. 그러나 지금은 약간 갈라진 소리가 났다. 저 사람 말 하나는 잘해, 가족 가운데 연장자가 말했다, 물론 애들이 성냥 갖고 놀지 말아야 한다는 얘기는 옳지, 다들 알다시피, 그랬다간 나중에 잘 때 오줌을 싸니까.

거리에는 그때까지 거의 사람이 없었고, 상점과 업체마저 문을 다 닫고 있었다. 그러나 몇 분이 안 되어 사람들로 가득 차게 되었다. 집에 그대로 있는 사람들은 창밖으로 몸을 내밀고 몰려드는 사람들을 살폈다. 그렇다고 모두가 같은 방향으로 간다는 뜻은 아니었다. 오히려 강 두 줄기를 닮아, 하나는 위로 흐르고 하나는 아래로 흘렀다. 도시는 지역 축제라도 맞이한 듯 흥거운 분위기였다. 달아난 대통령의 악의에 찬 예언과는 달리 도둑도 강간범도 살인범도 없었다. 여기저기 건물 몇 동의 몇 층에는 창문이 그대로 닫혀 있었다. 블라인드가 있는 곳은 단단히 쳐놓았다. 마치 고통스러운 사별이라도 겪은 집 같았다. 그런 층에서는 새벽에도 환한 불이 밝혀지지 않았다. 기껏해야 공포로 옥죄는 가슴을 안고 커튼 뒤에서 살짝 내다보기만 했을 것이다. 그곳에 사는 사람들은 매우 확고한 정치적 관점을 가졌기 때문이다. 그들은 첫 번째와 두 번째 선거에서 모두 늘 지지하던 정당, 우익정당과 중도정당에 표를 던진 사람들이었다. 그들은 지금 축하를 할 이유가 없었다. 외려 거리에서 노래를 부르고 고함을 지르는 무지한 대중이 공격을 할까 봐 두려웠다. 그들의 신성불가침인 가정의 문을 걸어차고 들어와, 그들 가족의 기억을 더럽히고, 그들의 은을 훔쳐갈까 봐 두려웠다. 맘껏 노래를 부르라지, 곧 노래가 울음으로 변할 테니까, 그들은 서로 용기를 주려고 그런 말을 했다. 좌익정당에 표를 던진 사람들이 창문 앞에 서서 박수를 치지 않은 유일한 이유는 이미 밑에 내려가 군중 속에 섞여 있기 때문이었다. 그것은 바로 이 거리에서 빠르게 흐르는 머리들의 강 위로 마치 수질 검사를 하듯이 이따금씩 솟아오르는 깃발로도 확인이 되었다. 아무도 출근을 하지 않았다. 가판대의 신문은 매진이었다. 모든 신문이 1면에 대통령의 연설 기사와 더불어 그가 연설을 할 때 찍은 사진을 게재했다. 그 고통스러운 표정으로 보건대 심장을 두 손에 쥐고 말한다고 할 때 찍은 것 같았다. 그러나 이미 알고 있는 것을 읽는 사람은 거의 없었다. 대부분은 편집자, 논설위원, 논평가의 견해나 최신 인터뷰에 더 관심이 있었다. 주요 표제들은 호기심 많은 사람들의 관심을 끌었다. 표제들은 어마어마하게 컸다. 안쪽 면의 표제들은 정상적인 크기였지만, 어느 것 할 것 없이 표제 조합의 천재 한 사람의 머리에서 튀어나온 것 같았다. 모두 즐거운 마음으로 표제만 읽을 뿐, 굳이 뒤에 이어지는 기사를 읽을 필요를 느끼지 못했다. 이 표제들은, 수도 하룻밤 새에 고아가 되다 하는 식으로 감상적이 되기도 하고, 선거 폭탄 유권자들의 얼굴에서 터지다, 또는, 백지투표자들 정부에 의해 백지가 되다, 하는 식으로 아이러니를 섞기도 하고, 정부가 봉기를 일으킨 수도에 본때를 보이다, 하는 식으로 교육적으로 나서기도 하고, 이제 보복을 할 때, 하는 식으로 복수심을 드러내기도 하고, 이제부터 모든 것이 달라질 것이다, 또는, 어떤 것도 전과 같을 수 없다, 하는 식으로 예언적으로 나오기도 하고, 무정부 상태 눈앞에, 또는, 분계선에서 수상적은 작전, 하는 식으로 경계심을 불러일으키기도 하고, 역사적 순간을 위한 역사적 연설, 하는 식으로 수사적으로 나오기도 하고, 당당한 대통령 무책임한 수도에 도전하다, 하는 식으로 아첨을 하기도 하고, 군 도시를 포위하다, 하는 식으로 전쟁 분위기를 풍기기도 하고, 정부 기구 철수 무사히 진행, 하는 식으로 객관적인 태도를 보이기도 하고, 시의회가 전권을 장악해야 한다, 하는 식으로 선동적으로 나오기도 하고, 해법은 지방자치 전통에 있다, 하는 식으로 전술적으로 나오기도 했다. 멋진 별, 빛의 팔이 스물일곱 개 달린 별에 대한 언급은 몇 개밖에 없었다. 이런 언급조차 다른 뉴스들 사이에 뒤섞여 있었으며, 표제, 아이러니가 섞인 표제, 비꼬는 표제, 예를 들어, 이러고도 그들은 전기 요금 불평을 한다, 같은 표제 하나 달고 나오지 못했다. 일부 사설은 정부의 태도를 지지했다. 모든 권력을 정부에게로, 한 사설은 그렇게 촉구하기도 했다. 그러면서도 주민이 도시를 떠나지 못하도록 금지한 것이 과연 공정한 처사인지 감히 의문을 제기했다, 늘 그렇지만 이번에도 의로운 사람들이 죄인들의 죗값을, 정직한 사람들이 범죄자의 죗값을 치러주게 될 것이다, 사회가 인정하고 승인한 정치적이고 이념적인 대안의 틀을 구성하는 합법 정당 가운데 하나를 지지하여 유권자로서의 의무를 양심적으로 이행한 이 도시의 훌륭한 시민들이 이제 문제를 일으키는 변덕스러운 다수 때문에 이동의 자유를 제한당하게 되었다, 어떤 사람들은 자신들이 무엇을 원하는지 모르는 것이 그런 다수의 한 가지 특징이라고 한다, 그러나 우리가 이해하는 바로는 사실 그들은 자신들이 무엇을 원하는지 완벽하게 잘 알고 있으며, 이제 권력에 대한 최종 공격을 준비하고 있다. 다른 사설들은 더 나아가 간단하게 비밀 투표를 폐지해버리자고 요구하면서, 앞으로 상황이 정상으로 돌아가면, 어떤 식으로든 정상으로 돌아갈 수밖에 없겠지만, 모든 선거인들이 기록표를 갖고 있게 해야 한다고 제안했다. 그가 투표용지를 투표함에 넣기 전에 감독관이 그가 어디에 투표를 했는지 확인을 한 뒤, 그가 이 당 또는 저 당에 투표를 했다고 적어놓고, 그 밑에 선거인이, 나는 위의 기록이 사실이라고 인정한다, 하고 적은 다음 서명을 한 기록표를 갖고 있어야 한다는 뜻이었다. 이 기록표는 공적이고 사적인, 모든 법적인 의도와 목적으로 활용할 수 있을 터였다. 만일 그런 기록표가 존재했다면, 입법가들이 투표를 방탕하게 사용할 가능성을 미리 인식하고 과감하게 기록표를 도입하여 민주체제의 형식과 내용을 완전히 투명하게 통합했다면, 우익정당이나 중도정당에 투표를 한 사람들은 모두 지금 그들의 진정한 본향으로, 가장 편하게 가슴에 끌어안을 수 있는 자들을 받아들이려고 늘 두 팔을 활짝 여는 곳으로 이주하려고 짐을 싸고 있을 터였다. 각기 다른 정당의 깃발을 달고 박자에 맞추어 우익정당, 중도정당 하고 경적을 울려대는 차량과 버스, 소형버스와 이삿짐차의 행렬들이 곧 정부의 예를 따라 시 경계의 군사 초소로 향할 것이다. 아이들은 차창 밖으로 엉덩이를 내밀거나 봉기의 보병들을 향해 고함을 지를 것이다, 너희 등 뒤를 조심하는 것이 좋을 거다, 이 지긋지긋한 반역자들아. 우리가 돌아오면 너희는 죽을 줄 알아라, 이 염병할 악당들아. 이 썩어빠진 개자식들아. 아니면 민주주의적인 은어로 가장 모욕적인 말을 소리쳐 외칠 것이다, 무법자들, 무법자들, 무법자들. 물론 그것은 사실이 아니다. 그들이 욕을 하는 사람들도 집이나 호주머니에 자신의 선거인 기록표가 있을 것이기 때문이다. 거기에는 마치 쇠로 낙인을 찍듯이 불명예스럽게, 나는 백지투표를 했습니다, 하고 적혀 있거나 스탬프로 찍혀 있을 것이기 때문이다. 극단적인 병에는 극단적인 처방을 쓸 수밖에 없다, 사설은 그렇게 거룩하게 말을 맺었다.

축하 행사는 오래가지 않았다. 그렇다고 출근을 한 사람이 있었다는 것은 아니다. 다만 상황의 심각성 때문에 기쁨의 시위는 곧 입을 다물고 말았다. 어떤 사람은 이렇게 묻기까지 했다, 우리가 좋아할 게 뭐가 있어, 저 자들은 우리가 마치 격리해야 할 전염병 피해자라도 되는 것처럼 우리를 고립시켰잖아, 총을 든 군인들을 배치시켜놓고 도시를 나가려는 사람이 있으면 바로 쏠 텐데, 그런데 우리가 뭘 좋아한단 말이야. 다른 사람들은 말했다, 우리도 조직을 해야 돼. 그러나 그들은 어떻게 또는 누구와 또는 왜 조직을 해야 하는지 몰랐다. 어떤 사람들은 시의회를 찾아가 그 지도자에게 지지를 표명하고, 백지투표를 한 사람들이 체제를 전복하고 권력을 잡으려고 그런 것은 아니다, 어차피 그들은 권력으로 뭘 할지도 모른다, 그들이 백지투표를 한 것은 환멸에 빠졌기 때문인데 달리 그들이 얼마나 환멸을 느끼는지 분명하게 표현할 방법이 없었다, 그들은 혁명을 일으킬 수도 있었지만, 그랬을 경우 틀림없이 많은 사람들이 죽었을 것이다, 이것은 결코 그들도 원하는 바가 아니었다, 그래서 그들은 꾹 참고 투표함에 표를 던진 것이며, 그 결과는 보시다시피 여기 이렇다, 하고 설명을 해야 한다고 말했다. 이것은 민주주의가 아닙니다, 민주주의와는 거리가 멉니다, 그렇게 설명하자는 이야기였다. 어떤 사람들은 사실들을 더 신중하게 생각해보아야 하며, 의회가 먼저 말을 하게 해야 한다고 말했다. 우리가 그들에게 가서 그런 설명을 하면 우리 뒤에 정치 조직이 있어 우리를 조종하고 있다고 생각할 거요, 그게 사실이 아니라는 것을 아는 사람은 우리뿐이오, 그들 역시 난처한 상황에 처했다는 것을 잊지 마시오, 정부는 그들에게 진짜 뜨거운 감자를 떠안기고 갔소, 우리가 그걸 더 뜨겁게 만들 필요는 없지 않소, 어떤 신문은 의회가 전권을 장악해야 한다고 주장했지만, 무슨 권한을 떠맡고 또 어떻게 떠맡으라는 거요, 경찰은 떠났소, 이제 교통정리를 할 사람도 없소, 의원들이 거리에 나가 명령을 내리던 사람들 일을 직접 하기를 기대할 수는 없는 것 아니오, 벌써 청소부들이 파업을 일으킬 거라는 이야기가 있소, 만일 그것이 사실이라면, 뭐 사실이라 해도 놀랄 일은 아니지만, 그것은 도발로 볼 수밖에 없소, 의회 자체가 도발을 하는 것일 수도 있고, 아마 그보다는 정부의 명령을 받았을 거요, 그들은 우리 인생을 고달프게 만들려면 무슨 짓이든 할 테니까, 우리는 모든 사태에 대비를 해야 하오, 특히 지금 우리한테 불가능해 보이는 일들에 말이오, 어차피 카드는 다 그들이 쥐고 있지 않소, 소매에 감춘 카드까지 포함해서 말이오. 비관적이고 겁이 많은 사람들은 이 상황에서 벗어날 방법이 없다고, 그들이 실패할 수밖에 없는 운명이라고 생각했다. 결국 늘 그렇게 되듯이 되고 말 거야, 모두 자기 생각만 하고 남들은 다 나가 뒈지라 하겠지,

인류의 도덕적 불완전성은 전에도 자주 이야기했듯이 새로운 것이 아니잖아, 그건 역사적 사실이야, 저 산들만큼 오래된 거라고, 지금은 우리가 모두 서로를 밀어주는 것 같지, 하지만 내일이면 다툼이 시작될 거야, 그다음 단계는 노골적인 전쟁, 불화, 대결이겠지, 그러는 동안 저 자들은 링사이드에 느긋하게 앉아 그걸 구경하겠지, 우리가 얼마나 오래 버틸지 내기를 하면서 말이야, 버티는 동안은 좋지, 친구, 하지만 패배는 확실하고 틀림없는 거라고, 그러니까 내 이야기는 합리적으로 생각하자는 거야, 이런다고 해서 우리가 원하는 것을 얻을 수 있을 것이라고 생각하는 사람이 있는 거야, 사람들이 집단적으로 백지투표를 하다니, 누가 시킨 것도 아닌데 말이야, 미친 거야, 정부는 아직 놀라움을 털어버리지 못했어, 여전히 숨을 돌리는 중이라고, 하지만 첫 승리는 저들에게 돌아갔어, 저들은 우리에게 등을 돌리면서 우리가 똥더미에 지나지 않는다고 말했어, 저들이 보기에는 우리가 그 정도지 뭐, 그리고 외국의 압력도 생각해봐야 해, 지금 전 세계의 모든 정부와 정당들이 다른 생각은 하나도 하지 않을 것이라는 데 자네가 원하는 뭐든지 걸 수 있어, 그 사람들은 바보가 아니거든, 그 사람들은 이게 도화선이 될 수 있다고 생각할 거야, 여기서 불을 붙이고 기다리면 저기서 터진다는 거지. 하지만 우리가 저들에게 고작 똥더미에 불과하다면, 끝까지 똥 노릇을 하자고, 어깨를 걸고 말이야, 우리가 어떤 똥인지 똥 맛도 좀 보여줘야지.

다음 날 소문이 사실로 확인되었다. 쓰레기차들이 거리로 나오지 않았다. 청소부들은 전면 파업을 선언하면서 보수 인상을 공개적으로 요구했고, 의회 대변인은 즉시 절대 받아들일 수 없다고 거부했다. 더군다나 지금은 출구가 잘 보이지 않는 전례 없는 위기와 싸우는 상황 아닙니까, 대변인은 그렇게 덧붙였다. 민심을 불안하게 하는 일이 또 한 가지 일어났다. 창간 때부터 정부의 정당 색깔에 관계없이, 그러니까 중도든 우익이든 그 사이의 어디이든 무조건 정부의 전략과 전술의 증폭기 역할을 전문으로 맡아온 한 신문이 편집인 자신의 이름을 단 사설을 발표한 것이다. 이 사설에서 편집인은 만일 수도의 주민이 고집스러운 태도를 버리기를 거부한다면, 실제로 분위기가 달라질 조짐은 전혀 보이지 않지만, 그들의 이 반역은 유혈극으로 끝날 가능성이 높다고 말했다. 그는 이렇게 말을 이어나갔다, 정부의 인내심이 그 완전한 밑바닥을 드러냈다는 것을 부정할 사람은 없다, 아무도 정부가 뭔가를 더 해주기를 기대할 수는 없다, 만일 정부가 그렇게 해준다면, 우리는 권위와 복종이라는 조화로운 이항관계를 어쩌면 영원히 잃게 될 것이다, 이 관계 속에서 가장 행복한 인간 사회가 꽃을 피워왔으며, 그것이 없다면 역사가 풍부하게 예를 보여주듯이 인간 사회는 존립할 수 없었을 것이다. 사람들은 그 사설을 읽었고, 라디오는 그 발췌문을 방송했고, 편집인은 텔레비전 인터뷰에 나왔다. 이런 식으로 상황이 진행되는데, 정오가 되자 도시의 모든 집에서 갑자기 빗자루, 물통, 쓰레받기로 무장한 여자들이 나타났다. 그들은 한마디 말도 없이 자기 집 앞의 보도와 거리를 쓸기 시작했다. 현관에서부터 도로 한가운데까지 청소를 하여, 그곳에서 반대편으로부터 똑같은 목적을 가지고 똑같이 무장한 채 나타난 맞은편 집 여자와 만났다. 자, 사전은 어떤 사람의 마당이라고 하면 넓은 의미에서 볼 때 그 사람이 관할하거나 통제하는 구역을 가리킨다고 말한다. 보통 그 사람의 집 바깥의 일정한 구역이 될 것이다. 이거야 물론 다 아는 사실이다. 그런데 사전은, 적어도 그중 일부는, 자신의 마당을 쓴다는 말이 자신의 이익을 돌본다는 의미를 가진 숙어라고 말하기도 한다. 하지만 오, 정신을 놓은 언어학자와 사전 편찬자들이여, 당신들은 큰 실수를 한 것이다. 자신의 마당을 쓴다는 말은 원래 바로 수도의 이 여자들이 지금 하고 있는 일을 가리키는 것이었다. 이들의 어머니와 할머니도 자기 마을에서 이런 일을 하곤 했다. 그들도 이 여자들처럼 단지 자신의 이익만이 아니라, 공동체의 이익까지 돌본 것이다. 아마 사흘째 되던 날 청소부들이 다시 거리로 나온 것도 이와 똑같은 이유에서였을 것이다. 다만 제복을 입지 않고 사복을 입고 나왔을 뿐이다. 제복이 파업을 하는 것이지 우린 아닙니다, 그들은 그렇게 말했다.

파업이라는 구상을 내놓았던 내무부장관은 청소부들이 자발적으로 일을 다시 시작했다는 이야기를 듣고 전혀 기쁘지 않았다. 공평무사한 관찰자라면 누구나 망설임 없이, 청소부들이 거리 청소를 명예의 문제로 바꾸어버린 존경할 만한 여자들과 연대를 과시했다고 인정했을 것이다. 그러나 장관의 눈으로 볼 때 이것은 외려 범죄적 공모에 근접하는 행위였다. 장관은 이 나쁜 소식을 듣는 즉시 시장 일을 맡고 있는 시당 대표에게 전화를 하여 명령을 무시한 이 사태에 책임을 져야 할 사람들의 이름을 적어오고, 그들이 강제로라도 명령에 복종하게 하라고 지시했다. 쉬운 말로 하면 파업으로 돌아가라는 뜻이었다. 만일 불복종이 계속되면 무급 정직에서부터 즉각 해고에 이르기까지 법과 규칙에서 예상할 수 있는 모든 처벌을 각오해야 할 것이라는 이야기였다. 시장은 문제란 늘 멀리서 볼 때는 풀기가 쉬워 보이지만, 현장에 있는 사람, 실제로 노동자들을 상대해야 하는 사람은 어떤 결정을 내리기 전에 그들의 이야기를 귀담아 들을 수밖에 없다고 대답했다. 예를 들어 말입니다, 장관님, 내가 그 사람들에게 그런 명령을 내려야 하는 경우를 상상해보십시오. 나는 아무것도 상상하지 않겠소, 나는 지금 당신한테 그 일을 하라고 이야기하고 있는 거요. 알겠습니다, 장관님, 물론입니다, 그래도 상상은 한번 해보겠습니다, 예를 들어, 나는 그 사람들한테 다시 파업으로 돌아가라는 명령을 내리고 그 사람들은 나에게 꺼져버리라고 말하는 상상을 해볼 수 있습니다, 그럴 경우 장관님은 어떻게 하겠습니까, 내 입장이라면 말입니다, 어떻게 그 사람들이 의무를 이행하도록 강요할 수 있겠습니까. 우선 나더러 꺼지라고 말할 사람은 없을 거요, 둘째로 나는 결단코 당신 같은 입장에 처하지 않을 거요, 나는 장관이지 시당 대표가 아니오, 이 문제에 대해 분명히 말하거니와, 나는 시당 대표로부터 공식적이고 제도적인 협력만을 원하는 것이 아니오, 물론 그것은 법에 따라 당신이 당연히 해주어야 하는 것이고, 나는 당연히 받아야 하는 것이오. 하지만 나는 그것만이 아니라 애당심도 원하고 있소, 지금 그게 부족하다는 사실이 분명하게 드러나는 것 같구려. 공식적이고 제도적인 협력은 언제라도 할 용의가 있습니다, 장관님, 나도 내 의무를 압니다, 하지만 애당심으로 말하자면, 어쩌면 지금 그 문제는 이야기하지 않는 것이 좋을지도 모르겠습니다, 이 위기가 끝난 뒤 그게 얼마나 남는지 보기로 하지요. 당신은 문제로부터 달아나고 있군, 시당 대표. 아니요, 그렇지 않습니다, 장관님, 나는 그저 어떻게 하면 노동자들을 다시 파업으로 내몰 수 있을지 그 방법을 장관님이 나한테 말해주기를 바랄 뿐입니다. 그건 당신 문제지 내 문제가 아니오. 지금 문제로부터 달아나고 있는 사람은 내가 아니라 내가 존경하는 당 선배로군요. 나는 정계에 투신한 이후 한 번도 문제로부터 달아난 적이 없소. 그래요, 하지만 이번에는 달아나고 있습니다, 나에게 장관님의 명령을 이행할 수단이 없다는 분명한 사실로부터 달아나려고 하잖습니까, 그건 경찰을 부르지 않고는 되지 않는 일이지요, 하지만 경찰은 이곳에 있지도 않아요, 경찰은 군과 함께 이 도시를 떠났습니다, 정부가 둘 다 데려간 거지요, 게다가 경찰이 노동자들에게 파업을 계속하라고 설득하는 것은 터무니없이 비정상적인 일이라는 데 장관님도 동의할 것으로 믿습니다, 과거에는 늘 파업을 분쇄하는 데 경찰을 동원했잖습니까, 침투나 아니면 더 노골적인 다른 방법으로요. 험, 우익정당의 당원이 그런 식으로 말을 하다니 놀랍소. 장관님, 이제 몇 시간이면 어두워질 겁니다, 그럼 그걸 밤이라고 해야겠지요, 그걸 낮이라고 부른다면 저는 멍청하거나 장님이거나 둘 중 하나일 겁니다. 그게 파업과 무슨 상관이오. 장관님, 장관님이 마음에 들든 아니든, 지금은 밤입니다, 칠흑같이 어두운 밤입니다, 우리는 우리의 이해를 넘어서는, 우리의 빈약한 경험을 넘어서는 일이 벌어지고 있다는 사실을 알고 있습니다, 그런데도 우리는 그게 만날 먹던 빵인 것처럼 행동하고 있습니다, 평소의 밀가루고 평소의 오븐에 구운 빵인 것처럼 말입니다, 하지만 그건 사실이 아닙니다. 당신한테 사표를 제출하라고 요청하는 문제를 심각하게 고려해보아야 할 것 같소. 그래 준다면, 내 어깨에서 짐을 덜어주는 거죠, 그래 주면 정말 고맙겠습니다. 내무부장관은 바로 답을 하지 못하고, 몇 초를 흘려보내며 평정을 회복한 뒤에 물었다, 그럼 우리가 뭘 해야 한다고 생각하는 거요. 아무것도 없습니다. 이보시오, 이런 상황에서 정부더러 가만히 있으라고 할 수는 없는 거요. 미안하지만 이런 상황에서 정부는 실제로는 통치를 하지 않고 그냥 통치하는 것처럼 보이기만 한다고 말씀드리고 싶군요. 그 말에는 찬성할 수 없소, 우리는 이 모든 일이 시작된 뒤로 그래도 몇 가지 일을 했소. 네, 우리는 낚시에 걸린 물고기 같았죠, 몸부림치고, 줄을 흔들고, 줄을 당기고, 하지만 어떻게 꼬부라진 철사 조각 하나가 우리를 붙들 수 있고, 빠져나가지 못하게 할 수 있는지 이해를 하지 못합니다. 물론 거기서 빠져나갈 수 있을지도 모르지요, 못한다고 말하는 게 아닙니다, 하지만 결국 우리 창자에 미늘이 꽂히게 될 위험을 무릅써야 합니다. 솔직히 나는 혼란스럽소. 할 일은 하나뿐입니다. 그게 뭐요, 방금 우리가 무슨 짓을 해도 소용이 없다고 하지 않았소. 총리의 전략이 먹혀들게 해달라고 기도하십시오. 무슨 전략. 이 사람들이 부글부글 끓게 놔두는 것입니다, 하지만 그래도 역효과가 생길까 걱정입니다. 왜 그렇소. 요리를 하는 건 이 사람들이기 때문입니다. 그러니까 아무 일도 하지 말자는 거네. 진지하게 이야기합시다, 장관님, 정부는 육군과 공군에게 이 도시 공격을 명령해서, 단지 본보기로 삼기 위해 사상자를 1만 내지 2만 명쯤 내고, 거기에 또 실제로 아무런 범죄도 저지른 게 없으니 아무도 뭔지 모르는 혐의로 3,000~4,000은 감옥에 집어넣어서 이 우스꽝스러운 계엄을 끝낼 각오가 되어 있습니까. 이건 내란이 아니오, 우리가 원하는 것은 사람들이 이성을 찾는 것이고, 그들이 자신이 저지른 또는 강요에 의해 저지를 수밖에 없었던 잘못을 직시하는 거요, 그게 우리가 해야 하는 거요, 백지투표의 무절제한 사용이 민주 체제의 작동을 중단시킬 수 있다는 것을 깨닫게 해주는 것 말이오. 하지만 지금까지 결과는 그다지 만족할 만하다고 할 수 없을 것 같군요. 시간이 걸리는 일이오, 하지만 결국 사람들은 빛을 보게 될 거요. 이런, 장관님, 장관님한테 신비주의적 경향이 있는 줄은 몰랐습니다. 이보시오, 상황이 이처럼 복잡하고 절망적이면 뭐라도 붙잡게 되는 법이오, 정부에 있는 내 동료들 몇 명은 도움이 된다고 생각하면 손에 촛불을 들고 성지로 순례를 가서 서원을 하는 일이라도 마다하지 않을 거요. 말이 나왔으니 말인데, 장관님이 촛불을 들고, 성격은 좀 다르지만 이곳의 성지 몇 군데도 찾아주면 고맙겠습니다. 무슨 뜻이오. 신문이나 텔레비전이나 라디오 쪽 사람들한테 모닥불에 석유 붓는 일 좀 그만해달라고 말해주지 않겠습니까, 우리가 분별력 있게, 지혜롭게 행동하지 않으면, 이곳 분위기가 완전히 폭발을 해버릴 수도 있습니다, 정부 신문 편집인이 멍청하게도 이 사태가 유혈극으로 끝날 가능성이 있다는 이야기를 한 건 들으셨을 겁니다. 그건 정부 신문이 아니오. 이렇게 말해도 좋을지 모르겠습니다만, 장관님, 장관님한테서 다른 말이 나오기를 바랐습니다. 그 작달막한 인간이 너무 나간 거요, 금을 넘어간 거지, 하라는 일보다 더 열심히 하려다 보면 늘 그런 일이 생기게 마련이오. 장관님. 말하시오. 의회의 청소부들은 어떻게 할까요. 일하게 놔두시오, 그렇게 하면 시당이 주민의 눈에 멋있어 보일 것이고, 그것이 미래에 우리에게도 유용할 거요, 게다가 파업은 전략의 한 가지 요소일 뿐이오, 물론 가장 중요한 요소도 아니고. 시의회가 시민과 벌이는 전쟁의 무기로 사용된다면 지금이든 앞으로든 도시를 위해 좋지 않을 겁니다. 이런 상황에서 시의회가 방관자 노릇을 할 여유는 없소, 의회도 결국 이 나라의 일부 아니겠소. 하지만 나는 우리가 방관자 노릇을 하게 해달라고 요청하는 게 아닙니다, 내가 요청하는 것은 내 책임을 행사하는 문제에서 정부가 방해를 하지 말아 달라는 겁니다, 절대 시의회가 단순히, 이런 표현은 좀 뭣합니다만, 정부의 억압 정책의 도구에 불과하다는 인상을 공중에게 심어주지 말라는 겁니다, 첫째로, 그것은 사실이 아니기 때문입니다, 둘째로, 앞으로도 결코 그렇게 되지 않을 것이기 때문입니다. 음, 안됐지만 무슨 말인지 잘 이해하지 못하겠소, 아니면 너무 잘 이해하는지도 모르겠고. 언젠가, 장관님, 나도 언제인지는 모르겠지만, 이 도시는 다시 이 나라의 수도가 될 것입니다. 그건 가능한 일이지만 결코 분명한 일은 아니오, 그건 그 사람들이 반역을 어디까지 끌고 갈 것인가에 달려 있소. 그렇다 해도 이 의회는, 내가 지도자이건 다른 사람이 지도자이건, 아무리 간접적이라 해도 유혈 억압의 공모자나 공범으로 보여서는 안 됩니다, 그런 탄압을 명령하는 정부는 그 결과를 책임질 수밖에 없기 때문입니다, 하지만 의회, 이 의회는 이 도시에 속한 것입니다, 이 도시가 이 의회에 속한 게 아닙니다, 내 의사가 분명하게 전달되었기를 바랍니다, 장관님. 아주 분명하게 전달되었기 때문에 질문을 하나 해볼 생각이오. 하십시오, 장관님. 당신 백지투표 했소. 다시 말씀해주시겠습니까, 잘 못 들어서요. 당신이 백지투표를 했느냐고 물었소, 당신이 투표함에 넣은 투표용지가 백지였느냐고 물었단 말이오. 아무도 모르지요, 장관님, 아무도 모르죠. 이 일이 다 끝나면 한번 만나 오래 대화를 하고 싶소. 좋을 대로 하십시오, 장관님. 잘 계시오. 안녕히 계십시오. 내가 정말 하고 싶은 일은 그곳으로 가서 당신 싸대기를 한 대 올려붙이는 거요. 안됐지만, 나는 너무 늙어서요, 장관님. 만일 당신이 내무부장관이 된다면, 싸대기를 올려붙이는 교정 방법에는 연령 제한이 없다는 걸 알게 될 거요. 악마가 그 이야기를 듣지 않게 하십시오, 장관님. 악마는 귀가 아주 밝아 큰 소리로 이야기할 필요도 없소. 그럼 우리에게 신의 가호가 있기를. 가호를 빌어봐야 소용없소, 원래 신은 날 때부터 귀머거리거든.

이렇게 해서 내무부장관과 시당 대표 사이의 이런 계몽적이고 가시 돋친 대화는 끝이 났다. 두 사람은 서로 관점, 논점, 의견을 주고받았는데, 이 때문에 아마 독자는 혼란을 느낄 것이다. 이제 독자는 이 두 대화자가 실제로 자신이 생각하던 대로 우익정당 소속인지 의심을 할 것이다. 행정 권력으로서 집단적인 수준에서나 개인적인 수준에서 비열한 탄압 정책을 수행하고 있는 그 정당 말이다. 그들은 집단적인 수준에서는 수도가 자국 정부의 계엄 명령으로 포위를 당하는 굴욕을 겪게 했으며, 개인적인 수준에서는 가혹한 심문, 거짓말 탐지기, 위협, 또 누가 알랴, 최악의 종류의 고문까지 동원해서 수모를 주었다. 물론 진실을 말해야 하니까, 설사 그런 고문이 자행되었다 해도 우리가 그것을 보지 못했다는 점은 이야기해야겠다. 우리는 그 현장에 없었으니까. 하지만 이건 큰 의미가 없는 말이다. 우리는 홍해가 갈라질 때도 그 자리에 없었지만 모두가 그런 일이 있었다고 맹세를 하지 않는가. 내무부장관의 경우 그가 국방부장관과 전투가 붙었을 때 불굴의 투사처럼 보이려고 그렇게 애를 썼지만, 그의 갑옷에는 미묘한 결함이 있음을 이미 눈치챘을 것이다. 그냥 흔히 하는 말로 하자면, 손가락을 집어넣을 정도로 큰 금이 갔다는 것이다. 그렇지 않고서야 그의 계획들이 이렇게 잇따라 실패할 리 없을 것이다. 또 방금 그런 대화에서처럼 그의 검의 날이 그렇게 빨리 그렇게 쉽게 무뎌지지도 않았을 것이다. 그는 처음에는 사자처럼 으르렁거리더니 나중에는 양처럼, 물론 그보다 더 못한 것은 아니었지만, 물러서지 않았던가. 예를 들어 신이 귀머거리로 태어났다는 단정적인 말에서 분명히 드러나는 존중심의 결여만 보아도 그것을 알 수 있다. 시장의 경우 우리는 그가, 내무부장관의 말을 빌리자면, 빛을 보았다는 사실을 알게 되어 기쁠 따름이다. 물론 내무부장관이 수도의 유권자들에게 보여주고 싶은 빛이 아니라, 백지투표를 던진 사람들이 누군가 보게 되기를 바라는 빛이기는 하지만. 우리가 사는 이 세계에서, 맹목적으로 비틀거리며 앞으로 나아가는 이 시대에, 나이가 들면서 젊었을 때 꿈꾸던 것과는 달리 돈도 많이 벌며 편안하게 살아가는 남자와 여자를 만나는 것은 아주 흔한 일이다. 그들도 열여덟 살 때는 단지 유행의 빛나는 횃불이었을 뿐 아니라, 무엇보다도 자신의 부모가 지탱하는 체제를 타도하고 그것을 끝내 우애에 기초한 낙원으로 바꾸어놓겠다고 결심한 대담한 혁명가들이었다. 그러나 이제 그들은 선택할 수 있는 수많은 온건한 보수주의 가운데 어느 것 하나로 몸을 덥히고 근육을 풀었다. 따라서 그들이 과거 혁명에 애착을 갖던 것처럼 지금 애착을 갖고 있는 그 신념과 관행들은 시간이 흐르면 가장 외설적이고 반동적인 종류의 순수한 자기중심주의로 변해갈 것이다. 예의를 약간 걷어내고 말을 하자면, 이런 남자와 이런 여자들은 자신의 인생이라는 거울 앞에 서서 매일 현재의 자신의 모습이라는 가래로 과거의 자기 모습이라는 얼굴에 침을 뱉고 있다. 그런데 우익정당에 속한 정치가, 40대 남자, 전통이라는 파라솔 밑에서 평생을 보내며 주식 거래라는 냉방 장치를 틀어놓고 시장이라는 따뜻한 서풍의 자장가를 듣던 사람이 계시에 마음을 열었다는 것, 아니 자신이 행정관으로 책임을 맡고 있는 도시의 부드러운 반역 뒤에 뭔가 더 깊은 의미가 있다는 확신을 표명했다는 것은 기록할 만한 가치가 있을 뿐 아니라 감사를 할 만한 일이다. 이런 특이한 현상이 우리에게는 너무 낯설기 때문이다.

엄한 독자와 청자들은 이 우화의 이야기꾼이 자신이 묘사한, 비록 여유작작한 방식이기는 하지만 어쨌든 묘사하고 있는 활동이 벌어지고 있는 장소에는 아예, 아니 아예까지는 아니라 하더라도 거의 주의를 기울이지 않는다는 것을 눈치챘을 것이다. 물론 첫 1장에서는 투표소에 몇 번 조심스럽게 붓질을 하기는 했다. 물론 그때도 문, 창문과 탁자 정도에만 붓질을 했을 뿐이다. 예외가 있다면, 거짓말쟁이들을 잡는 기계인 거짓말 탐지기 정도였다. 다른 모든 것, 아주 많은 것들은 마치 이 이야기의 인물들이 완전히 비현실적인 세계에 살면서, 자신이 있는 장소의 편안과 불편에는 무관심하고, 그냥 이야기만 나누는 것처럼 간주하고 지나가버렸다. 나라의 각료들이 여러 번, 가끔은 대통령도 참석한 가운데 모여서 상황을 토론하고 사람들 마음을 진정시키고 거리의 평화를 다시 찾는 데 필요한 조치들을 결정하던 방에는 틀림없이 큰 탁자가 있었을 것이고, 그 둘레의 장관들은 속을 넣고 천을 씌운 편안한 의자에 앉아 있었을 것이다. 탁자 위에는 광천수가 든 병과 거기 어울리는 잔, 색색의 연필과 펜, 마커, 보고서, 법률 서적, 공책, 마이크, 전화기 등 이 정도의 장소에는 늘 눈에 띄는 일반적인 자잘한 물건들이 있었을 것이다. 천장과 벽에는 조명이 있고, 패드를 댄 문과 커튼을 친 창이 있으며, 바닥에는 깔개가 깔려 있고, 벽에는 그림 또 어쩌면 골동품 아니면 오래된 태피스트리가 걸려 있고, 빠질 수 없는 것으로 대통령의 초상화, 공화국을 대표하는 흉상, 국기도 있었을 것이다. 그러나 이런 것들은 하나도 이야기하지 않았고, 앞으로도 이야기하지 않을 것이다. 이곳에도, 그러니까 시장의 널찍한 방에도, 위에 말한 곳보다 수수하기는 하지만 그래도 광장을 굽어보는 발코니가 있고 큰 벽에는 도시의 커다란 항공 사진도 걸려 있으니 꼼꼼한 묘사로 한두 페이지를 채울 풍부한 기회가 있다. 또 그렇게 하면 이 반가운 휴지(休止)를 한껏 이용하여 다가올 재난과 대면하기 전에 큰 숨을 한 번 쉴 수도 있을 것이다. 그러나 우리에게는 시장의 이마에 깊게 파인 불안한 주름들을 관찰하는 것이 훨씬 더 중요하다. 어쩌면 그는 자기가 너무 말을 많이 했다고, 내무부장관에게 자신이 적의 편에 가담했다는 확신까지는 아니라 하더라도 그런 인상은 주었다고, 자신의 경솔함으로 인해 당 안팎에서 자신의 정치적 경력을 돌이킬 수 없이 망가뜨렸다고 생각하는지도 모른다. 또 하나의 가능성은, 상상할 수 없을 정도로 머나먼 가능성이기는 하지만, 그의 논리 때문에 내무부장관이 올바른 방향으로 움직여 정부가 이 소란을 끝낼 전략과 전술을 전면 재고할 수도 있다는 것이었다. 그러나 시장이 고개를 젓는 것이 보인다. 얼른 그 가능성을 검토해본 뒤 어리석을 정도로 순진하고 위험할 정도로 비현실적이라고 판단하여 폐기해버렸다는 분명한 표시다. 시장은 장관과 이야기를 하는 동안 내내 앉아 있던 의자에서 일어나 창으로 갔다. 그러나 창문을 열지는 않고, 그냥 커튼만 약간 젖히고 밖을 내다보았다. 광장은 평소와 다름없어 보였다. 지나다니는 다양한 사람들, 나무 그늘 아래 벤치에 앉아 있는 세 사람, 카페테라스와 손님들, 꽃 파는 사람들, 여자와 개, 신문 가판대, 버스, 차, 늘 보는 광경. 나가야겠어, 시장은 생각했다. 시장은 책상으로 돌아가 행정보좌관에게 전화를 했다, 잠깐 나가야겠네, 건물에 있는 의원들한테 그렇게 이야기해주게, 하지만 나를 찾는 사람한테만 이야기를 해, 나머지는 자네가 알아서 하게. 알겠습니다, 시장님, 기사한테 차를 현관에 갖다 대라고 하겠습니다. 그래, 그래 주면 좋겠군, 하지만 기사는 필요 없다고 해주게, 내가 직접 운전할 거니까. 오늘 시청으로 돌아오십니까. 그래, 그러기를 바라네, 하지만 생각이 달라지면 알려주겠네. 알겠습니다. 도시 상황은 어떤가, 아, 보고할 만한 심각한 사태는 없습니다, 우리가 들은 소식 가운데도 평소와 크게 다른 것은 없네요, 교통사고 몇 건, 간혹 병목이 생긴다는 이야기, 부상자는 없는 가벼운 화재, 은행 강도 미수, 그 정도입니다. 강도 사건에는 어떻게 대처했나, 이제 경찰도 없는데. 강도는 아마추어였습니다, 총은 진짜이기는 했지만 장전은 안 되었고요. 강도를 어디로 데려갔지. 사람들이 무장을 해제시켜 소방서로 데려갔습니다. 뭣 때문에,

거기에는 유치장도 없는데. 글쎄요, 어딘가에는 데려다 놔야 했을 테니까요. 그래서 어떻게 되었나. 아마 소방수들이 한 시간 동안 잘 타일러서 보낸 모양입니다. 달리 어쩔 도리가 없었을 테니까. 그렇습니다, 시장님, 그랬겠지요. 비서한테 차가 오면 알리라고 하게. 네, 시장님. 시장은 의자에 앉아 등을 뒤로 기대고 기다렸다. 다시 이마에 깊은 주름이 잡혔다. 어두운 이야기나 퍼뜨리고 다니는 사람들의 예언과는 반대로 전보다 강도, 강간, 살인이 더 늘어나지는 않았다. 사실 도시의 치안에 경찰이 필수적인 것 같지는 않았다. 주민들이 스스로 또 대체로 조직적인 방식으로 자경단을 조직하여 경찰의 일을 떠맡은 것 같았다. 은행 강도 사건이 적절한 예였다. 아니, 그 은행 강도 사건은 좋은 예가 아니야, 시장은 생각했다. 강도는 아주 신경이 예민했고 자신감도 없었던 게 분명했다. 단순한 초보자일 뿐이었다. 은행 직원들은 위험한 상황이 아니라는 것을 알았다. 하지만 내일은 다를지도 모른다. 무슨 말이냐 하면, 내일, 오늘, 지금, 그러니까 지난 며칠간 도시에서 일어난 범죄들이 분명히 아무런 벌을 받지 않고 넘어가게 될 것이라는 뜻이다. 만일 우리에게 경찰이 없다면, 범죄자들이 체포되지 않는다면, 수사도 재판도 없다면, 판사들이 집에 가서 법정이 열리지 않는다면, 범죄가 불가피하게 증가할 것이다. 그러면 모두 시의회가 도시의 치안을 장악해주기를 기대할 것이다. 사람들은 그것을 요청하고, 요구하고, 어떤 형식이든 치안이 없으면 마음의 평화도 없다고 항의한다. 하지만 여전히 그 방법이 궁금하다. 예를 들어, 자원자들을 부를까, 도시 의용대를 만들까. 물론 희가극에서 바로 나온 헌병들처럼 옷을 입고 거리로 나갈 수는 없는 노릇이다. 공연장 의상부에서 빌린 제복을 입고 말이다. 총은 어떤가, 그건 어디서 구한다지, 그걸 사용하는 건 또 어떻고, 단지 사용하는 방법을 모르는 것만이 아니냐, 과연 그걸 사용할 수나 있을까, 총을 뽑아들고 그냥 쏴버린다, 내가, 의원들이, 시청 공무원들이 한밤중의 살인자, 화요일의 강간범, 흰 장갑을 낀 상류사회 살롱의 고양이 강도를 추적하며 지붕을 뛰어다니는 모습을 상상할 수 있을까. 전화벨이 울렸다. 비서였다, 시장님, 차가 준비되었습니다. 고맙네, 지금 나가는데 오늘 돌아올지는 모르겠네, 하지만 문제가 생기면 휴대전화로 연락하게. 조심하십시오, 시장님. 왜 그런 소리를 하는가. 상황을 보건대 그게 우리가 서로에게 바랄 수 있는 최소한인 것 같아서 그럽니다, 시장님. 질문 하나 해도 될까. 물론입니다, 제가 답만 할 수 있다면 말입니다. 원치 않는다면 대답하지 말게. 무슨 질문입니까. 자네는 누구한테 투표했나. 아무한테도 안 했습니다. 투표를 하러 가지 않았다는 뜻인가. 아니요, 백지투표를 했습니다. 백지. 네, 백지요, 시장님. 나한테 그냥 그렇게 이야기하는 건가. 저한테 그냥 그렇게 물어보시지 않았습니까. 그래서 대답할 자신감을 얻었나. 간신히 그랬지요, 시장님, 간신히요. 내가 제대로 이해한 거라면 자네도 그렇게 대답하는 게 위험한 일일 수 있다는 생각은 했다는 거로군. 글쎄요, 그렇게 되지 않기를 바랐습니다. 보다시피 자네의 자신감은 보답을 얻었네. 사표를 내란 말을 듣지는 않을 거라는 말씀인가요. 그래, 그 점에서는 두 발을 뻗고 자도 되네. 꼭 자지 않아도 발을 뻗을 수 있다면 좋을 텐데요. 말 잘했네. 모두 똑같이 말할 겁니다, 시장님, 이런 걸 가지고 문학상을 탈 수는 없지요. 그럼 내 박수로 만족해야겠구먼. 그거면 충분한 보답입니다, 시장님. 그럼 내가 필요한 일이 있으면 휴대전화를 하는 걸로 하세나. 그러지요, 시장님. 그럼 좋아, 내일 보세, 오늘 늦게가 아니라면 말일세. 네, 이따 뵙지요, 아니면 내일 뵙던가요.

시장은 얼른 책상에 흩어진 서류들을 정리했다. 그 대부분이 다른 세기에 다른 나라에 관해 쓴 것이라고 해도 무방할 터였다. 어쨌든 지금 이 도시, 계엄령 상태에서, 자신의 정부에게 버림받고, 자신의 군대에게 둘러싸인 수도에 관한 것은 아니었다. 그것을 찢어버린다 해도, 태워버린다 해도, 쓰레기통에 버린다 해도, 아무도 그에게 왜 그렇게 했느냐고 해명을 요구하지는 않을 터였다. 사람들은 지금 그보다 더 중요한 일들을 생각해야 했다. 이제 이 도시는 사실 알려진 세계의 일부가 아니었기 때문이다. 이곳은 썩어가는 음식과 구더기로 가득 찬 단지였다. 남의 바다로 표류한 섬이었다. 위험한 감염원이었다. 전염병의 독성이 약해지거나 죽일 사람이 바다나 스스로를 삼켜버릴 때까지 경계 조치로 격리해둔 곳이었다. 시장은 비서에게 우비를 가져오라고 하고 집에서 검토할 서류가 담긴 가방을 집어든 뒤 아래층으로 내려갔다. 기다리고 있던 기사가 자동차 문을 열었다. 제가 필요 없을 거라고 하던데요, 시장님. 그래, 없어도 되네, 퇴근하게. 그럼 내일 뵙겠습니다, 시장님. 내일 보세. 우리가 평생 매일 작별 인사를 하면서, 내일 보자는 이야기를 하거나 들으면서 산다는 것은 이상한 일이다. 어쩔 수 없이 그중 하루는 누군가의 마지막 날일 텐데. 우리가 그 말을 한 사람이 이곳에 있지 않을 수도 있고, 그 말을 한 우리가 있지 않을 수도 있는 것이다. 오늘의 내일에, 그러니까 우리가 보통 이튿날이라고 부르는 날에, 시장과 운전사가 다시 만났을 때, 내일 본다는 것이 그 간단한 말과는 달리 얼마나 아슬아슬한 일인지, 그럼에도 그것이 실제로 현실로 나타났다는 것이 얼마나 특별하고 기적적인 일인지 이해할수 있을까. 어디 한번 두고 보자. 시장은 차에 탔다. 그는 차를 타고 도시를 한번 둘러볼 생각이었다. 가면서 사람들을 한번 볼 생각이었다. 서두르지 않고 이따금씩 차에서 내려 한동안 걷기도 하면서 도대체 무슨 말이 오가는지 귀를 기울여볼생각이었다. 간단히 말해서 도시의 맥박을 짚어보고, 잠복 중인 열의 힘에 다가가보려는 것이었다. 어렸을 때 읽은 책에서기억나는 내용이 있었다. 극동의 한 왕, 아, 왕인지 황제인지는 확실치 않았다, 어쩌면 칼리프일지도 몰랐다, 어쨌든 그는 변장을 하고 왕궁을 떠나 평민, 하층 계급과 어울리며 광장이나 거리에서 사람들이 솔직하게 이야기할 때 자신에 관해서는 뭐라고 하는지 들어보는 습관이 있었다. 그러나 문제는 그런 대화가 그렇게 솔직하지 않았다는 것이다. 그 시절에도 여느 때와 마찬가지로 사람들의 이야기, 불평, 비판, 음모의 맹아에 귀를 기울이는 첩자들이 부족하지 않았기 때문이다. 권력을 가진 자들에게 머리는 생각을 하기 전에 잘라버리는 것이 언제나 최선이었다. 나중이면 너무 늦다는 것이었다. 시장은 이 포위된 도시의 왕이 아니었다. 그다음 권력자라 할 내무부의 장관으로 말할 것 같으면 분계선의 건너편으로 망명을 해버렸고, 아마 지금은 틀림없이 협력자들과 어떤 회의를 하고 있을 터였다. 그가 누구와 무슨 회의를 하는지는 잠시 후에 알아보게 될 것이다. 어쨌든 그런 이유 때문에 시장은 가짜 턱수염과 콧수염으로 변장할 필요가 없다. 그가 지금 쓰고 있는 얼굴이 평소에 그가 쓰고 다니는 얼굴이다. 다만 우리가 조금 전에 그의 이마의 주름에서도 알 수 있었듯이, 평소보다 조금 더 몰두한 표정일 뿐이었다. 몇 사람이 그를 알아보았으나 인사를 하는 사람은 거의 없었다. 그러나 무관심하거나 적대적인 사람들이 원래 백지투표를 던진 사람들, 그래서 그를 적으로 여기는 사람들이라고 가정하지는 말자. 그 자신의 정당과 중도정당 사람들 가운데 다수도 노골적인 적대감까지는 아니라 해도 의심을 숨기지 않은 눈으로 그를 보았으니까. 이 사람이 여기서 뭐하는 거야, 그들은 생각할 것이다, 이 백돌이 무리와 섞여서 뭘 하는 거야, 지금 사무실에서 열심히 봉급 값을 해야 하는 거 아냐, 이제 다수가 바뀌었으니까 표를 건지러 온 거겠지, 만일 그렇다면 희망이라곤 없는 거지, 이곳에서는 이제 한동안 선거는 없을 테니까, 내가 정부라면 나는 이렇게 할 거야, 이 시의회 전체를 없애버리고, 멋진 행정위원회를 임명하는 거야, 정치적으로 신뢰할 만한 사람들로 말이야. 이 이야기를 계속하기 전에 몇 줄 전에 백돌이라는 말을 사용한 것이 우연이나 예기치 않은 일이 아니었으며, 컴퓨터 자판을 치다가 손가락이 미끄러진 것도 아니었다고 이야기해두는 것이 좋겠다. 물론 서술자가 빈 곳을 메우려고 성급하게 만들어낸 신조어도 아니다. 이런 용어는 존재한다. 정말이다. 최신 사전을 보면 찾을 수 있다. 문제는, 실제로 문제인지는 모르겠지만, 사람들이 백지라는 말과 그 파생어의 의미를 안다고 확신하여 그 어원으로 거슬러 올라가 확인하는 일에 시간을 낭비하지 않으려 한다는 것이다. 아니면 그냥 만성적인 지적 게으름에 빠져 아름다운 발견을 향해 한 걸음도 나아가려 하지 않고 그냥 그 자리에 머물려 하는 것인지도 모른다. 아무도 이 도시에서 누가 이 말을 처음 사용했는지, 어느 호기심 많은 연구자가 했는지 아니면 우연히 발견한 사람이 했는지 모른다. 그러나 한 가지는 확실하다. 이 말이 급속하게 퍼지면서 즉시 경멸적인 의미를 띠게 되었다는 것이다. 그 말의 생김새만으로도 그런 느낌이 나는 것 같다. 우리가 전에 이 사실을 이야기하지 않았는지 몰라도, 그랬다면 정말 개탄할 만한 일이지만, 어쨌든 심지어 매체, 특히 국가 텔레비전 채널들에서 이미 그 말이 최악의 외설적인 욕이라도 되는 것처럼 사용하고 있다는 것이다. 그래도 글로 적어놓았을 때는 그렇게 눈에 두드러지지 않는다. 그러나 화가 나서 입술을 비틀고 깔보는 듯한 목소리로 그 말을 하는 것을 들으면, 원탁의 기사의 도덕적 갑옷이라도 입고 있지 않는 한, 그 즉시 목에 올가미를 걸고 참회자의 옷을 입고 가슴을 두드리고 다니면서 모든 오래된 원칙과 교훈을 포기하고, 나는 백돌이였습니다, 그러나 이제는 백돌이가 아닙니다, 나를 용서해주십시오, 나의 조국이여, 나를 용서해주십시오, 주님, 하고 말해야만 할 것 같은 느낌이 든다. 누구의 주님도 아니고 앞으로도 결코 그럴 일이 없기 때문에 용서할 것이 없는, 게다가 다음 선거에서 후보가될 것 같지도 않은 시장은 행인을 지켜보던 눈길을 거두었다. 이제 초라함, 방치, 쇠퇴의 표시들을 찾고 있다. 그러나 적어도 첫눈에는 전혀 발견할 수가 없다. 상점과 백화점은 비록 거래가 활발한 것 같지는 않지만 그래도 모두 문을 열었다. 차량들은 여전히 흘러다니고, 이따금씩 작은 체증 때문에 멈출 뿐이다. 은행 문 앞에는 불안한 손님들의 줄, 위기의 시기에 늘생기는 줄이 없다. 모든 것이 정상으로 보인다. 강도도 없고, 총격전이나 칼싸움도 없다. 빛나는 오후밖에 없다. 너무 춥지도 않고 너무 덥지도 않은 오후, 모든 욕망을 만족시키고 모든 불안을 진정시키려고 세상에 찾아온 것 같은 오후다. 그러나 시장의 불안, 더 문학적으로 표현하자면 내적인 동요는 진정시키지 못한다. 그가 느끼는 것, 어쩌면 지나다니는 사람들가운데 이것을 느끼는 사람은 시장뿐인지도 모르지만, 어쨌든그것은 허공에 둥둥 떠다니는 듯한 위협적 분위기였다. 민감한 기질을 가진 사람들이 하늘을 덮은 먹구름에서 곧 떨어질 벼락을 기다리며 긴장할 때 느끼는 그런 것이었다. 아니면 어둠 속에서 문이 삐거덕거리며 열리고 얼음처럼 찬 공기가 우리 뺨을 스쳐갈 때 느끼는 것. 그런 때는 끔찍한 예감이 절망의 문을 열어젖히고, 악마의 웃음이 영혼의 섬세한 베일을 찢어버린다. 구체적인 것은 없다. 권위나 객관성을 가지고 묘사할 수 있는 것은 없다. 그러나 시장은 지나가는 첫 사람을 불러 이렇게 이야기하고 싶은 것을 참느라 무진 노력을 한다, 조심하시오, 왜냐고 뭘 조심하느냐고 묻지는 마시오, 그냥 조심하시오, 뭔가 나쁜 일이 일어날 거라는 느낌이오. 시장님, 자신의 모든 책임을 다 하는 시장님께서 모른다면서, 어떻게 나더러 조심하라고 하실 수 있습니까, 행인은 그렇게 물을 것이다. 상관없소, 중요한 것은 당신이 조심해야 한다는 거요. 무슨 전염병이 돕니까. 아니, 그런 건 아닌 것 같소. 지진이 납니까. 여기는 지진이 일어나는 지역이 아니지 않소, 이곳에서는 한 번도 지진이 일어난 적이 없소. 그럼 홍수입니까, 큰물이 나는 겁니까. 강이 둑을 무너뜨리지 못한 지 이미 오래 되었소. 그럼 뭡니까. 이보시오, 나도 모르겠다고 했잖소. 물어봐서 죄송합니다. 묻기도 전에 이미 용서를 했소. 불쾌하게 생각하지 마십시오, 시장님, 하지만 혹시 한 잔을 너무 자주 하신 것 아닙니까, 사람들이 하는 말을 아시지 않습니까, 마지막 잔이 늘 최악의 잔이라는 말 말입니다. 아니, 나는 식사할 때만 마시오, 그것도 절제해서, 나는 분명히 알코올 중독자가 아니오. 그렇다면 나도 이해를 못 하겠습니다. 일이 벌어지면 이해할 거요. 무슨 일이 벌어진단 말입니까. 일어날 일이. 시장과 대화를 하던 사람은 당황하여 주위를 둘러보았다. 나를 체포할 경찰관을 찾는 거라면 그런 수고를 할 필요 없소, 다 사라졌으니까, 시장이 말했다. 아니, 경찰을 찾는 게 아니었습니다, 상대방은 거짓말을 했다, 여기서 친구를 만나기로 했거든요, 아, 저기 있네요, 그럼 안녕히 가십시오, 시장님, 조심하세요, 말이죠, 정말 솔직히 말해서, 내가 시장님이라면 바로 집에 가서 자겠습니다, 자면 다 잊을 수 있거든요. 하지만 나는 이 시간에는 절대 자지 않소. 우리 집 고양이가 말하곤 하듯이, 잠자기에 나쁜 시간은 없습니다. 나도 한 가지 질문을 해도 좋소. 물론입니다, 시장님, 하십시오. 댁은 백지투표를 했소. 무슨 조사를 하시는 건가요. 아니, 그냥 궁금해서 그렇소, 하지만 대답하기 싫으면 안 해도 좋소. 남자는 잠시 망설이더니 아주 엄숙한 표정으로 대답했다, 네, 했습니다, 내가 알기에 그게 금지된 일은 아닐 텐데요. 물론, 금지된 일은 아니오, 하지만 그 결과를 보시오. 남자는 가공의 친구는 잊어버린 것 같았다. 보십시오, 시장님, 나는 시장님한테 개인적으로 아무런 반감이 없습니다, 심지어 시의회에서 시장님이 일을 잘해왔다고 인정할 생각도 있습니다, 하지만 시장님이 결과라고 부른 것은 내 책임이 아닙니다, 나는 내가 하고 싶은 대로 투표를 했습니다, 법의 테두리 내에서요, 시장님, 이제 의회가 대답할 차례입니다, 손에 쥔 감자가 너무 뜨거우면 입김을 부십시오. 화내지 마시오, 그냥 경고를 하고 싶었던 거요. 아직 무슨 일에 관한 경고인지는 말씀 안 하셨습니다. 하고 싶어도 할 수가 없소. 그럼 내가 여기서 시간만 낭비한 거로군요. 용서하시오, 친구가 기다릴 텐데. 기다리는 친구 같은 건 없습니다, 그냥 자리를 피할 핑계를 댄 것뿐입니다. 그럼 조금 더 있어준 것에 감사드리오. 시장님. 편하게 이야기하시오. 사람들 마음에 관한 내 얼마 안 되는 지식을 근거로 말씀드리자면, 시장님을 괴롭히는 것은 시장님의 양심인 것 같습니다. 내가 하지 않은 일 때문이겠지. 어떤 사람들은 그게 최악의 회한이라고 합니다, 일어나도록 방치해버린 어떤 일 때문에 느끼는 것 말입니다. 댁의 말이 맞을지도 모르겠소, 생각을 해보겠소, 어쨌든 조심하시오. 조심하겠습니다, 시장님, 주의를 주신 데 감사드립니다. 내가 무엇에 대해 경고를 하는지 몰라도 말이오. 어떤 사람은 믿어야 하는 것 아니겠습니까. 댁이 오늘 나한테 그런 말을 두 번째 하는구려. 그럼 오늘이 시장님한테는 아주 좋은 날이었다고 말할 수도 있겠군요. 고맙소. 다시 뵙겠습니다, 시장님. 그래요, 다시 봅시다.

　시장은 기분이 좋아 차를 세워둔 곳으로 돌아갔다. 적어도 한 사람한테는 경고를 했기 때문이다. 만일 그 사람이 그 말을 퍼뜨린다면 몇 시간이 안 되어 도시 전체가 경계심을 갖고 무슨 일이 일어나든 그 일에 대비를 할 터였다. 내가 제정신이 아니로군, 시장은 생각했다, 그 사람은 아무한테도 말을 안 할 거야, 나 같은 바보가 아니거든, 하긴, 바보냐 아니냐 하는 문제는 아니야, 내가 뭐라고 설명할 수 없는 위협을 느끼는 것은 내 문제이지 그 사람 문제가 아니야, 차라리 그 사람 조언대로 집에 가는 게 낫겠어, 좋은 조언을 한마디라도 들은 날은 허비한 날이라고는 생각할 수 없는 거지. 시장은 자동차에 올라타 사무실에 전화를 하여 시청으로 돌아가지 않겠다고 말했다. 시장은 도심에 살고 있었다. 도시 동부의 교통 중심 역할을 하는 전철역에서 멀지 않은 곳이었다. 외과 의사인 부인은 집에 없을 터였다. 병원에서 야간 근무니까. 자식은 둘인데 하나는 군에 가 있다. 어쩌면 기관총을 들고 방독면을 목에 걸고 시 경계를 지키는 병력에 속해 있는지도 모른다. 딸은 국제 조직의 간사 겸 통역으로 해외에서 일하고 있다. 중요한 도시마다 아주 크고 호사스러운 본부를 둔 그런 조직이다. 물론 중요하다는 것은 정치적으로 중요하다는 뜻이다. 딸은 부탁을 하고 보답을 하고, 도와주면 갚아주는 공식적인 체제 속에 자리를 잘 잡고 있는 아버지를 둔 덕을 조금은 보았을 것이다. 아무리 좋은 조언이라도 반 이상 따르는 사람은 드물듯이, 시장도 집에 가기는 했지만 잠자리에 들지는 않았다. 그는 집으로 가져온 서류를 훑어보며, 몇 가지는 결정을 내렸고 어떤 것들은 나중에 살펴보기로 하고 미루어두었다. 저녁 시간이 다가오자 부엌으로 가서 냉장고를 열었지만 먹고 싶은 것이 하나도 없었다. 아내가 뭔가를 준비해두기는 했다. 남편이 굶게 놓아두는 사람은 아니니까. 하지만 식탁을 차리고, 음식을 데우고, 설거지를 한다는 것이 오늘 밤에는 초인간적인 노력이 드는 일로 여겨졌다. 시장은 집을 나가 식당으로 갔다. 식탁에 앉아 음식이 나오기를 기다리며 아내에게 전화를 했다. 일은 어때, 그가 아내에게 물었다. 아, 나쁘지 않아요, 당신은 어때요. 아, 난 괜찮아, 약간 불안할 뿐이야. 뭐 이런 상황에서는 왜냐고 물을 필요도 없겠군요. 아니, 그 이상이야, 속 깊은 데서 떨리는 거야, 그림자, 나쁜 징조, 그런 거야. 흠, 당신이 미신을 믿는 줄은 몰랐는데요. 모든 것에는 다 때가 있지. 어디예요, 사람들 목소리가 들리는데. 식당이야, 좀 있다 집에 갈 거야, 아니면 먼저 당신한테 들러서 보고 갈 수도 있고, 시장이 되면 못 들어가는 데가 별로 없으니까. 수술실에 있을지도 몰라요, 얼마나 오래 걸릴지도 모르고. 알았어, 생각해볼게, 사랑해. 나도요. 많이. 나도 많이요. 웨이터가 첫 번째 코스를 가져왔다. 여기 있습니다, 시장님, 식사 맛있게 하십시오. 막 포크를 들어 입으로 가져가는데 폭발로 건물 전체가 흔들렸다. 안팎의 창문이 박살나고, 탁자와 의자들이 뒤집히고, 사람들이 비명을 지르고 신음을 토했다. 어떤 사람들은 부상을 당하고, 어떤 사람들은 폭발 때문에 정신을 잃고, 어떤 사람들은 겁에 질려 떨고 있었다. 시장은 얼굴을 유리에 베어 피를 흘리고 있었다. 식당은 폭발의 충격파를 맞은 것이 분명했다. 전철역이 틀림없어, 어떤 여자가 일어서며 흐느꼈다. 시장은 냅킨을 상처에 갖다 대고 거리로 달려나갔다. 발밑에서 깨진 유리가 으적거렸다. 앞쪽 위에서 검고 짙은 연기 기둥이 솟아올랐다. 불도 보이는 것 같았다. 마침내 터졌구나, 역이야, 시장은 생각했다. 시장은 머리에 손을 대고 있기 때문에 움직이는 속도가 늦다는 것을 깨닫고 냅킨을 버렸다. 그러자 얼굴과 목에서 피가 펑펑 쏟아지며 셔츠 칼라를 적셨다. 시장은, 과연 아직까지 일을 하고 있을까, 궁금해하면서 잠시 발을 멈추고 휴대전화로 비상 번호를 눌렀다. 그러나 신경질적으로 들리는 목소리가 이미 사고 접수를 했다고 대꾸했다. 나는 시장이오, 시 동부 지상 전철역에서 폭탄이 터졌소, 도와줄 수 있는 사람은 모두 보내주시오, 소방수, 민방위대, 스카우트, 혹시 있으면, 간호사, 구급차, 구급 장비도 보내주시오, 뭐든 되는 대로 다 보내주시오, 아, 또 한 가지, 퇴직 경찰관들이 사는 곳을 알아낼 방법이 있으면 그 사람들한테도 연락해서 이곳으로 와서 일을 거들라고 하시오. 소방관들은 이미 출발했습니다, 시장님, 우리도 지금 최선을 다 하고 있습니다. 시장은 전화를 끊더니 다시 달리기 시작했다. 다른 사람들도 그와 함께 달려가고 있었다. 어떤 사람들은 그를 추월했다. 시장은 다리가 납처럼 무거웠다. 허파는 악취가 나는 탁한 공기를 들이마시려 하지 않았다. 그리고 통증, 조금 전에 기관(氣管)에 달라붙은 통증은 계속 더 심해지고 있었다. 이제 역은 50미터쯤 떨어져 있었다. 불빛 때문에 번쩍거리는 잿빛의 지저분한 연기가 미친 듯이 서로 뒤엉키며 솟아올랐다. 저 안에 사망자가 몇 명이나 있을까, 누가 폭탄을 설치했을까, 시장은 속으로 자문했다. 소방차 사이렌 소리가 가까이 다가왔다. 도움을 가져오기보다는 요청하는 것 같은 그 애처로운 흐느낌 소리가 점점 더 날카로워졌다. 당장이라도 소방차들이 저 모퉁이들 한 곳을 돌아 쏜살같이 뛰쳐나올 것 같았다. 첫 소방차가 나타났을 때쯤 시장은 참사를 보러 황급히 달려나온 사람들의 무리를 뚫고 나아가고 있었다. 나는 시장이오, 이 도시의 시장이오, 좀 갑시다. 시장은 이 말을 계속 되풀이하는 것이 어리석은 일임을 고통스럽게 깨달았다. 시장이라고 해서 앞의 모든 문이 열리지 않는다는 걸 알게 된 것이다. 사실 건물 안에는 삶의 문이 완전히 닫혀버린 사람들이 있었다. 몇 분이 안 되어 강한 물줄기들이 전에 문이며 창문이었던 곳으로 뿜어졌다. 또는 건물의 상부를 적시려고 허공을 겨냥하여 뿜어대기도 했다. 불이 퍼지는 것을 막으려는 것이었다. 시장은 소방대 대장에게 갔다. 어떻게 생각하시오. 제가 본 최악의 화재입니다. 방화의 느낌이 납니다. 그런 말 마시오, 그건 불가능한 일이오. 그냥 느낌일 뿐입니다, 제가 틀리기를 바라야지요. 그 순간 텔레비전 녹화 차량이 도착했다. 그 뒤로 신문사와 라디오 차량들도 따라왔다. 이제 시장은 조명과 마이크에 둘러싸여 질문에 답을 하고 있었다. 인명 손실이 얼마나 났다고 보십니까. 지금까지 얻은 정보는 무엇입니까. 부상자는 몇 명입니까. 화상을 입은 사람은 몇입니까. 언제 역이 정상으로 돌아갈 거라고 보십니까. 이 공격 배후에 누가 있는지 아십니까. 폭발 전에 무슨 경고가 있었습니까. 있었다면, 누가 그 경고를 받았고, 역을 소개하기 위해 어떤 조치를 취했습니까. 이 도시에서 벌어지는 전복 활동과 관련이 있는 그룹이 벌인 테러 공격이라고 보십니까. 이런 공격이 더 있을 거라고 생각하십니까. 시장으로서 또 도시에 남은 유일한 당국자로서, 필요한 조사를 할 만한 수단을 갖고 계십니까. 비처럼 퍼붓던 질문이 그치자, 시장은 이 상황에서 해줄 수 있는 유일한 답을 했다, 그 질문들 가운데 일부는 내 답변 범위를 벗어난 것입니다, 따라서 정말이지 답변을 할 수 없습니다, 하지만 곧 정부가 공식 성명을 낼 것이라고 생각합니다, 다른 질문들에 대해서 내가 할 수 있는 이야기는 우리가 피해자들을 도우려고 사람이 할 수 있는 일은 모두 하고 있다는 것입니다, 우리가 시간에 늦지 않게 도착할 수 있기를 바랄 뿐입니다. 도대체 저기에 사망자가 몇 명이나 있습니까, 한 기자가 고집스럽게 물었다. 저 지옥 안으로 들어가봐야만 알 수 있습니다, 따라서 그때까지는 나한테 멍청한 질문 좀 하지 말아주십시오. 기자들은 언론을 이런 식으로 대접하면 안 된다고 항의했다. 자기들은 정보를 전달하는 의무를 이행할 뿐이며 따라서 존중을 받아야 한다는 이야기였다. 그러나 시장은 집단적인 항의를 차단했다. 오늘 어떤 신문은 대규모의 유혈사태가 불가피하다는 이야기까지 했소, 하지만 이건 유혈 사태는 아니오, 불에 탄 사람들은 피를 흘리지 않소, 그냥 빳빳하게 튀겨질 뿐이오, 자, 이제 좀 갑시다, 덧붙일 말은 없소, 구체적인 정보가 입수되면 알려주겠소. 못마땅한 웅성거림이 터져나왔다. 저 뒤쪽에서 조롱하는 목소리가 들렸다, 자기가 뭐라고 생각하는 거야. 하지만 시장은 그런 말을 한 사람을 찾아내려 하지 않았다. 지난 몇 시간 동안 그 역시 똑같은 질문을 했기 때문이다, 나는 내가 누구라고 생각하는가.

두 시간 뒤 불길을 잡았다는 보고가 들어왔다. 그러나 숯이 된 폐허의 강한 열기는 다시 두 시간이 더 지난 뒤에야 가라앉기 시작했다. 그럼에도 몇 사람이나 죽었는지 여전히 알 수 없었다. 중경상을 입고 병원으로 이송된 사람들이 30~40명이었다. 그들은 폭탄이 터진 곳으로부터 가장 먼 매표소 한 구석에 있었기 때문에 최악의 폭발은 피했다. 시장은 불이 완전히 꺼질 때까지 그곳에 있었다. 시장은 소방대장의 말을 듣고서야 자리를 떴다. 가서 쉬십시오, 시장님, 우리가 알아서 처리하겠습니다, 얼굴의 상처나 어떻게 하십시오, 여기 있는 사람들이 왜 아무도 그 상처를 못 보았는지 모르겠군요. 괜찮소, 다들 더 심각한 생각을 하고 있었으니 그렇지 뭐. 이어 시장이 물었다. 그럼 이제 뭘 할 거요. 이제 시신을 찾아서 운반해야 합니다, 일부는 폭발로 산산조각이 났을 것이고, 대부분은 불에 탔을 겁니다. 그래, 내가 그걸 보는 걸 견딜 수 있을지 모르겠소. 현재 상태라면 제가 봐도 못 견디실 것 같습니다. 나는 겁쟁이거든. 겁쟁이라서 그런 게 아닙니다, 시장님, 저도 처음에는 기절을 했습니다. 고맙소, 그럼 할 수 있는 일을 하시오. 제가 할 수 있는 일은 마지막까지 타는 깜부기불을 끄는 겁니다, 그건 일도 아니지요. 그래도 대장은 여기 남아 있을 것 아니오. 시장은 굳은 얼굴로 집을 향해 걷기 시작했다. 몸은 검댕에 뒤덮였고, 뺨은 마른 피로 시커멨다. 온몸이 아팠다. 뛰었기 때문이기도 하고, 긴장을 했기 때문이기도 하고, 몇 시간 동안 서 있었기 때문이기도 했다. 아내한테 전화를 해봐야 소용없었다. 전화를 받은 사람은 틀림없이, 죄송합니다만, 시장님, 사모님은 지금 수술실에 있습니다, 전화를 받을 수가 없습니다, 하고 대답할 터였다. 길 건너에서 사람들이 창문 너머로 밖을 내다보고 있었다. 그러나 아무도 그를 알아보지 못했다. 진짜 시장은 관용차를 타고 다니고, 수행비서가 가방을 들고 다니고, 경호원 세 명이 길을 터주었다. 그러나 지금 도로를 따라 걷는 사람은 악취를 풍기는 지저분한 뜨내기였다. 곧 울음을 터뜨릴 것 같은 슬픈 사람이었다. 시트를 빨 물 한 통조차 빌려주고 싶지 않을 유령이었다. 엘리베이터 거울에 시커메진 얼굴이 비쳤다. 폭탄이 터졌을 때 매표소에 있었다면 지금 딱 그런 얼굴일 것 같았다. 잔혹해, 잔혹해, 시장이 중얼거렸다. 시장은 떨리는 손으로 문을 열고 곧장 욕실로 갔다. 장에서 구급상자, 솜뭉치, 과산화수소, 요오드가 든 액체 소독약, 커다란 반창고를 꺼냈다. 시장은 혼잣말을 했다, 몇 바늘 꿰매야 하는 거 아닌가 몰라. 셔츠는 바지 허리띠까지 온통 피에 물들었다. 생각보다 피를 많이 흘렸군. 시장은 웃옷을 벗고, 끈적끈적한 타이 매듭을 힘겹게 풀고 셔츠를 벗었다. 조끼에도 피가 묻었다. 좀 씻어야겠군, 샤워를 해야겠어, 아냐, 멍청하긴, 그랬다간 상처를 덮은 마른 피가 씻겨나가 다시 피가 흐르기 시작할 거야, 시장이 작은 소리로 말했다, 해야 해, 해야 해, 대체 뭘 해야 한다는 거야. 말은 그의 발에 걸렸던 주검 같았다. 그는 말이 무엇을 원하는지 찾아내야 했다. 주검을 옮겨야 했다. 소방관들과 민방위대가 곧 역 안으로 들어갈 것이다. 그들은 장갑을 끼고 들것을 들고 갈 것이다. 대부분은 불에 탄 주검에 손을 대본 적이 없는 사람들이었다. 그러나 이제 그게 어떤 모습인지 알게 될 것이다. 해야 해. 시장은 욕실에서 나와 서재로 들어가 책상에 앉았다. 전화를 들고 비밀 번호를 눌렀다. 새벽 3시가 다 된 시간이다. 어떤 목소리가 대답한다, 내무부장관 집무실입니다, 누구십니까. 수도의 시장이오, 장관님과 통화하고 싶소, 아주 급한 일이오, 안에 계시면 바로 연결 좀 시켜주겠소. 잠깐만요. 잠깐은 2분이나 계속되었다. 여보세요. 장관님, 몇 시간 전에 시 동부 전철역에서 폭탄이 터졌습니다, 아직 사망자가 몇 명인지는 모릅니다만, 그 숫자가 엄청날 것은 불문가지입니다, 이미 부상자가 40~50명입니다. 나도 알고 있소. 지금에야 전화를 한 이유는 지금까지 죽 폭발 현장에 있었기 때문입니다. 그거 칭찬할 만한 일이로군. 시장은 깊은숨을 들이쉰 다음에 물었다, 나한테 할 말 없습니까, 장관님. 무슨 소리요. 누가 그 폭탄을 설치했느냐에 관해서 말입니다. 아, 그거야 뻔한 것 같군, 백지투표를 던진 당신 친구들이 이제 직접 행동에 좀 나서보겠다고 한 게 분명하지 않소. 미안하지만, 나는 그렇게 생각하지 않습니다. 당신이 어떻게 생각하든 그게 사실이오. 사실입니까, 아니면 사실이 될 겁니까. 그건 당신 마음대로 생각하시오. 여기서 벌어진 일은 가증스러운 범죄입니다, 장관님. 그렇소, 나도 당신 말이 맞는다고 생각하오, 사람들은 보통 그렇게 말하지. 누가 폭탄을 설치했습니까, 장관님. 당신 좀 불안한 것 같군, 가서 좀 쉬고, 날이 밝으면 전화하시오, 10시 지나서 하시오. 누가 폭탄을 설치했습니까, 장관님. 대체 무슨 암시를 하고 싶은 거요. 질문은 암시가 아닙니다, 만일 지금 이 순간 우리 둘 다 머릿속에서 생각하고 있는 것을 말한다면 그게 암시겠지요. 내 생각이 지방자치단체장의 생각과 일치할 하등의 이유가 없소. 글쎄요, 지금은 일치하네요. 조심하시오, 당신 지금 너무 멀리 가고 있소. 아, 나는 멀리 갔을 뿐 아니라, 이미 도착했습니다. 무슨 소리요. 내가 지금 폭발에 직접적인 책임이 있는 사람과 이야기를 하고 있다는 겁니다. 이 사람 미쳤군. 미쳤으면 좋겠습니다. 어떻게 감히 정부 각료를 그렇게 중상할 수 있는 거요, 들어본 적도 없는 일이로군. 장관님, 이제부터 나는 이 포위된 도시의 시장이 아닙니다. 내일 이야기합시다, 하지만 당신 사임을 받아들일 생각은 없다는 걸 알아두시오. 받아들여야 할 겁니다, 그냥 내가 죽었다고 생각하십시오. 그렇다면 정부의 이름으로 경고하는데, 당신은 사임한 것을 쓰디쓰게 후회하게 될 거요, 사실 이 일에 관해 입을 다물고 있지 않으면 후회할 시간조차 없을 거요, 뭐 어려운 일도 아니겠지, 이미 당신은 죽은 거라고 스스로 말했으니까. 그렇습니다, 나는 누가 이렇게 완전히 죽을 수 있을 줄은 상상도 못 했습니다. 상대방은 전화를 끊었다. 시장이었던 사람은 일어서서 욕실로 들어갔다. 옷을 벗고 샤워기 밑으로 들어갔다. 뜨거운 물이 상처를 덮었던 마른 피를 씻어내리자 피가 다시 흐르기 시작했다. 소방관들은 막 숯이 된 첫 주검을 발견했다.

지금까지 사망자가 스물셋이오, 게다가 파편 더미 밑에서 얼마를 더 찾아낼지 모르오, 그러니까 사망자는 적어도 스물셋이라는 거요, 내무부장관, 총리가 말하며 책상 위에 펼쳐진 신문을 손바닥으로 눌렀다. 언론은 거의 만장일치로 이 공격을 백돌이들의 봉기와 관련된 테러리스트 그룹의 소행으로 보고 있습니다. 첫째, 그냥 품위 문제 때문에 하는 말인데, 제발 부탁이니 내 앞에서 그 백돌이라는 말은 좀 사용하지 말아주시오, 둘째로, 거의 만장일치라는 것이 무슨 뜻인지 설명해주기 바라오. 예외가 딱 둘이었다는 뜻입니다, 지금 도는 소문을 받아들이지 않고 정식 조사를 요구하는 신문이 둘 있었다는 겁니다. 재미있군. 이 신문이 하는 이야기를 읽어보십시오, 총리님. 총리는 큰 소리로 읽었다, 우리는 누가 명령을 했는지 알아낼 것을 요구한다. 이것도요, 총리님, 방금 그것처럼 직접적이지는 않지만, 비슷한 이야기입니다, 우리는 누가 다치더라도 진실을 원한다, 내무부장관은 말을 이어나갔다, 놀랄 일은 전혀 아닙니다, 걱정할 필요는 없다고 생각합니다, 사실, 의심이 좀 있는 게 오히려 낫습니다, 그래야 사람들이 모두 주인이 하라는 대로 이야기한다고 말하지 않을 것 아닙니까. 그러니까 스물세 명 이상의 사망자는 걱정되지 않는다는 거요. 그것은 계산된 위험이었습니다, 총리님. 일어난 사태에 비추어보아 아주 형편없이 계산된 위험이로군. 네, 그렇게 보실 수도 있다고 생각합니다. 원래 그렇게 강력한 폭탄을 터뜨리자는 게 아니었잖소, 그냥 사람들한테 겁 좀 주자는 거니까. 안타깝게도 명령 계통에 문제가 있었던 것이 분명합니다. 그게 유일한 이유라고 확신할 수 있으면 좋겠소. 분명히 말씀드리는데, 명령은 정확하게 내려갔습니다, 총리님, 장담합니다. 장담이라, 내무부장관. 그 말 그대로입니다, 총리님. 그래, 그 말 그대로다. 어쨌든 사상자가 생긴다는 것은 예상했던 일 아닙니까. 하지만 스물셋일 줄은 몰랐소. 설사 스물셋이 아니라 세 명뿐이라 해도, 죽은 것은 죽은 겁니다, 숫자가 문제가 아니지요. 아니지, 하지만 동시에 숫자의 문제이기도 하오. 목적이 결정되면 수단도 그에 따라 결정된다는 점을 말씀드리고 싶군요. 아, 나도 그런 이야기는 지겹도록 들은 적이 있소. 이번이 마지막도 아닐 겁니다, 설사 다음에는 다른 사람 입에서 듣게 된다 하더라도 말입니다. 당장 조사위원회를 임명하시오, 장관. 무슨 결론을 내려고요, 총리님. 그냥 가동을 시키시오, 그건 나중에 정리합시다. 알겠습니다, 총리님. 피해자 가족들에게 필요한 지원을 아끼지 마시오, 죽은 사람이건 지금 병원에 있는 사람이건. 장례는 시의회에 맡기시오. 혼란의 와중이라 시장이 사임했다는 사실을 깜박 잊고 알려드리지 못했습니다. 사임했다고, 왜. 글쎄요, 더 정확히 말하자면 그냥 걸어나간 거지요. 지금 상황에서 사임했건 걸어나갔건 그건 관심 없소, 내가 알고 싶은 건 왜냐는 거요. 폭발이 일어난 직후에 역에 도착했는데 신경이 예민해서 견디지를 못한 것 같습니다, 자신이 본 것을 감당하지 못한 거지요. 아무도 못하지, 나는 못할 거요, 아마 당신도 못할 걸, 장관, 따라서 그 사람이 갑자기 떠난 데는 다른 이유가 있는 게 틀림없소. 시장은 정부가 책임이 있다고 생각합니다, 그냥 자신이 의심하는 것을 암시만 한 게 아닙니다, 아주 노골적으로 표현했습니다. 혹시 그 사람이 두 신문에 그런 생각을 전달한 게 아닐까. 솔직히 말씀드려서, 총리님, 그건 아니라고 생각합니다, 정말이지, 나도 모든 책임을 그 사람한테 덮어씌울 수 있었으면 좋겠습니다. 그 자가 이제 어떻게 할까. 그 사람 부인은 의사입니다. 그래, 나도 알고 있소. 새 일자리를 얻을 때까지 그럭저럭 살 수 있겠지요. 그동안은. 그동안은, 총리님, 내가 가능한 한 철저하게 감시하도록 하겠습니다, 그 말씀을 하시는 거라면. 그 자가 무슨 생각을 하는지 몰라도, 꽤 믿을 만한 사람으로 보였는데, 충직한 당원으로 말이오, 정치적 경력도 훌륭하고, 장래성도 있고. 인간의 마음이 자기가 사는 세상과 늘 전적으로 하나가 되는 건 아니지요, 어떤 사람들은 현실에 적응하는 데 문제가 있습니다, 기본적으로 그냥 약한 거지요, 혼란에 빠진 사람들이지만 입으로는 가끔 아주 능숙하게 자신이 겁쟁이라는 걸 정당화하지요. 장관은 그 문제에 관해서는 물론 전문가 비슷하겠지, 그거 다 장관 자신의 경험에서 나온 이야기 아니오. 내가 그랬다면 지금 내무부장관 직에 있을 수 있겠습니까. 아니, 그럴 수 없겠지, 하지만 이 세상에서는 불가능한 게 없으니까, 우리 최고의 고문 전문가도 틀림없이 집에 가면 아이들한테 입을 맞출 거요, 그 가운데는 심지어 영화를 보며 우는 사람들도 있겠지. 총리님, 나도 예외가 아닙니다, 사실 나도 그저 늙은 감상주의자에 지나지 않습니다. 그 말을 들으니 기쁘구려. 총리는 천천히 신문을 넘겼다. 총리는 역겨움과 불안이 뒤섞인 표정으로 사진을 하나씩 살피더니 말했다, 내가 왜 당신을 자르지 않는지 알고 싶겠지. 네, 총리님, 그 이유가 궁금합니다. 그렇게 하면 사람들이 둘 중 하나라고 생각할 것이기 때문이오, 그러니까 죄의 본질과 정도에 관계없이 내가 당신이 벌어진 사태에 직접적인 책임이 있다고 생각하거나, 아니면 수도를 자기 운명에 맡겨버리면서 그런 폭력 행동이 일어날 가능성을 예측하지 못한 것이 당신의 무능이라고 생각하여 처벌한다고 생각할 거요. 네, 나도 게임의 규칙을 알기 때문에 그런 것들이 이유가 될 것이라고 생각했습니다. 물론 세 번째 이유도 있소, 뭐 이런 일들이 다 그렇듯이, 가능하기는 해도 비현실적인 것이기는 하지만 말이오. 따라서 결국은 있을 수 없는 일이라고 해도 좋겠지. 그게 뭡니까. 당신이 이 테러의 진상을 공개할지도 모른다는 거요. 어느 시대, 세상 어느 나라 내무부장관이라도 자기 입을 열어 재직 중에 저질렀던 비열하고, 불명예스럽고, 불충하고, 범죄적인 행위들을 말하지 않는다는 것은 총리님이 누구보다 잘 아시지 않습니까. 나 역시 예외가 아니기 때문에 총리님은 그 점에 관해서라면 안심하셔도 될 것 같습니다. 만일 우리가 폭탄을 설치하라고 명령했다는 사실이 알려진다면, 백지투표를 한 사람들에게 그들이 원하는 마지막 이유를 주는 꼴이 될 거요. 외람됩니다만 총리님, 그런 사고방식은 논리에 어긋납니다. 왜. 이렇게 말해도 좋을지 모르지만, 평소의 엄격한 사고에서 좀 벗어나신 것 같습니다. 요점을 말해보시오. 그 사람들이 찾아내든 못 찾아내든, 그 사람들이 옳다고 판명난다면, 그것은 그들이 이미 옳았기 때문이란 겁니다. 총리는 신문을 밀치고 말했다. 돌아가는 꼴을 보니 마법사의 제자 이야기가 생각나는구려, 자신이 풀어놓은 마법의 힘을 통제할 줄 모르는 제자 말이오. 총리님이 보시기에 이 경우에 누가 마법사의 제자입니까, 그들입니까, 우리입니까. 글쎄, 아주 안된 말이오만 우리 둘 다가 아닐까, 그들은 결과를 생각하지도 않고 막다른 길로 내달았소. 그리고 우리가 그들을 쫓아갔다 이거지요. 바로 그거요, 이제는 다음 단계가 무엇일지 기다려보는 수밖에 없겠군. 정부로서는 그냥 압력을 유지해나갈 수밖에 없습니다, 물론 방금 일어난 일 때문에 당장은 아무런 행동을 하지 않는 게 좋다는 건 분명합니다만. 그 사람들은 어떻소. 이곳으로 오기 전에 입수한 정보가 사실이라면, 그들은 시위를 준비 중입니다. 대체 그걸로 뭘 얻겠다는 거지, 시위로는 결코 어떤 것도 얻을 수 없소, 그들이 시위를 준비한다 해도 우리는 허락할 수 없소. 아마 테러에 항의를 하고 싶은 거겠죠, 내무부로부터 허가를 얻는 문제를 말씀하신 거라면, 현재 그들은 허가를 요청하느라 시간을 낭비할 필요는 없을 겁니다. 우리가 이 지저분한 일로부터 벗어날 수 있을까. 이건 마법사들이 끼어들 일이 아닙니다, 총리님, 완전한 자격을 갖춘 마법사든 그 제자든 말입니다, 어쨌든 늘 그렇듯이 결국에는 가장 강한 쪽이 이길 겁니다. 마지막 순간에는 가장 강한 자가 이기겠지, 하지만 우리는 아직 그 순간에 이르지 못했잖소, 우리가 지금 가진 힘으로 그때까지 버티지 못할지도 모르고. 아, 나는 자신만만합니다, 총리님, 조직된 국가는 절대 이런 전투에서 질 수가 없습니다, 그럼 세상이 끝나버리게요. 아니면 다른 세상이 시작될지도 모르지. 그 말씀을 어떻게 이해해야 할지 잘 모르겠습니다, 총리님. 뭐 총리가 패배주의적인 생각을 받아들이고 있다는 이야기나 퍼뜨리지 마시오. 그런 생각은 내 머릿속에 들어오지도 않습니다. 그러는 편이 좋을 거요. 물론 가정을 해서 말씀을 하시는 거겠지요. 물론이오. 달리 내가 필요한 일이 없으시면 이제 그만 일을 하러 가겠습니다. 대통령이 좋은 생각이 있다고 하시던데. 뭡니까. 자세한 이야기는 하지 않으시더군, 사태의 진전을 기다리고 계시는가 보오.

효과가 있으면 좋겠는데. 그분은 대통령이시오. 내 말이 그 말입니다. 계속 보고하시오. 네, 총리님. 잘 가시오. 안녕히 계십시오, 총리님.

내무부에서 입수한 정보는 정확했다. 도시는 시위를 준비하고 있었다. 최종 사망자 숫자는 서른네 명으로 늘어났다. 아무도 어디서 누가 처음 그런 생각을 했는지 몰랐지만, 모두가 그것을 받아들였다. 주검들을 보통 주검처럼 공동묘지에 묻지 않고, 그들의 무덤을 역 맞은편 조경된 구역에 만들어 세세에 영원토록(per omnia saecula saeculorum, 가톨릭 미사에 나오는 말-옮긴이) 기리자는 것이었다. 그러나 우익을 지지하는 것으로 알려진 소수의 유족은 이 테러가 언론에서 주장하는 대로 현재의 정부에 반대하는 음모와 직접적으로 연결된 테러리스트 집단의 소행이라고 확신했기 때문에 무고한 주검을 공동체에 넘겨주지 않으려 했다. 그들은 목청을 높였다. 그렇다, 이들은 진정 모든 죄로부터 무고하다, 평생 자신의 권리와 더불어 남들의 권리를 존중했기 때문이다, 자신의 부모와 조부모가 투표한 대로 투표했기 때문이다, 질서를 존중하는 사람들로서 이제 이 살인적 폭력 행위의 피해자이자 순교자가 되었기 때문이다. 그러면서도 그들은 그렇게 시민적 유대감이 부족했던 사람의 체면은 깎고 싶지 않았던 것인지, 완전히 달라진 목소리로 그들에게는 그들 자신의 유서 깊은 가족 지하 납골묘가 있으며, 삶에서 늘 맺어져 있던 사람들은 죽음 뒤에도 역시 세세에 영원토록 그렇게 맺어지는 것이 뿌리 깊은 가족 전통이라고 주장했다. 따라서 시민들은 서른네 구가 아니라 스물일곱 구의 주검을 땅에 묻게 되었다. 이것만 해도 엄청난 숫자였다. 누구인지도 모르는 사람들이 보낸, 그러나 물론 시의회가 보낸 것은 아니었다, 시의회는 우리가 알다시피 내무부장관이 필요한 대체 인물을 임명하기 전에는 지도자가 없기 때문이다. 어쨌든 방금 하던 이야기로 돌아가서, 누구인지도 모르는 사람이 보낸 팔이 여럿 달린 거대한 기계가 공원에 나타났다. 이른바 다용도 기계라고 하는 것 가운데 하나로, 재빨리 변신하는 능력을 지닌 거대한 예술가처럼 보였다. 이 기계는 한숨을 한 번 내쉴 만한 시간에 나무를 뿌리째 뽑을 수 있다. 아마 아멘 하고 말하는 데 걸리는 시간보다 더 짧은 시간에 무덤 스물일곱 개도 팔 수 있었겠지만, 역시 전통에 집착하는 공동묘지의 무덤 파는 사람들이 손으로 일을 하러 나타났다. 다시 말해서 가래와 삽으로 일을 하러 왔다는 것이다. 사실 기계가 하려던 일은 방해가 되는 나무 여섯 그루를 뽑는 일이었다. 그래서 나무를 뽑고 발로 평평하게 다지자, 이 구역은 마치 처음부터 공동묘지나 영원한 안식의 장소로 쓰이려고 태어난 곳처럼 보였다. 이윽고 그것은, 그러니까 그 기계는 다른 데로 가서 나무와 나무가 던지던 그림자를 심기 시작했다.

테러 사흘 뒤인 이른 아침, 사람들은 거리로 쏟아져 나왔다. 굳은 얼굴에 입을 다물고 있었다. 많은 사람들이 백기를 들었다. 모두 왼팔에 하얀 완장을 둘렀다. 장례 예절에 밝은 사람들이 흰색은 애도의 상징이 될 수 없다고 말하지 못하게 하

라. 바로 이 나라에서도 과거에는 그러했다는 믿을 만한 정보가 있다. 또 중국인들한테는 늘 그랬다는 것도 알고 있다. 일본인들도 마찬가지이지만, 그들은 알아서 하라고 맡겨두면 아마 모두 파란색을 사용할 것이다. 11시가 되자 광장은 이미 가득 찼다. 그러나 군중의 커다란 숨소리, 공기가 허파를 들락거리며 내는 둔한 속삭임만 들릴 뿐이었다. 공기는 들락거리며 이 살아 있는 존재들의 피에 산소를 먹이고 있었다. 들어갔다, 나갔다, 들어갔다, 나갔다, 그러다 마침내 갑자기, 이 말은 끝을 맺지 않겠다. 여기에 모인 사람들에게, 생존자들에게 그 순간은 아직 오지 않았기 때문이다. 하얀 꽃들이 헤아릴 수 없이 많았다. 국화, 장미, 백합, 특히 칼라(arum lily, 천남성과의 다년생 초본—옮긴이)가 많았다. 이따금씩 반투명의 하얀 선인장 꽃도 보였다. 검은 속을 용서받은 수천의 마거리트도 있었다. 스무 걸음 떨어진 곳에서 사망자의 친척과 친구들이 어깨에 관을 멨다. 물론 친척과 친구들이 있는 사망자들의 경우였다. 관은 행렬을 이루어 무덤으로 갔고, 거기서 무덤 파는 전문가들의 노련한 안내에 따라 밧줄에 묶인 채 천천히 아래로 내려가, 쿵 하는 텅 빈 울림과 더불어 바닥에 닿았다. 역의 폐허에서는 여전히 타버린 살의 냄새가 풍기는 듯했다. 어떤 사람들은 이런 감동적인 의식, 이런 집단적 슬픔의 가슴 저린 표현에 이 나라의 다양한 종교적 기관의 성례가 빠진 것, 그 바람에 죽은 자들이 그 기관들의 위로를 받지 못한 것을 이해할 수 없는 일로 여길 것이다. 실제로 죽은 자들은 가장 확실한

노자 성체를 받을 수 없었고, 산 사람들의 공동체는 방황하는 양떼를 다시 우리 안으로 이끄는 데 기여할지도 모르는 세계교회주의를 실천적으로 입증할 기회를 잃었다. 이런 개탄할 만한 사태가 벌어진 이유는 여러 교회들이 백지투표 봉기를 묵인했다는 전술적인, 또는 최악의 경우 전략적인 의심의 표적이 될지도 모른다는 두려움에 떨었다는 것으로밖에 설명할 수 없다. 이런 사태는 총리가 직접 걸었던 여러 통의 전화, 말만 약간 다를 뿐이지 주제는 똑같았던 전화와 관련이 있을지도 모른다, 만에 하나 여러분의 교회가 장례식에 참석한다면 이 나라의 정부는 그것을 매우 안타까운 일로 여길 것이오, 그것은 물론 영적으로는 정당화될 수 있는 일이겠지만, 여러분이 정치적으로, 나아가 심지어 이념적으로 수도의 주민 다수를, 정통성을 갖춘 합헌적인 민주적 권위를 대하는 그들의 고집스럽고 조직적인 불경한 태도를 지지하는 증거로 간주될 것이고, 또 차후에 그렇게 이용될 것이오. 따라서 장례는 순수하게 세속적인 행사가 되었다. 물론 여기저기서 몇몇 사람이 개인적으로 소리 없이 기도를 드렸고, 그것이 여러 하늘로 올라가 자비로운 공감을 얻지 못했다는 뜻은 아니다. 무덤이 아직 열려 있을 때, 어떤 사람이 선한 의도로 연설을 하려고 앞으로 나갔지만 즉시 다른 사람들이 이의를 제기했다, 연설은 필요 없소, 우리는 각자 자기 나름의 슬픔을 안고 있고, 우리 모두 똑같은 비애를 느끼고 있소. 이런 식으로 감정을 말끔하게 정리해준 사람의 말이 옳았다. 게다가 뜻을 이루지 못한 웅변가의 의도가 어땠는지는 몰라도, 이렇다 할 이력이 없는 어린아이는 말할 것도 없고, 남자와 여자로 구성된 스물일곱 명의 주검을 위한 장례 연설을 하는 것은 불가능했을 것이다. 무명용사에게 제대로 명예를 안겨주려 할 때 군이 그들이 살아서 사용했던 이름이 필요한 것은 아니다. 어쨌든 무명용사들이야 우리가 합의만 한다면 어떻게 해도 좋다. 그러나 대부분 알아볼 수도 없고, 두세 명은 여전히 신원 확인조차 안 된 이 주검들이 원하는 것이 있다면 그것은 평화롭게 내버려두어달라는 것이다. 이야기의 훌륭한 짜임새에 관심을 보이는 꼼꼼한 독자들이 왜 이런 경우에 불가결한 일반적인 DNA 검사를 하지 않느냐고 묻는다면, 우리가 할 수 있는 유일하게 정직한 대답은 우리도 정말 모르겠다는 것뿐이다. 하지만 유명하면서도 자주 남용되는 표현, 우리의 죽은 자들이라는 표현, 침을 튀기며 애국적인 열변을 토할 때 자주 등장하는 너무 흔한 그 표현이 이 경우에는 문자 그대로 받아들여졌다고 추측을 해볼 수 있겠다. 그러니까 이 죽은 자들, 그들 모두가 우리에게 속한 것이라면, 그들 가운데 어느 하나만 오직 내 것이라고 생각하지 말아야 한다는 것이다. 즉 모든 요인들, 특히 비생물학적인 요인들까지 포함하는 모든 요인들을 고려하는 DNA 분석이라면 아무리 열심히 이중 나선 속을 헤집어본다 해도 집단적 소유권을 확인하는 데 성공할 뿐인데, 사실 이것은 따로 증거를 찾을 필요도 없는 일이다. 그러므로 그 남자, 또는 어쩌면 여자일지도 모르지만, 어쨌든 그 사람은 우리가 앞서 보았듯이 이렇게 말할 충분하고도 남을 만한 이유가 있다, 여기 우리는 각자 자기 나름의 슬픔을 안고 있고, 우리 모두 똑같은 비애를 느끼고 있소. 사람들은 다시 무덤에 흙을 넣었다. 꽃은 공평하게 나누어주었다. 울 만한 이유가 있는 사람들은 다른 사람들이 끌어안고 위로해주었다. 이렇게 생긴 지 얼마 되지도 않은 상처를 위로하는 것이 가능한 일인지는 모르겠지만. 각 사람, 각 가족이 사랑하던 사람이 이곳에 있다. 정확히 어디인지는 몰라도. 어쩌면 이 무덤일 수도 있고, 어쩌면 저 무덤일 수도 있다. 그냥 그 모두를 위해 우는 것이 최선일 것이다. 어디서 배웠는지는 몰라도 어느 목자가 이런 옳은 이야기를 한 적이 있지 않은가. 낯선 자를 위해 우는 것이야말로 최고의 존경심을 보여주는 것이다.

이런 식으로 귀찮게 우회로를 택하여 서사에서 자꾸 일탈할 때 벌어지는 문제는 물론 그사이에 사태가 진전되었다는 것, 이미 앞서 가버렸다는 것을 너무 늦게 알게 된다는 것이다. 따라서 곧 일어날 일을 알려주는 대신, 사실 그것이야말로 밥값을 하는 모든 이야기꾼의 기본적인 의무이기는 하지만, 우리가 할 수 있는 일은 잘못을 뉘우치면서 이미 어떤 일이 일어났음을 고백하는 것뿐이다. 우리가 생각했던 것과는 달리 군중은 흩어지지 않았다. 시위는 계속되어 사람들은 지금 무리를 지어 앞으로 나아가며 거리를 메우고 있다. 사람들이 외치는 소리를 들어보면 대통령궁으로 향한다는 것을 알 수 있다. 가는 길에는 다름 아닌 총리 공관도 있다. 시위대의 앞에 있는 신문, 라디오, 텔레비전 기자들은 신경이 곤두서서 메모를 하고, 회사에 전화로 사태를 묘사하면서 직업적인 불안과 더불어 시민으로서 느끼는 불안까지 섞어 넣는다, 아무도 무슨 일이 벌어질지 모르는 것 같습니다만, 걱정스럽게도 군중은 대통령궁으로 돌진할 준비를 하고 있는 것으로 보입니다, 가는 길에 총리 공관과 정부 건물을 약탈할 가능성도 배제할 수 없습니다, 아니, 그럴 가능성이 높습니다, 이건 묵시록의 예언 같은 게 아닙니다, 우리가 두려워서 그런 상상을 하는 것이 아니라는 뜻입니다, 사람들의 미친 듯한 얼굴을 보기만 하면 압니다, 저 얼굴들 하나하나가 피와 파괴를 요구한다고 해도 과장이 아닐 겁니다, 따라서, 온 국민에게 큰 소리로 이런 말을 하는 것은 고통스러운 일이지만, 다른 면에서는 매우 능률적인 면모를 보여주었고 바로 그런 이유 때문에 정직한 국민의 환호를 받아온 정부가 거리에 아버지처럼 사람들을 말리는 경찰을 남겨두지 않고, 폭동 진압부대도 없이, 최루탄도 없이, 물대포도 없이, 개도 없이, 한마디로 아무런 억제 수단 없이 이 도시를 분노한 폭도의 본능에 버려두기로 결정한 것은 조심성 없는 행동으로 비난 받아 마땅하다고 봅니다. 어떤 재난을 경고하는 이런 말은 언론이 곧 히스테리의 절정에 이를 것임을 보여주었다. 바야흐로 군중은 총리 공관이 보이는 곳에 이르렀다. 공관은 18세기 말 양식으로 지은 부르주아 저택이었다. 드디어 기자들의 외침이 비명으로 바뀌었다. 이제, 이제 무슨 일이라도 일어날 수 있습니다, 거룩한 동정녀

여 우리 모두를 보호하소서, 저 위의 최고천에 올라가 계신 우리나라의 영광스러운 영혼들이여, 이 사람들의 진노한 마음을 진정시켜주소서. 사실 어떤 일이라도 일어날 수 있을 것 같았다. 하지만 결국 시위 외에는 아무런 일도 일어나지 않았다. 시위대 가운데 우리 눈에 보이는 일부는 교차로에서 정지했다. 저택과 그것을 둘러싼 작은 공원이 교차로의 한쪽 모서리를 차지하고 있었다. 나머지 군중은 포장도로로 쏟아져 나가 옆의 광장과 거리를 메워나갔다. 경찰에서 숫자를 따지는 사람들이 이곳에 있다면 모두 해서 겨우 5만 명밖에 안 된다고 말할 것이다. 하지만 정확한 숫자, 진짜 숫자는, 우리가 한 명씩 다 세어보아서 하는 말인데, 그보다 열 배는 많았다.

이곳에서 시위대는 완전히 정지하여 입을 꾹 다물고 서 있었다. 눈이 날카로운 텔레비전 기자는 머리들로 이루어진 바다에서 한 사람을 발견했다. 얼굴 반쪽을 붕대로 덮고 있었음에도 알아보았다. 운 좋게도 스쳐 지나가면서 정상적이고 건강한 얼굴 반쪽을 보았기 때문이다. 이 얼굴은, 충분히 이해할 수 있는 일이지만, 부상당한 반쪽을 확인해주고 있으며 또 부상당한 반쪽은 나머지 반쪽을 확인해준다. 기자는 카메라맨을 끌고 사람들을 뚫고 나아가기 시작했다. 그는 양쪽 사람들에게, 실례합니다, 실례합니다, 좀 갑시다, 좀 비켜주세요, 중요한 일입니다, 하고 말했다. 그는 가까이 다가가자 말했다, 잠깐만요, 안녕하세요. 그러나 그가 머릿속에서 생각하는 것은 그렇게 예의 바르지 않았다, 이 사람이 대체 여기서 뭘 하는 거야. 기자들은 보통 기억력이 좋다. 이 기자도 폭탄이 터지던 날 밤 시장이 공개적으로 언론사들을 공격한 것을 잊지 않았으며, 그 공격이 부당하다고 생각하고 있었다. 이제 시장은 언론사들이 그때 얼마나 상처를 받았는지 알게 될 것이다. 기자는 마이크를 시장의 얼굴에 갖다 대고 카메라맨에게 몰래 신호를 보냈다. 그 신호는 찍기 시작하라는 뜻으로 보이기도 했고, 흠씬 두들겨 패라는 뜻으로 보이기도 했는데, 현재 상황에서는 아마 그 둘 다였을 것이다. 시장님, 여기서 뵙다니 정말 놀랍습니다. 놀랍다니, 왜. 방금 말씀드렸듯이, 시장님이 이 시위에 참석하신 것을 보니 말입니다. 뭐, 나도 시민의 한 사람 아니겠소, 나도 시위를 하고 싶을 때면 내가 하고 싶은 대로 할 수 있는 것 아니오, 이제는 허가를 받을 필요도 없으니 말이오. 하지만 시장님은 그냥 시민이 아니잖습니까, 시의회를 이끄는 분이시잖습니까. 아니, 이제는 아니오, 사흘 전부터는 시장이 아니오, 이제는 다들 안다고 생각했는데. 저는 처음 듣는데요, 아직 공식 발표를 듣지 못했습니다, 시의회에서나 정부에서나 말입니다. 물론 내가 기자회견을 할 거라고 기대하는 건 아니겠지. 사임을 하셨나요. 아니, 그냥 걸어나와 버렸소. 왜죠. 내가 할 수 있는 유일한 답은 다문 입이오, 물론 내 입을 다물겠다는 거요. 시의 주민은 왜 자신들의 시장이. 방금 말했다시피 나는 이제 시장이 아니라니까. 왜 자신들의 시장이 반정부 시위에 가담했는지 알고 싶어 할 겁니다. 이건 반정부 시위가 아니오, 애도의 시위지, 사람들은 죽은 자들을 묻으러 이곳에 왔소. 죽은 자들을 다 묻었는데도 시위는 계속되고 있습니다, 그것은 어떻게 설명하시겠습니까. 다른 사람들한테 물어보시오. 지금 제가 관심이 있는 건 시장님 의견입니다. 글쎄, 나는 그냥 사람들이 가는 곳으로 갈 뿐이오. 시장님은 백지투표를 던진 사람들에게, 백돌이들에게 동조하십니까. 그 사람들은 자기들 하고 싶은 대로 투표한 거요, 내가 동조하느냐 아니냐는 상관없소. 시장님 당은 어떻습니까, 시장님이 시위에 가담한 것을 알면 뭐라고 할까요. 그쪽에 가서 물어보시오. 그들이 징계를 할지도 모르는데 괜찮습니까. 괜찮소. 어떻게 그렇게 쉽게 답이 나옵니까. 간단하오, 나는 이제 그 당소속이 아니기 때문이오. 당에서 축출당한 겁니까. 아니, 내가 떠난 거요, 시장직을 떠난 것과 마찬가지로. 내무부장관은 어떤 반응을 보였습니까. 내무부장관한테 물어보시오. 누가 후임자입니까, 또는 아직 정해지지 않았다면, 누가 될 것 같습니까. 직접 알아보시오. 앞으로도 시위에서 자주 보게 됩니까. 나와 보면 알 것 아니오. 그러니까 이제까지 정치 경력을 쌓아온 우익정당을 떠나서 좌익정당으로 옮겨간 거로군요. 나도 내가 어디로 간 것인지 알고 싶소. 시장님. 그렇게 부르지 마시오. 죄송합니다, 습관이 되어놔서, 솔직히 혼란스럽군요. 조심하시오, 당신의 혼란은 도덕적인 것 같아서 하는 말인데, 도덕적 혼란은 불안으로 가는 첫걸음이고, 그 뒤에는 당신들이 말하기 좋아하는 대로, 어떤 일이라도 일어날 수 있소. 아니요, 나는 정말로 당황했습니다, 시장님, 어떻게 생각해야 좋을지 모르겠군요. 그 카메라 끄시오, 당신 상사들이 방금 한 말을 들었으면 좋아하지 않을지도 모르니까, 그리고 나를 시장이라고 좀 부르지 마시오. 카메라는 이미 껐습니다. 잘됐군, 그렇게 해야 당신이 곤란한 처지에 놓이지 않으니까. 시위대는 대통령궁으로 간다던데요. 조직한 사람들한테 물어보시오. 그 사람들이 어디 있습니까, 누굽니까. 모두이기도 하고 아무도 아니기도 하고 그런 것 같소. 틀림없이 지도자가 있겠지요, 이런 운동은 저절로 조직되는 것이 아니지 않습니까, 자발적인 세대는 이제 존재하지 않습니다, 하물며 이런 규모의 대중 행동인 경우에는. 지금까지는 그랬지, 맞소. 그러니까 백지투표 운동이 자발적이라고 믿지 않는다는 뜻인가요. 그런 추론을 하다니 언어도단이로군. 이 일과 관련하여 지금 말씀하시는 것보다 훨씬 더 많은 것을 아시는 것 같습니다. 우리가 안다고 생각했던 것보다 훨씬 더 많은 것을 안다는 사실을 발견하는 때가 늘 오게 마련이지, 자, 나는 좀 내버려두고 당신 할 일이나 하시오, 다른 사람한테 가서 질문을 하시오, 보시오, 머리들의 바다가 움직이기 시작하지 않았소. 놀라운 건 아무런 외침도 들리지 않는다는 겁니다, 만세 소리 하나, 타도하라는 소리 하나 들리지 않는군요, 사람들이 원하는 것이 무엇인지 말해주는 구호 하나 없습니다, 그냥 등뼈까지 떨리게 만드는 이 위협적인 전율뿐입니다. 공포 영화에나 나오는 말은 그만두시오, 사람들은 그냥 말이 지겨운 것인지도 모르잖소. 사람들이 말을 지겨워하면 저는 일자리를 잃게 됩니다. 당신이 한 말 가운데 가장 진실된 이야기로군. 안녕히 가십시오, 시장님. 정말이지 난 이제 시장이 아니래도. 시위대의 선두에 있는 4분의 1이 돌아섰다. 이제 시위대는 길고 넓은 도로를 따라 가파른 비탈을 올라가고 있었다. 길 끝에 이르자 방향을 오른쪽으로 틀었다. 강에서 산들바람이 불어와 시원하게 얼굴을 어루만졌다. 대통령궁은 약 2킬로미터 떨어진 평지에 있었다. 기자들은 시위대를 떠나 대통령궁 밖으로 달려가 먼저 자리를 잡으라는 명령을 받았다. 그러나 현장에서 일하는 전문가나 편집실에서 일하는 전문가나 뉴스의 관심이라는 관점에서 볼 때 이 기사 취재는 완전히 시간과 돈의 낭비라는 것이 일반적인 생각이었다. 좀 더 조악하게 말하면, 정말이지 언론의 불알을 걷어차는 일이었다. 좀 더 섬세하고 세련된 표현으로 하자면, 부당한 모욕이었다. 이 자들은 시위도 제대로 할 줄 모르네, 그들은 말했다. 돌이라도 몇 개 던져야 하는 거 아냐, 대통령 인형이라도 태우고, 창문 좀 몇 개 깨고, 낡은 혁명가도 부르고, 자신들이 방금 묻어버린 사람들처럼 죽은 몸이 아니라는 걸 세상에 보여주어야 하는 거 아냐. 시위는 그들의 기대에 미치지 못했다. 사람들이 도착해서 광장을 메웠다. 그들은 말없이 30분 동안 눈앞의 대통령궁을 바라보며 서 있더니, 이윽고 해산했다. 어떤 사람들은 걸어가고, 어떤 사람들은 버스를 타고 갔다. 어떤 사람들은 마음씨 좋아 보이는 낯선 사람에게서 차를 얻어 타기도 했다. 그렇게 다들 집에 갔다.

이 평화로운 시위는 폭탄도 하지 못했던 일을 했다. 겁에 질리고 고민에 빠진 우익정당과 중도정당의 충성스러운 지지자들이 각자 가족회의를 열고 도시를 떠나기로 결정한 것이다. 각자 자신들의 생각을 따라 결정을 한 것이지만, 최종 결정은 만장일치인 셈이었다. 그들은 내일 다시 자신들을 노리는 폭탄이 터질 수도 있는 상황, 폭도가 아무런 벌을 받을 걱정 없이 거리를 점거하는 현재의 상황을 보고 정부가 계엄령을 내릴 때 설정했던 엄격한 변수들을 수정할 필요를 느낄 것이라고 확신했다. 특히 평화의 군건한 옹호자들과 공공연하게 무질서를 선동하는 자들을 구별하지 않고 똑같이 엄격한 벌을 주는 이 말도 안 되는 부당한 처사를 바꿀 것이라고 생각했다. 그러나 맹목적으로 일을 벌이지 않으려고, 그들 가운데 고위층에 친구가 있는 몇몇 사람들은 전화를 걸어 자기 나라에서 죄수가 된 사람들, 그들은 벌써 자신들을 이렇게 부르기 시작했는데 말인즉슨 옳은 말이다. 어쨌든 이 사람들이 자유로운 땅에 들어가는 것을 공개적으로든 암묵적으로든 허락해주어야 한다고 소리쳤다. 그러나 그들이 받은 답은 대체로 모호했고, 어느 경우에는 모순적이었다. 그 바람에 이 문제에 관한 정부 입장에 관하여 단단하고 확고한 결론을 내릴 수가 없었다. 그럼에도 그들은 이런 모호한 답변만을 가지고도 만일 자신들이 어떤 조건들을 준수하고 어떤 물질적 보상을 제공하기만 하면, 탈출의 성공, 비록 상대적인 성공일 수도 있고 모든 요구를 충족시킬 수도 없겠지만, 어쨌든 탈출의 성공이 적어도 가능하기는 할 것 같다고 결론을 내렸다. 이것은 그들이 그래도 약간의 희망은 유지할 수 있다는 뜻이었다. 미래의 차량단을 조직할 책임을 진 위원회는 양 정당의 여러 범주의 활동가들을 같은 수로 모으고, 거기에 수도의 다양한 도덕적이고 종교적인 기관들에서 뽑은 자문들을 참석시켰다. 이들은 일주일 동안 완전한 비밀을 유지하면서 토론하여 마침내 대담한 행동 계획을 세웠다. 이 계획은 중도정당의 박식한 그리스 문화 연구자의 제안에 따라, 만 명의 유명한 탈출(펠로폰네소스 전쟁에서 크세노폰 장군이 용병 만 명을 탈출시킨 일—옮긴이)을 기념하여 크세노폰이라는 이름이 붙게 되었다. 이주 후보가 된 가족에게는 딱 사흘간의 여유를 주었기 때문에, 그들은 그 동안 손에 펜을 들고 눈물을 흘리면서 가져갈 수 있는 것과 두고 갈 것을 결정해야 했다. 인간 본성이란 우리가 알고 있는 대로여서 이들 사이에서도 이기적인 환상, 거짓된 방심, 헤픈 감상을 향한 변덕스러운 호소, 기만적으로 유혹적인 조작 등이 나타날 수밖에 없었지만, 감탄할 만한 이타심의 사례도 있었다. 우리가 언제나 이런 식으로 훌륭한 포기를 할 수만 있다면, 어쩌면 우리도 창조라는 불멸의 기획에서 우리의 작은 역할을 수행하는 것 이상의 일을 할 수 있을지도 모른다는 믿음을 유지하게 해주는 그런 사례들 말이다. 철수 시간은 넷째 날 새벽으로 정해졌다. 이제 곧 알게 되겠지만, 그 시간에는 폭우가 쏟아지고 바깥은 깜깜하다. 그러나 그것은 문제될 것이 없다. 오히려 이 집단 이주가 영웅적 행동이라는 느낌을 더 강하게 해주는 효과를 주게 된다. 이 행동이 인류의 모든 미덕이 사라진 것은 아님을 분명하게 보여준 일로 기억되어 가족 연대기에 기록될 것 같은 느낌이다. 그러나 평온한 날씨에 한 차에 한 사람을 수송하는 것과 하늘에서 억수로 퍼붓는 물을 막아내려고 미친 듯이 유리창 와이퍼를 휘저어대며 운전을 하는 것이 똑같은 일은 아니다. 계획을 실행에 옮길 때까지 위원회가 꼼꼼하게 토의할 한 가지 심각한 문제, 지금 현안이 된 문제는 백지투표를 던진 사람들, 흔히 백돌이라고 하는 사람들이 이런 대량 탈주에 어떤 반응을 보일 것이냐 하는 것이었다. 불안에 떠는 가족들 가운데 다수가 다른 정치적 해안 출신의 세입자들과 한 건물에 살고 있다는 사실을 잊지 말아야 한다. 그들이 개탄스럽게도 보복적인 태도를 취하여, 부드럽게 표현하자면 그들의 출발에 장애물 역할을 할 수도 있고, 더 모질게 표현하면, 그들의 앞길을 완전히 막아버릴 수도 있다. 그 사람들이 타이어에 구멍을 낼지도 몰라, 한 사람이 말했다. 층계참에 바리케이드를 설치할지도 모르오, 또 한 사람이 말했다. 엘리베이터를 망가뜨릴지도 모르지, 세 번째 사람이 말했다. 차의 자물쇠에 실리콘을 집어넣을 거야, 첫 번째 사람이 덧붙였다. 앞 유리를 깰 거요, 두 번째 사람이 말했다. 우리가 현관문을 나서자마자 공격을 하겠지. 할아버지를 인질로 잡을지도 모릅니다, 또 다른 사람이 한숨을 쉬며 그렇게 말했는데, 이 말은 그가 무의식적으로 그것을 바라는 것처럼 들렸다. 토론은 계속되어 점차 열기를 띠었다. 마침내 누군가 시위 동안 그 수많은 사람들의 행동은 어느 모로 보나 흠 잡을 데가 없었다고 말했다. 심지어 모범적이라고까지 말할 수도 있을 것 같소, 따라서 이제 와서 그들의 태도가 달라진다고 생각할 이유는 없을 것 같소. 그러자 회의주의자가 끼어들었다, 그건 좋습니다, 그들도 착한 사람들일 수 있지요, 놀라울 정도로 상냥하고 책임감도 있고요, 하지만 안타깝게도 우리가 잊은 것이 있습니다. 그게 뭐요. 폭탄입니다. 앞에서도 말했듯이 이 위원회, 누군가 이것을 공공구제 위원회라고 불렀으나 정당한 이념적인 이유 외에 다른 이유로도 그 이름은 즉시 거부를 당했다, 어쨌든 이 위원회는 광범한 대표자를 망라했으며, 그 말은 지금 이 자리에 스무 명이 족히 넘는 사람들이 탁자를 둘러싸고 앉아 있다는 뜻이다. 그 사람들 각각의 반응을 한번 봤어야 하는데. 그 자리의 다른 모든 사람들은 고개를 푹 숙였다. 교수형을 당한 사람의 집에서는 절대 밧줄이라는 말을 쓰지 말라는 사회생활의 기본 예의를 무시한 발언을 한 그 경솔한 사람은 회의 나머지 시간 동안 다른 사람들의 훈계하는 표정 때문에 입을 열지 못했다. 그러나 이 당혹스러운 사건에는 한 가지 좋은 점이 있었다. 모두가 그들이 만들어놓은 낙관적인 명제에 합의를 했다는 것이다. 그다음에 벌어진 일은 그들이 옳았다는 것을 증명한다. 정해진 날 새벽 3시 정각, 이 가족들은 정부가 그랬던 것처럼 크고 작은 옷가방, 가방과 보따리를 들고 집을 떠나기 시작했다. 이따금씩 잠을 억지로 깬 거북이도 따라왔고, 이따금씩 어항에 든 금붕어도 따라왔고, 이따금씩 새장에 든 잉꼬도 따라왔고, 이따금씩 횃대에 앉은 마코앵무

새도 따라왔다. 그래도 다른 세입자들의 문은 열리지 않았다. 층계참으로 나와 그 광경을 조롱하는 사람도 없었다. 농담을 하는 사람도 없었다. 모욕을 하는 사람도 없었다. 아무도 나와서 창에 몸을 기대고 각기 다른 방향으로 떠나는 차량의 행렬을 구경하지 않은 것은 단지 비가 왔기 때문은 아니었다. 물론 그 모든 소음 때문에, 그러니까 상상해보라, 그 모든 잡동사니를 끌고 계단을 내려가는 소리, 엘리베이터가 오르내리는 소리, 이래라저래라 하는 소리, 갑자기 놀라 지르는 소리, 그 피아노 조심해, 그 찻잔 조심해, 그 은쟁반 조심해, 그 그림 조심해, 할아버지 조심해, 이런저런 소리 때문에 당연히 다른 아파트의 세입자들도 잠을 깼다. 그러나 그들 가운데 누구도 침대에서 나와 현관문의 내다보는 구멍으로 밖을 보지 않았다. 그냥 담요 밑으로 더 파고들며 서로 중얼거렸을 뿐이다, 떠나는구나.

거의 모두가 되돌아왔다. 며칠 전 내무부장관이 총리의 강요에 의해 그가 설치하라고 명령받은 폭탄과 실제로 터진 폭탄의 크기 차이를 설명하게 되었을 때 사용한 말을 빌리자면, 이 대탈출의 경우에도 또 명령계통에 심각한 착오가 있었다. 경험이 여러 사건과 그 각각의 정황까지 오랫동안 조사하고 나서 우리에게 끊임없이 가르쳐주는 것이지만, 피해자들이 자신에게 닥친 불행에 어느 정도 책임이 있는 경우도 사실 드물지 않다. 위원회의 바쁜 지도자들은 정치적 협상에 몰두한 나머지, 곧 분명해지겠지만 사실 그 가운데 어느 것도 크세노폰 작전의 완벽한 이행을 보장할 만큼 높은 수준에서 진행된 협상은 아니었지만, 어쨌든 이 지도자들은 군부가 그들의 탈출을 알고 있는지, 또 이와 똑같이 중요한 것이지만, 그들이 합의

본 사항을 알고 있는지 확인하는 것을 잊었다. 어쩌면 그런 것은 그들의 머리에 떠오르지 않았는지도 모른다. 어떤 가족들, 기껏해야 여섯 가구쯤 되지만, 어쨌든 그 가족들은 용케 초소한 곳에서 경계선을 넘었지만, 그것은 그곳을 책임진 젊은 장교가 피난민들의 이념적 순결성과 체제에 대한 충성 맹세에 설득을 당해서라기보다는, 정부가 그들의 탈출을 알고 이미 승인을 했다는 주장에 넘어갔기 때문이다. 그러나 이 장교는 곧 엄습한 의심으로부터 벗어나려고 근처 다른 두 초소에 전화를 했으며, 그곳에 있는 동료들은 친절하게도 경계선 폐쇄가 시작된 이후 산 사람은 한 명도 통과시키지 말라는 것이 그들이 받은 명령임을 일깨워주었다. 교수대에 선 아버지를 구하러 가는 사람이나 시골에 있는 집에 아기를 낳으러 가는 사람도 안 된다는 것이었다. 장교는 자신이 잘못된 결정을 내렸다는 사실을 깨닫고 겁에 질렸다. 이것은 틀림없이 있을 수 없는 명령불복종으로 간주될 터였으며, 어쩌면 미리 짠 것이 아니냐고 의심을 받을지도 몰랐다. 그러면 결국 군법회의에 넘어가 계급 강등 이상의 처벌을 받을 수도 있었다. 장교는 즉시 차단기를 내리라는 명령을 내렸다. 그렇게 해서 길을 따라 멀리 1킬로미터가량 늘어선 승용차와 밴, 최대한 짐을 쟁여 싣고 나온 자동차들의 행렬을 막아버렸다. 비는 계속 내렸다. 말할 필요도 없는 일이지만, 위원들은 자신이 책임져야 할 일과 마주치자 홍해가 갈라지기를 기다리며 옆으로 물러나 있지만은 않았다. 그들은 휴대전화를 꺼내들고 영향력 있는 사람들

가운데 깨워도 크게 화를 내지 않을 만한 사람은 모조리 깨우기 시작했다. 따라서 국방부장관의 단호한 비타협적 태도만 아니었더라도 불안한 도망자들에게 가장 좋은 방법으로 이 복잡한 사태 전체가 해결되었을 것이다. 그러나 국방부장관은 완강하게 고집을 부렸다, 나의 명령 없이는 아무도 통과할 수 없소. 이제 충분히 짐작을 했겠지만, 위원회는 국방부장관에게 자문을 구하는 것을 잊었다. 국방부장관은 그렇게 중요하지 않다고 말할지도 모르겠다. 국방부장관 위에는 그가 복종하고 존중해야 할 총리가 있고, 또 그 위에는 더 많이는 아니라 하더라도 똑같이 복종하고 존중해야 할 대통령이 있지 않은가. 사실을 말하자면 현재의 대통령의 경우 그런 복종과 존중이 그저 겉보기의 문제일 뿐이기는 했지만. 아닌 게 아니라 총리와 국방부장관 사이에는 심한 언쟁이 벌어졌으며, 양쪽에서 제시하는 이유들이 예광탄처럼 번쩍거리며 오갔다. 마침내 장관이 항복했다. 물론 장관은 몹시 기분이 상했고 우울하기 짝이 없었지만, 어쨌든 굴복을 했다. 도대체 총리가 어떤 결정적인, 대응이 불가능한 논거를 들이댔기에 이 고집 센 상대가 굴복을 했는지 물론 궁금할 것이다. 사실 아주 단순하고 직접적이었다. 친애하는 장관, 당신 두뇌를 좀 이용해서 오늘 우리가 우리에게 투표를 한 사람들에게 문을 닫았을 때 내일 그 결과가 어떨지 상상을 좀 해보시오. 내 기억으로는 내각에서 내린 명령이 아무도 통과시키지 말라는 것이었습니다. 장관의 기억력이 뛰어난 것은 내 칭찬하리다, 하지만 명령이라 하는 것은 가끔 수정할 수도 있는 것이오, 특히 그렇게 하는 것이 적당할 때는 말이오, 바로 지금이 그런 경우요. 죄송합니다만, 무슨 말씀이신지 모르겠습니다. 내 설명을 하리다, 나중에 이 문제가 해결이 되고, 전복 행위를 진압하여 분위기가 진정되면, 우리는 새로 선거를 치를 거요, 그렇지 않소. 그렇습니다. 그럼 우리가 돌려보낸 사람들이 다시 우리에게 표를 줄 거라고 생각하시오. 아니요, 안 그럴 겁니다. 그런데 우리한테는 그 표가 필요하단 말이오, 잊지 마시오, 중도정당이 우리 뒤를 바짝 따라오고 있소. 네, 알겠습니다. 그럼 사람들을 통과시키란 명령을 내려주시오. 알겠습니다, 총리님. 총리는 수화기를 내려놓고 손목시계를 보며 부인한테 말했다, 한 시간 반 내지 두 시간은 더 잘 수 있을지도 모르겠군. 이어 총리는 덧붙였다, 다음 개각 때 저 친구는 짐을 싸야 할 것 같은 느낌이 드는걸. 사람들이 당신한테 너무 무례하게 굴지 못하게 해야 돼요, 그의 반쪽이 말했다. 아무도 나한테 무례하게 굴지 않아, 여보, 그냥 내가 천성이 착한 걸 이용할 뿐이야, 그뿐이야. 그게 그거 아닌가요, 부인이 반박을 하며 불을 껐다. 5분이 지나자 전화벨이 다시 울렸다. 다시 국방부장관이었다, 죄송합니다, 총리님, 쉬셔야 하는데 자꾸 방해해서, 하지만 어쩔 수가 없었습니다. 이번에는 뭐요. 우리가 간과한 사실이 하나 있습니다. 무슨 사실, 총리는 상대가 우리라는 말을 사용한 것에 약간 짜증이 나는 것을 감추려 하지 않고 물었다. 아주 간단한 거지만, 아주 중요한 겁니다. 시간 낭비하지 말고 어서 말하시오.

어, 그냥, 수도를 떠나려고 하는 사람들이 모두 우리 당 소속 인지 어떻게 알 수 있는지 궁금했습니다, 그냥 선거에서 우리 한테 투표를 했다는 말을 믿어야 할까요, 혹시 도로를 따라 늘어선 수백 대의 차량 가운데 아직 오염되지 않은 지역에 백 지 전염병을 퍼뜨리려는 전복분자들이 타고 있을지도 모르잖 습니까. 총리는 덜미가 잡혔다는 것을 깨닫고 심장이 죄어드 는 느낌이 들었다. 물론 그럴 가능성도 염두에 두어야지, 총리 가 중얼거렸다. 바로 그것 때문에 다시 전화를 드린 겁니다, 국 방부장관이 그런 말로 나사를 한 번 더 조였다. 이런 말 뒤에 이어진 정적은 시간이라는 것이 시계, 그 생각하지 않는 기계 와 느낄 줄 모르는 스프링으로 이루어진, 영혼도 없는 작은 기계가 말하는 시간과 전혀 관계가 없음을 다시 한 번 보여주 었다. 그 바람에 하나, 둘, 셋, 넷, 다섯 하고 세면 끝날 수 있는 짧은 시간이 전화선 한쪽 끝에 있는 사람에게는 괴로운 번민 의 시간이 되었고, 반대편 끝에 있는 사람에게는 지고한 기쁨 의 원천이 되었다. 총리는 줄무늬 잠옷의 한쪽 소매를 땀이 송골송골 맺혀 있는 이마에 갖다 대고, 주의 깊게 말을 골랐 다, 이 문제에는 분명히 다른 접근 방식이 필요하오, 전반적으 로 이 문제를 바라보며 조심스럽게 평가해보아야 하오, 안이 하게 질러가는 것은 늘 잘못이오. 내 생각도 바로 그겁니다. 지금 상황은 어떻소, 총리가 물었다. 양쪽 다 아주 긴장되어 있습니다, 어떤 초소에서는 심지어 공포를 쏴야 했답니다. 국 방부장관의 제안은 어떤 것이오. 여러 작전이 가능한 상황이라면 돌격 명령을 내리겠습니다만, 차들이 다 길을 막고 있는 형편이라 그럴 수가 없습니다. 돌격이라니 무슨 뜻이오. 그러니까, 탱크를 내보낼 수도 있다는 겁니다. 탱크 주둥이가 첫 번째 차와 마주치면, 아, 물론 나도 탱크에는 주둥이가 없다는 걸 알고 있소, 그냥 말이 그렇다는 거요, 어쨌든 장관 생각으로는 그러면 어떤 일이 일어날 것 같소. 사람들은 보통 탱크가 다가오면 겁을 먹습니다. 하지만 방금 장관 입으로 이야기했듯이 도로가 막혀 있다면서. 그렇습니다, 총리님. 그럼 앞에 있는 차가 방향을 돌리기가 쉽지 않을 것 아니오. 쉽지 않겠지요, 총리님, 사실 아주 어려울 겁니다, 하지만 어쨌든지 간에 우리가 문을 열어주지 않으면 어차피 그들은 차를 돌릴 수밖에 없습니다. 하지만 똑바로 자신들을 겨누고 있는 탱크부대의 포를 보고 공황에 빠진 상태에서는 그럴 수가 없을 것 아니오. 그렇지요, 총리님. 간단히 말해서 어떻게 이 문제를 풀지 모르겠다는 거 아니오, 총리가 정곡을 찌르고 들어갔다. 그는 이제 통제력과 주도권을 모두 되찾았다고 확신했다. 그건 그렇습니다, 총리님. 그럼에도 내가 미처 보지 못했던 측면에 관심을 갖게 해준 것은 고맙게 생각하오. 누구나 그럴 수 있지요. 그래, 누구나 그럴 수 있지, 하지만 내가 그럴 수는 없지. 총리님이야 생각하실 게 많지 않으십니까. 지금 하나 더 늘었소, 국방부장관이 해법을 찾지 못한 문제를 푸는 것 말이오. 만일 그렇게 생각하신다면 나는 사직서를 제출하겠습니다. 그 이야기는 못 들은 것이고 또 듣고 싶지도 않소. 알았습니다,

총리님. 다시 정적이 흘렀다. 이번에는 아까보다 짧았다. 겨우 3초나 되었을까. 그러나 이 사이에 지고한 기쁨과 괴로운 번민이 자리를 바꾼 것은 분명했다. 다른 전화벨 소리가 들렸다. 총리의 부인이 전화를 받아 누구냐고 묻더니 수화기를 손으로 덮고 남편에게 소곤거렸다. 내무부장관이에요. 총리는 부인에게 기다리라고 신호를 하고 국방부장관에게 명령을 내렸다. 공포를 더 쏘는 일은 없도록 했으면 좋겠소, 우리가 필요한 조치를 취할 때까지 상황을 안정시켰으면 좋겠소, 앞쪽 차에 있는 사람들한테 정부가 현재 상황을 검토 중이며 곧 제안과 지침을 내놓을 수 있기를 바란다고 말해주시오, 모든 일이 국가의 안녕과 안보에 도움이 되는 방향으로 해결될 것이라고 강조하시오. 총리님, 차가 수백 대는 됩니다. 그래서. 그 이야기를 다 해줄 수가 없습니다. 걱정 마시오, 각 초소마다 앞에 있는 몇 대한테만 알리면, 화약을 따라 불이 번지는 것처럼 열의 뒤쪽까지 전해질 거요. 알겠습니다, 총리님. 계속 상황을 알려주시오. 네, 총리님. 이어 내무부장관과 이루어진 통화는 내용이 다르다. 어서 무슨 일인지 이야기해보시오, 이미 알고 있으니까. 총을 쐈다는 이야기도 들으셨습니까. 다시는 그런 일 없을 거요. 아. 이제 우리가 해야 할 일은 그 사람들이 방향을 돌려 돌아가게 하는 거요. 하지만 군이 그렇게 하지 못하면 어떡합니까. 군은 그렇게 하지 못했고 할 수도 없소, 하지만 장관도 국방부장관이 탱크를 투입하는 것을 바라지는 않겠지. 물론 바라지 않습니다, 총리님. 이제부터는 장관 책임이오. 이런 상황에서 경찰은 쓸모가 없고, 나는 군을 통제할 권한이 없습니다. 아, 하지만 나는 경찰 생각을 하고 있었던 게 아니오, 또 장관을 참모장에 임명할 생각을 하고 있었던 것도 아니오. 총리님, 죄송합니다만 무슨 말씀이신지. 연설문 잘 쓰는 사람을 깨워 바로 일을 시키시오, 언론에는 내무부장관이 6시에 라디오로 연설을 할 것이라고 말하시오, 텔레비전과 신문은 급하지 않소, 지금 중요한 건 라디오요. 벌써 5시가 다 되었는데요, 총리님. 나한테 그 얘기는 할 필요 없소, 나도 시계가 있으니까. 죄송합니다. 그냥 시간이 별로 없다는 말씀을 드리려던 거였습니다. 구문이 맞든 맞지 않든 15분 안에 서른 줄을 쓸 능력이 없다면 연설문 쓰는 사람을 길거리로 내쫓는 게 나을 거요. 뭘 쓰라고 해야 합니까. 아, 그 사람들한테 집으로 가라고 설득하는 말이면 뭐든 좋소, 그 사람들의 애국심에 불을 붙일 말들 말이오, 그 사람들한테 전복적인 폭도에게 수도를 버려두고 오는 것은 반국가 범죄를 저지르는 것이라고 말하시오, 현재의 정치 체제를 구축한 정당들, 그러니까 우리의 직접적인 경쟁자인 중도정당까지 포함할 수밖에 없겠지만, 어쨌든 그 정당들에 투표를 한 사람들은 모두 민주 제도 방어의 제일선에 선 것이라고 말하시오, 그 사람들이 버려두고 온 집은 봉기를 일으킨 무리가 침입하고 약탈할 것이라고 말하시오, 물론 필요하다면 우리가 직접 침입할 수도 있다는 이야기는 하지 말고 나이와 사회 계급을 불문하고 집으로 돌아가기로 한 시민은 정부가 법질서의 충성스러운 촉진자로 여길 것이라는 말도 덧붙여야 하지 않을까요. 촉진자라는 말은 적당한 말 같지 않소, 너무 천박하고, 너무 상업적이야, 이게 뭐 판매 촉진도 아니고, 게다가 법질서는 이미 충분히 촉진하고 있거든, 우리는 하루 종일 그 말만 하고 있지 않소. 좋습니다, 그럼 방어자, 선구자, 선봉대. 선봉대가 좋군, 강하고, 용감한 느낌을 주네, 방어자는 자존심이 없는 말 같아, 수동적이라는 부정적인 인상을 줄 것 같소, 선구자는 왠지 중세 느낌이 좀 나는구면, 하지만 선봉대는 전투적인 행동, 호전적인 심리를 느끼게 해줘, 게다가 그건 우리가 알다시피 굳건한 전통이 있는 말 아니오. 길 위에 있는 사람들이 내 연설을 듣기를 바라야겠군요. 너무 일찍 일어나는 바람에 장관의 지각 능력이 흐릿한가 보군, 내가 총리 자리를 걸고 말하는데, 이 순간 도로에 나와 있는 차들은 모두 라디오를 켜고 있을 거요, 중요한 것은 즉시 전국에 중요 성명 발표가 있을 거라는 소식을 알리고, 그 이야기를 매 분 반복하는 거요. 내가 걱정하는 것은 총리님, 이 사람들이 그런 말을 들을 마음 자세가 안 되어 있을지도 모른다는 겁니다, 정부에서 성명이 발표될 거라고 이야기하면, 사람들은 우리가 시 경계를 넘도록 허용할 거라고 생각할 가능성이 높습니다, 따라서 이 사람들이 실망을 하면 아주 심각한 사태가 벌어질 수도 있습니다. 그건 아주 간단하오, 성명서를 작성하는 사람이 밥값을 제대로 하기만 하면 되는 일이오, 어휘와 수사 능력을 최대한 발휘해서 제대로 정리를 좀 해보라고 하시오. 방금 떠오른 생각을 이야기해도 될까요. 무슨 이야기를 해도 좋소만, 우리가 지금 시간을 낭비하고 있다는 점을 지적하고 싶구려, 벌써 5시 5분이오. 총리님께서 성명을 만드시면 훨씬 더 힘이 실릴 겁니다. 아, 그거야 의심할 수 없는 일이지. 그럼 해보시지요. 하지만 나 자신은 다른 때를 대비하여 예비로 남겨두고 있소, 내 지위에 더 걸맞은 때를 말이오. 아, 이해할 것 같습니다. 사실 이건 단지 상식의 문제요, 아니면, 위계의 문제라고나 할까, 대통령이 라디오에 나가 운전하는 사람들 몇 명한테 도로에서 좀 물러나라고 말하는 것이 나라 최고 수장의 위엄에 위배되는 것과 마찬가지로, 이 총리 역시 정부의 지도자로서 자신의 지위를 우습게 만들 수 있는 모든 일로부터 보호를 받아야 하는 거요. 흠, 무슨 말씀인지 알겠습니다. 좋소, 이제야 잠이 완전히 깬 모양이군. 네, 장관님. 그럼, 어서 일을 하시오, 늦어도 8시까지는 도로가 정리되기를 바라니까, 그리고 텔레비전 회사들이 모든 지상, 공중 장비를 들고 그곳으로 나가게 하시오, 온 나라가 그 보도를 보게 하고 싶으니까. 네, 총리님, 내가 할 수 있는 일을 하겠습니다. 장관이 할 수 있는 일을 하는 게 아니라 내가 방금 장관한테 요구한 결과를 얻어내는 데 필요한 일을 하시오. 내무부장관은 대답을 할 여유가 없었다. 총리가 전화를 끊어버렸기 때문이다. 그래, 그렇게 좀 이야기하란 말이에요, 부인이 말했다. 글쎄, 누가 나를 노엽게 할 때는 그렇게 하지. 그 사람이 문제를 해결 못 하면 어쩌겠대요. 나가라는 명령을 받고 짐을 싸야지. 국방부장관도요. 그럼. 장관들을 하인처럼 해고할 수는 없잖아요. 하인들인걸. 그래요, 새로 일할 사람을 찾기만 하면 되는 거네요. 그건 차분하게 생각을 해볼 문제지. 무슨 말이에요, 생각이라니. 여보, 지금 그 이야기는 하지 않는 게 좋겠소. 하지만 나는 당신 부인이에요, 당신 비밀은 곧 내 비밀이라고요. 내 말은 이거요, 상황의 심각성을 고려할 때, 나 자신이 국방부장관과 내무부장관직을 겸임한다 해도 아무도 놀라지 않을 거란 말이오, 그렇게 하면 국가 비상사태가 정부의 구조와 활동에도 반영이 되는 것이오, 다시 말해서 총화 협동과 총화 집중이라는 것이지, 그게 우리 구호가 될 수도 있겠군. 그건 엄청난 모험이겠네요, 다 딸 수도 있고 다 잃을 수도 있어요. 그렇지, 하지만 언제 어디에서도 유례를 찾아볼 수 없는 전복적 활동, 체제의 가장 민감한 기관인 의회 대의 기구를 공격한 행동을 이겨낼 수 있다면, 나는 역사에서 영원한 자리를 확보할 수 있을 거요, 민주주의의 구원자로서 특별한 자리를 얻을 수 있단 말이오. 그럼 나는 가장 자랑스러운 부인이 되는 거네요, 부인이 소곤거리며 주르르 미끄러져 가까이 다가왔다. 육체적 욕망과 정치적 열망이 혼합된 진귀한 욕정을 불러일으키는 마법 지팡이가 몸을 건드린 것 같았다. 그러나 남편은 이 시간의 심각성을 의식하여 어느 시인의 가혹한 말을 자신의 입으로 읊고 싶은 유혹을 느꼈다, 그대는 왜 내 거친 장화 앞에서 넙죽 엎드리는가?/ 그대는 왜 향기로운 머리를 풀어헤치고/ 위험하게 부드러운 품을 여는가?/ 나는 못이 박힌 손과/ 차가운 심장밖에 없는 남자로서/ 이곳을 지나기 위해 그대를 밟고 가야 한다면/ 그대도 짐작하겠지만 나는 그대를 밟고 가리. 총리는 갑자기 이불을 내던지더니 말했다, 나는 사태 진전을 살펴야겠소, 당신은 다시 자도록 해, 좀 쉬어. 이런 위급한 상황, 정신적 지원이 그 무게만 한 금만큼 귀중한 상황, 뭐 다들 정신적 지원에는 무게가 있다고 생각하니까, 어쨌든 이런 상황에서 널리 받아들여지는 기본적인 부부 간 의무 규약의 상호 지원과 관련된 장을 보면 부인이 하녀를 부르지 않고 즉시 일어나 자신의 손으로 마음의 위로가 되는 차를 끓이고 거기에 적절하게 영양을 보충할 만한 비스킷 몇 개라도 함께 갖다주는 것이라고 나와 있다. 총리 부인은 잠시 그런 생각을 했지만, 막 태어나려고 하던 욕정이 증발해버린 것이 화가 나 버럭 짜증을 내며 침대에서 몸을 휙 돌리더니 혹시나 잠이 아직 남아 있는 욕정을 이용하여 짧고 은밀하고 에로틱한 환상이라도 만들어주지 않을까 하는 막연한 기대감에 눈을 질끈 감았다. 총리는 자신이 어떤 실망을 안겨주었는지 까맣게 모르는 채 줄무늬 잠옷에 중국식 정자와 황금 코끼리 등의 이국적인 모티프로 장식된 비단 드레싱가운을 걸치고 서재로 들어가 불을 모두 켰다. 이어 라디오를 켜고, 그다음에 텔레비전까지 켰다. 텔레비전 화면은 여전히 화면 조정 시간임을 알리는 화면을 비추고 있었다. 방송이 시작되기에는 너무 일렀다. 그러나 라디오 방송국들은 이미 흥분하여 엄청난 교통 정체를 이야기하고 있었다. 수도가 자신의 어리석은 잘못으로 불행한 감옥이 되어버리자 집단 탈출을 시도한 것이 분명하다며 갖가지 의견이

나오고 있었다. 그런 식으로 도로가 완전히 막혀버리면 매일 도시로 식량을 공급하던 커다란 트럭들이 통과할 수 없다는 논평이 나오기도 했다. 그러나 이런 논평을 한 사람들도 이 트럭들이 군의 엄격한 명령에 따라 시 경계에서 3킬로미터 떨어진 곳에서 움직이지 못하고 있다는 사실은 아직 모르고 있었다. 라디오 리포터들은 오토바이를 타고 다니면서 승용차와 밴을 타고 나온 사람들에게 질문을 하여 이것이 실제로 조직적인 집단행동임을 확인할 수 있었다. 이들은 전복 세력들 때문에 이 도시가 겪고 있는 압제와 숨 막히는 분위기에서 탈출하려고 온 가족을 이끌고 나온 것이다. 어떤 가장들은 시간이 지체되는 것에 불평을 했다. 우리가 여기 나온 지 거의 세 시간이 지났는데 줄은 1밀리미터도 줄지 않았어. 다른 사람들은 배신을 당했다고 항의했다. 아무런 문제없이 통과할 수 있을 거라고 약속했는데, 여기 이 꼴 좀 보쇼, 정부는 내뺐소, 우리를 사자들한테 던져놓은 채 자기들은 휴가를 가버린 거요, 그런데 이제 우리도 나가겠다고 하니까 배짱 좋게 우리 면전에서 문을 쾅 닫아버리는 꼴이라니. 신경질을 부리는 사람들도 있었다. 우는 아이들, 지쳐서 얼굴이 창백한 노인들, 담배가 떨어져 화가 난 남자들, 가족의 절망적인 혼돈에 어떤 질서를 부여하려다 지친 여자들. 어떤 차에 탄 사람들은 차를 돌려 도시로 돌아가려 했으나, 우박처럼 쏟아지는 모욕과 욕설 때문에 포기할 수밖에 없었다. 겁쟁이, 악당, 백돌이, 나쁜 놈, 첩자, 반역자, 개자식, 이제야 너희들이 왜 왔는지 알겠어, 여기 있는 훌륭한 사람들의 사기를 꺾으려는 거였지, 하지만 너희를 보내줄 거라고 생각하면 오산이야, 필요하다면 너희 타이어에 펑크를 낼 수도 있어, 그러면 다른 사람들의 고통을 존중하는 법도 좀 배우게 되겠지. 총리 서재의 전화벨이 울렸다. 국방부장관일 수도 있었고, 내무부장관일 수도 있었고, 대통령일 수도 있었다. 대통령이었다, 무슨 일이 벌어지고 있는 거요, 왜 수도에서 나오는 모든 도로에서 벌어지는 복마전에 관해 나한테 즉시 보고하지 않은 거요. 각하, 정부가 상황을 통제하고 있습니다, 곧 문제를 해결할 겁니다. 알았소, 하지만 나한테 보고를 했어야지, 적어도 그 정도 예의는 지켜야 하는 것 아니오. 음, 그 결정은 전적으로 제 책임입니다만, 각하의 잠을 방해할 만한 일은 아니라고 판단했습니다, 하지만 20~30분 뒤에는 전화를 드리려고 했습니다, 어쨌든 방금 말씀드렸듯이 제가 완전히 책임을 지고 있습니다, 대통령 각하. 좋소, 좋소, 그건 고마운 일이오, 하지만 만일 집사람이 일찍 일어나는 건강한 습관이 없었다면, 나라가 불에 타는데 대통령인 내가 여전히 잠이나 자고 있을 뻔했소. 불타는 게 아닙니다, 대통령 각하, 적절한 조치를 다 취했습니다. 설마 차량 행렬에 폭탄을 터뜨릴 거라는 얘기는 아니겠지. 이제는 당연히 알고 계시리라 믿습니다만, 대통령 각하, 그건 제 방식이 아닙니다. 아, 물론, 말이 그렇다는 거요, 나는 총리가 그런 야만적인 행동을 할 거라고는 생각해본 적도 없소. 라디오에서 곧 내무부장관이 6시에 대국민 연설을 할 거라고 발표를 할 겁니다, 아, 나오는군요, 지금 처음으로 발표를 하고 있습니다, 물론 또 발표를 할 겁니다만, 어쨌든 다 제대로 통제가 되고 있습니다, 대통령 각하. 그래, 어쨌든 그건 대단한 일이오. 이제 승리가 시작되었습니다, 대통령 각하, 이 사람들이 평화롭게 질서를 지켜 집으로 돌아가도록 설득할 수 있을 겁니다, 자신 있게 말할 수 있습니다. 만일 그렇게 안 되면. 만일 그렇게 안 되면 내각이 사퇴를 해야지요. 아, 나한테 그런 낡은 수법을 쓰지 마시오, 현재와 같은 상황에서는 내가 그러고 싶어도 총리 사표를 받아들일 수가 없다는 걸 총리도 나만큼이나 잘 알지 않소. 네 압니다, 하지만 그렇게 말씀드릴 수밖에 없었습니다. 좋소, 어쨌든, 이제 잠을 깼으니, 계속 사태를 보고하도록 하시오. 라디오는 끈질기게 이야기하고 있었다. 잠시 진행 중이던 프로그램을 다시 중단하고 청취자들에게 내무부장관이 6시에 대국민 성명을 발표할 예정임을 알려드리겠습니다, 반복합니다, 6시에 내무부장관이 대국민 성명을 발표하겠습니다, 반복합니다, 6시에 대국민 성명을 내무부장관이 발표하겠습니다, 반복합니다, 6시에 대국민이 내무부장관 성명을 발표하겠습니다. 총리는 마지막 말의 실수를 놓치지 않았다. 총리는 잠시 자신의 생각에 웃음을 지었다. 도대체 대국민이 어떻게 내무부장관 성명을 발표한다는 거야. 텔레비전의 화면 조정 시간이 끝나고, 마치 대통령처럼 막 잠을 깬 듯한 국기가 평소처럼 깃대에서 흐느적거리는 장면이 나오지 않았다면 총리는 그 말실수에 관한 생각으로부터 나중에 써먹을 만한 결론에 도달했을지도 모른다. 곧 트롬본과 드럼 소리와 더불어 국가가 터져나왔다. 중간에 기묘한 클라리넷 트릴도 들리고, 베이스 튜바가 몇 번 설득력 있게 트림을 하기도 했다. 이어 나타난 뉴스 캐스터는 타이의 매듭이 비뚤어지고 얼굴은 찌무룩한 표정이었다. 쉽게 용서하거나 잊을 수 없는 모욕이라도 당한 사람 같았다. 정치적, 사회적 상황의 심각성을 고려할 때, 자유롭고 다양한 언론 매체에 접근할 국민의 신성한 권리를 존중하여 오늘은 일찍 방송을 시작했습니다, 많은 시청자 여러분과 마찬가지로 우리도 내무부장관이 6시에 라디오로 연설을 한다는 소식을 방금 들었습니다, 수도의 많은 거주자의 탈출 시도에 대한 정부의 입장 표명이 있을 것으로 보입니다. 이 텔레비전 회사는 자신이 의도적인 차별의 대상이었다고 믿지 않는다. 어떤 설명할 수 없는 오해, 현재의 정부를 구성하는 사람들 같은 노련한 정치가들에게는 예상하기 힘든 오해 때문에 자기 회사만 깜빡 잊고 빠뜨렸다고 생각한다. 적어도 표면적으로는 그렇게 믿는 것처럼 보인다. 성명 발표가 상대적으로 이른 시간에 이루어지기 때문에 벌어진 일이라고 지적하는 사람들도 있겠지만, 이 방송사의 직원들은 그 오랜 역사를 통하여 자기희생, 공공의 대의에 대한 헌신, 순수한 애국심의 증거를 충분하고도 남을 정도로 보여주었기 때문에 중고 뉴스를 전달한다는 모욕적인 지위로 전락한다는 것은 상상도 하기 힘든 일이었다. 우리는 공공 라디오에서 일하는 우리 동료들에게 주어진 것을 빼앗을 생각은 없습니다만, 약속된 성명 발표 시간 전에, 우리의 공로로 우리에게 속하게 된 것, 즉 전국 최고의 뉴스 매체로서 우리의 지위와 책임을 우리에게 되돌려줄 합의에 이르는 것이 여전히 가능하다고 믿습니다, 이런 합의를 기다리는 동안, 우리는 당장이라도 그런 합의 소식을 듣기를 바랍니다만, 도로에 길게 늘어선 차량들의 행렬을 시청자들에게 처음으로 보여드리기 위해 텔레비전 헬리콥터가 지금 바로 이륙했다는 사실을 먼저 알려드리겠습니다, 이 차량들의 계획된 철수에는 크세노폰이라는 의미심장한 역사적 명칭이 붙었다는 것을 알게 되었습니다, 이 차량들은 현재 도시에서 밖으로 나가는 모든 도로를 꽉 메운 채 움직이지 못하고 있습니다. 다행히도 밤새도록 이 사심 없는 차량 행렬을 두들겨대던 비는 한 시간 전에 멈추었습니다, 곧 지평선 위로 해가 뜨며 어두운 구름을 갈라놓을 것입니다. 그 해가 이해할 수 없는 이유로 지금까지 이 용감한 동포들이 자유에 이르는 길을 막고 있는 장벽들을 제거해주기를 기원합시다, 나라를 위하여 그들이 성공을 거두기를 빕니다. 그다음 화면은 공중에 뜬 헬리콥터를 보여주었다. 이어 헬리콥터는 자신이 이륙한 곳을 굽어보며 아주 작은 헬리콥터를 보여주었다. 그다음에 근처의 지붕과 거리를 처음으로 보여주었다. 총리는 오른손을 전화기에 올렸다. 오래 기다릴 필요도 없었다. 총리님, 내무부장관이 말했다. 그래, 알고 있소, 아무 말도 할 필요 없소, 우리가 실수를 했소. 우리가 실수를 했다고 하셨습니까. 그렇소, 우리가 실수를 했소, 우리 가운데 하나가 틀렸는데 다른 사람이 그것을 정정해주지 않으면 그 실수는 두 사람 모두 한 거요. 하지만 나는 총리님 같은 권한과 책임이 없습니다. 아, 하지만 나의 신임이 있지. 그럼 내가 어떻게 하기를 바라십니까. 텔레비전에 나가 생방송으로 연설을 하고, 그것을 동시에 라디오로도 방송하게 하시오, 그럼 문제가 해결되오. 텔레비전 방송국 사람들이 정부를 언급할 때 사용한 무례한 표현과 말투에는 굳이 대응을 할 필요가 없겠지요. 시간이 지나면 하게 될 거요, 하지만 지금은 아니오, 내가 나중에 처리하리다. 좋습니다. 성명은 준비되었소. 네, 물론이지요, 읽어드릴까요. 아니, 그럴 필요 없소, 여기서 생방송으로 듣겠소. 시간이 거의 다 되었습니다, 이제 가봐야 합니다. 그럼 텔레비전 방송국과 이미 이야기가 된 거요, 총리가 어리둥절한 표정으로 물었다. 네, 비서한테 협상을 하라고 했습니다. 나도 모르는 사이에. 우리한테 선택의 여지가 없다는 것을 총리님도 나와 마찬가지로 잘 아시지 않습니까. 내 승인도 없이, 총리가 고집스럽게 물었다. 나를 신임하시지 않습니까, 방금 총리님이 말씀하셨는데요, 게다가 한 사람이 실수를 했는데 다른 사람이 정정을 해주면 둘 다 옳은 것이 되지 않습니까. 이 일 전체를 8시까지 정리하지 못하면 즉시 사표를 내는 것으로 알겠소. 네, 총리님. 헬리콥터는 자동차들의 대열 위를 낮게 날고 있었다. 사람들은 도로에서 헬리콥터를 향해 손을 흔들었다. 사람들은 서로 마주 보고 이런 말을 하는 것이 분명했다, 텔레비전 헬리콥터야, 텔레비전 헬리콥터야. 텔레비전 방송사에서 공중에서 선회하는 커다란 새를 보냈다는 것을 알고 사람들은 이제 난국이 타개되었다고 믿는 것 같았다. 만일 이곳에 텔레비전 카메라들이 있다면 그들은, 저건 좋은 징조야, 하고 말했을 것이다. 그러나 카메라는 없었다. 6시 정각, 지평선이 벌써 분홍빛으로 물들고 있을 때, 모든 차의 라디오에서 내무부장관의 목소리가 우렁차게 울려퍼졌다. 친애하는 동포 여러분, 지난 몇 주 동안 우리나라는 이 나라가 세워진 이후로 우리 민족의 역사에 기록된 가장 심각한 위기를 겪었습니다. 나라의 단결을 확고하게 방어하는 일이 이렇게 다급했던 적이 없습니다. 어떤 사람들의 행동, 현재의 민주적 제도의 올바른 기능과 정면으로 어긋나는 관념의 영향을 받은 소수, 이 나라 전체 주민 가운데 경솔한 극소수의 행동 때문에, 그들에게 어울리는 존경심을 담아 말하거니와, 그들은 국민 단결의 불구대천의 원수가 되었습니다. 그래서 오늘, 평화롭던 우리 사회에 무시무시한 위험이 다가오게 된 것입니다. 나라의 장래에 예측 불가능한 영향을 줄 수 있는 내부 갈등이라는 위험입니다. 정부는 말할 필요도 없이 가장 우수한 애국자들로 간주해온 사람들이 시도한 수도 탈출의 동기, 즉 자유를 향한 갈망을 누구보다 먼저 이해합니다. 이 사람들은 가장 어려운 환경에서도 투표와 일상생활의 소박한 모범을 통하여 진정으로 부패하지 않는 법을 옹호한 사람들입니다. 이들은 공익에 봉사한다는 면에서 오랜 선봉대 정신 가운데도 최선에 속하는 부분을 복원하고 갱신했으며, 그 전통을 기념하였습니다. 정부는 또 이 애국자들이 수도에, 우리 시대의 소돔과 고모라에 단호하게 등을 돌림으로써, 찬사를 보낼 만한 전투적 정신을 과시했음을 누구보다 먼저 알아보았습니다, 물론 정부는 그런 정신에 감사를 드립니다, 그러나 국익 전체를 고려할 때, 정부의 생각은 조금 다릅니다, 그렇기 때문에 나라의 운명에 책임을 지고 있는 사람들로부터 분명한 이야기를 듣고자 오랜 시간 불안하게 기다려온 분들에게 간곡하게 말씀드립니다, 정부는 현재의 상황에서는 그 수천 명의 애국자들이 다시 수도의 생활에 통합되는 것이야말로, 집으로, 법의 요새로, 저항의 중심으로, 조상의 순결한 기억이 후손을 굽어보고 있는 보루로 돌아가는 것이야말로 가장 전투적인 행동이라고 생각합니다, 다시 말하지만, 두 손에 심장을 쥐고 여러분에게 전해드린 이런 신실하고 객관적인 이유들을 차에서 이 공식 발표를 듣고 계신 여러분이 반드시 숙고하셔야 한다는 것이 정부의 생각입니다, 물론 정신적 가치가 가장 중요한 상황에서 물질적 측면은 중요하게 여기시지 않겠지만, 정부는 이 기회를 이용하여 여러분이 버려둔 집을 도둑질하고 약탈할 계획이 있다는 정보를 입수했음을 밝힙니다, 최신 정보에 따르면 이 계획은 이미 실행에 옮겨졌다고 합니다, 이것은 제가 방금 건네받은 메모로도 확인되는 사실입니다, 이 정보에 의하면, 지금까지 총 열일곱 가구가 도둑질과 약탈을 당했습니다, 친애하는 동포 여러분, 보다시피 여러분의 적은 시간을 낭비하지 않습니다, 여러분이 집을 떠난 지 불과 몇 시간이 지나지 않았음에도 그 파괴자들은 이미 여러분의 집 문을 부수었고, 그 야만인들은 이미 여러분 소유를 훔치고 있습니다, 따라서 더 큰 재난을 피하는 일은 여러분 손에 달려 있습니다, 여러분 양심과 이야기를 나누어보십시오, 이 나라의 정부는 여러분의 편이라는 것을 알고 계십시오, 이제 우리 편을 들지 우리에게 맞설지 여러분이 결정을 해야 합니다. 내무부장관은 화면에서 사라지기 직전에 카메라를 정면으로 들여다보았다. 그의 표정에는 자신감도 드러났지만, 동시에 도전처럼 보이는 면도 번득였다. 물론 그렇게 금방 스쳐간 눈길을 정확하게 해석하려면 신들의 비밀을 염탐해야 할 것이다. 그러나 총리는 속지 않았다. 그것은 내무부장관이 그의 면전에서 이런 말을 한 것이나 다름없었기 때문이다. 뛰어난 전술과 전략을 자랑하는 당신도 이보다 잘할 수는 없었을 거요. 총리도 그 말에 동의할 수밖에 없었다. 물론 결과가 어떨지는 두고 봐야 할 일이었지만. 헬리콥터가 다시 나타났다. 다시 도시가 보였고, 끝없이 늘어선 차들이 나타났다. 10분은 될 만한 시간 동안 아무것도 움직이지 않았다. 리포터는 시간을 때우려고 안간힘을 썼다. 그는 차량들 안에서 벌어지고 있을 가족회의를 상상했으며, 장관의 성명에 찬사를 보냈으며, 도둑들을 비난했으며, 그들을 법대로 엄정하게 다스릴 것을 요구했다. 그러나 리포터에게 서서히 불안이 스며들기 시작했다. 정부의 말이 돌바닥에 떨어진 것이 분명해 보였기 때문이다. 그렇다고 여전히 마지막 순간의 기적을 기다리는 리포터가 감히 그렇다고 말을 할 수는 없었다. 그러나 시청각 자료를 판독하는 데 어느 정도 경험이 있는 시청자라면 이 가엾은 기자의 고민을 눈치챘을 것이다. 그 순간 무척이나 바라던, 무척이나 갈망하던 놀라운 일이 일어났다. 헬리콥터가 막 열의 맨 끝 쪽으로 날아가는데, 줄의 마지막 차가 방향을 튼 것이다. 그다음 차도 그 뒤를 따랐고, 이어 다음 차, 또 그다음 차, 또 그다음 차도 뒤를 따랐다. 리포터는 흥분해서 소리를 질렀다, 시청자 여러분, 우리는 지금 진정으로 역사적인 순간을 목격하고 있습니다, 정부의 호소에 모범적인 규율로 응답하여, 수도의 연대기에 황금 문자로 새겨질 시민의 의무를 과시하여, 사람들이 집으로 돌아가고 있기 때문입니다. 이로써 내무부장관이 정확하게 말했듯이, 우리나라의 장래에 예측 불가능한 영향을 줄 재난이 될 수도 있었던 일이 평화롭게 마무리되었습니다. 이 시점부터 몇 분 동안 리포터의 표현은 점점 극적인 성격을 띠어갔다. 이만 명의 패배한 사람들의 복귀는 의기양양한 발키리의 귀환으로 바뀌었고, 크세노폰은 바그너로 교체되었으며, 자동차 배기관에서 토해내는 악취가 나는 매연은 올림포스와 발할라의 신들을 향해 피어오르는 희생제의 향기로 바뀌었다. 이제 거리에는 라디오와 신문에서 나온 리포터들이 진을 치고 있었다. 모두들 잠시라도 차를 붙들고 안에 있는 사람들, 강요된 귀환을 하게 된 사람들의 감정 표현을 직접 생생하게 전달하려고 했다. 예상대로 리포터들은 온갖 종류의 좌절, 실망, 분노, 복수의 욕망과 마주쳤다. 이번에는 나가지 못했을지 모르지만 다음에는 나갈 거요. 모범적으로 애국심을 긍정하는 태도, 당에 대한 충성심을 소리 높여 확인하는 태도도 엿보였다, 중앙당 만세, 중도정당 만세. 역겨운 냄새도 나는 데다가 밤새 한숨도 못 잤기 때문에 짜증을 내기도 했다, 카메라 치우쇼, 우리는 사진 찍는 거 싫어해. 정부가 제시한 이유들에 대해 찬성과 반대 의견을 내놓기도 하고, 내일 무슨 일이 일어날지 회의적인 태도를 보이기도 하고, 보복에 대한 두려움을 보이기도 하고, 당국이 냉담한 태도를 보이는 것은 창피스러운 짓이라고 비판하기도 했다. 그러나 당국은 없습니다, 리포터가 말했다, 그것이 바로 문제입니다, 여기에 당국은 없습니다, 주로 집에 남겨두고 온 소유물의 운명에 대한 큰 걱정이 있었을 뿐입니다, 원래 차에 탄 사람들은 백돌이들의 반란이 완전히 진압된 뒤에나 돌아갈 생각이었습니다, 이제 도둑을 당한 집의 숫자는 틀림없이 열일곱 가구 이상일 겁니다, 얼마나 많은 사람들이 마지막 바닥 깔개까지, 마지막 화병까지 도난당했는지 누가 알겠습니까. 헬리콥터는 이제 줄지어 늘어선 승용차와 밴을 공중에서 보여주고 있었다. 이제 나중 된 자가 먼저 된 상황이었다. 그들은 도심 근처로 들어오면서 갈라졌다. 그래서 어느 지점 이후로는 뒤섞인 차량들 속에서 어느 것이 돌아오는 차고 어느 것이 이미 그곳에 있던 차인지 구별하는 것이 불가능했다. 총리는 대통령에게 전화를 했다. 짧은 대화였다. 그들은 축하를 교환했다. 그 사람들은 핏줄에 미지근한 물이 흐르는 게 틀림없군, 대통령이 경멸하는 목소리로 말했다, 내가 그 차들 속에 있었으면 나는 아무리 장벽을 많이

214

쳐놓았다 해도 무조건 뚫고 지나갔을 텐데. 그렇다면 각하가 대통령이신 게 다행입니다. 저기 안 계신 게 다행이에요, 총리가 말하며 웃음을 지었다. 그렇지, 하지만 상황이 다시 나빠지면, 그때는 내 생각대로 해야 할 거요. 아직 그 생각을 모르는데요. 곧 말하리다. 귀 기울여 듣겠습니다, 그런데 상황을 논의해보려고 오늘 각료회의를 소집할 생각입니다, 각하도 참석해주시면 큰 도움이 되겠는데요, 달리 급한 일이 없으시다면 말입니다. 내 생각에 대해서는 걱정 마시오, 그냥 다시 정리나 하는 수준의 이야기니까, 오늘은 어디 가서 리본이나 자르면 끝이오. 좋습니다, 각하, 내각에 그렇게 알려놓겠습니다. 총리는 지금이 내무부장관에게 덕담을 건네고 그의 성명의 효과를 칭찬해줄 때라고 판단했다. 사실 내가 그 사람을 좋아하지 않는다고 해서 이번에 그가 문제를 아주 잘 처리했다는 걸 인정해주지 못할 것은 없지 않은가. 총리는 막 전화기로 손을 뻗으려다가 텔레비전 리포터의 목소리가 갑자기 바뀌는 바람에 화면으로 시선을 돌렸다. 헬리콥터가 아주 낮게 나는 바람에 지붕에 닿을 지경이었다. 사람들이 건물에서 나오는 모습이 아주 분명하게 보였다. 사람들은 누구를 기다리는 것처럼 보도에 서 있었다. 리포터가 놀란 목소리로 말했다, 시청자 여러분은 사람들이 건물에서 나와 보도에 서 있는 모습을 보고 계십니다, 지금 이 순간 도시 전역에서 똑같은 일이 벌어지고 있습니다, 최악을 생각하고 싶지는 않지만, 모든 상황을 보건대 이 건물의 거주자들, 봉기를 일으킨 당사자들로 보이는 이 사람들은 어제까지만 해도 그들의 이웃이었던 사람들, 그리고 이제는 그들의 약탈 대상이 된 사람들이 건물에 들어가는 걸 막을 준비를 하는 것 같습니다, 만일 그런 것이라면, 이렇게 말씀드리는 것이 고통스럽기는 합니다만, 경찰의 수도 철수를 명령했던 정부는 책임을 져야 합니다, 우리는 무거운 마음으로 우리 자신에게 묻습니다, 곧 일어날 것으로 보이는 이 물리적인 유혈 충돌을 어떻게 피할 수 있을 것인가, 과연 피할 수는 있을 것인가, 대통령, 총리, 지금 보도에 나와 있는 사람들이 저지르려 하는 야만적인 행동으로부터 무고한 사람들을 보호해야 할 경찰은 어디에 있는가, 오, 하느님, 하느님, 이제 무슨 일이 벌어지는 겁니까, 리포터는 그렇게 말하며 흐느끼다시피 했다. 헬리콥터가 공중에서 꼼짝도 않고 정지해 있었다. 거리에서 벌어지는 모든 일이 분명하게 보였다. 자동차 두 대가 건물 바깥에 멈추었다. 문이 열리고 차에 탄 사람들이 내렸다. 그러자 보도에 있던 사람들이 그들에게 다가갔다. 드디어 벌어지는군요, 드디어, 우리는 최악의 상황에 대비를 해야 합니다, 리포터가 비명을 질렀다. 흥분해서 목이 쉬었다. 밑에 있는 사람들은 알아들을 수 없는 말을 몇 마디 나누었다. 이어 별 소동 없이 차에 실었던 물건들을 건물 안으로 날랐다. 비가 오는 컴컴한 밤을 틈타 밖으로 날랐던 것들을 환한 대낮에 안으로 들여오고 있었다. 씨발, 총리가 소리를 지르며 주먹으로 탁자를 내리쳤다.

그 짧은 욕은 국가의 상황에 관한 내무부장관의 연설 전체와 맞먹는 표현력으로 정부의 정신적 에너지를 점차 갉아먹고 있던 실망의 깊이를 요약하고 증류했다. 특히 자리를 고려할 때 소요 세력을 진압하기 위해 시행했던 정치적이고 억압적인 절차의 각 단계와 밀접하게 관련을 맺었던 장관들의 에너지가 심하게 소모되고 있었다. 간단히 말해 국방부와 내무부를 책임지는 장관들이 그랬다는 이야기다. 그들은 위기 동안 자신의 분야에서 나라에 훌륭하게 봉사하여 얻은 모든 위엄을 순식간에 잃어버렸다. 총리는 각료회의가 시작될 때까지 그날 내내, 아니, 각료회의 동안에도, 생각의 침묵 속에서 그 지저분한 말을 자주 중얼거렸다. 옆에 목격자가 없으면 심지어 큰 소리로 중얼거리거나, 어쩔 수 없이 영혼의 짐을 풀

어놓듯이 중얼거렸다. 씨발, 씨발, 씨발. 둘 가운데 어느 장관
도, 그러니까 국방부장관이나 내무부장관도, 또 용서할 수 없
는 일이지만 총리 자신도 좌절한 도망자들이 집으로 돌아갔
을 때 무슨 일이 벌어질지 잠깐이라도 생각해본 적이 없었다.
심지어 엄격하고 공평무사한 학문적인 맥락에서도 생각해본
적이 없었다. 만일 그런 생각을 해보았다 해도 아마 헬리콥터
에 탄 리포터의 무시무시한 예언, 우리가 미처 기록을 하지 못
한 예언 이상으로 나아가지는 못했을 것이다. 리포터는 거의
울먹이면서 이렇게 말했다, 가엾은 사람들, 다 학살을 당하고
말 겁니다, 틀림없습니다. 그러나 실제로는 놀라운 일이 벌어
졌으며, 그 일은 그 거리에서만 벌어진 것이 아니었다. 이 일은
종교적이든 세속적이든 역사상 가장 고귀한 이웃 사랑의 예에
도 뒤지지 않는 것이었다. 비방을 당하고 모욕을 당한 백돌이
들이 반대 분파의 정복당한 구성원들을 도우러 간 것이다. 게
다가 각 사람은 전적으로 혼자서, 자신의 양심하고만 상의를
해서 이런 결정을 내렸다. 위에서 어떤 명령이 내려왔다거나
외워야 할 암호가 있었다는 증거는 없다. 실제로 그들은 자신
의 힘이 닿는 한 도움을 주려고 찾아갔으며, 또 입으로도, 피
아노 조심하세요, 찻잔 조심하세요, 은쟁반 조심하세요, 할아
버지 조심하세요, 하는 이야기를 했다. 따라서 커다란 각료회
의 탁자 주위에서 그렇게 많은 사람들이 얼굴을 찌푸리고, 미
간을 좁히고, 분노나 수면 부족으로 눈이 충혈되어 있었던 것
도 놀랄 일은 아니다. 아마 거기에 있는 사람들 거의 모두가

218

어느 정도 피가 뿌려지기를 바랐을 것이다. 텔레비전 리포터가 말하던 대학살까지는 원하지 않아도, 수도 바깥 주민의 감수성에 충격을 줄 만한 사건이 일어나는 것은 바랐을 것이다. 전국이 이후 몇 주 동안 입에 올릴 어떤 일, 이 몹쓸 반역자들을 악마로 만들 근거, 구실, 또 다른 이유를 바랐을 것이다. 따라서 국방부장관이 입을 거의 다문 채 동료인 내무부장관에게 이렇게 소곤거린 이유도 이해할 수 있다. 대체 이제 어떻게 해야 하는 겁니까. 다른 사람이 그 질문을 들었을 경우, 똑똑한 사람이라면 아마 못 들은 척했을 것이다. 바로 그것을 위해, 그러니까 대체 이제 어떻게 해야 하는지 알아내려고 거기 모인 것이기 때문이다. 어쨌든 빈손으로 방을 나가는 일이야 없을 터였다.

처음 입을 연 사람은 공화국 대통령이었다, 여러분, 내 의견으로는, 또 여러분 모두가 동의하겠지만, 첫 번째 선거에서 보안 당국에서 인지하지 못했던 방대한 규모의 전복 운동의 존재가 드러난 이래 가장 어렵고 복잡한 순간을 맞이했소, 그렇다고 우리가 그런 운동을 발견했다는 이야기는 아니오, 그 운동은 스스로 모습을 드러내는 쪽을 택했기 때문이오, 이제까지 늘 나의 개인적인 지지와 제도의 지지를 받아왔던 내무부장관도 틀림없이 내 의견에 동의할 터이지만, 최악은 우리가 지금까지도 그 문제를 해결하는 데 효과가 있는 방향으로는 한 걸음도 내딛지 못했다는 것이오, 더 심각한 문제는 반역자들이 새로운 전술을 구사하는 것, 즉 우리 쪽 선거인들이 그

쓸데없는 잡동사니를 자기 집으로 도로 들이는 것을 돕는 뛰어난 전술을 구사하는 것을 무력하게 지켜볼 수밖에 없었다는 거요, 여러분, 이 전술은 어떤 마키아벨리적인 두뇌의 산물일 수밖에 없소, 누군가 장막 뒤에 숨어서 꼭두각시들을 자기 마음대로 부리고 있는 거요, 그 사람들을 집으로 돌려보낸 것은 고통스럽기는 하지만 그렇게 하는 것이 반드시 필요했기 때문이었다는 것을 우리 모두 알고 있소, 하지만 이제 새로운 탈출 시도로 이어질 수 있는 연쇄 반응이 일어날 현실적 가능성에 대비를 해야겠소, 이번에는 가족 전체가 아니라, 차들이 장관을 이루며 꼬리를 물고 오는 것이 아니라, 고립된 개인이나 작은 집단이, 도로가 아니라 산을 넘어 탈출할 수도 있소, 국방부장관은 현재 이 지역을 정기적으로 순찰하고 있고, 또 시 경계 전역에 전자 감지기가 설치되어 있으니 안심해도 좋다고 말할 거요, 나도 그런 조치의 효율은 의심할 생각이 없소, 그러나 내가 보기에 그 사람들을 완전히 가두는 것은 수도 주위에 담을 쌓아야만 가능한 일이오, 콘크리트 판으로 넘을 수 없는 벽을 세우는 것이지, 내가 보기에는 높이가 한 8미터 정도면 될 것 같소, 물론 기존의 전자 감지기도 그대로 이용하고, 거기에 필요하다고 판단되는 대로 철조망도 깔아야겠지, 그러면 아무도 그건 통과 못 할 것이라고 확신하오, 파리 한 마리도 말이오, 물론 이건 농담이오, 어쨌든 파리는 그것을 뚫지 못해서가 아니라 평소의 행동으로 볼 때 그 높이로 날 이유가 없기 때문에 통과를 못 하는 것이겠지만. 공화국 대통령은 말을 멈추더니 헛기침을 하고 나서 말을 맺었다, 총리는 나의 이런 제안을 이미 알고 있소, 곧 총리가 이 제안을 각료회의의 토론 주제로 제출할 거요, 그때 각료들은 의무에 따라 이 제안의 실행이 적절한지, 현실성이 있는지 결정해주기 바라오, 나는 여러분이 모든 경험을 동원하여 이 문제를 토론할 것이라고 믿기 때문에 안심하고 있소. 각료들은 예의상 몇 마디 웅얼거렸다. 공화국 대통령은 이것을 암묵적인 승인으로 받아들였다. 그러나 재무부장관이 중얼거리는 말을 듣는 순간 그 생각을 고칠 수밖에 없었다, 그런 말도 안 되는 계획을 실행할 돈을 어디서 구한담.

총리는 버릇대로 한쪽에 있던 서류들을 다른 쪽으로 옮기고 나더니 대통령의 뒷자리를 이어받았다, 공화국 대통령께서는 우리가 예상한 대로 명석하고 엄격한 논리로 우리가 놓인 까다롭고 복잡한 상황을 분명하게 정리해주셨습니다, 따라서 내가 대통령의 설명에 세부 사항을 덧붙이는 것은 쓸모없는 일이 될 것입니다, 그렇게 한다고 해보아야 대통령이 원래 해놓은 스케치에 명암의 변화나 주는 정도일 것입니다, 하지만 말이 나왔으니, 최근의 사건에 비추어, 나는 우리에게 전략의 근본적인 변화가 필요하다고 봅니다, 우리는 다른 모든 요인들과 더불어 수도에서 사회적 화해의 분위기가 태어나 성장할 가능성에 특별한 관심을 가져야 한다고 봅니다, 그 솔직한 연대 행동 때문이지요, 물론 그것은 마키아벨리적인 것이고, 정치적인 동기가 있는 것이지요, 어쨌든 지난 몇 시간 동안 전국이 그것을 지켜보았습니다, 여러 신문이 발행한 호외에서 만장일치로 그것을 칭찬하는 글을 읽어보시기만 해도 상황을 알 수 있을 것입니다, 따라서 우리는 반역자들이 이성에 귀를 기울이게 하려는 우리의 모든 시도가 하나하나 대실패로 끝나고 말았다는 사실을 인정할 수밖에 없습니다, 그러한 실패의 원인은, 적어도 내 의견으로는, 우리가 선택한 탄압 조치가 가혹했기 때문일 수도 있습니다, 만일 우리가 지금까지 추구하던 전략을 계속 따른다면, 강압적인 방법들의 수위를 계속 높인다면, 또 반역자들의 반응이 계속 지금까지와 같다면, 즉 아무런 반응이 없다면, 우리는 독재적 성격을 가진 극적인 조치에 의지할 수밖에 없을 것입니다, 예를 들어 수도의 주민에게서 시민권을 무기한 박탈하는 것입니다, 이념적인 편애라는 이야기를 듣지 않으려면 우리에게 표를 던진 유권자들도 예외일 수가 없겠지요, 또는 전염병의 확산을 막기 위해 비상선거법을 통과시켜야 할 겁니다, 전국에 적용될 이 법은 백지투표를 무효로 만드는 등의 내용이 담겨야겠지요. 총리는 말을 끊고 물을 한 모금 마시더니 계속 이야기를 했다, 나는 이런 전략을 바꿀 필요성을 이야기했습니다, 그러나 당장 시행할 전략을 작성했거나 준비했다는 이야기는 하지 않았습니다, 우리의 때가 오기를 기다려야 합니다, 열매가 익고 용감한 결심이 썩기를 기다려야 합니다, 솔직히 나 자신도 약간 긴장을 푸는 시기가 필요하다고 봅니다, 그 시간을 이용해 우리는 현재 나타나는 화해의 몇 가지 징후에서 이익을 얻을 수 있다면 언도록 노력하면 됩니다. 총리는 말을 끊었다가 다시 이야기를 이어나갈 듯하더니 그냥, 자, 여러분 의견을 들어봅시다, 하는 말만 했다.

　내무부장관이 손을 들었다, 총리님은 우리의 선거인들이 저 사람들, 총리님이 그냥 반역자들이라고 부르시는 바람에 솔직히 약간 놀랐지만, 어쨌든 그 사람들에게 행사할 수 있는 설득력에 자신을 가지시는 것 같군요, 하지만 총리님은 그 반대의 가능성에 관해서는 말씀하시지 않았습니다, 전복을 기도하는 자들이 해로운 이론을 이용하여 여전히 법을 존중하는 시민들을 혼란에 빠뜨릴 가능성 말입니다. 장관 말이 맞소, 그 가능성은 이야기하지 않은 것 같소, 총리가 대답했다, 그것은 그런 일이 일어난다 해도 어떤 근본적 변화가 일어나지는 않을 것이라고 생각했기 때문이오, 최악의 결과는 백지투표를 던진 현재의 80퍼센트가 100퍼센트가 되는 것뿐이오, 이 문제에서 양적인 변화는 질적인 영향을 주지 못하오, 물론 만장일치가 된다는 점은 있지만. 그럼 어떻게 할까요, 국방부장관이 물었다. 그게 바로 우리가 여기 모여 있는 이유요, 분석하고, 생각하고, 결정을 하려고. 거기에는 당연히 공화국 대통령 각하의 제안도 포함되겠지요, 물론 나는 온 마음으로 그 제안을 지지합니다만, 대통령 각하의 제안은 일의 규모나 여러 가지 의미를 고려할 때 그 목적을 위해 수립되어야 할 특별위원회에서 심층적인 연구를 해야 할 거요, 어쨌든 내 생각으로는 분리벽을 세우는 것은 당장 우리의 난제들 가운데 어느 것도 해결해주지 않을뿐더러 불가피하게 다른 문제들을 만들어낼 것이 분명하오, 대통령께서도 이 문제에 관한 내 입장을 알고 계시오, 내가 비록 개인적으로나 제도적으로나 대통령께 충성하기는 하지만 그렇다고 해도 여기 이 각료회의에서 입을 다물고 있을 수는 없소, 하지만, 되풀이해 이야기하지만, 그 위원회가 가능한 한 빨리 일에 착수하지 않을 거란 이야기는 아니오, 위원회는 며칠 내로 임명되어 그 즉시 연구에 착수할 거요. 공화국 대통령은 눈에 띄게 짜증을 냈다, 물론 나는 대통령이지 교황이 아니오, 따라서 나에게는 오류가 없다는 식으로 말할 생각은 없소, 하지만 내 제안을 긴급한 안건으로 논의 정도는 해주어야 하는 것 아니오. 각하, 전에 말씀드렸듯이, 총리가 즉시 답변했다, 위원회의 연구 결과를 각하가 상상하시는 것보다 빨리 받아보시게 될 것이라고 장담합니다. 그럼 그동안은 그냥 눈먼 사람처럼 앞을 더듬기만 해야겠군, 대통령이 말했다. 아무리 예리한 칼날이라도 무디게 할 만한 정적이 깔렸다. 그래, 눈먼 사람처럼 말이야, 다들 당황하고 있다는 것도 모르고 대통령이 되풀이했다. 회의실 뒤편에서 문화부장관의 차분한 목소리가 흘러나왔다, 우리가 4년 전에 그랬듯이요. 국방부장관이 얼굴이 시뻘게져서 벌떡 일어섰다. 마치 잔인하고 용서할 수 없는 욕설이라도 들은 듯한 표정이었다. 그는 삿대질을 해가며 말했다, 당신은 방금 창피한 줄도 모르고 우리 모두가 동의했던 국가적 침묵 협정을 깨버린 거야. 내가 아는 한 협정 같은 건 없었고, 하물며 국가적 협정은 들어본 적도 없습니다, 나는 4년 전에도 성인이었는데, 우리 모두 몇 주 동안 눈이 멀었다는 사실에 관하여 한마디도 하지 않겠다고 약속하는 양피지에 국민이 서명을 했다는 기억은 없단 말입니다. 장관 말이 맞소, 공식적인 협정은 없었소, 총리가 끼어들었다, 하지만 굳이 종이에 합의서를 쓰지 않고도 우리가 겪었던 무시무시한 시련은 우리의 정신 건강을 위해 끔찍한 악몽으로 치부하는 게 좋다고 우리 모두 생각했소, 현실이라기보다는 꿈에서 보았던 일이라고 생각하자는 거지. 공적으로는 그랬을지 모르지요, 하지만 설마 집에 계실 때도 그 일을 한 번도 이야기하지 않았다고 말씀하시는 것은 아니겠지요. 우리가 그랬느냐 아니냐 하는 것은 중요하지 않소, 집 안에서는 많은 일이 일어나지만 그게 벽을 넘지는 않잖소, 설사 그렇다 해도 4년 전 우리에게 일어났던 일, 아직도 설명할 수 없는 그 비극을 언급한다는 것은 문화부장관에게서는 예상하기 힘든 수준의 악취미인 것 같소. 총리님, 악취미 연구는 문화사에서 가장 길고 또 가장 흥미진진한 장일 겁니다. 아, 나는 그런 악취미를 말하는 게 아니오, 다른 것, 그러니까 요령 부족이라고도 부르는 걸 이야기한 거요. 총리님, 꼭 총리님도 죽음이 그런 말이 있어서 존재한다고 믿는 분 같군요, 우리가 이름을 지어주지 않으면 사물도 존재하지 않는다고 말입니다. 내가 이름을 모르는 게 끝도 없이 많소, 동물, 식물, 온갖 종류와 크기와 용도의 연장이나 기계. 하지만 거기에 이름이 있다는 사실은 아시잖습니까, 그래서 마음이 평안한 거고요. 주제에서 벗어나고 있구려. 네, 총리님, 우리는 주제에서 벗어나고 있습니다, 내가 한 말은 우리가 4년 전에 눈이 멀었다는 것이고, 지금 내가 하고 싶은 말은 어쩌면 지금도 눈이 먼 것인지도 모른다는 겁니다. 모두가 분개했다, 아니 거의 모두가. 항의의 외침이 튀어나오고 모두 먼저 말을 하려고 서로 밀치는 분위기였다. 심지어 목소리가 귀에 거슬린다는 것을 의식하여 평소에 거의 말을 하지 않는 교통부장관까지도 지금은 성대를 움직이고 있었다. 내가 말 좀 해도 될까요, 발언권 좀 주십시오. 총리는 조언을 구하듯이 공화국 대통령을 바라보았으나, 그것은 연기일 뿐이었다. 대통령의 자신감 없는 동작이 무슨 의도였는지는 몰라도 어쨌든 총리가 들어올린 손에 눌려버렸다. 중간에 끼어드는 감정적이고 뜨거운 목소리들을 고려할 때 토론을 해보았자 소용이 없다는 것이 분명하오, 따라서 아무에게도 발언권을 주지 않겠소, 게다가 문화부장관이 현재 우리를 괴롭히는 전염병을 새로운 형태의 실명 상태에 비유하면서 자기도 모르게 정곡을 찔렀기 때문이기도 하오. 그건 내가 사용한 비유가 아닙니다, 총리님, 나는 그저 우리가 과거에 눈이 멀었고, 어쩌면 지금도 계속 눈이 먼 상태일지도 모른다고 말했을 뿐입니다, 내 최초의 발언에 논리적으로 포함되어 있지 않은 추정은 허용할 수 없습니다. 말의 위치를 바꾸면 종종 의미도 바뀌지, 하지만 말을 하나씩 하나씩 평가해보면, 이렇게 말해도 좋을지 모르지만, 말은 물리적으로는 계속해서 있던 그대로요, 따라서. 그렇다면, 말을 끊어서 죄송합니다만,

총리님, 내 말의 위치나 의미를 바꾼 모든 책임은 전적으로 총리님께 있으며, 나하고는 아무런 관련이 없음을 분명히 해두고자 합니다. 장관은 아무것도 제공하지 않았고 내가 모든 것을 내놓았다고 합시다, 그래서 그 아무것도 아닌 것과 모든 것이 합쳐져서 나에게 백지투표는 첫 번째 형태의 눈먼 상태만큼이나 파괴적인 눈먼 상태라고 말할 권한을 주었다고 합시다. 그럴 수도 있고, 아니면 분명하게 눈을 뜬 상태일 수도 있겠지요, 법무부장관이 말했다. 뭐라고, 자신이 잘못 들었다고 생각한 내무부장관이 물었다. 백지투표는 그렇게 한 사람들의 입장에서 보자면 눈을 떴다는 표시로 여길 수도 있다고 말한 겁니다. 어떻게 감히 각료회의 중간에 그런 반민주적인 쓰레기 같은 말을 할 수 있는 거요, 창피한 줄 아시오, 그런 말을 듣고 당신이 법무부장관이라고 생각할 사람은 아무도 없을 거요, 국방부장관이 소리쳤다. 사실 나는 지금 이 순간보다 내가 더 법무부장관 또는 법을 위한 장관인 적이 있는지 궁금합니다. 조금 있으면 당신도 백지투표를 했다고 의심해야 할 순간이 오겠군, 내무부장관이 무뚝뚝하게 말했다. 아니, 나는 백지투표를 하지 않았습니다, 하지만 다음번에는 그렇게 할까 생각중입니다. 이 마지막 발언에 분개한 시끄러운 목소리들이 잦아들 무렵 총리가 던진 질문 때문에 그 소리는 완전히 중단되었다. 당신 지금 무슨 말을 했는지 알고 있소. 네, 총리님께서 나에게 맡기신 자리를 총리님 손에 도로 갖다놓을 만큼 잘 알고 있습니다, 사표를 제출하겠습니다, 이제 법무부장관도 아니고 법을 위한 장관도 아닌 사람이 대답했다. 공화국 대통령의 얼굴이 창백해졌다. 누가 의자 등받이에 무심코 남겨두고 간 낡은 걸레 같은 표정이었다. 내가 살아서 배신의 얼굴을 볼 줄은 생각도 못 했소, 대통령이 말했다. 그렇게 말하고 나자 역사가 그 멋진 말을 기록할 것이 틀림없다고 느꼈다. 대통령은 역사가 혹시라도 잊는 일이 없도록 자신이 잊지 않고 일깨워야겠다고 다짐했다. 지금까지 법무부장관이었던 사람이 자리에서 일어나 대통령과 총리 쪽을 향해 고개를 숙이더니 회의실을 나갔다. 갑자기 의자가 바닥을 긁는 소리가 정적을 깼다. 탁자 아래쪽에서 문화부장관이 일어서더니 강하고 명료한 목소리로 말했다, 나도 사임하고 싶습니다. 아, 왜 이러쇼, 당신 친구가 방금 칭찬할 만큼 솔직하게 말한 것처럼, 당신도 다음에는 백지투표를 할 생각이라고 말하는 건 아니겠지, 총리가 비꼬는 투로 말했다. 그럴 필요는 없을 것 같습니다, 이미 지난번에 백지투표를 했거든요. 무슨 말이오. 들으신 대로일 뿐, 그 이상은 없습니다. 나가주시오. 그러겠습니다, 총리님, 그러지 않아도 그럴 작정이었으니까요, 내가 입을 연 이유는 작별 인사를 하려는 것이었습니다. 문이 열렸다가 닫히고, 탁자 둘레에는 텅 빈 의자 두 개가 남았다. 참, 공화국 대통령이 내뱉었다, 첫 번째 충격에서 벗어나기도 전에 다시 얼굴에 따귀를 맞았군. 이건 따귀가 아닙니다, 대통령 각하, 장관이란 오고 가는 겁니다, 그건 세상에서 가장 흔한 일입니다, 총리가 말했다, 어쨌든 정부는 완전한 모습으로 이 방에 들어

228

왔으니 완전한 모습으로 이 방에서 나갈 것입니다, 제가 법무부장관직을 맡고, 공공사업부장관이 문화부 일을 책임질 겁니다. 하지만 나는 그 일을 하는 데 필요한 자격이 없는데요, 공공사업부장관이 말했다. 없긴 왜 없소, 문화 쪽을 꿰고 있는 사람들 이야기를 들어보니, 문화란 공공사업이기도 하다고 그럽디다, 따라서 장관이 맡아도 아무런 문제가 없을 거요. 총리가 벨을 울리더니 문 앞에 나타난 실무자에게 말했다, 저 의자들 치우게, 이어 각료들을 향해 말했다, 15분 내지 20분 동안 휴회하도록 합시다, 대통령과 나는 옆방에 있겠습니다.

30분 뒤 장관들이 탁자 주위에 다시 앉았다. 없는 사람들은 벌써 잊었다. 공화국 대통령은 자신의 이해 범위를 완전히 넘어선 의미가 담긴 소식을 들은 사람처럼 매우 당황한 표정으로 들어왔다. 반면 총리는 대단히 만족스러운 표정이었다. 그 이유는 곧 분명해졌다. 총리가 입을 열었다, 앞서 이 위기가 시작된 이후 입안되고 집행된 모든 조치의 실패를 고려하여 전략 변화의 다급한 필요성을 강조했을 때, 나는 승리를 향해 한 걸음 나아갈 수 있는 구상이 현재 우리와 함께 하지 않은 장관으로부터 나올 줄은 정말 몰랐습니다, 여러분도 짐작하겠지만, 내가 말하는 사람은 전직 문화부장관입니다, 그 사람은 적의 생각을 검토하는 것이 얼마나 중요한 일인지 다시 한 번 보여주었습니다, 그래야 그 생각들 가운데 우리에게 도움이 되는 면을 발견할 수 있다는 거지요. 국방부장관과 문화부장관은 경멸해 마땅한 배신자의 지능을 하늘 높이 찬양하는 이야기를 듣고 분개한 눈길을 교환했다. 그것으로 충분했다. 내무부장관은 종이에 빠르게 몇 자 긁적여 동료에게 넘겼다, 내 직감이 맞았습니다, 나는 처음부터 그 자들을 믿지 않았습니다. 그러자 국방부장관도 똑같은 감정을 담아 똑같은 방법으로 대답했다, 우리가 그쪽으로 침투하려고 했는데, 결국 그쪽에서 우리한테 침투를 했구먼요. 총리는 우리가 어제까지 모두 장님이었으며 오늘도 계속 장님이라는 전직 문화부장관의 예언적인 말을 근거로 자신이 이른 결론을 이야기하고 있었다, 우리의 잘못, 우리의 큰 잘못, 우리가 지금 그 대가를 치르고 있는 잘못은, 기억을 없애려는 데 있었던 게 아니라, 우리 모두가 4년 전에 일어났던 일을 기억할 수 있잖습니까, 말, 이름을 없애려는 것에 있었던 것입니다, 전직 장관도 말했듯이 죽음을 묘사하는 말을 하지 않으면 죽음이라는 존재가 없어질 것처럼 행동했다는 거지요. 지금 본론에서 너무 벗어나는 것 아니오, 공화국 대통령이 물었다, 우리한테는 구체적 제안이 필요하오, 목표가 필요하다는 거요, 내각은 지금 중요한 결정을 내려야만 하오. 그렇지 않습니다, 대통령 각하, 이게 본론입니다, 제 생각이 옳다면, 이것이야말로 문제를 단번에 해결할 구상을 접시 위에 올려 내어줄 겁니다, 지금까지 우리는 기껏해야 문제를 여기저기 깁기만 했습니다, 그 기운 것들은 곧 실이 풀려 모든 것이 원래대로 돌아갈 겁니다. 무슨 말을 하려는 거요, 설명을 해보시오. 대통령 각하, 각료 여러분, 과감하게 한 걸음 내디딥시다, 침묵을 말로 바꿉시다, 4년 전에 아무

일도 일어난 적이 없는 것처럼 굴던 이 어리석고 쓸데없는 태도에 종지부를 찍읍시다, 우리가 눈이 멀었던 시기에 삶이, 그걸 삶이라고 부를 수 있다면 말입니다, 우리 삶이 어땠는지 공개적으로 이야기합시다, 신문이 그것을 보도하게 합시다, 기자들이 그걸 쓰게 합시다, 텔레비전이 우리가 시력을 회복한 직후에 찍은 도시의 모습을 보여주게 합시다, 우리가 견뎌야 했던 여러 가지 악에 관해 사람들이 이야기하게 합시다, 죽은 자들, 사라진 자들, 폐허, 화재, 쓰레기, 부패를 이야기하게 합시다, 그렇게 해서 우리가 상처를 묶으려 했던 가짜 정상 상태라는 헝겊 조각을 찢어버리고 나서, 그 시절의 눈먼 상태가 새로운 모습으로 돌아왔다고 말하는 겁니다, 4년 전 그 눈먼 상태의 텅 빈 시야와 지금 텅 빈 투표용지를 맹목적으로 던지는 사태 사이의 유사성을 보게 하는 겁니다, 이런 비교는 어설프고 그릇된 것이며, 누구보다 내가 그것을 잘 알고 있습니다, 따라서 이것을 지성, 논리, 상식에 대한 모독이라고 생각하여 바로 거부해버릴 사람들도 있을 겁니다, 하지만 많은 사람들이 그렇게 믿는 것도 충분히 가능한 일이며, 나는 그런 사람들이 곧 압도적 다수가 되기를 바랍니다, 그 사람들은 거울 앞에 서서 자문할 것입니다, 우리가 다시 눈이 먼 것일까, 이 실명 상태, 다른 실명 상태보다 더 수치스러운 상태가 우리를 좁고 곧은 길에서 벗어나게 하지 않을까, 우리를 궁극적 재난으로 몰아넣지나 않을까, 이 재난이란 하나의 정치 체제의 완전한 붕괴일 수도 있겠지요, 이것은 우리가 그 위협을 눈치채지도 못하는 사이에 그 안에, 처음부터, 바로 그 중심이 되는 핵 안에, 투표 과정 자체에 담겨 있었습니다, 그 자체를 파멸시키는 씨앗, 또 이 역시 불안한 가설이기는 합니다만, 완전히 새로운 미지의 어떤 것, 지금하고는 완전히 달라서 그 안에 우리의 자리는 찾아볼 수 없는 어떤 것의 씨앗들일지도 모르지요, 우리는 선거라는 일상적인 절차의 온실 안에서 성장했지만, 이것이 이제 보니 몇 세대에 걸쳐 비수를 감추고 있었던 것입니다, 총리가 말을 이어갔다, 나는 우리에게 필요한 전략 변화가 눈에 보인다고 확고하게 믿습니다, 그렇습니다, 체제가 이전의 상태로 돌아가는 것은 이제 우리의 힘으로 가능합니다, 물론 나는 이 나라의 총리이지 기적을 약속하는 천박한 뱀장수가 아닙니다, 그럼에도 우리가 24시간 안에는 결과를 얻지 못할지 모르지만, 24일 안에 그 싹을 보게 될 것은 분명하다고 말씀드릴 수 있습니다, 그러나 이 투쟁은 길고 험난할 것입니다, 이 새로운 백지 전염병의 에너지를 소진시키는 데는 시간이 걸리고 힘도 많이 들 것이기 때문입니다, 물론, 아, 물론 촌충의 무시무시한 머리를 잊지 말아야 합니다, 이것은 어디에라도 숨을 수 있으니까요, 음모의 더러운 내장 안에서 그것을 찾아낼 때까지, 그것을 밝은 햇빛 속으로 끌어내 응분의 처벌을 할 때까지, 그 치명적인 기생충은 계속 패거리를 만들어내면서 나라의 힘을 갉아먹을 것입니다, 하지만 우리는 마지막 전투에서 승리할 것입니다, 나의 다짐과 여러분의 다짐이, 지금 그리고 앞으로 마지막 승리를 거둘 때까지, 그 승리의 보장이 될 것입니다. 장관들은 동시에 의자를 뒤로 밀며 일어나 열광적으로 박수를 쳤다. 골치 아픈 각료들을 몰아내자 내각은 마침내 응집력을 갖춘 하나의 전체가 되었다. 하나의 지도자, 하나의 의지, 하나의 계획, 하나의 길. 공화국 대통령은 직위의 위엄에 걸맞게 팔걸이의자에 앉은 채로 박수를 쳤지만, 손가락 끝만 간신히 맞닿을 뿐이었다. 그 엄격한 표정과 더불어 이런 성의 없는 동작으로 총리의 연설에서 아무리 작은 부분이라 하더라도 자신이 언급되지 않은 것에 화가 났다는 사실을 보여준 것이다. 그러나 그는 자신의 상대가 어떤 인물인지 아직 잘 몰랐다. 우레와 같은 박수 소리가 잦아들기 시작하자 총리는 오른손을 들어올려 침묵을 요구하더니 말했다, 모든 항해에는 선장이 필요합니다, 이 나라가 지금 출발하려고 하는 위험한 항해에서 그 선장은 총리이고 또 총리가 되어야 합니다, 그러나 거대한 대양을 건너고 폭풍을 헤쳐갈 나침반이 없는 배에는 화가 있을진저, 자, 여러분, 나와 배를 안내할 나침반, 간단히 말해서 우리 모두를 안내할 나침반은 여기, 우리 곁에서 늘 그 방대한 경험으로 우리의 항로를 유지해주고 계십니다, 늘 그 지혜로운 조언으로 우리를 격려하십니다, 늘 그 비할 바 없는 모범으로 우리를 가르치십니다, 공화국 대통령 각하께 감사의 박수를 보냅시다. 갈채는 조금 전보다 더 우렁찼으며, 끝이 나지 않을 것 같았다. 아니, 총리가 계속 박수를 치는 한, 또는 총리의 머릿속 시계가, 됐어, 거기서 그만, 저자가 넘어왔어, 하고 말할 때까지 끝이 나지 않을 것 같았다. 그 승리를 확인하는 데는 딱 2분이 걸렸다. 그 2분이 지나자 공화국 대통령은 눈물을 글썽이며 총리를 끌어안았다. 정치가의 인생에도 완벽한, 아니, 숭고한 순간이 있을 수 있다오, 대통령은 이윽고 감정으로 목이 멘 목소리로 말했다, 내일 나에게 무슨 일이 생긴다 해도, 이 순간만은 결코 내 기억에서 지워지지 않을 것이라고 약속하오, 이 순간은 행복한 시절에는 나에게 왕관과 같은 영광이 될 것이며, 슬픈 시절에는 나의 위로가 될 것이오, 내 온 마음으로, 온 마음으로 감사드리오, 여러분을 포옹하고 싶소. 다시 박수가 터졌다.

완벽한 순간, 특히 숭고함에 다가선 순간의 심각한 약점은 그것이 아주 짧다는 것이다. 사실 이것은 너무나 분명하기 때문에, 그보다 더 큰 약점이 없다면 굳이 언급할 필요도 없을 것이다. 더 큰 약점이란 그 순간이 끝났을 때 우리가 무엇을 해야 할지 모른다는 것이다. 그러나 이런 어색함도 내무부장관이 참석한 자리에서는 아무것도 아닌 일이 되어버렸다. 각료들이 모두 다시 자리에 앉자마자, 공공사업 및 문화부장관이 여전히 몰래 눈물을 훔치는 중에, 내무부장관이 손을 번쩍 들어 발언권을 얻었다. 말씀하시오, 총리가 말했다. 공화국 대통령께서 감동적으로 지적하셨듯이, 인생에는 완벽한, 진정으로 숭고한 순간들이 있습니다, 우리는 이 자리에서 그런 순간을 두 번이나 경험하는 큰 특권을 누렸습니다, 한 번은 대통령의 감사 연설이고, 또 한 번은 총리의 새로운 전략이었습니다, 총리의 새로운 전략은 물론 우리의 만장일치의 승인을 받았습니다. 나는 이번 발언에서 그 전략을 언급할 터인데, 물론 내가 보낸 갈채를 취소하겠다는 것은 아닙니다. 그런 생각은 추호도 없습니다. 하지만 내가 좀 겸손하지 못한 태도로 이야기를 해도 좋다면, 그 전략의 효과를 확대하고 촉진하는 방법을 이야기해볼까 합니다. 총리님께서는 아까 24시간 안에 결과를 장담할 수는 없지만 24일이 되기 전에는 틀림없이 성과를 볼 수 있을 것이라고 말씀하셨습니다. 그러나, 존경하는 마음으로 말씀드리거니와, 우리에게는 24일을 기다릴 여유가 없다고 생각합니다. 스무날, 보름, 심지어 열흘을 기다릴 여유도 없습니다. 사회라는 건물에 금이 가고 있습니다. 벽이 흔들립니다. 기초가 떨립니다. 당장이라도 무너져내릴 수 있습니다. 그러니까 제안할 게 있기는 한 거요. 총리가 물었다. 건물이 당장 무너진다는 얘기 말고 할 얘기가 있느냐는 거요. 아, 있습니다. 내무부장관이 총리의 비꼬는 말투를 알아채지 못하기라도 한 것처럼 기죽지 않고 대답했다. 그럼 어디 우리한테 좀 알려주시오. 무엇보다도, 총리님, 나의 제안은 총리님이 우리에게 제시하고 우리가 승인한 제안을 보완하려는 의도밖에 없다는 점을 분명히 해두고자 합니다. 그것을 고치거나, 정정하거나, 완성하려는 게 아닙니다. 단지 또 하나의 제안에 불과하지만, 기대하건대 여러분의 관심을 얻을 수 있기를 바랍니다. 아, 어서 말해보시오. 변죽만 울리지 말고 핵심을 얘기해보란 거요. 내가 제안하는 것은, 총리님, 신속한 행동, 기습 공격입니다. 헬리콥터를 동원한 거죠. 설마 도시를 폭격하자는 이야기는 아니겠지. 맞습니다, 총리님, 그 얘깁니다, 다만 종이로 폭격하자는 거지요. 종이로. 그렇습니다, 총리님, 종이로, 첫째로, 중요도에 따라, 공화국 대통령의 이름으로 수도 주민을 향한 성명서를 뿌려야겠지요, 두 번째로 짧고 힘 있는 메시지를 잇따라 뿌려야 합니다, 그것이 총리님이 옹호하시는 행동들을 위한 길을 닦아놓을 것이고 사람들 마음도 준비시켜줄 겁니다, 총리님이 염두에 두신 것은 틀림없이 더 느린 행동들 아니겠습니까, 그러니까 신문 기사, 텔레비전 프로그램, 우리가 눈이 멀었던 시절의 회고, 작가들의 이야기 같은 것들 말입니다, 그런데 우리 부처에도 작가들 팀이 따로 있다는 말씀을 드리고 싶습니다, 설득의 기술이라는 면에서 고도로 훈련된 사람들이지요, 그런 기술은 작가들이 보통 많은 노력을 들인 뒤에 아주 짧은 시간만 갖게 되는 것이라고 알고 있습니다. 그거 아주 좋은 생각 같구려, 공화국 대통령이 말했다, 물론 나한테 글을 보내 승인을 받아야 하오, 필요한 데는 고쳐야 하니까, 하지만 전체적으로는 마음에 들어, 뛰어난 생각이오, 무엇보다도, 공화국 대통령을 전투의 전면에 내세운다는 엄청난 정치적 이점이 있어, 아, 그래, 훌륭한 생각이오. 총리는 방 안에서 사람들이 웅성거리며 지지하는 것을 보고 이 마지막 전투는 내무부장관이 이겼음을 알았다, 그럼 그렇게 하지요, 필요한 모든 조치를 취하시오. 그러면서 머릿속으로 각료 성적표의 내무부장관 이름 옆에 검은 표시를 하나 더 해두었다.

조만간, 사실 늦을 경우보다는 빠를 가능성이 더 높지만, 운명이 늘 자만을 부수어버린다는 말, 마음이 편안해지는 그 말은 내무부장관이 겪은 치욕으로 완전히 확인되었다. 자신이 총리와 벌인 권투의 마지막 라운드에서 승리를 거두었다고 믿은 내무부장관은 하늘의 예기치 않은 개입으로 자신의 계획이 순식간에 증발해버리는 것을 보았다. 하늘이 막판에 편을 바꾸어 적에게 가담한 것이다. 그러나 결국, 아니, 사실 처음부터 그랬지만, 이렇게 된 책임은 가장 주의 깊고 유능한 관찰자들의 견해를 따르자면, 전적으로 공화국 대통령에게 있었다. 그가 그의 서명을 달고 나가 수도의 거주자들을 도덕적으로 교화할 선언문, 헬리콥터가 배포할 선언문의 승인을 늦추었기 때문이다. 각료회의 이후 사흘 동안 창공은 그 웅장한 천의무

봉의 파란 공간을 온 세상에 드러냈다. 완벽한 날씨였다. 매끄럽고 흠 하나 없었다. 무엇보다도 바람이 없었다. 허공에 종이를 집어던지고, 그것들이 난쟁이들의 춤을 추며 둥둥 떠내려가다가, 우연히 지나가던 사람, 또는 무슨 소식이나 명령이 위에서 떠내려오는지 궁금해서 거리로 나선 사람이 그것을 집어 드는 모습을 구경하기에 이상적인 날씨였다. 이 사흘 동안 손때가 묻은 문건이 대통령궁과 내무부 사이를 오갔다. 때로는 논거가 풍부해지기도 하고, 때로는 구상이 축약되기도 했다. 단어가 지워지고 다른 단어로 교체되었다가, 다른 단어마저 즉시 똑같은 운명을 겪기도 했다. 전에 있던 단어를 빼앗긴 구절이 새로 온 단어와 어울리지 않았기 때문이다. 엄청난 양의 잉크가 소모되었고, 엄청난 양의 종이가 찢겨나갔다. 분명히 말해두지만, 글쓰기의 괴로움, 창조의 고통이 바로 이런 것이리라. 나흘째 되는 날, 하늘은 기다리다 지쳤는지, 저 아래서 계속 단어가 잘려나가고 바뀌는 것을 구경하는 데 지쳤는지, 한 겹의 낮은 먹구름을 깔아놓고 아침을 시작하기로 결정했다. 보통 비를 뿌리곤 하는 그런 구름이었다. 정오가 다가오자 비가 몇 방울씩 뿌리기 시작했다. 잠시 그치는가 싶으면 어느새 다시 내리곤 했다. 잔뜩 쏟아질 것처럼 위협만 할 뿐 실제로는 더 심해지지 않는 짜증스러운 이슬비였다. 이런 간헐적인 상태가 오후 중반까지 계속되었다. 그러다 갑자기 예고도 없이, 자신의 진짜 감정을 감추는 데 지친 사람처럼, 하늘이 열리더니 계속, 꾸준하게, 단조롭게 비가 죽죽 내리기 시작했다. 강렬했지만 그렇다고 폭력적이지는 않았다. 일주일 동안 계속 내려도 농부들이 대체로 고마워할 그런 비였다. 그러나 내무부장관은 고맙지 않았다. 설사 공군 총사령관이 헬리콥터 이륙을 허가한다 해도, 사실 그것도 의문이었지만, 이런 날씨에 공중에서 종이를 뿌린다는 것은 우스꽝스러운 일일 터였다. 거리에 사람이 없기 때문만이 아니었다. 그나마 있는 몇 사람도 주된 관심은 가능한 한 비를 맞지 않으려는 것이었기 때문도 아니었다. 더 심각한 것은 대통령의 성명서가 진흙탕에 떨어지고, 게걸스러운 하수구에 삼켜진 채 쓸려갈지도 모른다는 것이었다. 물웅덩이에서 구겨지고 찢어진 뒤에 다시 더러운 물을 분수처럼 뿜으며 지나가는 자동차 바퀴에 밟힐지도 모른다는 것이었다. 진실로, 진실로 말하노니, 준법정신과 상관에 대한 존경을 광적으로 신봉하는 사람만이 일부러 허리를 굽혀 그 더러운 진흙으로부터 4년 전 모두가 빠져들었던 실명 상태와 지금의 다수의 실명 상태 사이의 관계에 관한 설명을 구해내려 할 것이다. 내무부장관으로서는 매우 약 오르는 일이었지만, 총리가 미룰 수 없는 국가적 긴급 상황이라는 구실로, 더욱이 공화국 대통령의 내키지 않는 동의까지 받아, 언론 매체를 움직이는 것을 무력하게 팔짱을 끼고 구경만 할 수밖에 없었다. 총리는 신문, 라디오, 텔레비전, 또 그 밖에 다른 모든 글, 말, 이미지를 이용한 하위 매체를 유명한 것이든 다른 기능을 겸한 것이든 관계없이 활용했다. 그들의 임무는 수도의 주민에게 그들이 안타깝게도 다시 한 번 눈이 멀었다고 설득하는 것이었다. 며칠이 지나 비가 그치고 높은 하늘이 다시 푸른 옷으로 갈아입었을 때, 공화국 대통령이 결국 화를 내며 고집을 부려서야 계획 가운데 미루었던 첫 번째 부분을 실행에 옮길 수 있었다. 대통령은 말했다, 친애하는 총리, 단 한 순간이라도 내가 내각의 결정을 취소했다거나 심지어 취소를 고려한다고 생각하지 마시오, 나는 개인적으로 여전히 국민에게 이야기를 하는 것이 나의 의무라고 생각하고 있소. 하지만, 각하, 정말로 그럴 필요가 없습니다, 설명 절차가 이미 진행 중이고, 틀림없이 곧 성과가 나올 것입니다. 그 성과라는 것이 내일 모레 나타난다 해도, 나는 먼저 내 성명서부터 내고 싶소. 뭐, 내일 모레까지야 아니겠지요. 그럼 더욱 그렇지, 지금 성명서를 배포하시오. 제 말을 들으십시오, 각하. 경고하겠소, 당신이 안 하면, 우리 사이의 개인적이고 정치적인 신뢰가 불가피하게 사라지게 될 거요. 한 가지 말씀드리자면, 각하, 저는 여전히 의회에서 절대 다수를 갖고 있습니다, 신뢰의 상실은 그 성격상 개인적인 위협은 될 수 있을지 모르지만, 정치적인 영향은 전혀 없을 겁니다. 내가 의회에 나가 공화국 대통령의 성명서를 총리가 강탈했다고 말하면 달라질 거요. 제발, 각하, 그건 사실이 아닙니다. 의회 안에서든 밖에서든 내가 그렇게 말할 수 있을 만큼은 사실이오. 지금 성명서를 배포하는 것은. 성명서와 또 다른 문건들. 어쨌든 지금 성명서를 배포하는 것은 소용이 없을 겁니다. 그건 당신 의견이지 내 의견이 아니오. 하지만 대통령 각하. 당신이 나를 대통령이라고 부른다는 것은 나를 그렇게 인정한다는 뜻이니 내가 하라는 대로 하시오. 글쎄요, 그런 식으로 표현을 하신다면. 아, 그렇게 표현을 하겠소, 또 한 가지가 있소, 나는 당신이 내무부장관과 싸우는 걸 보는 데 지쳤소, 당신이 보기에 그 사람이 형편없으면 잘라버리시오, 하지만 자르고 싶지 않거나 자를 수 없다면 그냥 견디시오, 만일 당신 자신이 대통령이 서명한 성명서를 뿌리자는 제안을 했다면 당신은 아마 그걸 집집마다 돌리라는 명령을 내렸을 거요. 그렇게 말씀하시는 것은 부당합니다, 각하. 그럴지도 모르지, 그건 부정하지 않겠소, 하지만 사람들은 화가 나고 성질이 나면 결국 의도하지 않았거나 생각하지도 않았던 말을 하게 되오. 이 문제는 정리된 걸로 하지요. 좋소, 이 문제는 정리되었소, 하지만 내일 아침에 헬리콥터들이 공중에 뜨기를 바라오. 알겠습니다, 대통령 각하.

만일 이런 신랄한 대화가 오가지 않았다면, 그래서 대통령의 성명서를 비롯한 다른 전단들이 불필요하다는 이유로 쓰레기통에서 짧은 생을 마감하게 되었다면, 우리가 지금 하고 있는 이야기는 이 시점부터 완전히 다른 방향으로 흘러갔을 것이다. 정확히 어떻게 어떤 식으로 다른지는 상상할 수 없지만, 어쨌든 달랐을 것이라는 사실은 분명하다. 물론 플롯이 구불구불 흘러가는 길에 꼼꼼하게 관심을 기울이는 독자라면, 모든 것에 적절한 설명을 기대하는 분석적인 독자라면, 혹시 그런 방향 전환을 정당화하려고 총리와 공화국 대통령 사이의 이런 대화를 막판에 덧붙인 것 아니냐고 물을 것이 틀림없다. 아니면 그것이 운명이기 때문에 그냥 일어날 수밖에 없었던 것이고, 그 일로부터 곧 밝혀질 결과들이 생겨나, 서술자는 원래 쓰려던 이야기를 밀쳐두고 갑자기 자신의 해도에 나타난 새로운 항로를 따를 수밖에 없었던 거냐고 물을 수도 있겠다. 이런 양자택일적인 질문을 받았을 때 그런 독자를 완전히 만족시킬 만한 답을 내놓기는 어렵다. 물론 서술자가 특별히 솔직하여, 집단적으로 백지투표를 던지기로 결정한 어떤 도시에서 일어난 이 특별한 이야기를 어떻게 성공적으로 끝맺을지 정말 몰랐다고 고백하는 경우라면 다르겠지만. 그런 경우라면 총리와 공화국 대통령 사이의 이런 격렬한 말의 교환, 그러나 결국 아주 행복하게 끝난 언쟁이 5월의 꽃처럼 반가웠을 것이다. 사실 이런 경우가 아니라면, 서술자가 지금까지 전개해오던 복잡한 이야기의 실마리를 갑자기 버리고 샛길로 빠져들어, 일어나지는 않았지만 일어났을 수도 있는 일이 아니라 일어났지만 일어나지 않았을 수도 있는 일에 관하여 쓸데없이 넋두리를 늘어놓는 이유를 달리 어떻게 설명하겠는가. 우리는 지금, 솔직하게 말하자면, 공화국 대통령이 받은 편지 이야기를 하는 것이다. 그 편지는 헬리콥터들이 수도의 거리, 광장, 공원, 대로에 색색의 전단, 내무부의 작가들이 4년 전 그 비극적인 집단 실명 상태와 현재 선거에서 드러난 광기의 관련 가능성을 설명한 전단을 뿌리고 나서 사흘 뒤에 받은 것이다. 편지에 서명을 한 사람은 운이 좋았다. 그의 편지가 특별히 꼼꼼한 공무원, 큰 활자를 읽기 전에 작은 활자부터 보는 공무원, 지저분하게 널려 있는 말들 가운데 어떻게 성장할지 확인하기 위해 즉시 물을 주어야 할 작은 씨앗을 분별할 수 있는 공무원의 손에 들어갔기 때문이다. 편지 내용은 이러했다, 각하, 응분의 주의를 기울여 각하께서 국민, 특히 수도의 거주자들에게 내보낸 성명서를 읽어본 뒤, 이 나라의 국민으로서 저의 의무, 그와 더불어 현재 이 나라가 빠져든 위기 동안 우리 모두가 현재 볼 수 있거나 과거에 보았을 수도 있는 특이한 모든 것을 꼼꼼하게, 항상, 열심히 지켜보아야 할 필요를 예리하게 인식하고 있기 때문에, 우리에게 나타난 전염병의 본질을 더 잘 이해하는 데 도움이 될 수도 있는 몇 가지 알려지지 않은 사실을 각하께 알려드려 이 문제에 각하의 유명한 판단력이 발휘되기를 기다려보고자 합니다, 이런 말을 드리는 것은, 제가 비록 평범한 사람이기는 하나, 각하와 마찬가지로 최근에 백지투표를 던진 맹목적 행위와 우리가 결코 잊을 수 없는 몇 주 동안 우리 모두를 세상에서 버림받은 자들로 만들었던 그 실명 상태 사이에 어떤 관련이 있는 것이 틀림없다고 믿기 때문입니다, 그러니까 제가 하고자 하는 말은, 각하, 첫 번째 실명 상태가 현재의 이 실명 상태를 설명하는 데 도움이 될 수도 있다는 것이며, 이 두 가지가 한 사람의 존재, 어쩌면 그 사람의 행동으로 설명될 수도 있다는 것입니다, 그러나 더 이야기를 하기 전에, 누구도 의심할 수 없는 저의 시민으로서의 의무감 때문에 이런 편지를 쓰기는 하지만, 제가 고발인도 아니고 밀고자도 아니고 고자질쟁이도 아니라는 사실을 분명히 밝혀두고 싶습니다, 저는 그저 이 나라가 처한 이 비참한 상황, 구원의 길을 밝혀줄 등불조차 없는 이 상황에서 조국에 도움이 되고 싶을 따름입니다, 제가 쓰는 편지가 그 등에 불을 붙일 만한 것인지는 모릅니다, 제가 어찌 알겠습니까, 다만, 되풀이하거니와, 의무는 의무이기 때문에, 이 순간 저는 저 자신을 임무에 자원하기 위해 한 걸음 앞으로 나서는 병사로 볼 뿐입니다, 이 임무란, 각하, 밝히는 것입니다, 제가 밝힌다는 말을 쓴 것은 처음으로 이 사실을 다른 사람에게 이야기하는 것이기 때문입니다, 4년 전 저는 집사람과 함께 어떤 집단에 속하게 되었습니다, 이 집단은 다른 많은 사람들과 마찬가지로 살아남으려고 필사적으로 애를 썼지요, 여기까지만 말씀드리면 각하께서도 이미 경험을 통해 다 알고 있는 뻔한 사실을 말씀드리는 것 같지만, 사실 그렇지 않습니다, 우리 집단에 속한 사람 가운데 하나, 그러니까 안과 의사의 부인은 눈이 멀지 않았기 때문입니다, 그 남편은 다른 사람들처럼 눈이 멀었지만, 부인은 눈이 멀지 않았습니다, 당시 우리는 이 문제를 절대 이야기하지 않기로 엄숙하게 맹세를 했습니다, 부인은 나중에 우리 모두 시력을 회복한 뒤에 자신이 희귀한 현상으로 여겨져 질문이나 조사를 받는 일을 피하고 싶다고 말했지요, 그냥 잊어버리고 아무 일도 없었던 것처럼 살아가는 것이 최선이라는 이야기였습니다, 저는 지금까지 그 맹세를 존중했지만, 이제는 입을 다물고 있을 수가 없습니다, 각하, 외람되지만 이 편지가 고발장으로 보인다면 저는 몹시 불쾌할 것입니다. 그러나 또 어떻게 보면 그렇게 보일 수밖에 없기도 합니다. 왜냐하면, 또 한 가지 각하께서 모르는 사실이 있는데, 그 시기에 방금 제가 말씀드린 사람이 살인을 저질렀기 때문입니다. 하지만 그건 법정이 다룰 문제입니다. 저는 그저 지금까지 비밀이었던 사실, 조사를 해보면 현재의 정치체제를 목표로 삼아 무자비하게 이루어지는 공격을 설명할 수도 있는 사실에 각하의 관심을 끄는 것으로 애국자로서 저의 의무는 다 했다고 생각하고 만족하기 때문입니다. 이 새로운 실명 상태는, 외람되게도 각하 자신의 말을 빌리자면, 어떤 전체주의 체제도 해내지 못했던 방식으로 민주주의의 근간을 흔들고 있기 때문입니다. 말씀드릴 필요도 없는 일이지만, 각하, 저는 각하의 뜻을 따르겠습니다. 또는 조사를 수행할, 분명히 조사가 필요하겠지요, 그런 조사를 수행할 책임을 진 기관의 뜻을 따르겠습니다. 그래서 이 편지에 들어 있는 정보를 전후 맥락을 포함하여 상세히 설명하겠습니다. 분명히 말씀드리거니와 저는 그 사람에게 아무런 적의가 없습니다. 그러나 무엇보다 중요한 것은 나라이며, 우리나라의 가장 훌륭한 대표자는 각하입니다. 그것이 제가 지키는 한 가지 법, 자신의 의무를 다한 사람으로서 평안한 마음으로 고수하는 한 가지 법입니다. 신실한 마음으로. 이어 서명이 뒤따랐고, 그 밑의 왼쪽에 서명자의 이름 전체, 주소, 전화번호와 더불어 신분증 번호와 이메일 주소까지 적혀 있었다.

공화국 대통령은 천천히 편지를 책상에 내려놓더니 잠시 입을 다물었다가 정무 담당 비서에게 물었다, 이걸 아는 사람이 몇이나 되오. 편지를 개봉하고 등록부에 기록한 사무관 말고는 없습니다. 그 사람은 믿을 만한가. 네, 그렇게 보입니다, 대통령 각하, 당원입니다, 하지만 조금이라도 불충한 기색을 보이면 값비싼 대가를 치러야 할 것이라고 말해두는 것이 좋을 것 같습니다, 그리고 제 생각으로는, 직접 경고를 하는 게 좋을 것 같습니다. 내가. 아니요, 각하, 경찰요, 그게 더 효과가 있을 겁니다, 그 사람을 경찰본부로 불러 그곳의 가장 거친 경찰관이 심문실에서 잔뜩 겁을 주는 거죠. 아, 그렇게 하면 아주 좋기는 하겠군, 하지만 한 가지 중대한 문제가 있소. 그게 뭡니까, 각하. 이 사건이 경찰에 전달되는 데는 며칠이 걸릴 것이고, 그동안에 그 사람 혀가 나불거리기 시작할 거라는 얘기요, 자기 마누라한테, 친구들한테 말을 하겠지, 심지어 기자한테 말할지도 몰라, 한마디로 우리를 곤경에 빠뜨릴 거라는 얘기지. 그 말씀이 맞습니다, 각하, 경찰청장과 서둘러 이야기를 나누어야겠군요, 원하신다면, 각하, 제가 직접 이야기를 해보겠습니다. 정부의 위계 사슬을 끊어버리고 총리의 머리를 넘어가겠다는 게 자네 생각이로군. 사태가 이렇게 심각하지 않다면 제가 감히 그러지는 못하죠, 각하. 이보게나, 이 세상에서는, 사실 우리가 아는 한 다른 세상도 없지만, 모든 게 결국 드러난다네, 자네가 그 사무관이 믿을 만하다고 하니까 그건 믿지만, 경찰청장에 대해서도 똑같은 이야기를 할 수는 없잖나, 혹시 경찰청장이 내무부장관과 한통속이라면 어쩔 텐가,

246

실제로 그럴 가능성이 높지만 말일세, 그럴 경우 무슨 소동이 벌어질지 상상해보게, 내무부장관은 나한테는 그럴 수 없으니 총리에게 설명을 요구하겠지, 총리는 내가 자기 권한과 책임을 우회해가려 했는지 알고 싶어 할 거야, 그렇게 해서 몇 시간이면 우리가 비밀로 하려고 그렇게 애쓰던 일이 다 공개되겠지. 역시 그 말씀이 옳습니다, 각하. 글쎄, 예전의 어떤 정치가는 자기가 늘 옳고 그 점을 거의 의심하지 않는다는 이야기를 했다더군, 그런 이야기까지 하고 싶지는 않네만, 뭐 내가 그렇게 덜떨어진 사람은 아니지. 그럼 어떻게 할까요, 각하. 그 사람을 들여보내게. 그 사무관을요. 그래, 이 편지를 읽은 사람 말일세. 지금요. 한 시간만 더 흘러도 너무 늦을 걸세. 정무비서는 내선 전화로 사무관을 불렀다, 즉시 대통령 집무실로 오시오, 서두르시오. 복도를 여러 개 지나고 방을 여러 개 거치면 보통 5분은 걸렸으나, 이 사무관은 불과 3분 만에 문 앞에 나타났다. 다리를 후들거리며 숨을 헐떡이고 있었다. 뛰어올 필요는 없었는데, 대통령이 말하며 상냥하게 웃음을 지었다. 정무비서가 서두르라고 했습니다, 각하, 사무관이 숨을 헐떡거리며 말했다. 좋소, 내가 당신을 보고 싶었던 것은 이 편지 때문이오. 네, 각하. 이걸 물론 읽었겠지. 네, 각하. 여기 뭐라고 적혀 있는지 기억하시오. 대충 기억합니다, 각하. 내 앞에서 그런 식으로 말하지 말고 똑바로 대답하시오. 네, 각하, 방금 읽은 것처럼 기억합니다. 그 내용을 잊으려고 노력할 수 있다고 생각하시오. 네, 각하. 자, 잘 생각해보시오, 당신도 잊으려고 노력하는 것과 실제로 잊는 것은 같지 않다는 걸 물론 알고 있겠지. 그렇습니다, 각하, 같지 않습니다. 따라서 단순히 노력하는 것만으로는 충분치 않고, 뭔가 더할 필요가 있소. 제 명예를 걸고 약속하겠습니다, 각하. 나 원, 그런 식으로 말하지 말라고 다시 이야기하고 싶은 유혹을 느낄 뻔했소만, 어디 당신이 그렇게 낭만적으로 명예를 걸고 약속한다는 것이 현재 상황에서 정확히 무슨 의미인지 한번 설명이나 들어봅시다. 그 말은, 각하, 무슨 일이 있더라도 편지 내용을 절대 발설하지 않겠다는 엄숙한 선언입니다. 결혼은 했소. 네, 각하. 좋아, 내 질문 하나 하리다. 그럼 제가 답을 하겠습니다, 각하. 편지의 성격을 부인한테, 오직 부인한테만 공개한다고 할 때, 그것이 엄격한 의미에서 발설을 하는 것이라고 생각하오. 그렇게 생각하지 않습니다, 각하, 발설이라는 것은 엄격하게 말해서 외부에 누설하는 것, 공표하는 것이라고 봅니다. 맞소, 단어의 뜻을 그렇게 소상하게 아니 기쁘오. 하지만 집사람한테도 말은 하지 않겠습니다. 아무 이야기도 안 하겠다는 뜻이오. 또 다른 누구한테도 말하지 않겠습니다, 각하. 당신 명예를 걸고 약속해주시오. 죄송합니다만, 각하, 이미 약속했습니다. 이런, 벌써 잊어버렸군, 또 잊어버리게 되면, 여기 정무비서가 이야기를 해줄 거요. 네, 각하, 두 목소리가 동시에 대답했다. 대통령은 잠시 입을 다물고 있다가 물었다, 내가 편지 등록부를 가져다가 당신이 뭐라고 썼는지 보면 어떨까, 혹시 내가 의자에서 일어나는 수고를 덜어줄 수 있소, 그냥 내가 뭘 보게 될지 말해주면 안 될까. 딱 한마디뿐입니다, 각하. 이런 긴 편지를 한 단어로 요약할 수 있다면 대단한 종합 능력을 지닌 게 틀림없구먼. 청원입니다, 각하. 뭐. 청원, 그게 등록부에 있는 말입니다. 더는 없고. 더는 없습니다. 하지만 그렇게 해서는 그 편지가 무슨 내용인지 아무도 모르지 않겠나. 그게 바로 제가 생각한 겁니다, 각하, 아무도 모르는 게 제일 좋다고요, 청원이란 한마디면 모든 게 다 들어가니까요. 대통령은 만족한 표정으로 등을 뒤로 기대더니 신중한 사무관에게 이를 드러내며 활짝 웃음을 지어 보였다. 이윽고 대통령이 말했다. 흠, 애초에 그 이야기를 했다면 명예를 걸고 약속하는 심각한 일까지는 하지 않아도 되었을 텐데. 예방이 최선의 치료지요, 각하. 나쁘지 않군, 전혀 나쁘지 않아, 하지만 이따금씩 등록부를 살펴보시오, 혹시 누가 청원이라는 말에 다른 걸 덧붙이려고 하지 않나 말이오. 이미 줄을 그어놓았습니다, 각하, 따라서 아무것도 덧붙일 수 없습니다. 이제 가도 좋소. 알겠습니다, 각하. 문이 닫히자 정무비서가 말했다, 저 사람이 저렇게 창의적일 줄은 생각도 못 했습니다, 저 사람이 우리 신뢰를 받을 만하다는 사실이 만족스럽게 증명이 된 셈이로군요. 자네의 신뢰는 받을 만하겠지, 대통령이 말했다, 하지만 내 신뢰는 아닐세. 하지만 제 생각에는. 자네는 옳게 생각했네, 하지만 동시에 잘못 생각하기도 했네, 사람을 분류하는 가장 안전한 방법은 어리석은 자와 영리한 자로 나누는 게 아니야, 영리한 자와 지나치게 영리한 자로 나누는 거지, 어리석은 자는 우리 마음대로 할 수 있어, 영리한 자는 우리 편으로 끌어들이는 게 좋지, 하지만 지나치게 영리한 자는 우리 편에 있어도 여전히 기본적으로 위험해, 그 사람들은 도움이 안 돼, 아주 묘한 것은 말이지, 그런 사람들은 무슨 일을 하든, 늘 자기한테 경계심을 풀지 말라고 경고를 하듯이 행동한다는 거야, 하지만 일반적으로 우리는 그 경고를 귀담아 듣지 않고 있다가 낭패를 당하지. 그러니까 그 말씀은, 각하. 그래, 우리의 신중한 사무관, 골치 아픈 편지를 단순한 청원으로 바꾸어버릴 수 있는 그 편지 등록부의 요술쟁이가 곧 경찰의 소환을 당해 협박을 당하게 될 거라는 말일세, 왜 아까 자네하고 내가 얘기했던 것 있잖나, 그 사람, 자기는 무슨 말을 하는지 몰랐겠지만, 자기 입으로 그런 말을 하지 않았나, 예방이 최선의 치료라고. 역시 그 말씀이 옳습니다, 각하, 언제나 멀리 보시는군요. 그래, 하지만 정치 생활에서 나의 가장 큰 실수는 이 의자에 앉은 거야, 그때는 이 의자의 팔걸이에 수갑이 달려 있는지 몰랐지. 대통령 중심제가 아니라서 그렇지요. 바로 그거야, 그래서 나한테 허용하는 일이라고는 리본이나 자르고 아기한테 입 맞추는 것밖에 없지. 그래도 지금은 으뜸패를 쥐고 계시지 않습니까. 내가 이걸 총리한테 건네주는 순간, 그건 총리의 으뜸패가 될 걸세, 나는 그냥 우체부 역할이나 하게 되지. 그럼 총리가 그걸 내무부장관한테 넘겨주는 순간, 그건 경찰 것이 되겠군요, 경찰이 조립 라인 맨 끝에 있으니까요. 자네도 많이 배웠군. 여기가 좋은 학교나 다름없으니까요, 각하. 이보게나. 귀 기울여 듣고 있습니다, 각하. 그 가엾은 녀석을 그냥 놓아두세, 누가 아나, 오늘 밤에 내가 집에 가서, 아니면 나중에 침대에서, 마누라한테 그 편지 내용을 말하게 될지, 또 정무비서 자네가 똑같은 일을 할지, 그럼 자네 부인은 자네를 영웅처럼 바라보지 않겠나, 자신의 착한 남편이 모든 비밀을, 국가가 짜는 그물을 속속들이 다 아는 사람, 내부 사정을 잘 알고, 마스크를 쓰지 않고 권력의 하수구에서 나는 썩는 냄새를 마시는 사람이라고 말이야. 그만하시지요, 각하. 아니, 신경 쓰지 말게, 나 자신이 최악의 인간들만큼 악질은 아니라고 생각하지만, 가끔 그걸로 다가 아니라는 느낌이 강해질 때가 있네, 그럴 때면 말로 할 수 없을 만큼 영혼이 아프다네. 각하, 제 입은 지금이나 나중이나 늘 닫혀 있을 겁니다. 내 입도 마찬가지일세, 내 입도 마찬가지야, 하지만 우리가 모두가 입을 열고 쉴 새 없이 말을 하면 세상이 어떻게 될까 생각해보기도 하네, 그러면 마침내. 마침내 뭡니까, 각하. 아, 아무것도 아니야, 아무것도 아닐세, 지금은 혼자 있게 해주게.

한 시간이 지나지 않아 대통령궁으로 긴급 호출 당한 총리가 집무실로 들어섰다. 대통령은 앉으라고 손짓을 한 뒤 편지를 건네주며 말했다, 읽어보고 어떻게 생각하는지 말해주시오. 총리는 의자에 앉아 편지를 읽기 시작했다. 반쯤 읽더니 미심쩍은 표정으로 고개를 들었다. 다른 사람이 한 말을 제대로 이해하지 못한 사람 같은 표정이었다. 이윽고 총리는 편지를 계속 읽었다. 중단하거나 표정을 드러내지 않고 끝까지 읽어나갔다. 선한 의도가 충만한 애국자로군요, 총리가 말했다, 동시에 완전히 돼지 같은 놈이로군요. 왜 돼지라는 거요, 대통령이 물었다. 이 사람 말이 사실이라면, 그리고 이런 여자가 실제로 존재했고, 눈이 멀지 않아 다른 여섯 사람이 그 험한 시기에 살아남도록 도와주었다면, 이 편지를 쓴 자는 오늘까지 살아 있는 행운이 다 그 여자 덕분이라고 말할 수도 있는 것 아닙니까, 내 부모님도 이런 여자를 만나는 행운을 잡았다면 지금까지 살아 계실 겁니다. 그 여자가 누구를 죽였다지 않소. 그 시기에 얼마나 많은 사람들이 죽음을 당했는지 아무도 모릅니다, 대통령 각하, 발견된 주검은 모두 사고사나 자연사한 것으로 처리하기로 결정하고, 그 문제는 거기서 끝내기로 하지 않았습니까. 끝낸 일도 다시 시작할 수 있는 거요. 그건 맞습니다, 대통령 각하, 하지만 이 경우에는 그게 최선이라고 생각되지 않습니다, 그 범죄의 목격자가 있었을 가능성도 거의 없습니다, 있었다 하더라도 그 사람 역시 맹인들 가운데 있는 또 한 사람의 맹인이었을 뿐입니다, 증인도 없고 명백한 증거도 없는 상황에서 그 여자를 살인으로 재판에 회부한다는 것은 말도 안 됩니다, 터무니없습니다. 편지를 쓴 사람이 그 여자가 사람을 죽였다고 하잖소. 그렇지요, 하지만 자기가 살인의 목격자라고는 하지 않았습니다, 게다가, 각하, 방금 말했지만, 이 편지를 쓴 자는 완전히 돼지입니다. 지금 도덕적 판단을 하자는 게 아니잖소. 저도 잘 압니다, 각하, 하지만 자기가 느끼는 걸 말하는 게 가끔은 도움이 됩니다. 대통령은 편지를 도로 가져가더니 멍한 표정으로 총리를 바라보다가 물었다, 어떻게 할 생각이오. 저요, 아무것도 안 합니다, 총리가 대답했다, 뭘 할 만한 증거나 실마리가 없습니다. 이 편지를 쓴 사람은 이 여자가 눈이 멀지 않았다는 사실과 우리를 애초에 이런 혼란으로 몰아넣은 대량 백지투표 사이에 연관이 있을 가능성을 이야기했소, 총리도 물론 그것을 보았겠지요. 각하, 우리가 늘 서로 의견이 맞았던 것은 아닙니다. 그건 자연스러운 일 아니오. 네, 그렇지요, 제가 매우 존경하는 각하의 지성과 상식으로 보건대 각하는 어떤 여자가 4년 전에 눈이 멀지 않았다는 이유로 그 여자 이야기를 들어본 적도 없는 수십만 명이 이번 선거에서 백지투표를 한 사태에 책임을 져야 한다는 주장은 말도 안 된다고 여길 분입니다, 제가 이 사실에 조금도 의심을 품지 않는 것 역시 자연스러운 일이지요. 흠, 그런 식으로 말을 하다니. 달리 표현할 방법이 없습니다, 각하, 제 조언은 이 편지를 미친 사람이 보낸 것으로 분류하고 이 일을 여기서 끝내자는 겁니다, 그리고 우리 문제의 해답을 계속 찾아야지요, 진짜 해답 말입니다, 백치의 환상이나 불평이 아니라 말입니다. 총리 말이 옳소, 내가 하찮고 실없는 소리를 너무 심각하게 받아들였나 보오, 여기까지 오라고 해서 공연히 총리 시간만 낭비했구려. 아, 그건 상관없습니다, 각하, 설혹 각하의 표현대로 제가 시간을 낭비했다 해도, 그것은 우리가 합의에 이른 것으로 충분히 보상을 받았습니다. 고맙소, 그렇게 보아주니 기쁘오. 그럼 알겠습니다, 제가 자리를 비켜야 각하께서 하던 일을 계속하시겠지요, 저도 제 일을 해야 하고요. 공화국 대통령이 손을 내밀어 작별 인사를 하려는데 전화벨이 울렸다. 대통령이 수화기를 들자 비서의 목소리가 들렸다, 내무부장관이 드릴 말씀이 있다는데요, 각하. 연결시키게. 대화는 길었다. 대통령은 듣고만 있었다. 몇 초가 지나자 얼굴 표정이 바뀌었다. 가끔, 알았소, 하고 중얼거렸고, 한 번은, 틀림없이 조사할 가치가 있군, 하고 대꾸했다. 대통령은, 그 문제에 관해서 총리와 이야기를 하시오, 하는 말로 대화를 끝냈다. 대통령은 수화기를 내려놓았다. 내무부장관이었소. 그 애교가 넘치는 사람이 무슨 일이랍니까. 나하고 비슷한 편지를 받았는데, 조사를 시작하기로 했다는구려. 나쁜 소식이군요. 그래서 먼저 총리하고 이야기하라고 했소. 저도 들었지만, 그래도 나쁜 소식입니다. 왜. 제가 내무부장관을 제대로 알고 있는 거라면, 사실 저만큼 그 사람을 아는 사람도 드물겠지만요, 지금쯤 벌써 경찰청장과 이야기를 했을 겁니다. 멈추라고 하시오. 아, 해보겠습니다만, 아마 소용없을 겁니다. 총리의 권한을 행사하시오. 무슨 권한 말씀입니까, 그랬다가 나라가 심각한 위기에 처한 상황에서 국가 안보에 영향을 줄 수 있는 사실을 조사하는 것을 막았다는 비난이나 들으려고요, 총리는 그렇게 말하더니 덧붙였다, 그럴 경우 아마 각하께서 제일 먼저 저에 대한 지지를 철회하실 겁니다, 우리가 방금 도달한 합의는 착각에 불과한 것이 되겠지요, 아니, 이미 그렇게 되었지요, 이제는 아무런 쓸모가 없으니까요. 대통령은 고개를 끄덕이더니 말했다, 조금 전에 정무비서가 이 편지와 관련하여 아주 통찰력 있는 이야기를 했소. 뭐라고 했습니까. 경찰이 조립라인의 맨 끝에 있다고 하더군. 그런 뛰어난 정무비서를 두신 것을 축하드립니다, 각하, 하지만 어떤 진실은 입 밖에 내는 게 아니라고 경고하시는 게 좋겠습니다. 이 방에는 방음 장치가 되어 있거든. 그렇다고 해서 마이크가 몇 개 감추어져 있지 말란 법도 없지요. 방을 좀 뒤져보라 해야겠군. 분명히 말씀드리지만, 혹시 마이크를 찾으시더라도, 그걸 설치하라고 명령한 사람이 저라고 생각하지는 마십시오. 아주 재미있구려. 아주 슬픈 일이지요. 상황이 당신을 이런 막다른 골목으로 몰아넣어 내가 얼마나 안타까운지 이야기하고 싶구려, 당신은 내 친구 아니오. 아, 빠져나갈 길이 있겠지요, 하지만 솔직히 지금은 잘 보이지 않네요, 돌아가는 것은 불가능하고요. 대통령은 총리를 문까지 배웅했다. 이상한 일이오, 대통령이 말했다, 그 편지를 쓴 사람이 총리한테는 쓰지 않았으니. 아마 썼을 겁니다, 하지만 제 비서들이 각하의 비서들이나 내무부장관의 비서들만큼 부지런하지 않은 거겠지요. 아주 재미있구려. 아니, 아주 슬픈 일이지요, 각하.

총리에게 보낸 편지가, 그래, 편지가 있기는 있었다, 어쨌든 그 편지가 그의 손에 닿는 데는 이틀이 걸렸다. 총리는 즉시 자신의 편지 기록을 담당하는 사무관이 대통령의 사무관보다 신중하지 못하다는 사실을 깨달았다. 그렇지 않고서야 지난 이틀간 소문이 날개를 단 듯이 퍼져나간 상황을 설명할 길이 없었다. 그것은 자신이 정세에 밝거나 내막을 잘 안다는 것을 보여주고 싶어 안달인 중간급 공무원이 누설을 한 결과이거나, 아니면 내무부에서 총리가 경찰 수사에 반대하려는, 또는 상징적으로라도 방해하려는 시도를 중단시킬 요량으로 고의적으로 퍼뜨린 결과였다. 음모 이론을 따라 이야기를 하자면, 총리가 대통령궁에 갔다 온 뒤에 내무부장관과 나눈 대화, 마땅히 비밀이어야 하는 대화가 생각처럼 은밀한 것이 아니었을 가능성도 남아 있었다. 푹신한 벽 속에, 누가 알랴, 최고 혈통의 전자 사냥개만이 냄새를 맡고 찾아낼 수 있는 최신 마이크가 몇 개 감추어져 있었을지. 진상이야 어떻든 간에 어떻게 손을 쓸 수가 없었다. 국가 기밀에게는 슬픈 순간이었으니, 그것을 지켜줄 사람이 아무도 없었던 것이다. 총리는 개탄스럽지만 상황이 그렇다는 점을 강하게 의식하고 있었다. 비밀이고 뭐고 소용없다는 것을 굳게 확신하고 있었다. 이제 비밀은 비밀이 아니었기 때문이다. 그런 심정이어서인지 총리는 아주 높은 곳에서 세상을 관찰하는 사람의 표정으로, 아무 말 하지 마, 내 다 알고 있으니, 하고 말하는 것처럼 천천히 편지를 접어 상의 안주머니에 집어넣었다. 이건 4년 전의 실명 상태로부터 곧바로 날아온 걸세, 내가 갖고 있도록 하지, 총리가 말했다. 그는 총리실 정무비서의 얼굴에 충격을 받은 표정이 나타나는 것을 보고 웃음을 지었다, 걱정하지 말게, 이것하고 똑같은 편지가 적어도 두 통은 더 있으니까, 게다가 사본도 수도 없이 돌고 있을 거야. 비서의 얼굴이 갑자기 순진한 표정 또는 멍한 표정을 가장했다. 마치 방금 들은 말을 제대로 이해하지 못하는 것 같았다. 또는 그의 양심이 갑자기 그에게 달려들어 약간 오래된 또는 아주 최근에 저지른 비행을 고발한 것 같기도 했다. 이제 가보게, 필요하면 연락하겠네, 총리가 말하며 의자에서 일어나 창으로 갔다. 그가 창을 여는 소리 때문에 문이 닫히는 소리가 들리지 않았다. 그쪽 창에서는 줄지어 늘어선 낮은 지붕들밖에 보이지 않았다. 수도가 그리웠다.

시키는 대로 표가 움직이던 행복한 시절이 그리웠다. 소부르주아적 공관이나 국회에서 단조롭게 흘려보내던 시간과 날이 그리웠다. 흥분을 불러일으키던, 또 종종 즐겁고 재미있기도 했던 정치적 위기들이 그리웠다. 그런 위기들은 예측 가능한 시간 동안 통제 가능한 강도로 지속되는 갑작스러운 화산 분출 같았다. 또 거의 언제나 진압이 되었다. 이 위기들을 통하여 진실을 말하면 안 된다는 것뿐 아니라, 필요하면 진실이 하나하나 거짓과 일치하게 해야 한다는 것도 배웠다. 사물의 틀린 면과 옳은 면이 늘 아주 자연스럽게 함께 발견되는 것과 마찬가지였다. 수사가 이미 시작되었을까. 총리는 이번 경찰 작전에 참여하는 요원들이 수도에 쓸데없이 남겨둔 사람들, 정보를 수집하여 보고할 임무를 맡겨 남겨둔 사람들일지 궁금했다. 아니면 내무부장관이 이 새로운 임무를 위해 자신이 알고 신임하는 사람들, 편하게 연락할 수 있는 사람들일까. 또 누가 알아, 허리띠에 칼을 꽂고 철조망 밑을 기어가고, 자기 감감제(減感劑)로 무시무시한 전자 감지기를 물리치고, 봉쇄선을 몰래 뚫고 건너편 적의 영토로 들어가 야간 투시경을 쓰고 고양이처럼 민첩하게 움직여 목표물을 향해 달려가는 화려한 영화의 모험적 요소에 유혹을 느끼는 사람들일지. 총리는 내무부장관이 피에 굶주렸다는 면에서는 드라큘라에 아주 약간만 못 미치고, 극적이라는 면에서는 람보를 능가한다는 것을 알았기 때문에, 이것이 그가 요원들에게 명령하는 행동 방식일 것이라고 확신했다. 총리의 생각이 절대적으로 옳았다.

포위당한 도시의 경계와 거의 접해 있는 작은 숲에 숨어 있던 남자 셋은 밤이 물러가고 동이 트기를 기다리고 있었다. 그러나 총리가 집무실 창문에서 상상했던 것이 우리 앞에 펼쳐지는 현실과 그대로 일치하지는 않았다. 예를 들어 이 사람들은 평복을 입고 있었다. 허리띠에 칼을 꽂지도 않았다. 그들이 권총 지갑에 꽂고 있는 무기는 늘 정규 지급품이라는 안심이 되는 말로 묘사가 되는 총이었다. 무시무시한 전자 감감제에 관해서 말하자면, 이 사람들이 지니고 있는 다양하고 자잘한 장비들 가운데 그런 기능을 하는 것처럼 보이는 것은 없었다. 가만히 생각해보니 그것은 자기 감감제를 그냥 일부러 자기 감감제처럼 보이지 않게 만들었다는 뜻일 수도 있겠다. 그러나 얼마 안 있어 미리 정해진 시간에 경계선 이 구역의 전자 감지기가 5분 동안 꺼질 터인데, 이 5분은 이 세 사람이 한 사람씩 특별히 서두르거나 다급하게 굴지 않고 철조망 장벽을 건너기에 충분한 시간이었다. 철조망의 이 부분은 바지를 찢거나 살갗을 긁는 일이 없도록 잘라두었다. 새벽의 장밋빛 손가락이 돌아와 경계선의 양쪽을 따라 뻗어 있는 거대한 철조망 두루마리만이 아니라, 아주 잠깐 동안이지만 아무것도 막을 수 없었던 이 구역의 찢긴 철조망을 드러내기 전에 육군 공병들이 수리를 하러 올 것이다. 세 사람은 이미 통과했다. 지도자가 앞장을 선다. 그는 키도 제일 크다. 그들은 일렬종대로 들판을 가로지른다. 그들의 구두 밑에서 젖은 풀이 물을 뿜으며 찍찍 소리를 낸다. 그곳에서 500미터 정도 떨어진 도시 외곽의 좁

은 도로에서는 밤의 정적을 뚫고 그들을 수도의 목적지까지
실어 나를 차가 기다리고 있다. 목적지는 국내든 국외든 고객
들이라고는 찾아볼 수 없음에도 아직 용케 파산을 하지 않은
유령 보험 및 재보험 회사다. 이 사람들이 내무부장관의 입으
로부터 직접 하달받은 명령은 분명하고 명확하다, 결과물을
가져와라, 자네들이 어떻게 그걸 얻었는지는 상관하지 않겠다.
그들에게는 문서로 된 지침이 없다. 그들을 보호해줄, 혹시 예
상보다 상황이 좋지 않을 경우 신변을 방어하거나 활동을 정
당화할 증거로 보여줄 안전통행증도 없다. 물론 그들이 국가의
평판, 그리고 그 목적과 절차의 흠 없는 순수성을 해칠 행동
을 할 경우 내무부는 그들을 언제든지 그들의 운명에 내맡겨
둘 것이다. 이 세 사람은 적의 영토에 들어가는 특공대원들과
다름없다. 물론 그곳에서 목숨을 걸 일이야 없겠지만, 그래도
그들은 자기들의 임무가 까다롭다는 것을 잘 알고 있다. 이 임
무를 이행하는 데는 심문 기술, 전략을 짜는 유연성, 그것을
실행에 옮기는 신속성이 요구된다. 모두가 최대치로 요구된다.
자네들이 누구를 죽일 필요는 없다고 생각하네, 내무부장관
이 말했다. 하지만 극단적인 상황에서 다른 선택의 여지가 없
다고 생각한다면 망설이지 말게, 내가 법무부장관과 문제를
정리할 테니까. 그 자리는 총리가 맡지 않았습니까, 조장이 말
했다. 내무부장관은 못 들은 척하면서 그 귀찮은 사람을 노려
보기만 했고, 조장은 눈길을 돌릴 수밖에 없었다. 차는 도시
로 들어가자 운전사를 바꾸기 위해 어떤 광장에서 멈추었다.

차는 마침내, 있을 가능성은 없지만 어쨌든 미행자를 따돌리기 위해 여러 블록을 서른 번쯤 돈 뒤에, 그들을 보험 및 재보험 회사가 들어 있는 건물 문간에 내려주었다. 사무용 건물에 출입하기에는 아주 이상한 시간에 도착을 했음에도 수위는 나와보지 않았다. 전날 오후에 누군가 찾아와 일찌감치 자리에 들라고 좋은 말로 설득을 하고, 불면증 때문에 눈이 감기지 않는다 해도 이부자리에서 나오지 않는 것이 좋을 것이라는 충고를 했다고 생각할 수도 있겠다. 세 남자는 엘리베이터를 타고 14층으로 올라가 복도를 따라 왼쪽으로 갔다가, 다른 복도를 따라 오른쪽으로, 거기서 다른 복도를 따라 왼쪽으로 가서, 마침내 프로비덴시알 보험 및 재보험 유한회사 사무실에 이르렀다. 끝을 자른 피라미드 모양의 황동 머리가 달린 못으로 문에 고정시킨 녹슨 사각형 황동판에 검은 글씨로 그렇게 적혀 있는 것을 누구라도 볼 수 있을 것이다. 그들은 안으로 들어갔고, 부하 한 사람이 불을 켰고, 또 한 사람이 문을 닫고 사슬까지 걸었다. 조장은 여러 방을 돌아다니며 전화선을 확인하고, 기계의 전원 플러그를 꽂고, 부엌을 확인하고, 침실과 욕실에도 들어가보고, 서류보관실로 쓰려던 방의 문을 열고 그 안에 보관된 다양한 무기를 쓱 훑어보면서 익숙한 금속과 윤활유 냄새도 들이마셨다. 내일 무기마다 하나씩 하나씩, 꼼꼼하게 점검을 할 예정이다. 조장은 부하 둘을 부르고 자리에 앉은 다음 부하들도 앉으라고 했다. 오늘 아침 7시에 용의자를 미행하는 일을 시작한다, 우리가 아는 한 그 자는 아무런 범죄를 저지르지 않았음에도 내가 용의자라고 부르는 것에 주의해라, 그냥 우리 사이에 이야기하기 편하게 하려고 그러는 것만이 아니라 보안상의 이유도 있다, 그 자의 이름을 입에 올리지 않는 것이 좋기 때문이다, 적어도 처음 며칠 동안은, 이 작전, 일주일 이상 걸리지 않기를 바라지만, 어쨌든 이 작전에서 우리의 첫 번째 목표는 용의자가 이 도시에서 어떻게 움직이는지 파악하는 것이다, 어디에서 일을 하는지, 어디에 가는지, 누구를 만나는지, 기본적 수사의 일반적 관행을 따르는 거다, 직접 접근하기 전에 주변을 정찰하는 거지. 미행을 당한다는 것을 알게 할까요, 첫 번째 부하가 물었다. 첫 나흘 동안은 그러지 말고, 나흘 뒤에는 그렇게 해라, 그 자가 걱정을 하고 불안해하는 게 좋다. 그런 편지를 썼으니 누군가 자기를 찾아올 거라고 생각할 게 분명한데요. 때가 되면 그렇게 할 거다, 내가 원하는 것, 이건 당신들이 하기에 달렸는데, 그건 그 자가 겁을 먹고 자기가 고발한 사람들이 자기를 쫓는다고 생각하게 만드는 거다. 의사 부인요. 아니, 그 여자가 아니라 그 여자 공범들이, 백지투표를 던진 사람들이. 이야기가 좀 빠른 것 아닌가요, 두 번째 부하가 말했다, 아직 일도 시작하지 않았는데, 벌써 공범 이야기를 하다니. 우리가 지금 하는 건 예비적인 스케치를 하는 거다, 간단한 스케치, 그뿐이다, 나는 그 편지를 쓴 사람 입장이 되어보고 싶다, 그 입장에서 그 사람이 보는 걸 보려는 거다. 글쎄요, 그 자를 일주일 동안 쫓아다니는 건 제가 보기에는 너무 긴 것 같은데요, 첫 번째 부하가 말했다, 기껏해야 사흘이면 그 자는 비등점에 이를 겁니다. 조장이 얼굴을 찌푸렸다. 그는 이렇게 말할 생각이었다, 이봐, 내가 일주일이라고 했으면 일주일이야. 그러나 그때 내무부장관의 모습이 떠올랐다. 장관이 빠른 결과를 원한다고 공개적으로 말한 적은 없었다. 그러나 책임자들은 늘 그런 요구를 하기 때문에, 또 이번 사건을 예외라고 생각할 이유는 없기 때문에, 외려 정반대였기 때문에, 조장은 상관과 부하의 관계에서 명령을 내리는 사람이 어쩔 수 없이 명령을 받는 사람의 논리에 굴복해야 하는 경우 정상적이라고 생각할 수 있는 것 이상으로는 망설이지 않고 사흘이라는 기간에 동의했다. 우리한테는 그 건물에 사는 모든 성인의 사진이 있다, 물론 남성들의 사진이다, 이어 조장은 불필요한 말을 덧붙였다, 그 가운데 하나가 우리가 찾는 남자의 사진이다. 누군지 확인해야 미행을 시작할 수 있습니다, 첫 번째 부하가 말했다. 그 말은 맞다, 조장이 대답했다. 하지만 그와 관계없이 아침 7시에 너희 둘은 이 자가 사는 거리의 전략적 지점에 자리를 잡은 다음 그 편지를 썼을 만한 사람으로 보이는 사람 둘을 골라 하나씩 미행하기 바란다, 거기에서부터 시작할 것이다, 직관과 경찰관의 훌륭한 코가 도움이 될 것이다. 이야기 좀 해도 될까요, 두 번째 부하가 물었다. 물론이다. 그 편지로 보자면 이 자는 아주 나쁜 놈입니다. 첫 번째 부하가 두 번째 부하에게 물었다, 그러니까 나쁜 놈처럼 보이는 자들만 미행을 해야 한다는 건가, 첫 번째 부하가 덧붙였다, 내 경험으로 보면 가장 나쁜 놈은 나쁜 놈처럼 보이지 않는 놈들이던데. 신분증 쪽 관계자들한테 바로 가서 그 자의 사진을 복사해달라고 하는 게 좋지 않았을까요, 그랬으면 시간과 수고를 덜었을 텐데. 조장은 이 토론을 끝내기로 결정했다. 당신들 설마 사제한테 기도하는 법을 가르치고 수녀원장한테 성모송을 가르치려는 건 아니겠지, 우리한테 그렇게 하란 이야기를 안 한 건 쓸데없이 호기심을 자극해서 이 작전을 무위로 돌리지 않으려는 것이었던 게 분명하다. 죄송합니다만, 조장님, 제 생각은 다릅니다, 첫 번째 부하가 말했다. 어느 모로 보나 이 자는 지금 비밀을 떠벌리고 싶어 안달입니다. 만일 우리가 여기 있는 걸 안다면 당장 달려와 우리 문을 두드릴 겁니다. 당신 말이 맞을지도 모르지, 어느 모로 보나 자신의 행동 계획에 대한 통렬한 비판으로 보이는 그 발언에 대한 짜증을 억누르려고 안간힘을 쓰며 조장이 말했다, 하지만 직접 접촉하기 전에 이 자에 관해서 가능한 한 많은 것을 알아내고 싶은 거다. 이건 어떻습니까, 두 번째 부하가 큰 소리로 말했다. 이제 그만, 조장이 시무룩한 표정으로 말했다. 이건 좋은 계획인데요, 장담합니다, 우리 가운데 한 사람이 백과사전 판매원으로 변장하는 겁니다, 그럼 문을 여는 사람 얼굴을 볼 수 있잖습니까. 그 백과사전 판매원 방식은 노아의 방주 시대 거야, 첫 번째 부하가 말했다, 게다가 보통 여자들이 문을 열어, 그러니까 우리가 찾는 사람이 혼자 살면 그것도 좋은 방법이겠지만, 내가 편지를 본 기억으로는 기혼자 같던데. 이런, 젠장, 두 번째 부하가 소리쳤다. 그들은 앉아서 말없이 서로를 바라보았다. 두 부하는 이제 최선은 상관이 자기 생각을 밝히기를 기다리는 것임을 알았다. 그들은 원칙적으로 상관의 생각이 설사 낡은 보트처럼 물이 줄줄 샌다 해도 박수를 쳐줄 준비가 되어 있었다. 조장은 지금까지 나온 모든 이야기를 고려해보면서, 다양한 제안들을 서로 짜 맞추어 보려 했다. 그는 그림 조각 가운데 두 개가 딱 맞아떨어져 뭔가가 나타나기를, 홈스가 보여줄 수 있는 것, 푸아로가 보여줄 수 있는 것이 나타나기를, 그래서 자기한테서 명령을 받는 두 사람이 놀라 입을 다물지 못하기를 바라고 있었다. 그 순간 갑자기 눈에서 비늘이 떨어져나간 듯 앞길이 보였다. 대부분의 사람들이, 물론 신체적 장애가 있는 경우에는 다르겠지만, 하루 종일 집에 붙어서 시간을 보내지는 않는다, 일하러 나가거나, 장을 보러 나가거나, 산책을 하러 나가지, 따라서 내 생각은 집에 사람이 없을 때를 기다려 들어가보자는 거다, 그 자의 주소는 편지에 적혀 있고, 우리한테는 곁쇠가 많잖나, 집에 들어가면 틀림없이 사진이 있을 거다, 사진이 여러 장 있으면 그 사람을 찾는 건 어렵지 않잖나, 그럼 이 자를 미행하는 데도 어려움이 없을 거다, 집이 비었는지 확인하려면 전화를 이용하면 된다, 내일 문의를 해서 이 자의 전화번호를 확인하자, 아니면 전화번호부를 찾아보든가, 어느 쪽이든 상관없다. 그러나 조장은 이런 어정쩡한 결론을 이야기하면서 스스로 생각해봐도 그림 조각들이 잘 맞지 않는다는 것을 깨달았다. 물론 앞서도 말했듯이 심사숙고 끝에 나온 조장의 결론에 대한 두 부하의 태도는 아주 자비로운 것이었지만, 그럼에도 첫 번째 부하는 조장의 감정에 상처를 주지 않는 목소리를 찾아서 이렇게 말할 수밖에 없었다, 제가 틀렸다면 고쳐주십시오, 하지만 우리는 이 자의 주소를 아니까, 그냥 가서 문을 두드리고, 문을 열면, 누구누구가 여기 삽니까, 하고 물어보면 안 되겠습니까, 만일 그 자가 문을 열어주면, 네, 난데요, 하고 대답을 하겠지요, 그렇게 하면 숲 가장자리를 두드리지 않고도 새를 손에 쥘 수가 있겠지요. 조장은 책상을 쾅 내리치려는 사람처럼 주먹을 위로 들어올렸다. 그러나 막판에 그 폭력적인 행동을 자제하여 천천히 팔을 내리더니 모든 모음이 희미해지는 듯한 목소리로 말했다, 내일 그 가능성을 검토해보겠다, 지금은 일단 자자, 잘 자라. 수사 기간 동안 자신이 쓸 침실 문으로 가려는데 두 번째 부하가 물었다, 그럼 계획대로 7시에 작전을 시작하는 겁니까. 조장은 고개를 돌리지도 않고 대답했다, 그 행동 계획은 추후에 명령이 있을 때까지 중단한다, 일단 내무부에서 보낸 메시지들을 읽은 다음 내일 지침을 하달하겠다, 필요하다면 작업 속도를 높이기 위해 적당한 변화를 주겠다. 조장은 다시 잘 자라고 인사를 했다. 안녕히 주무십시오, 두 부하가 대답했다. 조장은 방으로 들어갔다. 문이 닫히자마자 두 번째 부하가 다시 대화를 이어나가려 했으나, 첫 번째 부하가 얼른 입술에 손가락을 갖다 대며 고개를 저었다. 말을 하지 말라는 뜻이었다. 그가 먼저 의자를 뒤로 밀고 일어서며 큰 소리로 말했다, 그래, 나는 먼저 잘게, 지금 자지

266

않을 거면 들어올 때 나를 깨우지 않도록 조심해. 조장과는 달리 이 두 사람은 부하였기 때문에 방을 따로 쓸 권리가 없었다. 둘 다 침대가 세 개 있는 큰 방에서 함께 자야 했다. 꽉 차는 경우는 거의 없었지만, 일종의 기숙사 같은 곳이었다. 가운데 있는 침대는 사용되는 일이 가장 적었다. 이 경우에도 요원이 둘이었기 때문에 역시 양쪽 가장자리의 두 침대를 썼다. 경찰관이 한 명만 잘 경우에도 그 둘 가운데 어느 한쪽에서 자지 가운데서는 절대 자지 않을 것이 분명했다. 거기서 자면 포위를 당했거나 체포당한 죄수 같다는 느낌이 들기 때문이다. 아무리 강인하고 또 신경이 무딘 경찰관이라 해도, 여기 있는 둘은 아직 자신들이 그렇다는 것을 증명할 기회가 없었지만, 가까이 있는 벽으로부터 보호를 받고 싶어 한다. 말귀를 알아들은 두 번째 부하는 일어서며 말했다, 아니, 아니, 더 있지 않을 겁니다, 나도 잘 겁니다. 계급에 따라 첫 번째 부하, 다음에 두 번째 부하가 차례로 욕실을 사용했다. 욕실은 당연한 이야기지만 그들이 씻는 데 필요한 모든 것을 갖추고 있었다. 우리는 이 보고서에서 이 세 경찰관이 갈아입을 옷, 칫솔, 면도기가 든 작은 옷가방이나 간단한 배낭을 각자 가져왔다는 말을 한 적이 없기 때문이다. 프로비덴시알이라는 복스러운 이름(섭리라는 뜻-옮긴이)을 가진 업체가 자신의 공간에 일시적으로 들여놓은 사람들에게 그들의 안락과 그들이 맡고 있는 임무의 성공적인 수행에 필수적인 다양한 물품과 제품을 제공하여 그들을 돌보지 않는다면 그것이 오히려 놀라운 일일 것이다. 30분 뒤 두 부하는 가슴에 경찰 기장이 찍힌 공식 잠옷을 입고 각자의 침대에 들어갔다. 이렇게 해서 내무부 기획실에서 짠 계획은 소용없게 되었군요, 두 번째 부하가 말했다. 경험 있는 사람들의 자문을 구하는 기본적인 절차를 밟지 않으면 늘 이 꼴이지, 첫 번째 부하가 말했다. 조장님은 경험이 많잖아요, 두 번째 부하가 말했다, 그렇지 않다면 지금 같은 자리에 있을 수가 없겠죠. 가끔 결정을 내리는 중심에 너무 가까이 있다 보면 근시가 된다네, 멀리 못 보게 되지, 첫 번째 부하가 현자처럼 말했다. 우리도 조장님처럼 진짜 권력을 가진 자리에 이르면 똑같이 된다는 말인가요, 두 번째 부하가 물었다. 이런 일의 경우에는 미래가 현재와 달라질 이유가 없지, 첫 번째 부하가 지혜롭게 대답했다. 15분 뒤 두 사람 모두 잠이 들었다. 한 사람은 코를 골았고, 또 한 사람은 골지 않았다.

아침 8시가 안 되어 이미 세수를 하고, 면도를 하고, 옷까지 차려입은 조장이 내무부의 행동 계획, 정확히 말해서 내무부 장관이 경찰의 참을성 많은 어깨 위에 무례하게 올려놓았던 행동 계획을 두 부하가 박살 냈던, 비록 칭찬할 만한 신중함과 상당한 존경심으로, 거기에 약간의 우아한 대화까지 갖춘 방식으로 박살을 내기는 했지만, 어쨌든 박살을 냈던 방으로 들어섰다. 조장은 아무 문제없이 그 사실을 인정했으며, 부하들에게 아무런 원한도 없었다. 오히려 크게 안심한 것이 분명했다. 그는 잠자리에서 잠시 뒤척이게 했던 초기 불면증을 극복했던 것과 똑같은 에너지 넘치는 의지력으로 작전들을 장악했고, 카이사르에게 줄 수밖에 없는 것은 관대하게 카이사르에게 주지만, 결국 모든 유익은 조만간 신과 신의 다른 이름인 권위에게 돌아가게 될 것이라고 분명히 정리했다. 그 결과 몇 분 뒤 아직 잠이 덜 깬 부하 두 명이 경찰 기장으로 장식된 드레싱가운과 잠옷과 침실용 슬리퍼 차림으로 차례차례 거실에 들어섰을 때 조장은 조용하고 자신감에 찬 모습이었다. 조장은 그 정도는 계산을 해두었다. 이날의 첫 판의 승리는 그의 것이 되리라고 예측을 할 수 있었다. 이미 그것을 칠판에 적어둔 것이나 마찬가지였다. 일어났나, 조장이 다정한 목소리로 말했다. 잠은 잘 잤겠지. 네, 한 부하가 말했다. 네, 또 한 부하도 말했다. 아침을 먹도록 해라, 그런 다음 씻고 옷을 입어라, 누가 아나, 아직 그 자가 잠자리에 있을 때 잡게 될지, 그럼 재미있을 거다, 그런데 오늘이 무슨 요일이더라, 토요일, 오늘은 토요일이다, 토요일에는 아무도 일찍 일어나지 않는다, 문을 두드리면 그 자가 바로 지금 당신들 같은 모습으로 문을 열 거다, 드레싱가운에 잠옷 차림으로 말이다, 슬리퍼를 질질 끌고 복도를 걸어와서 말이다, 따라서 방어벽은 내려져 있고, 심리적으로도 썰물 상태일 테지, 자, 어서, 누가 아침을 준비할 텐가. 제가 하겠습니다, 두 번째 부하가 말했다. 그 일을 할 세 번째 부하가 없다는 사실을 잘 알고 있었기 때문이다. 다른 상황이었으면, 다시 말해서, 내무부의 계획이 버려지는 대신 논란이 없이 받아들여졌다면, 첫 번째 부하는 남아서 조장과 함께 설혹 불필요한 것들이라 할지라도 그들이 시작하려는 수사의 세부 사항들을 합의하고 조율했을 것이다. 그러나 상황이 바뀌었기 때문에, 특히 첫 번째 부하 역시 침실 슬리퍼를 신은 열등한 존재가 되어버렸기 때문에, 그는 놀라운 동지애를 발휘하여 이렇게 말했다. 나도 돕겠네. 조장도 동의했다, 그거 좋은 생각인 것 같군. 그러더니 혼자 앉아서 잠자기 전에 적어 놓은 메모를 검토하기 시작했다. 15분이 지나자 부하 둘이 각각 쟁반을 하나씩 들고 다시 나타났다. 쟁반에는 커피 단지, 우유 주전자, 비스킷 한 봉지, 오렌지 주스, 요구르트, 잼이 담겨 있었다. 정치 경찰의 식량 보급대가 힘들게 얻은 평판을 더럽히지 않으려고 훌륭하게 일을 처리한 것이 분명했다. 두 부하는 나중에 커피에 차가운 우유를 섞어 마시거나 다시 데워 먹기로 하고, 씻고 옷을 갈아입은 뒤 곧 오겠다고 말했다, 최대한 빨리 하겠습니다. 사실 상관은 양복에 타이 차림으로 앉아 있는데 헝클어진 머리에 면도도 하지 않은 얼굴로 씻지 않은 몸에서는 밤새 쌓인 지독한 냄새를 풍기면서 눈을 끔뻑거린다는 것은 아주 예의 없는 짓으로 여겨졌다. 굳이 설명을 할 필요는 없었다. 이 경우에도 말을 하지 않고 남겨두는 것이 웅변보다 더 강력했다. 물론 새로운 평화 분위기를 고려할 때, 부하들이 확고하게 자기 자리로 돌아간 상황을 고려할 때, 조장이 그들에게 함께 앉아 식사를 하자고 권하는 데는 아무런 대가가 필요 없었다, 우리는 동료다, 같은 배를 탔다, 부하들을 복종시키기 위해 계속 계급장을 내보여야 한다면 훌륭한 상관이라고 할 수 있겠나, 나를 아는 사람은 다들 내가 그런 사람이 아니라는 걸 안다, 자, 어서 앉아, 앉으라고. 부하들은 약간 겸연쩍어 하면서 자리에 앉았다. 그들은 누가 뭐라고 해도 이 상황, 볼품없이 얻어터진 것 같은 사람들이 그들과 비교할 때 멋쟁이처럼 보이는 사람과 함께 아침을 먹는 상황에는 뭔가 부적절한 것이 있음을 의식했다. 침대에서 일찍 일어났어야 하는 사람은 그들이었다. 일어나는 정도가 아니라, 식탁까지 다 차려놓았어야 했다. 조장이야 원한다면 드레싱가운에 잠옷 차림으로 방에서 나올 수도 있었다. 그러나 우리는 안 되지, 우리는 제대로 옷을 입고 머리도 단정하게 빗었어야지. 시끌벅적한 혁명이 아니라 행동의 광택제에 생기는 이런 작은 균열, 이것이 계속 생기고 유지되다 보면 아무리 견고한 사회적 구조물이라도 결국 무너져내리고 마는 것이다. 존경을 바라거든 친해지지 마라, 이것은 지혜로운 경구다. 이 일이 잘 풀리기 위해서라도, 이 조장이 이렇게 허물없이 부하들을 대한 순간을 후회할 날이 없기를 바라자. 어쨌든 조장은 자신의 권위에 자신이 생긴 듯하다. 말만 들어도 알 수 있다, 이 작전에는 두 가지 목표가 있다, 주요한 목표와 부차적인 목표다, 부차적인 목표란, 시간을 낭비하지 않기 위해 지금 처리하려고 하는데, 가능한 한 많은 것을 알아내는 것이다. 하지만 이론상으로는 에너지를 너무 많이 지출하지 말아야 한다, 물론 편지에서 언급한 장님 여섯 명을 이끈 여자가 저지른 살인 이야기다, 주요 목표는, 여기에 우리의 모든 노력과 능력을 기울이고,

또 이를 위해 모든 합당한 수단을 동원할 것인데, 그것이 무엇이든 말이다, 어쨌든 그 목표는 이 여자, 우리 나머지 사람들은 모두 눈이 멀어 비틀거리는 동안 눈이 보였다고 하는 이 여자와 백지투표라는 이 새로운 전염병 사이에 어떤 연관이 있든 없든 그 연관을 확립하는 것이다. 그 여자를 찾는 게 쉬운 일은 아닐 겁니다, 첫 번째 부하가 말했다. 그래서 우리가 여기 있는 것 아닌가, 지금까지 이 보이콧의 뿌리를 캐내려는 모든 시도는 실패했다, 물론 이 자의 편지 역시 별 소득을 주지 못할지도 모른다, 그래도 어쨌든 새로운 수사 방향을 제시해주기는 했다. 이 여자가 수십만 명이 관련된 운동 배후에 있다는 것, 또 우리가 지금 이걸 진압하지 않으면 그 여자가 수백만 명을 더 모을 수도 있다는 게 잘 믿어지지가 않는데요, 두 번째 부하가 말했다. 둘 다 똑같이 불가능한 일이지만, 둘 가운데 하나가 벌어지면 나머지 하나도 벌어질 수 있다, 조장은 그렇게 대꾸하더니, 자신이 말하도록 허락받은 것보다 더 많이 아는 사람의 표정으로 이렇게 결론을 내렸다, 불가능한 일들은 절대 하나씩 일어나지 않는다. 그렇게 말한 조장은 앞으로 자신의 말의 진실성을 얼마나 절실하게 깨닫게 될지 아직 상상도 못 했지만, 어쨌든 소네트의 완벽한 마무리 같은 이 행복한 결론과 더불어 아침식사 역시 끝이 났다. 부하들은 식탁을 치우고 그릇과 남은 음식을 부엌으로 가져갔다, 이제 가서 씻고 옷을 입겠습니다, 오래 걸리지 않을 겁니다, 부하들이 말했다. 기다려라, 조장이 말하더니 첫 번째 부하에게 말했다,

너는 내 욕실을 쓰는 게 좋겠다, 안 그러면 날이 저물도록 여기서 나가지 못할 테니까. 운 좋은 부하는 만족스러운 표정으로 얼굴을 붉혔다. 갑자기 몇 단계 승진을 한 것 같은 기분이었다. 조장의 변기에 오줌을 누다니.

지하 차고에서는 자동차가 그들을 기다리고 있었다. 차 열쇠는 전날 조장의 침대 옆 탁자에 갖다놓았다. 그와 더불어 자동차 종류, 색깔, 번호, 주차 장소를 알려주는 간단한 메모도 갖다놓았다. 그들은 현관을 피해 엘리베이터를 타고 바로 주차장으로 내려갔으며, 어려움 없이 자동차를 찾았다. 이제 10시가 다 되었다. 조장은 두 번째 부하가 자신을 위해 뒷문을 열어주자 말했다. 당신이 운전해. 첫 번째 부하는 앞의 조수석에 앉았다. 아주 맑은 상쾌한 아침이었다. 날씨는 다시 한 번 과거에는 하늘이 부족함 없이 벌을 내려주었지만, 수백 년이 흐르면서 그 힘을 잃어버렸음을 보여주었다. 그때가 정의롭던 좋은 시절이었다. 거룩한 명령에 복종하지 않으면 성경의 몇 개 도시가 그 주민과 함께 멸절되어 땅에서 사라져버렸으니까. 그러나 여기 이 도시에서는 주님의 뜻을 거슬러 백지투표를 던졌음에도 도시를 잿더미로 만드는 벼락은 하나도 떨어지지 않았다. 소돔과 고모라만이 아니라 아드마와 스보임도 이보다 훨씬 덜한 악덕으로 기초까지 다 타버렸는데. 물론 아드마와 스보임보다는 소돔과 고모라가 훨씬 더 자주 입에 오르내리는데, 아마 그 이름의 매혹적인 음악성 때문에 사람들 귀에 영원히 남게 된 것이리라. 어쨌든 요즘에는 주님의 명령에

맹목적인 복종을 하지 않아도 벼락은 자기가 원하는 곳에만 떨어진다. 따라서 이제 분명해진 일이기는 하지만, 번개가 이 죄 많은 도시와 백지투표자들을 다시 의의 길로 이끌어줄 것이라고 기대할 수는 없다. 그래서 내무부장관은 번개 대신 자신의 대천사 셋을 보냈다. 바로 이 세 경찰관, 조장과 그 부하들이다. 우리는 이제부터 그들을 그들의 직위로 부를 것인데, 그 직위는 위계에 따라 경정, 경감, 경사다. 앞 서열의 두 경찰관은 사람들이 걸어다니는 것을 지켜보며 앉아 있다. 죄가 없는 사람은 없다. 그들 모두가 어떤 죄든 지었다. 그들은 의심한다. 예를 들어 저기 저 훌륭해 보이는 노신사가 혹시 바깥의 어둠의 총지휘자 아닐까, 두 팔로 남자친구를 얼싸안은 저 여자가 죽지 않는 악한 뱀의 화신이 아닐까, 저기 머리를 숙이고 걸어가는 남자는 도시의 영혼을 중독시키는 약을 증류하는 어떤 미지의 동굴로 가는 것이 아닐까. 그러나 경사는 그 낮은 지위 때문에 고상한 생각을 할 의무도 없고 사물의 표면 밑에 놓인 것을 의심하지도 않으므로 다소 소박한 걱정을 하고 있다. 예를 들어 다음과 같은 말로 상관들의 명상을 감히 방해하는 것이다, 이렇게 날씨가 좋으니 혹시 그 자가 시골에 가서 하루를 보내는 게 아닐까요. 어느 시골, 경감이 비꼬는 목소리로 물었다. 어느 시골이라니요. 진짜 시골은 경계선 너머에 있잖나, 경계선 이쪽은 모두 도시야. 그건 그러네요. 경사는 입을 다물고 있을 황금의 기회를 놓쳤지만, 교훈은 하나 배웠다. 그런 질문은 아무 소용이 없다는 것이다. 경사는 운전에 집중을 하면서, 상관들이 물어볼 때만 입을 열겠다고 속으로 맹세했다. 그때 경정이 말했다, 우리는 그냥 강하고 무자비하게 나갈 거다, 고전적인 술수에는 의존하지 않을 거다, 강한 경찰, 부드러운 경찰 같은 낡은 구식 술수 말이다, 우리는 공작원들로 구성된 특공대다, 감정은 중요하지 않다, 우리는 우리가 특정한 임무를 수행하기 위해 만들어진 기계라고 상상할 것이며, 뒤도 한 번 돌아보지 않고 우리 임무를 수행할 것이다. 알겠습니다, 경감이 말했다. 알겠습니다, 경사가 조금 전의 맹세를 깨고 말했다. 차가 편지를 쓴 사람이 사는 거리로 들어섰다. 저기 저 건물 3층이다. 그들은 조금 더 가서 차를 세웠다. 경사가 경정을 위해 문을 열어주었다. 경감이 반대편에서 내렸다. 특공대는 주먹을 불끈 쥐고 모두 사선에 나섰다. 행동 개시.

이제 층계참에 그들의 모습이 보인다. 경정이 경사에게 손짓을 하자, 경사가 초인종을 누른다. 안은 완전한 정적이다. 경사가 생각한다, 그것 봐, 내 말이 맞았잖아, 시골에 놀러 간 거라고. 다시 손짓, 다시 초인종. 몇 초 뒤 사람 소리가 들린다. 남자다. 문 뒤에서 묻는다, 누구세요. 경정은 바로 밑의 부하를 본다. 그가 큰 소리로 말한다, 경찰입니다. 잠깐만요, 남자가 말했다, 옷 좀 입고요. 4분이 지났다. 경정은 똑같은 손짓을 한다. 경사가 다시 초인종을 누른다. 이번에는 손가락을 떼지 않는다. 잠깐만요, 잠깐만, 나가요, 방금 일어났단 말입니다. 그 마지막 말과 더불어 셔츠와 바지에 아직 슬리퍼를 꿰고 있는 남자가 문을 연다. 오늘은 슬리퍼의 날이로군, 경사가 생각했다. 남자는 놀란 것 같지 않았다. 마침내 기다리던 손님을 맞이하게 된 사람의 표정이었다. 놀라는 기색이 있다면 그것은 단지 숫자가 많다는 사실 때문이었다. 경감이 이름을 묻자 남자는 자기 이름을 말해준 뒤 덧붙였다, 들어오시지요, 집 안이 엉망이라서 죄송합니다, 이렇게 일찍 오시리라고는 생각을 못 했거든요, 게다가, 나를 불러다 진술서를 쓰게 할 줄 알았지, 이렇게 직접 오실 줄은 몰랐습니다, 편지 때문에 오셨겠지요. 그렇소, 편지 때문이오, 경감이 무뚝뚝하게 말했다. 들어오세요, 어서 들어오세요. 경사가 먼저 들어갔다. 가끔 위계는 거꾸로 움직이기도 하는 것이다. 그 뒤에 경감이 들어갔고, 경정이 맨 나중에 들어갔다. 남자는 발을 질질 끌며 복도를 걸어갔다, 나를 따라오시지요, 이쪽입니다. 남자가 문을 열자 작은 응접실이 나왔다. 앉으시지요, 괜찮으시다면 가서 구두를 신고 오겠습니다, 이런 꼴로 손님을 맞이할 수야 없는 노릇이니. 우리는 손님이라고 할 만한 사람들이 아니오, 경감이 말했다. 아, 물론 그렇지요, 그냥 말이 그렇다 이거죠. 그럼 가서 신발을 신고 오시오, 서두르시오, 우린 바쁘니까. 아니, 괜찮소, 우리는 하나도 바쁘지 않소, 지금까지 한마디도 하지 않았던 경정이 말했다. 남자는 경정을 보았다. 이번에는 약간 놀란 표정이었다. 마치 경정의 목소리가 서로 합의한 사항에서 벗어나기라도 한 것 같았다. 남자는 한마디밖에 할 수 없었다, 분명히 말씀드리는데, 나는 전적으로 협조할 것입니다, 선생님. 경정님입니다, 경사가 말했다. 경정님, 남자도 따라하더니 덧붙였다, 그리고 그쪽 분도. 걱정 마세요, 나는 경사일 뿐이니까. 남자는 세 번째 남자를 보며 묻는 대신 눈썹을 치켜올렸다. 그러나 이번에는 경정이 대답했다. 이 사람은 경감이고, 말하자면 나의 일등 항해사요, 이어 경정이 덧붙였다. 자, 가서 신발을 신고 오시오, 기다리겠소. 남자는 방을 나갔다. 집 안에서 다른 사람 소리가 안 들리는데요, 혼자 사는 것 같습니다, 경사가 소곤거렸다. 마누라는 시골에 가서 하루를 보내나 보지, 경감이 웃음을 지으며 말했다. 경정이 조용히 하라고 신호를 보냈다, 내가 먼저 질문을 하겠다, 경정이 목소리를 낮추어 말했다. 남자가 돌아와 자리에 앉으며 말했다, 앉아도 될까요. 마치 남의 집에 온 사람 같았다. 그가 말을 이어나갔다, 자 준비됐습니다, 어떻게 도와드릴까요. 경정은 상냥하게 고개를 끄덕이더니 이야기를 꺼냈다, 당신이 보낸 편지, 정확히 말하면 세 통의 편지, 모두 세 통이 있었으니까. 네, 그렇게 하는 게 더 안전할 거라고 생각했습니다, 모르는 일이잖습니까, 한 통이 어디로 사라져버릴지, 남자가 말하기 시작했다. 말 끊지 마시오, 내가 묻는 말에나 대답하시오. 네, 경정님. 다시 말하지만 당신 편지를 받은 사람들은 큰 관심을 갖고 그걸 읽어보았소, 특히 4년 전 살인을 저질렀다고 하는 신원 미상의 여자에 관한 부분 말이오. 이 말에는 질문이 없었다. 사실의 단순한 되풀이일 뿐이었다. 그래서 남자는 아무런 말도 하지 않았다. 남자는 혼란에 빠져 어리둥절한 표정이었다. 왜 경정이 문제의 핵

277

심으로 바로 들어가지 않고 이미 불안해 보이는 초상에 더 어두운 느낌을 주기 위해 언급했을 뿐인 에피소드를 가지고 시간을 낭비하는지 이해할 수가 없었다. 경정은 모른 체하고 말했다, 그 살인에 관해 아는 걸 말해주시오. 남자는 그것이 편지에서 가장 중요한 부분이 아니라고, 나라의 현재 상황과 비교할 때 살인은 하찮은 부분일 뿐이라고 말하고 싶은 충동을 느꼈다. 그러나, 아니야, 그런 말은 안 하는 게 낫겠어, 하고 생각했다. 그는 신중한 태도로 그들이 연주하는 음악에 맞추어 시키는 대로 춤을 추기로 했다. 나중에 틀림없이 기록을 수정할 기회가 있겠지. 남자가 말했다, 그 여자가 사람을 죽였다고 알고 있습니다. 그러는 걸 봤소, 거기 있었소, 경정이 물었다. 아니요, 경정님, 하지만 그 여자가 자기 입으로 자백했습니다. 당신한테. 나하고 다른 사람들한테요. 자백이라는 말의 정확한 의미는 알고 있겠지. 대체로 압니다, 경정님. 대체로 가지고는 안 되오, 알거나 모르거나 둘 중 하나요. 그렇게 말씀하신다면, 모른다고 대답하겠습니다. 자백이란 자신의 잘못이나 결함을 진술하는 것이오, 그것은 또 죄를 인정하는 것일 수도 있고, 피고인이 권한을 가진 사람 앞이나 법정에서 혐의 사실을 인정하는 것일 수도 있소, 자, 이런 정의가 그 사건에 엄격하게 적용되오. 아니요, 엄격하게는 아닙니다, 경정님. 좋소, 계속해보시오. 집사람도 거기 있었습니다, 집사람은 그 사람 죽음을 목격했지요. 거기라니 무슨 뜻이오. 거기요, 우리가 격리되어 있던 낡은 정신병원 말입니다. 당신 부인도 눈이 멀었겠지요. 말씀드렸다시피 눈이 멀지 않은 사람은 그 여자뿐이었습니다. 그 여자가 누구요. 살인을 한 여자 말입니다. 아. 우리는 공동 숙소에 있었습니다. 살인은 거기서 일어났소. 아니요, 경정님, 다른 공동 숙소에서 일어났습니다. 그럼 살인이 일어난 현장에 당신 숙소에 있던 사람은 없었단 말이오. 여자들만 있었죠. 왜 여자들만 있었소. 그건 설명하기 어렵습니다, 경정님. 걱정 마시오, 우린 시간 많으니까. 그곳을 점령하고 우리를 협박한 눈먼 남자들이 있었습니다. 협박이라. 네, 경정님, 협박입니다. 어떻게. 식량을 다 차지하고 우리더러 먹고 싶으면 돈을 내라고 했습니다. 여자를 지불 수단으로 요구했던 것이군. 네, 경정님. 그래서 그 여자가 남자를 죽였소. 네, 경정님. 어떻게 죽였소. 가위로요. 그 남자는 누구요. 다른 눈먼 남자들을 이끌던 사람입니다. 그럼 그 여자는 분명 용감한 사람이로군. 네, 경정님. 그런데 왜 그 여자를 신고했는지 말해보시오. 신고한 적 없는데요, 그냥 관련이 있어 언급했을 뿐인데요. 미안하지만 무슨 말인지 모르겠소. 내가 편지에서 한 말은 그런 일을 할 수 있는 사람은 다른 일도 할 수 있다는 거였습니다. 경정은 다른 일이 뭐냐고 묻지 않았다. 그냥 해군식으로 일등 항해사라고 부른 사람을 바라보기만 했을 뿐이다. 그에게 심문을 계속하라고 권한 것이다. 경감은 잠시 후에 입을 열었다, 부인도 이리로 오라고 해도 괜찮겠소, 경감이 물었다, 부인하고도 얘기를 하고 싶은데. 집사람은 여기 없습니다. 언제 돌아오지요. 돌아오지 않습니다, 우린 이혼했습니다. 언제 이혼을

279

했지요. 3년 전입니다. 왜 이혼을 했는지 말해줄 수 있소. 개인적인 이유입니다. 물론 개인적인 이유겠지. 밝힐 수 없는 이유입니다. 모든 이혼이 다 그렇지 뭐. 남자는 앞에 있는 경감의 불가해한 표정을 보다가, 그들이 원하는 것을 다 말해줄 때까지는 자기를 가만 놓아두지 않을 것임을 깨달았다. 남자는 헛기침을 하고 다리를 꼬더니 다시 반대로 꼬았다. 나는 원칙이 있는 사람입니다, 남자가 입을 열었다. 아, 우리도 알고 있습니다, 경사가 참지 못하고 말했다, 내 말은 내가 안다는 뜻입니다, 당신 편지를 읽었거든요. 경정과 경감은 웃음을 지었다. 적당한 가격이었다. 남자는 당황한 표정으로 경사를 보았다. 그쪽에서 공격이 날아올 줄은 예상하지 못한 것 같았다. 남자는 눈을 내리깔고 말을 이어나갔다, 그 눈먼 남자들하고 관련이 있습니다, 집사람이 그 더러운 놈들과 그 짓을 했다는 걸 견딜 수가 없었습니다, 그래도 일 년이나 그 치욕을 견뎠죠, 하지만 결국은 견딜 수가 없었습니다, 그래서 집사람을 떠났고, 이혼을 했지요. 참 이상한 일일세, 그 다른 눈먼 남자들이 당신네 여자들을 받는 대가로 먹을 걸 줬다고 하지 않았소, 경감이 말했다. 그렇습니다. 그럼 당신이 원칙이 있는 사람이라면 당신 부인이, 당신 표현대로, 그 더러운 놈들과 그 짓을 한 뒤에 가져온 음식에는 손을 대지 않았어야 하잖소. 남자는 고개를 푹 숙이고 아무런 대꾸를 하지 않았다. 당신이 신중하게 굴었던 것도 이해가 가오, 경감이 말했다, 정말로 모르는 사람들한테 떠벌리고 다니기에는 너무 개인적인 일이로군, 아, 미안하오, 아픈 데를 건드릴 생각은 아니었소. 남자는 도움을 구하듯이 경정을 보았다. 도움까지는 아니라 해도 고문 방식은 집게에서 다른 것으로 좀 바꾸어달라는 것 같았다. 경정은 그 청을 받아들여 교수형 도구를 쓰기로 했다, 당신은 편지에서 일곱 사람의 집단 이야기를 했소. 네. 그 사람들이 누구요. 그 여자와 그 여자 남편을 빼면. 어떤 여자 말이오. 눈이 멀지 않은 여자요. 당신네 안내인 역할을 했던 여자. 그렇습니다. 여자들의 복수를 하려고 악당 두목을 가위로 찌른 여자. 네. 계속해보시오. 그 여자 남편은 안과 의사였습니다. 우리도 그건 알고 있소. 매춘부도 하나 있었습니다. 자기가 매춘부라고 하던가. 그런 기억은 없습니다. 그런데 어떻게 그 여자가 매춘부인 걸 알았소. 하는 짓을 보면 알죠, 하는 짓을 보니 분명했습니다. 그래, 물론 하는 짓은 속이지 못하지, 계속해보시오. 한쪽 눈은 멀고 다른 쪽 눈에는 검은 안대를 한 노인이 있었습니다, 노인과 그 여자는 나중에 함께 살았습니다. 그 여자가 누구요. 매춘부 말입니다. 그 사람들이 행복했소. 모르겠습니다. 왜 몰라. 우리가 만나던 그해에는, 네, 그래요, 행복한 것 같더군요. 경정은 손가락을 꼽았다. 그래도 하나가 남는데. 네, 사팔뜨기 남자아이가 하나 있었죠, 혼란 중에 부모를 잃어버린 아이였습니다, 그러니까 당신들 모두 공동 숙소에서 만났던 거요. 아닙니다, 경정님, 다 그전에 만났죠. 어디서. 안과에서요, 내가 눈이 머니까 집사람이 나를 그리로 데려갔거든요, 아마 내가 제일 먼저 눈이 먼 사람일 겁니다. 그러니까 당신이 다른 사람들한테 옮겼군, 온 도시에 말이야, 오늘 당신을 찾아온 사람들을 포함해서. 그건 내 잘못이 아닙니다, 경정님. 그 사람들 이름을 아시오. 네, 경정님. 모두. 아이만 빼고요, 그때는 알았던 것 같기도 한데, 지금은 잊어버렸습니다. 하지만 다른 사람들 이름은 안다는 거요. 네, 경정님. 그 사람들 주소도. 네, 지난 3년 동안 이사를 하지 않았다면요. 물론 지난 3년 동안 이사를 하지 않았어야 알겠지. 경정은 작은 방을 둘러보았다. 그의 눈길이 텔레비전에 머물렀다. 거기서 무슨 영감을 구하는 것 같았다. 이윽고 경정이 말했다, 경사, 이분한테 메모지와 펜을 주게, 이분이 좋게 말씀하신 그 사람들 이름과 주소를 적을 수 있게 말이야, 사팔뜨기 남자아이는 빼야겠지, 그 애야 어차피 우리한테 도움도 되지 않을 테고. 펜과 메모지를 잡는 남자의 손이 떨렸다. 글을 쓰면서도 떨렸다. 남자는 속으로 두려워할 이유가 없다고, 경찰이 온 것은 어떤 면에서는 내가 불렀기 때문이라고 이야기하고 있었다. 그러나 남자는 그들이 왜 백지투표, 봉기, 국가에 대항한 음모 이야기를 하지 않는지 이해할 수가 없었다. 그것이야말로 자신이 편지를 쓴 이유였는데. 손이 하도 심하게 떨리는 바람에 글자를 거의 알아볼 수 없었다, 다른 종이에 쓰면 안 될까요, 남자가 물었다. 원하는 대로 쓰십시오, 경사가 말했다. 글씨가 점차 나아지기 시작했다. 이제 글씨 때문에 창피당할 일은 없을 것 같았다. 경사가 펜을 돌려받고 메모지를 경정에게 주자, 남자는 어떤 행동, 어떤 말을 하면 뒤늦게나마 이 경찰관들의 동정, 자비, 공모하는 듯한 분위기를 얻어낼 수 있을까 생각했다. 별안간 떠오르는 것이 있었다. 사진이 있습니다, 남자가 소리쳤다, 그래요, 아마 지금도 있을 겁니다. 무슨 사진, 경감이 물었다. 그 그룹의 사진요, 시력을 회복한 직후에 찍은 겁니다, 집사람은 필요 없다고 했어요, 자기한테도 한 장 있다고, 잊지 않도록 나도 갖고 있으라고 했습니다. 부인이 그렇게 말했소, 경감이 물었다. 그러나 남자는 대답하지 않았다. 그는 일어서서 방을 나가려 했다. 그러자 경정이 명령했다, 경사, 이분과 함께 가, 혹시 사진을 찾는 데 어려움이 있으면 도와드려, 빈손으로 오지 말도록. 그들은 불과 몇 분밖에 자리를 비우지 않았다. 여기 있습니다, 남자가 말했다. 경정은 사진을 잘 보려고 창 쪽으로 갔다. 어른 여섯 명이 쌍쌍이 짝을 지어 한 줄로 나란히 서 있었다. 오른쪽에 편지를 쓴 남자가 부인과 함께 서 있었다. 쉽게 알아볼 수 있었다. 왼쪽은 의심의 여지없이 검은 안대를 한 노인과 매춘부였다. 따라서 소거 절차에 의해 가운데 남은 두 사람이 의사의 부인과 그 남편일 수밖에 없었다. 앞에 축구 선수처럼 한쪽 무릎을 꿇고 있는 아이가 사팔뜨기 소년이었다. 의사의 부인 옆에서는 커다란 개가 카메라를 똑바로 바라보고 있었다. 경정은 남자에게 옆으로 오라고 손짓했다, 이게 그 여자요, 경정이 손가락으로 가리키며 물었다. 네, 경정님, 그 여자입니다. 개는. 원하신다면 이야기를 해드리죠, 경정님. 아니, 그럴 것 없소, 이 여자가 이야기하겠지. 경정이 먼저 떠났다. 그다음에 경감, 이어 경사가 떠났다. 편지를 쓴 남자는 그들이 충계를 내려가는 것을 지켜보았다. 건물에는 엘리베이터가 없었으며, 앞으로 생길 가망도 없었다.

세 경찰관은 차를 타고 도시를 한동안 돌아다니며 점심때까지 시간을 때웠다. 그러나 함께 식사를 할 생각은 아니었다. 그들의 계획은 식당이 많은 지역 근처에 주차를 하고, 흩어져 각자 다른 곳으로 갔다가 정확히 90분 뒤에 조금 떨어진 광장에서 다시 만나는 것이었다. 그곳에서 그때 운전대를 잡을 경정이 부하들을 태우기로 했다. 물론 이곳의 누구도 그들의 정체를 몰랐다. 물론 세 사람 가운데 누구도 이마에 대문자로 경찰을 뜻하는 피 자를 붙이고 다니지 않았다. 그럼에도 그들은 상식과 신중한 태도 때문에 무리를 지어 도심을 돌아다니지 않으려 한다. 그곳은 여러 가지 이유로 그들에게 적대적인 곳이기 때문이다. 물론 저 건너에도 남자 셋이 있고, 앞쪽에도 남자 셋이 있다. 그러나 한눈에도 그들은 보통 사람임을 알 수 있다. 평범한 행인, 보통 사람들에 속한다. 법의 대리자라거나 법에 쫓기는 사람이라는 의심으로부터 자유로운 사람들이다. 경정은 운전을 하면서 부하 둘이 편지를 쓴 사람에게서 어떤 인상을 받았는지 듣고 싶었다. 그러나 도덕적 판단에는 관심이 없다는 점을 분명히 밝혔다, 우리는 그 자가 아주 나쁜 놈이라는 걸 알고 있다, 따라서 그 비슷한 이야기로 시간을 낭비할 필요는 없다. 경감이 먼저 입을 열어, 경정이 심문을 끌고 나간 방식에 특별히 감탄했다고 말했다. 그 편지에 포함되어 있던 악의에 찬 암시, 즉 의사의 부인이 4년 전 실명 전염병 동안에 특별한 개인적 조건에 처했음을 고려할 때 수도 주민의 백지투표 음모를 주도하거나 아니면 그 음모에 어떤 식으로든 관련이 되었을 수 있다는 암시를 교묘하게 전혀 언급하지 않은 점을 이야기하는 것이었다. 그 자는 완전한 혼란에 빠진 것이 분명했습니다, 경감이 말했다, 그게 경찰이 관심을 가질 주요한, 또 어쩌면 유일한 문제일 거라고 예상을 했을 테니까요, 하지만 그 자가 잘못 생각한 거지요, 경감이 덧붙였다, 안쓰럽다는 생각이 들 정도였습니다. 경사는 경감이 한 말에 동의했지만, 동시에 자신과 경감이 심문자 역할을 번갈아 맡아 피심문자의 방어벽을 멋지게 깨부수었다는 점도 빼놓지 않았다. 그는 잠깐 말을 끊더니 낮은 목소리로 말했다, 경정님, 저더러 그 남자와 함께 방을 나가라고 하셨을 때 그에게 권총을 사용했다는 사실을 알려드리는 게 제 의무인 것 같습니다. 사용하다니, 어떻게, 경정이 물었다. 갈빗대에 쑤셔넣었죠, 아직 자국이 남아 있을 겁니다. 그런데 왜. 사진을 찾는 데 시간이 좀 걸릴 것이고, 그 자가 그 시간을 이용해 수사를 방해할 어떤 술수를 짜낼지도 모른다고 생각했거든요, 심문 방향을 자기한테 편한 쪽으로 바꾸도록 강요할 술수를 말입니다. 그래서 내가 어떻게 해주기를 바라나, 가슴에 훈장이라도 달아줄까, 경정이 조롱하는 목소리로 말했다. 시간을 벌었잖습니까, 경정님, 사진을 즉시 찾아냈으니까요. 정말이지 당신을 이 자리에서 사라지게 하고 싶은 강한 유혹을 느끼게 되는군. 용서해주십시오, 경정님. 아, 걱정 마라, 용서가 되면 이야기를 해줄 테니까, 하지만 내가 늘 기억하고 있을 거라는 사실을 잊지 마라. 네, 경정님. 한 가지 질문이 있다. 네, 경정님. 안전장치는 제거하지 않은 상태였겠지. 네, 경정님. 왜, 그걸 제거하는 걸 잊었던 것인가. 아닙니다, 경정님, 저는 그저 그 자에게 겁을 주고 싶었을 뿐입니다. 그래서 원하는 걸 얻었나. 네, 경정님. 그럼 역시나 훈장을 주어야겠는걸, 하지만, 제발, 너무 흥분하지는 마라, 할머니를 치거나 빨간불을 무시하지 말란 말이다, 경찰관한테 이러쿵저러쿵 설명하는 건 정말 피하고 싶으니까. 하지만 이 도시에는 경찰관이 없습니다, 경정님, 계엄령을 선포하면서 다 철수했습니다. 아, 이제 알겠군, 그동안 왜 이렇게 조용한지 궁금했거든. 그들은 아이들이 노는 공원을 지나갔다. 경정은 방심한 표정으로 멍하니 아이들을 바라보았다. 갑자기 그의 가슴에서 새어나온 한숨은 그가 다른 시간, 다른 장소를 생각하고 있음을 알려주었다. 경정이 말했다, 점심식사 후에 나는 기지로 돌아가겠다. 네, 경정님, 경사가 말했다. 저희 한테 명령하실 일이 있습니까, 경정님, 경감이 물었다. 산책을 해, 도시 주위를 돌아다녀, 식당과 상점에 들어가, 늘 귀와 눈을 열어놓고 말이다, 그러다 저녁 시간에 돌아와라, 오늘 밤에는 나가지 않는다, 주방에 통조림이 몇 개 있을 거다. 네, 경정님, 경사가 말했다. 내일은 각자 일을 할 거다, 우리의 용감한 운전사, 총을 든 경찰관께서는 편지를 쓴 남자의 전 부인을 찾아가 이야기를 한다, 여기 죽은 자의 자리에 앉아 있는 경감은 검은 안대를 한 노인과 매춘부를 찾아간다, 나는 의사의 부인과 의사를 직접 찾아가겠다, 전술은 오늘 사용한 것을 엄격하게 고수한다, 백지투표 이야기는 절대 하지 않는다, 정치적 논쟁에는 말려들지 않는다, 살인을 둘러싼 정황, 살인자로 추정되는 여자의 인격에만 질문을 한정해라, 그들에게 그 집단에 관하여 이야기하게 해라, 어떻게 형성되었는지, 그전에 만난 적은 있는지, 현재 관계는 어떠한지, 그들은 아마 지금도 친구일 것이고 서로를 보호해주려 할 것이다, 그러나 무슨 이야기를 할지 사전에 합의하지 않았다면, 입 다물고 있는 것이 최선이라고 생각하지 않는다면 실수를 할 수밖에 없다, 우리 일은 그런 실수를 하도록 돕는 거다, 다소 장황하게 이야기했지만 얼른 끝내겠다, 가장 중요한 사실을 잊지 마라, 우리는 내일 아침 10시 반 정각에 이 사람들 집을 방문해야 한다, 우리끼리 시계를 맞추어야 한다는 이야기는 하지 않겠다, 그건 액션 영화에나 나오는 이야기일 뿐이다, 하지만 용의자들끼리 서로 메시지를 전하거나, 다른 사람에게 경고를 할 기회를 주어서는 안 된다, 자, 이제 가서 점심을 먹자, 아, 그래, 돌아올 때는 차고를 통해 들어와라, 월요일에는 수위가 믿을 수 있는 사람인지 확인하겠다. 정해진 90분이 약간 더 지나 경정은 광장에서 기다리던 부하들을 태워 차례차례, 먼저 경사, 그다음에 경감을 도시의 서로 다른 지역에 내려주었다. 두 사람은 그곳에서 하달 받은 명령, 돌아다니고, 식당과 상점에 들어가고, 눈과 귀를 열어두라는 명령, 간단히 말해 범죄의 냄새를 맡아보라는 명령을 수행할 예정이었다. 그들은 약속된 통조림 저녁을 먹고 잠을 자기 위해 기지로 돌아갈 것이다. 경정이 보고 사항이 있느냐고 물으면 말할 것이 아무것도 없다고, 이 도시의 주민들은 다른 도시의 주민보다 이야기를 적게 하는 것은 아니지만, 관심이 가는 화제에 관해서는 전혀 이야기를 하지 않는다고 말할 것이다. 그거 좋은 징조로군, 경정은 말할 것이다, 아무도 음모 이야기를 하지 않는다는 바로 그 사실이 음모가 있다는 증거다, 이 경우에는 침묵이 음모가 없다는 증거가 아니라 음모를 확인해주는 증거다. 그 말은 경정이 생각해낸 것이 아니었다. 내무부장관이 한 말이었다. 경정은 프로비덴시알 유한회사로 돌아갔을 때 내무부장관과 잠깐 전화 통화를 했던 것이다. 전화선은 매우 안전했지만, 그들은 기본적인 공식 보안 법칙의 모든 조항을 준수하여 대화를 했다. 그 대화 내용을 요약하면 이렇다, 여보세요, 바다오리입니다. 여보세요, 바다오리, 나 앨버트로스요. 보고합니다, 이 지역 조류와 첫 접촉, 우호적인 접대, 매와 갈매기가 참석한 가운데 유용한 심문. 실속이 있었소, 바다오리. 매우 실속 있었습니다, 앨버트로스, 새떼 전체의 훌륭한 사진을 얻었습니다, 내일 종별로 확인을 시작할 겁니다. 잘했소, 바다오리. 감사합니다, 앨버트로스. 잘 들으시오, 바다오리. 말씀하십시오, 앨버트로스. 이따금씩 나타나는 침묵에 속지 마시오, 바다오리, 새들이 조용하다고 해서 반드시 둥지에 있다는 뜻은 아니오, 그것은 폭풍을 감춘 고요일 수 있소, 그 반대가 아니라 말이오, 인간의 음모에도 같은 일이 일어나오, 아무도 음모를 언급하지 않는다고 해서 음모가 존재하지 않는다는 뜻은 아니오, 이해하겠소, 바다오리. 네, 앨버트로스, 완벽하게 이해합니다. 내일은 뭘 할 거요, 바다오리. 물수리한테 갈 겁니다. 물수리가 누구지, 바다오리, 이야기해보시오. 해안 전체에 하나밖에 없는 겁니다, 앨버트로스, 사실, 우리가 아는 한, 다른 물수리는 없었습니다. 아, 이제 알겠소. 다른 명령은 없습니까, 앨버트로스. 당신이 떠나기 전에 내가 내린 명령들이나 엄격하게 수행하시오, 바다오리. 엄격하게 수행하겠습니다, 앨버트로스. 계속 연락하시오, 바다오리. 알겠습니다, 앨버트로스. 경정은 마이크가 모두 꺼진 상태인지 확인한 뒤에 중얼거리는 소리로 자신의 감정을 토로했다, 경찰과 첩보의 신들이여, 이 무슨 소극입니까, 나는 바다오리고 저 사람은 앨버트로스라니, 다음에는 꽥꽥 소리와 끽끽 소리로 이야기를 주고받겠지요, 그럼 폭풍이 몰아칠 겁니다, 하지만 두려움은 없습니다. 마침내 부하들이 거리를 걷다 지쳐 돌아오자 경정은 그들에게 새로운 소식이 있느냐고 물었고, 그들은 없다고 대답했다. 그들은 눈과 귀를 긴장시켜 보고 들었으나, 안타깝게도 아무런 성과가 없었다. 이 사람들은 아무것도 감출 게 없는 사람들처럼 이야기를 합니다, 그들이 말했다. 그러자 경정은 출처를 밝히지 않고 음모와 음모가 자신을 위장하는 방식에 관한 내무부 장관의 말을 그대로 옮긴 것이다.

다음 날 아침식사 후 그들은 지도와 도시 안내서에서 그들이 관심을 가진 거리를 찾아보았다. 프로비덴시알 유한회사가 자리를 잡고 있는 건물에서 가장 가까운 곳은 편지를 쓴 남자, 전에는 첫 번째 눈먼 남자라고 알려졌던 남자의 전 부인의 아파트가 있는 거리였다. 의사의 부인과 그녀의 남편은 조금 더 떨어진 곳에 살았다. 검은 안대를 한 노인과 매춘부가 사는 곳이 가장 멀었다. 다들 집에 있기나 바라자고. 그들은 전날처럼 엘리베이터를 타고 주차장으로 내려갔다. 그러나 사실 은밀한 생활을 하는 사람들에게 이것이 가장 좋은 방법은 아니었다. 물론 지금까지 그들이 수위의 참견을 피한 것은 사실이다. 저 도깨비 같은 자들이 누구인지 궁금한데, 이 근처에서 본 적이 없어, 아마 수위는 그렇게 생각했을 것이다. 그러나 주차장 관리인의 호기심까지 피할 수는 없을 것이며, 우리는 곧 그 결과가 어떨지 보게 된다. 이번에는 경감이 운전을 할 것이다. 그가 가장 멀리 가야 하기 때문이다. 경사는 경정에게 특별한 지침이 있느냐고 물었으며, 특별한 지침은 없고, 일반적인 지침만 있을 뿐이라는 대답을 들었다. 멍청한 짓 하지 말고, 총을 지갑에 단단히 꽂아두기나 바랄 뿐이다. 하지만 저는 총으로 여자를 위협하는 짓 따위는 하지 않습니다, 경정님. 아, 그래, 어쨌든, 잊지 마라, 10시 반 전에는 문을 두드리면 안 된다. 네, 경정님. 산책을 해, 마실 데가 있으면 커피를 마셔, 신문을 사, 진열장 안을 들여다봐, 경찰대학에서 배운 걸 다 잊지는 않았겠지. 안 잊었습니다, 경정님. 좋아, 여기가 당신이 맡은 거리다, 내려라. 일을 끝내면 어디서 만날까요, 경사가 물었다, 만날 곳을 정해야 하지 않겠습니까, 사무실 열쇠가 하나뿐이라서요, 그러니까, 예를 들어 제가 심문을 먼저 끝내면 기지로 돌아갈 수가 없단 말입니다. 나도 마찬가지입니다, 경감이 말했다. 우리한테 휴대전화를 지급하지 않아서 이런 일이 생기는 겁니다, 경사가 계속 말을 이어갔다. 자신의 논리를 확신했고, 아름다운 아침이라 상관이 기분이 좋을 것이라고 철석같이 믿고 있었기 때문이다. 경정도 동의했다, 어쨌든 우리가 가진 것을 가지고 해봐야 하지만, 수사에 필요하다면 장비를 더 요구하겠다, 열쇠는 내무부가 지출을 허락하면 내일 하나씩 만들어주겠다. 거절하면 어쩌죠. 그럼 다른 방법을 찾아봐야지. 그런데 만날 장소를 정해야 하지 않습니까, 경감이 물었다. 이미 이 사건을 다 파악했기 때문에 다 알겠지만, 내 심문이 가장 오래 걸릴 거다, 따라서 거기서 만나는 게 좋겠다, 주소를 메모해두어라, 경찰관이 두 명 더 오면 심문을 받는 사람들이 어떤 반응을 보이는지 보자. 좋은 생각입니다, 경정님,

경감이 말했다. 경사는 고개만 끄덕였다. 자기 생각을 입 밖에 내어 말할 수가 없었기 때문이다. 간접적으로 또 아주 구불구불한 길을 거친다 해도, 결국 칭찬을 받을 사람은 자신이라는 생각이었다. 경사는 주소를 수사관 수첩에 적은 후 차에서 내렸다. 경감이 차를 몰고 떠나면서 말했다, 공정하게 말하면 저 친구가 노력은 합니다, 가엾은 친구, 저도 시작할 때는 꼭 저 친구 같았지요, 옳은 일을 하려고 열심히 하기는 했는데 실수만 했습니다, 가끔 제가 어떻게 경감까지 올라올 수 있었는지 자문하곤 합니다. 또는 내가 어떻게 오늘 이 자리에 있게 되었는지. 경정님도 그러십니까. 나도 그렇지, 나도 그래, 이 친구야, 경찰관들은 모두 다 똑같이 출발하지, 나머지는 다 운의 문제야. 운과 지식이지요. 지식만으로는 늘 부족해, 하지만 운과 시간만 있으면 거의 뭐든지 이룰 수 있지, 하지만 어떤 운이냐고 묻지는 마, 나도 말해줄 수가 없으니까, 내가 할 수 있는 말은 적당한 자리에 있는 친구 덕분에 또는 전에 베풀었던 호의에 대한 보답으로 자신이 얻고 싶은 것을 얻는 경우가 많다는 거야. 누구나 경정이 되는 건 아니잖습니까. 그렇지. 게다가 경찰에 경정만 있으면 일이 되지도 않고요. 장군으로만 이루어진 군대와 마찬가지지. 그들은 안과 의사가 사는 거리로 접어들었다. 여기서 내려줘, 경정이 말했다, 나머지는 걸어가겠어. 행운을 빕니다, 경정님. 자네도. 빨리 이 일을 해결하기를 바랍니다, 솔직히 말해서 꼭 지뢰밭 한가운데서 길을 잃은 기분입니다. 진정해, 걱정할 것 없어, 이 거리들을 봐, 도시가 얼마나 평화롭고 고요한가. 바로 그래서 걱정입니다, 경정님, 이런 도시, 아무도 책임지지 않는 도시, 정부도, 보안 부서도, 경찰도 없는 도시, 아무도 관심을 가지지 않는 것 같은 도시, 이곳에서 뭔가 제가 완전하게 이해할 수 없는 아주 신비한 일이 벌어지고 있습니다. 우리가 이곳에 온 이유가 그걸 하러 온 것 아닌가, 이해를 하러, 우리에게는 지식이 있네, 나머지도 함께 따라와주기를 바랄 뿐이야. 운 말씀이군요. 그래, 운. 그럼 행운을 빕니다, 경정님. 행운을 빌어, 경감, 매춘부라고 하는 여자가 추파를 던지거나 허벅지를 잠깐 보여주더라도 못 본 체하고 수사에만 집중해, 우리가 근무하는 조직의 위엄을 생각해. 검은 안대를 한 노인도 틀림없이 함께 있을 겁니다, 믿을 만한 사람이 하는 이야기로는 정말 무서운 건 노인이라던데요, 경감이 말했다. 경정이 웃음을 지었다, 노년은 나에게도 다가오고 있어, 내가 진짜 무서워질 만큼 오래 살지 의문이기는 하지만. 경정은 손목시계를 흘끗 보았다, 벌써 10시 15분이로군, 자네가 정각에 도착했으면 좋겠는데. 경정님과 경사가 시간만 지킨다면, 사실 저는 조금 늦어도 상관없습니다, 경감이 말했다. 경정이 작별 인사를 했다, 나중에 봐. 경정은 차에서 내렸다. 경정은 보도에 발을 딛는 순간, 마치 거기에서 자신의 추론의 결함을 만나기로 약속이라도 한 것처럼, 용의자 각각의 집을 두드리는 시간을 그렇게 엄격하게 정해놓은 것이 별 의미가 없다는 사실을 깨달았다. 각각의 피심문자들은 경찰관이 집에 와 있는 상황에서 친구들에게 전화를 걸어 자신이 상상하는 위험을 경고할 냉정함도 또 그럴 기회도 없을 것이기 때문이다. 그들이 매우 빈틈없는 사람들, 자신이 경찰의 주목 대상이면 친구들도 그럴 것이라고 생각할 만큼 빈틈없는 사람들이 아니라면 그런 생각조차 하지 못할 터였다. 게다가, 경정은 생각하며 자신에게 짜증을 냈다, 그 사람들 친구들이 이들뿐은 아니지 않겠는가, 친구들이 많다면 그들 각각은 도대체 몇 명한테 전화를 해야 할까, 도대체 몇 명한테. 이제 경정은 속으로만 생각하는 것이 아니었다. 비난과 욕을 중얼거리고 있었다, 이런 멍청이가 어떻게 경정이 되었을까, 정부는 어떻게 나 같은 멍청이한테 나라 전체의 운명이 걸려 있는 이런 일의 책임을 맡겼을까, 이 멍청이는 어떻게 부하들에게 그런 멍청한 명령을 내렸을까, 지금 이 순간에 그 둘이 나를 비웃지나 말았으면 좋겠군, 경사는 그러지 않을 거야, 하지만 경감은 똑똑해, 사실 너무 똑똑해, 언뜻 보면 안 그런 것 같지만, 어쩌면 잘 숨기는 건지도 몰라, 물론 그렇다면 이중으로 위험하지, 아니야, 그 자는 아주 조심하는 게 좋겠어, 주의해서 다뤄야지, 이 이야기가 새나가는 건 원치 않아, 다른 사람들도 비슷한 상황에 처했다가 재앙을 맞이했지, 누군지 기억나지 않지만 어떤 사람은 이렇게 말한 적이 있어, 한순간의 어리석음이 인생 전체를 망친다. 이렇게 무자비하게 한바탕 자기 채찍질을 하고 나자 경정은 정신이 번쩍 들었다. 이제 한참 짓밟히고 진흙탕에 뒹굴었으니, 냉정한 생각이 그 명령은 전혀 어리석지 않았음을 증명할 차례였다, 네가 그런 지침을 내리지 않아 경감과 경사가 원하는 대로 아무 때나 나타났다면 어떤 일이 생겼을지 상상해봐, 한 사람은 아침에 가고 또 한 사람은 오후에 갔다고 해봐, 그럼 넌 정말로 멍청이가 되었을 거야, 완전한 멍청이, 어떤 일이 생겼을지 보이지 않아, 아침에 심문을 받은 사람은 오후에 심문을 받을 사람에게 쏜살같이 달려갔을 거야, 그래서 오후에 수사관이 담당한 용의자의 집 문을 두드렸을 때 도저히 깰 수 없는 방어벽에 부딪혔을 거야, 그래서 네가 경정인 거고 앞으로도 경정일 거야, 단지 네 일을 잘 알아서가 아니라 나를, 이 냉정한 생각을 여기까지 데려와 사태를 전체적으로 볼 만큼 운이 좋아서 말이야, 우선 경감 이야기부터 하자, 너는 방금 네가 생각했던 것처럼 경감을 신중하게 다룰 필요가 없어, 사실 이렇게 말하면 어떨지 몰라도 그건 좀 비겁한 태도였어. 경정은 그런 말을 들어도 괜찮았다. 어쨌든 이런 말들이 오가고, 생각에 생각을 거듭하느라 그는 제시간에 자기 자신의 명령을 이행하지 못하고 있었다. 초인종을 누르려고 손을 들어올렸을 때는 벌써 11시 15분 전이었다. 엘리베이터가 그를 4층까지 태워다주었다. 앞에 있는 것이 그 집 문이다.

경정은 안에서 누가, 누구세요, 하고 물어보기를 기다렸다. 그러나 문이 그냥 열리더니 한 여자가 나타나서 말했다, 네. 경정은 호주머니에 손을 넣어 신분증을 꺼냈다. 경찰이오, 그가 말했다. 경찰이 이 아파트에 사는 사람들한테 무슨 볼일이 있죠, 여자가 물었다. 몇 가지 질문에 대답만 해주면 되오. 무슨 일인데요. 이보시오, 층계참에서 심문을 하기는 좀 그렇잖소. 아, 그러니까 심문을 하겠다는 거로군요, 여자가 물었다. 부인, 설사 내가 두 가지 질문만 한다 해도, 그래도 그건 심문이오. 말을 정확하게 하는 걸 좋아하시는군요. 특히 남이 나한테 대답을 할 때 정확하게 해주길 바라지요. 그거 괜찮은 대답이네요. 어려운 것도 아니었소, 부인이 나한테 갖다 바친 것이나 다름없으니까. 댁이 찾는 게 진실이라면 다른 것도 바치도록 하죠. 진실을 찾는 것이야말로 모든 경찰관의 근본적인 목표요. 네, 그렇게 힘주어 말씀하시는 것을 들으니 아주 좋군요, 들어오시는 게 좋겠네요, 남편은 신문을 사러 잠깐 나갔어요, 금방 돌아올 거예요. 부인이 좋다면, 부인이 그게 더 예의 바른 일이라고 생각한다면, 밖에서 기다릴 수도 있소. 말도 안 돼요, 어서 들어오세요, 경찰관보다 안전한 사람이 어디 있겠어요. 경정은 안으로 들어갔다. 여자가 앞서 걷더니 쾌적한 거실로 통하는 문을 열었다. 사람이 늘 살던 친근한 분위기가 느껴졌다. 앉으세요, 경정님, 여자가 말하더니 물었다, 커피 드시겠어요. 아뇨, 고맙지만, 근무 중에는 아무것도 받지 않소. 당연하죠, 큰 부패란 것도 다 그런 데서 시작되는 거니까요, 오늘 커피 한 잔, 내일 커피 한 잔, 그러다 세 번째로 한 잔을 마시면 이미 너무 늦어버리죠. 바로 그게 우리 규칙이기도 하오. 궁금해서 그러는데 한 가지 여쭈어도 될까요. 뭐요. 아까 경찰에서 오셨다고 하면서 경정이라고 적힌 신분증을 보여주셨는데, 제가 알기로는 몇 주 전 경찰이 도처에 만연한 폭력과 범죄의 손아귀에 우리를 버려두고 철수를 해버린 것 같 던데요, 그럼 경정님이 오늘 여기 계신 것은 우리 경찰관들이 다시 집으로 돌아왔다는 뜻으로 받아들여도 되는 건가요. 아 니, 부인, 우리는, 부인의 표현을 빌리자면, 집으로 돌아오지 않았소, 우리는 여전히 분계선 건너에 있소. 그럼 경계를 넘어 오실 만한 중요한 이유가 있었겠네요. 그렇소, 아주 중요한 이 유가 있었소. 그리고 경정님이 나한테 물으러 오신 것들도 당 연히 그 이유와 관련이 있고요. 당연하지요. 그럼 경정님이 그 걸 물어보실 때까지 기다리는 게 좋겠군요. 맞소. 3분 뒤 현관 문이 열리는 소리가 들렸다. 여자는 방을 나가더니 들어온 사 람한테 말했다, 있잖아요, 손님이 오셨어요, 경찰 경정님이시 라네요. 경찰 경정이 언제부터 무고한 사람들에게 관심을 갖 게 됐습니까. 남편은 그 마지막 말을 방 안에 들어와서 했다. 그는 부인보다 앞서 걸어오며 경정에게 그 말을 한 것이다. 경 정은 앉아 있던 의자에서 일어서며 대답했다, 무고한 사람은 없소, 설혹 현실적인 범죄를 저지르지 않았다 해도 말이오, 우 리 모두 반드시 어떤 잘못인가 저질렀게 마련이오. 우리가 어 떤 범죄나 잘못으로 비난을 받거나 고발을 당한 겁니까. 서두 를 것 없소, 의사 양반, 우선 편안하게 자리나 잡읍시다, 편하 게 이야기나 할 수 있도록. 의사와 부인은 소파에 앉아 기다렸 다. 경정은 잠시 입을 다물고 있었다. 갑자기 어떤 전술을 써야 할지 자신이 없었다. 경감과 경사에게는 토끼를 너무 일찍 놀 라게 하지 않으려고 주어진 지침에 따라 맹인 살인에 관한 것만 물어보게 했다. 그러나 경정 자신은 더 야심만만한 목표에 시선을 고정하고 있었다. 그의 앞에 있는 여자, 빚진 것이 없기 때문에 두려워할 것도 없다는 표정으로 남편 옆에 차분하게 앉아 있는 여자가 진짜 살인자인가 하는 것은 물론, 정부를 지금과 같은 모욕적인 상황에 몰아넣어 고개를 숙이고 무릎을 꿇게 만든 그 사악한 음모에 참여한 사람인지 밝혀내는 것이었다. 공식 암호 부서의 누가 경정에게 바다오리라는 괴상한 암호명을 부여하기로 했는지 알 수 없었다. 아마 개인적으로 경정에게 감정이 나쁜 사람인 것이 틀림없었다. 지금은 애석하게도 살아 있는 사람들의 세상을 떠나버린 체스의 거장 알리힌이 바다오리보다는 훨씬 더 적절하고 어울리는 암호명이었을 것이다. 그러자 의심은 연기처럼 사라지고 대신 견고한 확신이 그 자리를 차지했다. 내가 얼마나 멋진 조합 기술로 다음 수순을 전개해나가 마침내 장군을 부를지 잘 보라. 경정은 그렇게 생각한다. 경정은 교활하게 웃음을 지으며 말했다, 아까 주시겠다고 하신 커피를 한 잔 마셔도 괜찮을 것 같소. 경찰은 근무 중에는 아무것도 받지 않는다는 점을 이야기하는 게 내 의무 같은데요, 의사 부인이 대답했다. 부인은 게임을 즐기고 있었다. 경정들은 적당하다고 여겨질 때는 규칙을 위반할 권한이 있지요. 수사에 도움이 된다고 생각할 때 말씀인가요. 그렇게 말할 수도 있겠군요. 내가 가져올 커피가 부패의 길로 들어서는 첫걸음이 되는 것을 두려워하지 않는다는 뜻이기도 하고요. 아, 아까 그건 세 번째 잔에서부터만 일어난다고 말씀하신 것 같은데. 아니죠, 내가 말한 건 세 번째 잔에서 부패 과정이 완료된다는 것이었죠, 첫 번째 잔이 문을 열고, 두 번째 잔이 부패를 원하는 사람이 무사히 들어올 수 있게 문을 잡고 있고, 세 번째 잔이 문을 쾅 닫는다는 거예요. 주의를 주셔서 고맙소, 충고로 받아들이지요, 그럼 첫 번째 잔에서 멈추어야겠군요. 바로 가져오죠, 여자가 말하더니 방을 나갔다. 경정은 손목시계를 흘끗 보았다. 바쁩니까, 의사가 날카롭게 물었다. 아니, 의사 양반, 바쁠 것 없소, 그냥 나 때문에 두 분이 점심을 못 드시는 거나 아닌지 궁금했을 뿐이오. 아직 점심 먹기에는 이른 시간이지요. 또 내가 원하는 답을 가지고 이곳을 떠나기까지 얼마나 오래 걸릴지도 생각해보았소. 그러니까 원하는 답을 아신다는 뜻입니까, 아니면 질문에 답을 원한다는 뜻입니까, 의사가 묻더니 덧붙였다, 그 두 가지는 같은 게 아닌데. 그 말이 맞소, 같지 않지, 아까 부인과 잠깐 둘이 이야기를 할 때 부인은 내가 말을 정확하게 사용하는 것을 좋아한다고 말하더군요, 이제 보니 의사 양반도 마찬가지인 것 같소. 내가 하는 일에서는 언어의 부정확성 때문에 진단의 오류가 발생하는 일도 드물지는 않거든요. 이보시오, 나는 계속 당신을 의사라고 부르는데, 당신은 내가 그걸 어떻게 아는지 아직 물어보지 않았소. 경찰한테 자기가 아는 것이나 안다고 주장하는 것을 어떻게 아느냐고 묻는 게 시간 낭비로 보였기 때문이지요. 좋은 대답이오, 신에게 어떻게 전지, 전능, 편재할 수 있느냐고 묻는 것과 같다는 이야기로군. 그렇다고 경찰이 신이라는 말은 아니겠지요. 우리는 단지 지상에서 신을 겸손하게 대리하는 사람들일 뿐이오, 의사 양반. 아, 나는 교회와 사제가 그런 일을 하는지 알았는데요. 교회와 사제는 서열이 두 번째지요.

여자가 커피를 갖고 돌아왔다. 쟁반에 잔 세 개와 비스킷 몇 개가 담겨 있었다. 이 세상에서는 모든 일이 반복될 운명인가보군, 경정이 생각했다. 프로비덴시알 유한회사에서 먹은 아침 식사의 맛이 구개에 다시 느껴졌기 때문이다. 정말 고맙소만, 커피만 마시겠소, 경정이 말했다. 경정은 쟁반에 커피 잔을 도로 내려놓으면서 다시 고맙다고 하고, 다 안다는 웃음을 지으며 덧붙였다, 훌륭한 커피요, 부인, 두 번째 잔부터는 안 마시겠다는 결심을 재고해봐야 할 것 같소. 의사와 부인도 이미 커피를 다 마셨다. 비스킷에는 아무도 손을 대지 않았다. 경정이 상의 주머니에서 수첩을 꺼내더니 펜도 준비했다. 그는 답에 아무런 관심이 없는 듯 중립적이고 감정 없는 목소리로 말했다, 부인, 4년 전 전염병 기간에 부인이 눈이 멀지 않았다는 사실을 어떻게 설명하시겠소. 의사와 부인은 놀란 표정으로 마주 보았다. 부인이 물었다, 내가 4년 전에 눈이 멀지 않았다는 걸 어떻게 아시죠. 방금, 부인의 남편이 아주 통찰력 있는 말을 해주었소, 경찰한데 자기가 아는 것이나 안다고 주장하는 것을 어떻게 아느냐고 묻는 게 시간 낭비라고 생각한다는 거요. 그래요, 하지만 나는 내 남편이 아니에요. 나는 부인이나 부인 남편한테 내 직무상의 비밀을 공개할 필요가 없소, 부인이 눈이 멀지 않았다는 사실을 내가 아는 걸로 충분한 거요. 의사가 끼어들려 하자 부인이 그의 팔에 손을 얹었다. 좋아요, 그럼 이 얘기를 해주세요, 이건 비밀이 아닐 테니까, 4년 전에 내가 눈이 멀었거나 멀지 않았다는 것에 경찰이 왜 관심을 가지는 거죠. 만일 부인이 다른 모든 사람처럼 눈이 멀었다면, 나 자신처럼 눈이 멀었다면, 나는 지금 이 자리에 와 있지 않을 거요. 눈이 멀지 않은 게 범죄인가요, 여자가 물었다. 아니, 눈이 멀지 않은 건 예전에도 범죄가 아니었고 지금도 절대 범죄일 수 없소, 물론, 부인이 그런 말을 했으니까 이야기하지만, 눈이 멀지 않았기 때문에 범죄를 저지를 수는 있는 거지요. 범죄요. 살인. 여자는 조언을 구하듯이 남편을 흘끗 보더니 다시 얼른 경정을 보며 말했다, 그래요, 맞아요, 나는 한 남자를 죽였어요. 여자는 더 말을 하지 않고, 경정을 똑바로 바라보며 기다렸다. 경정은 수첩에 뭘 쓰는 척했지만, 그저 시간을 벌려는 행동일 뿐이었다. 그는 이제 어떤 수를 두어야 할지 생각하고 있었다. 경정은 여자의 대답에 놀랐다. 그러나 살인을 고백했다는 사실 때문이라기보다는 그 문제에 대하여 더 할 말이 없다는 듯이 그 후에 바로 입을 다물어버린 점 때문이었다. 사실 내가 관심이 있는 것은 그 범죄가 아닌데, 경정은 생각했다. 그럴 만한 이유가 있었겠군요, 경정이 먼저 입을 열었다. 무슨 이유요, 여자가 물었다. 그 범죄를 저지를 만한 이유요. 그건 범죄가 아니었어요. 그럼 뭐였소. 정의의 행동이었어요. 정의를 시행하는 것은 법원이 할 일이죠. 하지만 경찰에 가서 말을 할 수가 없었어요, 경정님 자신이 말씀하셨듯이, 당시에는 경정님도 다른 모든 사람들과 마찬가지로 눈이 멀었으니까요. 부인만 빼고. 네, 나만 빼고. 누구를 죽였소. 강간범이에요, 더러운 놈이죠. 그러니까 부인을 강간하던 사람을 죽였다고 말하는 거요. 아니, 나는 아니고 내 친구였어요. 그 여자도 눈이 멀었나요. 네, 그래요. 그 남자도 눈이 멀었고. 네. 어떻게 죽였소. 가위로요. 심장을 찔렀소. 아뇨, 목을 찔렀어요. 살인자의 얼굴은 아니신데. 나는 살인자가 아니에요. 사람을 죽였잖소. 사람이 아니었어요, 경감님, 빈대였어요. 경정은 다른 것을 또 적더니 의사를 돌아보았다. 의사 양반은 어디 있었소, 부인이 이 빈대를 죽이느라 바쁜 동안 말이오. 정신병원으로 사용하던 곳의 공동 숙소에 있었습니다, 처음 눈이 먼 사람들을 격리시키면 눈이 머는 사태가 번지는 것을 막을 수 있다고 생각하던 시절에 우리를 가두어놓은 곳입니다. 그러니까 선생이 안과 의사로군요. 네, 처음 눈이 먼 사람을 치료하는 특권을 누렸던 사람입니다, 특권이라고 말해도 좋을지 모르겠지만. 남자였소, 여자였소. 남자였습니다. 그 남자도 같은 숙소에 있게 되었소. 네, 당시 내 병원에 있던 다른 몇 사람들하고 함께요. 선생 부인이 강간범을 죽인 게 잘한 일 같았소. 피할 수 없는 일 같았습니다. 왜지요. 경정님이 거기 있었다면 그런 질문을 하지 않을 겁니다. 그럴지도 모르지만, 나는 없었잖소, 그래서 왜 선생 부인이 그 빈대, 다시 말해서 부인 친구를 강간하던 자를 죽인 것이 선생에게 피할 수 없는 일로 보였는지 다시 묻겠소. 누군가는 해야 할 일이었습니다, 그런데 집사람이 앞을 볼 수 있는 유일한 사람이었지요. 그 빈대가 강간범이라는 이유 때문에. 그 자만이 아니었습니다, 그와 같은 숙소에 있는 다른 모든 사람들이 먹을 걸 주는 대가로 여자를 요구했습니다, 그 자가 두목이었고요. 선생 부인도 강간을 당했소. 네. 부인 친구 전에, 아니면 후에. 전입니다. 경정은 수첩에 다시 기록을 하더니 물었다, 안과 의사의 관점에서 볼 때 부인이 눈이 멀지 않았다는 사실은 어떻게 설명할 수 있겠소. 안과 의사의 관점에서 볼 때 설명이 불가능합니다. 훌륭한 부인을 두셨소, 선생. 네, 그렇습니다, 하지만 꼭 그 일 때문만은 아닙니다. 나중에 그 낡은 정신병원에 억류되었던 사람들은 어떻게 되었소. 화재가 나서 대부분이 타 죽었거나 건물의 돌이 무너져 깔려 죽었을 겁니다. 돌이 무너진 건 어떻게 아시오. 간단합니다, 밖에 나오자마자 무너지는 소리를 들었거든요. 선생과 부인은 어떻게 피했소. 늦지 않게 나왔죠. 운이 좋았군요. 네, 집사람이 우리를 안내했습니다. 우리라니 무슨 뜻이오. 나하고 다른 몇 사람들 말입니다, 내 병원에 있던 사람들. 그 사람들이 누구였소. 처음 눈먼 사람, 이 사람은 아까도 이야기했죠, 그 사람 부인, 결막염에 걸렸던 젊은 여자, 백내장에 걸렸던 노인, 엄마와 함께 왔던 사팔뜨기 아이. 선생 부인이 그들 모두 화재를 피하게 도와주었소. 네, 모두요, 아, 아이 어머니만 빼고, 아이 어머니는 그 정신병원에 없었습니다, 아들과 헤어졌죠, 시력을 회복하고 나서 몇 주 뒤에야 모자가 다시 만났습니다. 그동안 아이는 누가 돌보았소. 우리가 돌보았습니다. 선생 부인과 선생이. 네, 음, 집사람이 돌봤죠, 집사람은 볼 수 있었으니까요, 나머지는 최선을 다해 도왔습니다. 그러니까 당신들이 집단을 이루어 살았다는 뜻이오, 부인이 안내자였고. 안내자이자 부양자였죠. 운이 아주 좋았구려, 경정이 다시 말했다. 그렇게 말할 수 있습니다. 정상으로 돌아간 뒤에도 함께 있던 사람들과 계속 연락을 했소. 네, 물론입니다. 지금도 하고 있소. 처음 눈이 먼 남자만 빼고는 그렇습니다. 왜 그 사람은 빼놓았소. 별로 좋은 사람이 아니어서요. 어떤 의미에서. 모든 의미에서. 너무 모호한데. 네, 압니다. 더 구체적으로 말하고 싶지는 않다는 거로군. 직접 만나보고 판단하시지요. 어디 사는지는 아시오. 누구 말입니까. 처음 눈이 먼 남자와 부인 말이오. 두 사람은 헤어졌습니다, 이혼했죠. 그럼 부인은 지금도 만나시오. 네, 만납니다. 하지만 남편은 안 본다. 안 봅니다. 왜. 말했잖습니까, 좋은 사람이 아니라고. 경정은 다시 수첩으로 눈을 돌려, 이런 긴 심문에서 얻은 것이 없다는 사실을 드러내지 않으려고 자기 이름을 적었다. 경정은 다음 수를 두려고 했다. 게임 전체에서 가장 문제가 많고 위험한 수였다. 경정은 고개를 들고 의사 부인을 보면서 입을 열었다. 그러나 부인이 먼저 그를 기다리고 있었다. 맥은 경찰 경정이에요, 여기 와서 그렇다고 신분을 밝히고 온갖 질문을 했어요, 하지만 내가 저지른 계획적인 살인 이야기만 했죠, 내가 그것을 자백하기는 했지만 증인은 없어요, 일부는 죽었기 때문에, 또 모두가 눈이 멀었기 때문에 증인이 없는 거죠, 4년 전 모든 것이 혼돈에 빠지고 법이 단순히 죽은 문자에 불과했던 시절에 무슨 일이 일어났는지 아무도 알고 싶어 하지 않는다는 사실은 말할 것도 없고요, 자, 우리는 지금도 경정님이 왜 여기에 오셨는지 말해주기를 기다리고 있어요, 이제 카드를 내놓으실 때가 된 것 같네요, 변죽만 울리지 말고 경정님을 이곳에 보낸 사람이 무엇에 관심을 가졌는지 이야기를 해보세요. 그때까지 경정은 내무부장관이 자신에게 맡긴 임무의 목적을 분명하게 알고 있었다. 백지투표라는 현상과 앞에 앉아 있는 여자 사이에 어떤 관계가 있는지 찾아내자는 것 이상도 이하도 아니었다. 그러나 그녀가 끼어들어 퉁명스럽지만 정확하게 이야기를 하자 그의 무장이 해제되고 말았다. 그뿐만이 아니라 여자를 볼 용기가 없었기 때문에 갑자기 눈을 내리깔고, 이렇게 묻는다면 얼마나 우스꽝스러울지 갑자기 의식하게 되었다, 부인이 혹시 민주주의를 치명적, 아니, 치명적이지는 않지만 위험하다고 하면 과장이라고 할 수 없는, 그런 상황으로 몰아넣기 위해 생겨난 전복 운동의 조직자, 지도자, 우두머리 아니오. 무슨 전복 운동요, 여자는 물을 것이다. 백지투표를 배후 조종한 운동 말이오. 백지투표를 던진 것이 전복 행위라고 말하는 건가요, 여자는 다시 물을 것이다. 대규모로 벌어진다면 그렇소. 헌법 어디에, 선거법 어디에, 십계명 어디에, 도로교통법 어디에, 감기약 병 어디에 그런 말이 적혀 있던가요, 여자는 그렇게 물을 것이다. 뭐 꼭 적혀 있는 건 아니지만 그게 가치의 위계나 상식과 관련된 간단한 문제라는 건 누구나 알 수 있지 않소, 우선 유효투표가 있고, 그다음에 백지투표가 있고, 그다음에 무효투표가 있고, 그다음에 기권이 있소, 내 말은 부차적 범주들 가운데 하나가 일차적 범주를 따라잡을 때 민주주의는 분명히 위험에 빠진다는 거요, 투표란 우리가 신중하게 이용해야 하는 거요. 내가 벌어진 사태에 책임이 있는 사람이라는 건가요. 내가 알아내려는 게 그거요. 내가 어떻게 주민 다수가 백지투표를 하게 했다는 거죠, 집집마다 팸플릿을 돌렸나요, 밤중에 기도를 하고 주문을 외었나요, 수돗물에 특수한 화학 물질을 첨가했나요, 모든 사람에게 복권 일등상을 타게 해주겠다고 약속했나요, 남편이 병원에서 버는 돈으로 표를 샀나요. 부인은 다른 모두가 눈이 멀었는데 시력을 유지했소, 그런데 그 이유를 설명할 수도 없고 설명하려 하지도 않소. 그래서 내가 세계 민주주의에 대항하는 음모를 꾸몄다는 건가요. 내가 알아내려는 게 그거요. 그럼 나가서 알아내세요, 그리고 수사를 마친 뒤에 나한테 와서 말해주세요, 그전에는 나한테서 한마디도 더 들을 생각 마시고. 다른 무엇보다도 이것이야말로 경정이 원치 않는 것이었다. 그래서 더 물어볼 것은 없지만 내일 다시 오겠다고 말하려는데 초인종이 울렸다. 의사가 일어서서 누구인지 보러 갔다. 의사는 경감과 함께 거실로 돌아왔다. 이분이 자기가 경감이고, 이곳으로 오라는 명령을 받았다는데요. 그렇소, 경정이 말했다, 하지만 오늘 볼일은 끝났소, 내일 같은 시간에 계속하겠소. 경정

307

님, 저하고 경사한테, 경감이 끼어들려고 했으나 경정이 말을 잘랐다. 내가 했거나 하지 않은 말은 지금 관심이 없다. 그럼 내일 우리 셋이 함께 오는 겁니까. 경감, 그 질문은 무례하다, 나는 적당한 장소에서 적당한 시간에 결정을 내릴 거다, 시간이 지나면 그 내용이 뭔지 알 수 있을 거다, 경정이 성난 목소리로 말했다. 경정이 의사 부인을 돌아보았다, 내일은 부인이 요청한 대로 빙빙 돌리느라 시간을 낭비하지 않겠소, 바로 핵심으로 들어가겠소, 내가 물어볼 것도 부인이 4년 전 실명 전염병이 돌 때 부인이 시력을 유지했다는 사실과 마찬가지로 특별한 것이 될 거요, 그때 나도 눈이 멀었고, 경감도 눈이 멀었고, 부인 남편도 눈이 멀었소, 하지만 부인은 눈이 멀지 않았소, 따라서 옛날 격언에서 말하는 대로, 냄비를 만든 여자가 그 뚜껑도 만들었는지 알아낼 거요. 그러니까 냄비와 관련이 있는 일이라는 거로군요, 경정님. 의사 부인이 비꼬는 목소리로 말했다. 아니, 뚜껑과 관련이 있소, 부인, 뚜껑과, 경정은 상대가 그런 대로 재치 있는 퇴장 대사를 할 수 있는 기회를 제공해준 것에 안도하며 방을 나갔다. 희미하게 두통이 느껴졌다.

그들은 함께 점심을 먹지 않았다. 경정은 통제된 분산이라는 전술을 고수하여 따로 길을 가는 경감과 경사에게 어제 갔던 식당에는 가지 말아야 한다고 말했으며, 자신이 자신의 부하이기라도 한 것처럼 그 자신도 자신의 명령을 꼼꼼하게 따랐다. 여기에는 자기희생 정신도 필요했다. 결국 메뉴판에는 별 세 개짜리라고 적혀 있음에도 실제 나온 요리에는 한 개밖에 줄 수 없는 식당을 골랐기 때문이다. 이번에는 만나는 장소가 하나가 아니라 둘이었다. 경사가 첫 번째 장소에서 기다리고, 경감이 두 번째 장소에서 기다렸다. 그들 둘 다 상관이 대화를 할 분위기가 아님을 알았다. 안과 의사 부부와 만난 일이 순조롭지 못했던 것이 분명했다. 그들 역시 각자의 수사에서 이렇다 할 성과를 얻지 못했기 때문에, 프로비덴시알 보험 및 재보험 유한회사에 돌아가 정보를 교환하고 검토하기로 한 계획은 순탄하지 않을 것 같았다. 이런 상태였는데 회사에 도착했을 때 주차 관리인이 예상치 않게 곤혹스러운 질문을 던지는 바람에 긴장은 더욱 고조되었다, 어디 분들이십니까. 경정과 그가 일에서 쌓은 경험을 존중하며 말하건대, 그는 냉정을 잃지 않았다. 프로비덴시알에서 일하오, 그가 날카로운 목소리로 대답한 뒤에 더 날카롭게 대꾸했다, 늘 주차하던 데 주차할 생각이오, 우리 회사에 지정된 자리에 말이오, 따라서 당신 태도는 건방질 뿐만 아니라 무례한 거요. 건방지고 무례한지는 모르겠으나 댁들을 전에 본 기억은 없습니다. 그건 당신이 무례할 뿐만 아니라 기억력도 형편없기 때문이오, 여기 내 동료들은 신입사원들이고 이번에 처음 오는 거요, 하지만 나는 전에도 왔소, 자, 이제 비켜주시오, 운전사가 약간 신경이 예민해서 사고로 당신을 칠지도 모르겠거든. 그들은 차를 주차시키고 엘리베이터에 탔다. 경사는 이렇게 말하는 것이 경솔한 일일 수도 있다는 생각은 해보지도 않고, 자신이 전혀 신경이 예민한 사람이 아니라고, 경찰에 들어오기 전에 받은 적성 검사에서도 아주 차분하다는 이야기를 들었다고 열심히 설명했다. 그러나 경정은 퉁명스러운 손짓으로 그가 입을 다물게 했다. 이윽고 프로비덴시알 유한회사의 강화 벽과 방음 처리를 한 바닥과 천장의 보호를 받게 되자 경정은 무자비한 공격에 나섰다, 이런 백치 같으니라고, 엘리베이터에 마이크가 설치되어 있을지도 모른다는 생각은 해보지도 않았나. 죄송합니다, 경정님, 정말 죄송합니다, 생각 못 했습니다, 가엾은 경사가 더듬거렸다. 내일은 여기서 나가지 말고 이곳을 지키면서 그 시간을 이용해, 나는 백치입니다, 하고 500번을 써라. 경정님, 제발. 아, 됐다, 잊어버려라, 나도 내가 과장을 한다는 건 안다, 그 자가 신경에 거슬려서 그랬다, 관심을 끌지 않으려고 조심을 해서 현관문을 사용하는 것까지 피했는데 그런 놈이 나타나다니. 우리 쪽 사람들한테 이야기해서 그 자한테 메모를 보내게 하는 게 좋겠는데요, 우리가 도착하기 전에 수위한테 했던 것처럼요, 경감이 제안했다. 그건 외려 역효과가 날 거다, 우리가 원하는 건 아무도 우리한테 관심을 안 갖는 거다. 이미 그러기에는 너무 늦었는지도 모르겠습니다, 경정님, 다른 장소가 또 있다면 그리로 옮기는 게 최선일 것 같습니다. 아, 있지, 있기는 있지, 하지만 지금 쓸 수 있는 곳은 없다. 시도해볼 수는 있지 않겠습니까. 아니, 그럴 여유가 없다, 게다가 내무부에서도 별로 좋아하지 않을 거다, 이 일은 빨리, 긴급하게 처리해야 하거든. 솔직히 말씀드려도 될까요, 경정님, 경감이 물었다. 말해보게. 어, 우리는 막다른 골목에 이른 것 같습니다, 아니 어쩌면 독이 있는 말벌집 속에 들어온 것 같습니다. 왜 그런 생각을 하나. 설명하기는 힘들지만, 꼭 도화선에 불이 붙은 화약통 위에 앉아 있는 것 같은 느낌이 듭니다, 당장이라도 폭발할 것 같습니다. 경정은 자신의 생각을 들킨 느낌이었다. 그러나 지위와 자신이 지휘하는 임무에 대한 책임감 때문에 의무의 곧은 길로부터 벗어날 수가

311

없었다, 나는 그렇게 생각하지 않는다, 경정이 말했다. 그 말과 더불어 이 문제는 결말이 났다.

이제 그들은 그날 아침 식사를 하던 탁자에 앉아 있었다. 수첩을 앞에 펼치고 묘안을 짜내려고 애쓰고 있었다. 당신 먼저 이야기해봐, 경정이 경사에게 말했다. 아파트에 들어섰을 때 저는 아무도 여자에게 귀띔을 해주지 않았다는 것을 알 수 있었습니다. 물론 귀띔을 해준 사람은 없겠지, 우리 모두 10시 반에 도착하기로 약속하지 않았나. 네, 하지만 제가 좀 늦었거든요, 사실은 문을 두드렸을 때 10시 33분이었습니다, 경사가 고백했다. 그건 지금 중요하지 않다, 계속해봐, 더 시간 낭비하지 말고. 여자는 들어오라더니 커피를 마시겠느냐고 묻더군요, 그래서 마시겠다고 했죠, 글쎄요, 마시지 않을 이유가 없더군요, 저는 꼭 손님이 된 듯한 기분이었습니다, 그런 다음 여자한테 4년 전에 정신병원에서 있었던 일을 수사하는 중이라고 말했지만, 눈먼 살인 피해자 이야기를 바로 꺼내지 않는 게 좋겠다는 생각이 들었습니다, 그래서 대신 화재 원인에 관해 묻기로 했지요, 여자는 4년이나 지난 뒤에 모두가 잊으려고 노력하는 일을 다시 캐내는 게 이상하다고 생각하더군요, 그래서 가능한 한 많은 사실을 기록해두려는 것이라고 말했습니다, 그 사건들이 일어났던 몇 주가 나라의 역사에 계속 공백으로 남을 수는 없다는 이유로 말입니다, 하지만 여자는 바보가 아니었습니다, 여자는 즉시 부조화를 지적하더군요, 여자는 실제로 그런 말을 사용했습니다, 우리가 현재 처한 상황,

백지투표 때문에 계엄령이 떨어지고 고립된 상황에서 눈이 머는 전염병이 퍼지던 기간에 일어난 일을 조사한다는 것이 그렇단 얘기였죠, 솔직히 처음에는 완전히 당황해서 어떻게 대꾸할지를 몰랐습니다, 하지만 갖다 붙일 말을 하나 찾았죠, 이 수사는 백지투표 사태가 벌어지기 전에 결정된 것인데 관료적인 복잡한 절차 때문에 늦어졌다가 이제야 실행에 옮기게 되었다고 말입니다, 그러자 여자는 불이 무엇 때문에 일어났는지 모른다면서, 그냥 우연이었을 거라고, 언제라도 쉽게 일어날 수 있는 일이었다고 말하더군요, 그래서 여자에게 어떻게 탈출을 했느냐고 물었습니다, 그러자 여자는 의사 부인 이야기를 꺼내면서 엄청나게 칭찬을 하는 겁니다, 얼마나 훌륭한 사람인지 모른다면서요, 평생 만난 누구하고도 다른, 정말로 훌륭한 사람이라는 겁니다, 그 여자는 이러더군요, 만일 그 부인이 없었다면 나는 여기서 경사님과 이야기를 나누고 있지 못할 거예요, 부인은 우리를 모두 구해주었어요, 그냥 구해주기만 한 게 아니에요, 우리를 보호해주고, 먹여주고, 돌봐주기까지 했어요, 그래서 저는 여자한테 우리라는 말을 사용하는데 그게 누구를 가리키는 거냐고 물었죠, 여자는 한 명씩 한 명씩 우리가 이미 아는 사람들을 꼽더군요, 마지막으로 여자는 당시 자신의 남편도 그 그룹의 일원이었지만, 이혼한 지 3년이 되었기 때문에 그 남자 이야기는 하고 싶지 않다고 했습니다, 이게 제가 그 대화에서 알아낸 전부입니다, 경정님, 제가 받은 인상은 의사 부인이 영웅 같은 존재, 아주 고귀한 사람이 틀림없다는 겁니다. 경정은 마지막 몇 마디는 못 들은 척했다. 그래야 현재 상황에서 나라에 대항하여 지을 수 있는 최악의 범죄와 관련하여 의심을 받고 있는 여자를 영웅이나 고귀한 사람이라고 부른 경사를 질책하는 일을 피해갈 수 있었기 때문이다. 경정은 피곤했다. 그는 조용하고 단조로운 목소리로 경감에게 매춘부와 검은 안대를 한 노인의 집에서 알게 된 것을 보고하라고 말했다. 글쎄요, 그 여자가 과거에는 매춘부였는지 몰라도 지금은 아닌 것 같더군요. 왜, 경정이 물었다. 매춘부의 태도나 행동이나 말이나 스타일이 보이지 않아서지요. 매춘부에 대해 꽤 아는가 보군. 그렇지는 않습니다, 경정님, 다들 아는 거에다 개인적인 경험이 약간 있을 뿐이지요, 하지만 주로 선입관이죠, 뭐. 계속해봐. 저를 아주 정중하게 맞이하더군요, 하지만 커피를 권하지는 않았습니다. 두 사람이 결혼을 했던가. 글쎄요, 둘 다 결혼반지는 끼고 있었습니다. 그 노인은 어떻던가. 늙었습니다, 그 노인에 관해서는 보고할 게 그게 다인 것 같습니다. 그건 틀린 거다, 노인들에게는 알아낼 게 아주 많지, 다만 아무도 그 사람들한테 아무것도 묻지 않을 뿐이다, 그래서 노인들이 조용히 있는 거다. 글쎄요, 그 노인은 조용히 있지 않던데요. 잘됐군, 계속해봐. 어쨌든 저는 화재 이야기에서 출발했습니다, 여기 이 친구처럼 말입니다, 그러다가 그렇게 해서는 아무런 성과도 없겠다는 사실을 깨달았습니다, 그래서 정면 공격을 하기로 했습니다, 경찰이 받은 편지 이야기를 했지요, 화재 전에 병동에서 벌어진 범죄 행위들을 묘사한 편지인데, 그 가운데는 살인도 있더라, 그러면서 아는 게 있느냐고 물었습니다. 매춘부는 안다고 그러더군요, 자기보다 더 잘 아는 사람은 없을 거라고, 왜냐하면 자기가 살인자이니까. 매춘부가 살인 흉기도 이야기하던가, 경정이 물었다. 네, 가위라고 하더군요. 그걸로 심장을 찔렀다고 하던가. 아니요, 경정님, 목을 찔렀다고 했습니다. 그 외에. 솔직히 저는 완전히 허를 찔렸습니다. 그래, 상상이 가는군. 갑자기 범죄는 하나인데 범인은 둘이 되었으니까요. 계속해봐. 그 다음은 정말 무시무시합니다. 화재 이야기로군. 아닙니다, 경정님, 매춘부는 눈먼 남자들이 차지한 숙소에서 강간을 당한 여자들한테 무슨 일이 있었는지 충격적으로, 잔인하다 싶을 정도로 자세하게 이야기를 하기 시작했습니다. 매춘부가 그런 이야기를 하는 동안 남자는 어떻던가. 그냥 똑바로 저만 보고 있었습니다, 한 눈으로 말입니다, 마치 제 속을 들여다보듯이. 그거야 당신 상상이고. 아닙니다, 경정님, 저는 눈 하나가 둘보다 더 잘 볼 수 있다는 사실을 알게 되었습니다, 옆에서 도와줄 눈이 없으니 혼자 모든 일을 해야 하지 않습니까. 그래서 장님 나라에서는 애꾸가 왕이라고 이야기하는지도 모르겠군. 맞습니다, 경정님. 어서 계속해라. 매춘부가 말을 마치자 노인이 입을 열더니, 제 방문 동기, 노인 표현이 그랬습니다, 동기가 이제는 아무것도 남지 않은 건물의 화재 원인을 확인하는 것이나 절대 입증할 수 없을 살인을 둘러싼 정황을 정리하는 것이라는 말을 믿을 수가 없다고 말하더군요, 그러면서 더

할 말이 없으면 가주었으면 좋겠다고 덧붙였습니다. 그래서 뭐라고 했어. 경찰로서 내 권위를 들이댔지요, 나는 임무를 띠고 온 것이고 그 임무를 수행하는 데 필요한 일은 뭐든지 하겠다고 말했습니다. 그랬더니 뭐래. 노인은 그렇다면 당신이 수도 전체에서 근무를 하는 유일한 경찰관일 거라고 하더군요, 경찰은 몇 주 전에 사라졌다면서, 그러더니 자신들의 안전, 그리고 바라건대는 추가로 몇 사람의 안전을 걱정해주는 걸 고맙게 생각한다고 했습니다, 경찰관이 그 방에 있는 두 사람만을 위해 파견되었을 거라고는 생각하지 않는다면서요. 그래서. 상황이 묘해지는 바람에 사실 더 이상 할 수 있는 일이 별로 없었습니다, 그곳을 나오면서 유일하게 할 수 있었던 말은 법정에서 진실과 맞설 준비를 하라는 것이었습니다, 우리가 가진 절대적으로 믿을 만한 정보에 따르면 눈먼 범죄자들의 두목을 죽인 것은 그 매춘부가 아니라 다른 사람이며, 그 여자의 신원은 이미 확인했다고 말했지요. 그랬더니 어떤 반응을 보이던가. 처음에는 제 말에 겁을 먹은 것 같았습니다, 하지만 노인은 금방 회복하더니, 자기네 집에서건 어디에서건 앞으로는 법에 관해 경찰보다 잘 아는 변호사를 동행하겠다고 말하더군요. 당신이 정말로 그 사람들에게 겁을 주었다고 생각하나. 네, 그런 것 같습니다, 물론 확신은 못 하지만요. 두려움을 느꼈을지도 모르지만, 그건 아마 자기들 때문이 아닐 거야. 그럼 누구 때문입니까, 경정님. 진짜 살인자, 의사 부인 때문이지. 하지만 그 매춘부는. 이봐, 우리가 계속 그 여자를 그렇게 부를 권리가 있을지 모르겠군, 경감. 좋습니다, 검은 안대를 한 남자의 부인은 자기가 살인자라고 말했습니다, 물론 편지를 쓴 남자는 그 여자가 아니라 의사 부인을 고발했지만요. 의사 부인이 진짜 범인이고, 또 부인도 그렇게 자백하고 확인해주었다. 상관이 자신의 수사 이야기를 거론했으므로, 이 지점에서 경감과 경사는 그가 자신의 수사 이야기를 자세하게 해줄 것이라고 예상했다. 그러나 경정은 내일 용의자의 집으로 다시 가서 추가로 심문을 하고, 그 뒤에 다음 계획을 결정하겠다고만 이야기했을 뿐이다. 우리는 어떻게 하지요, 우리는 내일 뭘 합니까, 경감이 물었다. 감시를 해라, 그거면 된다, 당신은 편지를 쓴 자의 전 부인을 책임져라, 그 여자는 당신을 모르니까 문제가 없을 거다. 그럼 자동적으로, 소거 절차에 의해, 저는 노인과 매춘부를 맡게 되겠군요, 경사가 말했다. 그 여자가 진짜로 매춘부라는 사실 또는 과거에 매춘부였다면 지금도 계속 그렇다는 사실을 증명하기 전에는 우리 대화에서 매춘부라는 말을 사용하는 것을 금지하겠다. 네, 경정님. 설사 그 여자가 그렇다 해도 다르게 부를 방법을 찾아봐라. 네, 경정님, 그 여자 이름을 사용하도록 하겠습니다. 이름은 다 내 수첩에 옮겨 적었으니 당신 수첩에는 없다. 그냥 저한테 이름이 뭔지 말씀해주시면 되잖습니까, 경정님, 그럼 이제부터 매춘부니 뭐니 말할 필요가 없을 텐데요. 미안하지만 안 된다, 그 정보는 당장은 비밀이다. 그 여자 이름만입니까, 아니면 다른 이름도 다입니까, 경사가 물었다. 전부. 글쎄요, 그럼 그 여자를

317

뭐라고 불러야 할지 모르겠는데요. 예를 들어 검은 색안경을 쓴 여자라고 부르면 되잖아. 검은 색안경을 쓰지 않았던데요, 그건 맹세할 수 있습니다. 누구나 평생에 한 번은 검은 색안경을 써보지 않겠나, 경정이 대꾸하며 일어섰다. 경정은 구부정한 걸음걸이로 침실로 걸어가더니 문을 닫았다. 틀림없이 내무부와 연락을 할 거야, 경감이 말했다. 왜 저러죠, 경사가 물었다. 우리만큼 당황한 거야. 자신이 하는 일을 믿지 못하는 것 같습니다. 자네는 믿나. 아니요, 저는 그냥 명령을 따를 뿐입니다, 하지만 경정님은 책임자 아닙니까, 이런 식으로 혼란스러운 신호들을 보내면 안 되지요, 그것 때문에 우리만 괴로우니까요, 파도가 바위를 치면 홍합만 괴로운 것 아닙니까. 흠, 그 비유가 얼마나 정확한지 모르겠군. 왜요. 내가 보기에는 홍합은 물이 밀려오면 반가워하는 것 같거든. 모르겠는데요, 하지만 홍합이 반가워서 웃는 소리는 못 들어봤는데요. 아, 웃지, 낄낄거린다니까, 파도 소리가 삼켜서 안 들리는 것뿐이야, 귀를 정말 가까이 갖다 대야 한다고. 설마, 쫄따구 경사라고 갖고 노시는 거죠. 화내지 말게, 시간 때우기에는 이런 장난이 최고니까. 더 좋은 방법도 있습니다. 뭔데. 자는 겁니다, 피곤해요, 가서 자겠습니다. 경정이 찾을지 모르는데. 천만에요, 하늘이 무너져도 그런 일은 없을 겁니다. 자네 말이 맞을지도 모르지, 경감이 말했다, 나도 자네 본을 따라가서 누워야겠군, 하지만 필요하면 부르라고 메모나 남겨놓아야지. 좋은 생각입니다.

경정은 구두를 벗고 침대에 누웠다. 뒤통수에 깍지를 끼고 천장을 바라보고 있었다. 천장에게 조언을 구하는 것 같았다. 조언까지는 아니라 해도 우리가 보통 사심 없는 의견이라고 부르는 것은 구하는 것 같았다. 방음 장치를 해놓았기 때문인지, 그래서 귀머거리가 되어버려서 그런 건지, 천장은 아무런 말도 하지 않았다. 천장은 대부분의 시간을 혼자 보내는 바람에 말하는 능력을 잃어버리다시피 한 것 같았다. 경정은 마음속으로 의사 부부와 나누었던 대화를 다시 짚어보았다. 여자의 얼굴과 남자의 얼굴. 그가 들어갔을 때 일어서서 으르렁거렸지만 여주인의 말 한마디에 다시 주저앉았던 개. 부모 집에 있었지만 어떻게 사라졌는지 모르게 사라져버린 낡은 황동 등잔과 똑같이 생긴 등잔. 경정은 이런 기억과 방금 경감과 경사에게서 들은 이야기를 뒤섞었다. 내가 거기서 뭘 하고 있었을까. 경정은 탐정 영화에서처럼 분계선을 건너왔다. 치명적인 위험으로부터 조국을 구하러 가는 것이라고 확신했다. 그런 확신 때문에 부하들에게 우스꽝스러운 명령을 내렸고, 부하들은 착하게도 용서해주었다. 그는 의심으로 이루어진 위태로운 틀을 붙들고 있으려 했지만, 그 틀은 시간이 지나면서 점차 무너져 내렸다. 이제 경정은 횡격막이 바짝 조이는 모호한 불안감에 놀라면서 바다오리로서 해야 할 일을 생각했다. 믿을 만한 적당한 정보를 꾸며내 앨버트로스에게 보내야 할 텐데. 앨버트로스는 지금 초조해하며 왜 보고가 늦어지는지 궁금해하고 있을 것이다. 뭐라고 말하지, 경정은 생각했다,

물수리에 관한 의심이 확인되었고, 남편과 다른 사람들도 음모에 가담했다고 말하나, 그럼 그 다른 사람들은 누구냐고 물을 것이고, 나는 이렇게 말하겠지, 베도라치라는 암호명이 정말 잘 어울릴 만한 검은 안대를 한 노인, 메기라고 부를 검은 색안경을 쓴 여자, 편지를 쓴 자의 전 부인, 이 여자는 갈치라고 부르겠습니다, 물론 다 동의를 해주셔야만 그렇게 부를 수 있겠습니다만, 앨버트로스. 경정은 벌써 침대에서 일어나 붉은 전화로 이야기를 하고 있었다, 네, 앨버트로스, 방금 말씀 드린 사람들은 사실 큰 고기는 아닙니다, 그냥 운이 좋아 물수리를 만났고, 물수리가 그들을 보호해준 거지요. 물수리는 어떻게 생각하시오, 바다오리. 훌륭한 여자로 보였습니다, 정상적이고, 똑똑했습니다, 다른 사람들이 그 여자에 관해서 하는 말이 사실이라면, 앨버트로스, 저도 사실이라고 생각합니다만, 그 여자는 아주 특별한 사람입니다. 가위로 사람을 죽인 것은 정말 보통 일이 아니지, 바다오리. 증인들의 말에 따르면, 앨버트로스, 그 남자는 더러운 강간범이었고, 아주 역겨운 놈이었다고 합니다. 착각하지 맙시다, 바다오리, 그 자들은 누가 심문할 경우에 대비해서 4년 전의 사건에 관한 이야기를 꾸며내 입을 맞춘 것이 분명하오, 당신이 내게 준 정보, 그리고 나 자신의 추론과 직관을 기초로 나는 이 다섯 사람이 조직 세포라는 데 뭐든지 걸겠소, 어쩌면 우리가 얼마 전에 말했던 그 촌충의 머리일지도 모르겠소. 저나 제 동료들이나 그런 인상은 받지 못했는데요, 앨버트로스. 흠, 바다오리, 당신은 생각을 바꿀 수밖에 없소. 증거가 필요합니다, 증거가 없으면 아무것도 할 수 없습니다, 앨버트로스. 그럼 증거를 찾으시오, 바다오리, 이 자들 집을 이 잡듯이 수색하란 말이오. 하지만 판사의 허가 없이는 집을 수색할 수 없습니다. 이보시오, 바다오리, 그 도시에는 계엄령이 떨어져 있소, 모든 주민의 권리가 중단된 상태란 말이오. 증거를 찾지 못하면 어쩝니까, 앨버트로스. 그 가능성은 받아들이지 않겠소, 바다오리, 당신은 경정치고는 너무 순진하다는 인상을 주는군, 내가 내무부장관으로 있는 동안에는 없던 증거도 나중에 다 나왔소. 저한테 요구하시는 일은 쉽지도 않고 즐겁지도 않은 거로군요, 앨버트로스. 나는 요구하는 게 아니오, 바다오리, 명령하는 거요. 네, 앨버트로스, 하지만 우리는 어떤 범죄의 증거도 찾지 못했다는 점을 지적하고 싶습니다, 용의자로 간주하기로 했던 사람이 실제로 용의자라는 증거가 없습니다, 사실 우리가 접촉한 모든 사람들, 우리가 해본 모든 심문은 그 사람이 무죄임을 보여줍니다. 구금한 사람 사진을 찍어보면, 바다오리, 늘 아무 죄도 짓지 않은 사람 같은 모습이오, 하지만 나중에 가면 늘 범죄자였다는 게 드러나지. 한 가지 질문을 좀 해도 될까요, 앨버트로스. 물어보시오, 내가 대답을 할 테니까, 바다오리, 나는 늘 대답하는 데는 선수였소. 죄의 증거가 발견되지 않으면 어떻게 됩니까. 무죄의 증거가 발견되지 않았을 때와 똑같은 일이 벌어지지. 그 말씀을 어떻게 이해해야 합니까, 앨버트로스. 범죄를 저지르기 전에 이미 선고가 내려진 사건들도 있다는 뜻이오. 그렇다면, 제가 그 말씀을 제대로 이해한 거라면, 앨버트로스, 저는 이 임무에서 물러나겠습니다. 물러나게 될 거요, 바다오리, 약속하오, 하지만 지금은 아니오, 또 당신 요청에 따라서도 아니오. 당신은 이 사건이 종결되면 물러나게 될 거요, 그리고 이 사건은 반드시 당신과 당신 부하들의 칭찬할 만한 노력 덕분에 종결될 거요, 자, 잘 들으시오, 닷새를 주겠소, 알아들었소, 닷새, 하루도 더 안 되오, 그 세포 전체를 넘기시오, 손발을 꽁꽁 묶어서, 그 물수리와 그 남편, 이런, 가엾게도 그 친구한테는 우리가 이름을 주지 못했군, 어쨌든 그 외에 방금 떠오른 작은 물고기 세 마리, 베도라치, 메기, 갈치, 나는 당신이 그들을 부인할 수 없고, 빠져나갈 수 없고, 반박할 수 없고, 반론을 제기할 수 없는 증거의 무게로 눌러버리기를 바라오, 그게 내가 원하는 거요, 바다오리. 알겠습니다, 앨버트로스, 최선을 다하겠습니다. 내가 방금 하란 대로 하시오, 그리고 당신이 나를 나쁘게 생각하지 않도록, 사실 나는 합리적인 사람이기 때문에, 당신이 일을 성공적으로 마무리하도록 도움을 좀 주도록 하겠소. 형사를 더 보내준다는 겁니까, 앨버트로스. 아니요, 바다오리, 다른 종류의 도움이오, 하지만 내가 부릴 수 있는 경찰을 다 보내는 것만큼 효과가 있을 거요, 어쩌면 그보다 더 효과가 클지도 모르지. 무슨 말씀이신지 모르겠습니다, 앨버트로스. 종이 치면 누구보다 먼저 이해하게 될 거요. 종요. 마지막 라운드의 종 말이오, 바다오리. 전화는 끊어졌다.

경정은 6시 20분에 방을 나갔다. 그는 경감이 탁자에 남겨놓은 메모를 읽고 그 밑에 이렇게 적었다, 정리할 일이 있다, 내가 올 때까지 기다려라. 경정은 차고로 내려가 차에 타고 시동을 건 다음 출구 경사로로 향했다. 그는 그곳에서 차를 세우고 관리인에게 고개를 끄덕였다. 프로비덴시알 유한회사 입주자에게서 받은 냉대와 가시 돋친 말 때문에 여전히 마음이 상한 관리인은 머뭇거리며 차창으로 오더니 관례적인 말을 중얼거렸다, 무슨 일입니까. 조금 전에는 내가 좀 심했소. 아, 괜찮습니다, 그런 데는 익숙합니다. 그래, 하지만 기분 상하게 하려던 것은 아니었소. 그럼요, 그러시겠지요, 선생님. 경정, 나는 경찰의 경정이오, 여기 신분증. 용서해주십시오, 경정님, 저는 상상도 못 했습니다, 그럼 다른 분들은. 가장 어린 사람이 경사, 또 한 사람이 경감이오. 알겠습니다, 경정님, 앞으로는 귀찮게 하지 않겠습니다, 하지만 좋은 뜻으로 그랬던 겁니다. 우리는 여기서 수사를 했는데, 이제 끝이 났소, 따라서 우리도 다른 사람과 마찬가지요, 휴가를 나온 셈이라고나 할까, 물론 당신 자신을 위해서 신중하게 처신하는 게 좋겠지만, 잊지 마시오, 경찰관은 휴가를 나와도 경찰관이라는 걸, 뭐 피가 그런 걸 어쩌겠소. 아, 충분히 이해합니다, 경정님, 하지만 그럴 경우, 솔직히 말씀드려도 좋다면, 저한테 아무 말씀 하시지 않는 게 더 좋았을 겁니다, 눈이 보지 못하는 것은 가슴도 슬퍼하지 않는 법이거든요, 아무것도 모르는 사람은 아무것도 보지 못합니다. 그래, 하지만 누군가에게는 말할 필요가 있었소,

그런데 당신이 가장 가까이 있었던 사람이고. 차는 벌써 경사로를 올라가고 있었다. 그러나 경정은 아직 충고할 게 남아 있었다, 입 다물고 있으쇼, 당신한테 말한 걸 후회하고 싶지 않으니까. 만일 경정이 주위를 둘러보았다면 후회를 했을 것이다. 그랬다면 전화기에 대고 은밀히 속삭이는 남자를 발견할 수 있었을 것이기 때문이다. 어쩌면 부인한테 방금 경정을 한 사람 만났다고 말하는 것인지도 몰랐다. 어쩌면 늘 주차장에서 프로비덴시알 보험 및 재보험 유한회사로 곧바로 올라가는, 검은색 계통 양복을 입은 세 남자의 신분을 수위에게 알려주는 것인지도 몰랐다. 어쩌면 이런 것일 수도 있고, 어쩌면 저런 것일 수도 있었다. 어쩌면 우리는 이 전화 대화의 진실을 결코 알 수 없을지도 모른다. 경정은 몇 미터 더 나아가다 연석 옆에 차를 세우고 상의 호주머니에서 수첩을 꺼내들고 넘기다 편지를 쓴 배신자의 이전 동료들의 이름과 주소를 베껴 적은 페이지에 이르렀다. 이어 지도와 도시 안내서를 꺼내들고 다시 배신자의 전 부인이 사는 곳을 확인했다. 그 여자가 가장 가까운 곳에 살았기 때문이다. 또 검은 안대를 한 남자와 검은 색안경을 쓴 여자가 사는 집에 가는 길도 확인해두었다. 경정은 검은 안대를 한 노인의 부인을 그렇게 부르는 게 적당하다고 말했을 때 경사가 어리둥절해하던 표정을 기억하며 웃음을 지었다. 하지만 그 여자는 검은 색안경을 쓰지 않았는데요, 가엾은 경사는 당황하여 그렇게 대답했다. 내가 공정하지 못했던 거지, 경정은 생각했다, 그 사람들이 함께 찍은 사진을 보여주었어야 했는데, 그걸 보면 여자가 두 팔을 아래로 내려뜨리고 오른손에 검은 색안경을 쥐고 서 있는 걸 알 수 있는데, 기본적인 거라네, 친애하는 왓슨, 하지만 그런 걸 눈여겨보려면 경정 수준의 눈이 필요하지. 경정은 시동을 걸었다. 경정은 충동적으로 프로비덴시알 유한회사를 나섰다. 충동적으로 주차장 관리인에게 자신이 누구인지 밝혔다. 충동적으로 지금 이혼녀의 집에 가고 있다. 충동적으로 검은 안대를 한 노인의 집에 갈 것이다. 그 뒤에 또 충동적으로 의사 부인의 집에도 갔을 것이다. 만일 그들에게, 그러니까 부인과 남편에게 내일 같은 시간에 다시 가서 심문을 계속하겠다는 이야기를 하지 않았다면 말이다. 도대체 내가 그 여자를 어떤 식으로 심문할 수 있을까, 경정은 생각했다, 예를 들어 이렇게 하나, 부인은 민주주의를 심각한 위기에 빠뜨린 전복 운동의 조직자, 지도자, 주요 인물로 의심받고 있소, 백지투표 운동 말이오, 무죄인 척하지 마시오, 내가 하는 말의 증거가 있느냐고 묻는 식으로 시간 낭비하지 마시오, 부인이 자신의 무죄를 증명해야 하오, 증거란 필요하면 나타나게 마련이기 때문이오, 부인, 반박의 여지없는 증거를 한두 개 만들어내기만 하면 그만이거든, 설사 완벽하게 반박의 여지가 없지는 않다 해도, 우리한테는 정황 증거만 있으면 그만이오, 아무리 오래전 일이라 해도 말이오, 4년 전 도시의 다른 사람은 모두 비틀거리고 가로등에 부딪히던 판에 부인 혼자 눈이 멀지 않았다는 이해할 수 없는 사실 하나만으로도 충분하오, 부인은 이게 그 일과 무슨 상관이 있느냐고 묻겠지만, 그전에 내 한마디 하리다, 냄비를 만든 사람이 뚜껑도 만드는 거요, 어쨌든 그게 우리 장관의 의견이오, 표현은 조금 다르지만, 어쨌든 나는 가슴이 아프더라도 그분의 말에 복종해야 하오, 아마 부인은 이렇게 말할 거요, 경정의 가슴이 아플 리 없어요, 글쎄, 그건 부인 생각이고, 부인이 경정들에 관해 많은 것을 알지 모르지만, 여기 있는 이 경정에 관해서는 아무것도 모른다고 장담할 수 있소, 내가 진실을 찾고자 하는 정직한 목적으로 이곳에 온 게 아닌 건 맞소, 부인이 재판을 받기도 전에 유죄 선고를 받게 된 것도 맞소, 하지만 이 바다오리, 장관은 나를 그렇게 부르오, 이 바다오리의 가슴은 아프다오, 이걸 어떻게 치료해야 할지 모르겠소, 내 충고를 들으시오, 자백하시오, 죄가 없더라도 자백하시오, 정부는 주민들에게 그들이 유례없는 집단 최면의 피해자였다고 말할 거요, 부인이 최면 기술의 천재였다고 말할 거요, 사람들은 아마 즐거워할 거고 생활은 옛날로 돌아갈 거요, 부인은 감옥에서 몇 년을 보내겠지, 부인 친구들도 우리가 필요하다고 생각하면 감옥에 가게 될 거요, 물론 선거법도 개혁되어 백지투표는 불가능해지겠지, 아니면 백지투표를 유효투표로 고쳐 모든 당에 공평하게 나누어줄 거요, 그럼 비율은 바뀌지 않으니까, 이보시오, 부인, 중요한 건 비율이라오, 또 기권을 했으면서도 진단서를 제출하지 못하는 유권자들은 신문에 이름을 공표할 수도 있을 거요, 옛날에 범죄자들을 광장에서 웃음거리로 만들었듯이, 내가 이런 식으로 말하는 것은 부인이 마음에 들기 때문이오, 내가 부인을 얼마나 좋아하면 이런 이야기까지 하겠소, 4년 전에 삶이 나에게 줄 수 있었을 가장 큰 행복이 무엇일까, 물론 그 비극에서 내 가족 가운데 아무도 잃지 않는 것이었겠지, 사실 잃기는 했지만 말이오, 어쨌든 그다음 행복은 부인이 보호하는 집단에 끼는 것이었다고 말할 수 있소, 나는 당시 경정이 아니었소, 눈먼 경감이었소, 눈먼 경감이었을 뿐이란 말이오, 내가 그때 시력을 회복한 뒤에 화재에서 부인이 구해낸 사람들과 함께 그 사진을 찍을 수 있었다면 얼마나 좋았겠소, 부인의 개도 나를 보고 으르렁거리지 않았을 것 아니오, 만일 그런 일, 그 이상의 일이 있었다면, 나는 명예를 걸고 내무부장관에게 그가 틀렸다고, 그런 경험을 겪고 그 후에 4년 동안 계속 우정을 유지했다면 누구보다 상대를 잘 알 수 있는 것 아니냐고 말할 수 있었을 거요, 하지만 이제 내가 적으로 부인 집에 들어가야 하고, 어떻게 그곳에서 나와야 할지도 모른다는 걸 생각해보시오, 혼자 나와 장관한테 임무 수행에 실패했다고 보고해야 할지, 아니면 부인과 함께 나와 부인을 감옥으로 데려가야 할지. 아, 이 마지막 생각은 경정의 머리에서 나온 것이 아니다. 그는 지금 용의자의 운명과 자신의 운명에 관한 결정을 예상하는 것보다는 주차할 곳을 찾는 데 더 관심이 있었기 때문이다. 경정은 다시 수첩을 본 뒤에 편지를 쓴 남자의 전 부인이 사는 아파트 건물의 벨을 눌렀다. 여러 번 눌렀지만 문은 열리지 않았다. 경정이 다시 손을 뻗어 벨을 누르려는데 1층 창문이 열리면서 실내복 차림에 머리를 마는 집게를 잔뜩 꽂은 노파가 머리를 내밀었다. 누굴 찾으슈. 2층 오른쪽 집에 사는 부인을 찾아왔습니다, 경정이 대답했다. 없어요, 나가는 걸 봤수. 언제 돌아올지 아세요. 모르겠수, 하지만 내가 얘길 전해주지, 노파가 말했다. 고맙습니다만, 괜찮습니다, 나중에 다시 오지요. 그러나 경정이 미처 생각하지 못한 것이 있었다. 머리를 마는 집게를 꽂은 여자는 2층 오른쪽에 사는 이혼녀가 이제 남자 손님들을 맞아들이기 시작했다고 생각할지도 모른다는 것이다. 아침에 왔던 남자, 그리고 이번에는 아버지뻘은 될 것 같은 남자. 경정은 옆 좌석에 펼쳐진 지도를 흘끗 보더니 시동을 걸고 두 번째 목적지를 향해 출발했다. 이번에는 이웃이 창에 나타나지 않았다. 아파트 건물 현관의 문이 열려 있어 경정은 곧바로 3층으로 올라갈 수 있었다. 이곳이 검은 안대를 한 노인과 검은 색안경을 쓴 여자가 사는 곳이었다. 희한한 한 쌍일세, 눈이 멀었을 때야 무력한 상태니까 둘이 가까워질 수도 있었겠지, 하지만 이제 4년이 지났잖아, 젊은 여자한테는 4년이 아무것도 아닐 수 있지만, 노인한테는 8년이나 다름없을 텐데, 그런데도 여태 함께 살다니, 경정은 생각했다. 경정은 초인종을 누르고 기다렸다. 아무도 대답을 하지 않았다. 경정은 귀를 문에 갖다 댔다. 문 건너편에는 정적뿐이었다. 경정은 초인종을 다시 눌렀지만, 습관 때문이었지 누가 나올 것이라고 기대해서가 아니었다. 경정은 층계를 내려가 차에 타며 중얼거렸다. 다들 어디 있는지 알겠어. 차에 전화가 있어 장관한테 어디 가는지 이야기할 수 있다면, 장관은 대체로 이렇게 이야기할 터였다, 브라보, 바다오리, 그렇게 하는 거요, 그 자들을 현행범으로 잡아버리라고, 하지만 조심하시오, 지원 병력이 있어야 하오, 혼자서 필사적인 악당 다섯 명을 상대할 수는 없으니까, 그런 건 영화에나 나오는 거요, 게다가 당신은 가라테도 모르지 않소, 그건 요즘 아이들이나 배우는 거니까. 걱정 마십시오, 앨버트로스, 제가 가라테는 모를지 몰라도 내 앞가림은 할 줄 아니까요. 총을 들고 들어가시오, 겁을 주어야 하오, 똥을 쌀 만큼 겁을 주어야 하오. 알겠습니다, 앨버트로스. 좋소, 이제 당신 훈장을 챙겨야겠군. 급할 것 없습니다, 앨버트로스, 아직 제가 살아서 나갈 수 있을지 알 수 없으니까요. 그건 죽어도 틀림없소, 바다오리, 나는 당신을 신뢰하오, 아, 역시 당신한테 이 임무를 맡기기를 잘했어. 네, 앨버트로스.

　가로등이 켜졌다. 저녁이 하늘의 경사로를 따라 기어 올라오고 있다. 곧 밤이 올 것이다. 경정은 초인종을 눌렀다. 놀랄 일은 아니다. 경찰은 대개 초인종을 누른다. 늘 문을 걷어차는 것은 아니다. 의사 부인이 나타났다. 내일 오시는 줄 알았는데요, 경정님, 지금은 이야기를 할 수 없어요, 손님이 있거든요. 그래요, 나도 그 사람들을 알고 있소, 아, 개인적으로 안다는 게 아니라 누구인지 안다는 거요. 그렇다고 해서 들어오시라고 할 수는 없는데요. 좀 들어갑시다. 내 친구들은 경정님 용건과 아무런 상관이 없어요. 부인이 내 용건을 아는 것도 아니잖소, 지금이 그것을 알려줄 때요. 그럼 들어오세요.

일반적으로 말해서, 경정의 양심은 직업적인 영역에서나 원칙에서나, 이론적으로나 실천적으로 입증이 된 논란의 여지가 없는 사실, 즉 될 일은 될 수밖에 없는 것이며 그것은 달리 어쩔 수 없다는 사실에 체념까지는 아니더라도 상당히 적응이 되어 있다는 생각이 널리 퍼져 있다. 그러나 흔히 볼 수 있는 광경은 아니지만, 이 귀중한 공무원 가운데 한 사람이 우연히 전혀 예상도 못 하던 순간에 악마와 깊고 푸른 바다 사이, 다시 말해서 자신의 현재 모습과 자신이 되고 싶어 하는 모습 사이에 딱 걸려 옴짝달싹 못하게 되었다. 프로비덴시알 보험 및 재보험 유한회사의 경정에게 그런 날이 찾아온 것이다. 그는 의사 부인의 집에서 기껏해야 30분을 보냈을 뿐이다. 그러나 그 짧은 시간에 거기에 모여 있던 사람들은 그의 임무의 음산하고 깊은 곳을 알고 깜짝 놀랐다. 경정은 그 장소와 그곳에 있는 사람들이 상관들의 불안하기 짝이 없는 관심으로부터 벗어나도록 최선을 다하겠지만 성공을 장담할 수는 없다고 말했다. 경정은 그들에게 자신이 수사를 끝마칠 때까지 닷새 말미를 받았으며, 상관들이 받아들이는 유일한 평결은 유죄 평결밖에 없다고 덧붙였다. 이어 경정이 의사 부인을 향해 말했다. 그들이 희생양, 이 전혀 어울리지 않는 표현을 용서해 주시기 바라오만, 어쨌든 희생양으로 만들고자 하는 사람은 부인이오, 그리고 간접적으로는 부인의 남편이오, 다른 사람들의 경우에는 큰 위험이 없다고 생각하오, 부인, 부인의 범죄는 그 자를 죽인 것이 아니오, 부인의 큰 범죄는 나머지 사람들이 다 눈이 멀었을 때 눈이 멀지 않은 것이오, 이해할 수 없는 일은 그저 경멸의 대상이 될 뿐이지만, 그걸 구실로 다른 일을 꾸밀 수 있다면 이야기가 달라지요. 새벽 3시다. 경정은 침대에서 뒤척이며 잠을 이루지 못한다. 머릿속에서 다음 날 계획을 짜고 있다. 강박에 걸린 듯 그 계획을 되풀이해보다가 처음부터 다시 짚어본다. 경감과 경사에게 자신은 예정대로 의사 부인의 집에 가서 심문을 계속하겠다고 말한다. 두 부하에게는 이미 부여한 임무를 그대로 진행하라고 말한다. 그 집단의 구성원들을 미행하라는 것이다. 현 상황을 고려할 때 사실 이 모든 것은 말이 되지 않는다. 이제 그에게 필요한 일은 사태의 흐름을 방해하고 막는 것이다. 수사가 진전되고 있다고 꾸며대고 지연시키는 것이다. 이렇게 해서 너무 빨리 드러내지 않으면서 장관의 계획을 추진하는 동시에 훼방하는 것이다. 간단히 말해서 장관이 약속한 도움의 내용이 무엇인지 기다려볼 필요가 있는 것이다. 거의 3시 반이 되어 빨간 전화기의 벨이 울렸다. 경정은 침대에서 벌떡 일어나 경찰 기장이 박힌 슬리퍼를 꿰고 반은 달리고 반은 비틀거리면서 전화기가 있는 책상으로 다가갔다. 경정은 앉기도 전에 수화기를 귀에 갖다 대며 말했다, 여보세요. 앨버트로스요, 상대방이 말했다. 여보세요, 앨버트로스, 여기는 바다오리입니다. 잘 들으시오, 바다오리, 지침을 내리겠소. 네, 앨버트로스. 오늘 9시, 밤이 아니라 아침이오, 경계선 북쪽 6번 초소에서 어떤 사람이 당신을 기다릴 거요, 군에는 얘기를 해놨으니 아무 문제 없을 거요. 그 사람이 저와 교대하러 오는 것이라고 알면 됩니까, 앨버트로스. 당신이 그렇게 생각할 이유가 없잖소, 바다오리, 당신은 지금까지 잘해왔고, 앞으로도 이 일이 마무리될 때까지 계속 잘해주기를 바라오. 감사합니다, 앨버트로스, 명령은 무엇입니까. 방금 말한 대로, 오늘 아침 9시에 경계선 북쪽 6번 초소에서 어떤 사람이 당신을 기다릴 거요. 네, 앨버트로스, 그건 이미 메모를 해두었습니다. 그 사람한테 당신이 말한 사진을 주시오, 핵심 용의자가 포함된 그룹의 사진 말이오, 또 당신이 확보하고 있는 이름과 주소도 주시오. 경정은 등줄기가 오싹하는 것을 느꼈다. 하지만 그 사진은 제 수사에도 필요한데요. 글쎄, 내가 보기에는 필요가 없을 것 같은데, 바다오리, 아니, 전혀 필요 없다고 장담할 수도 있겠소, 당신은 직접적으로든 아니면 부하들을 통해서든 이미 그 패거리를 모두 접촉했잖소. 그 집단을 말씀하시는 거지요, 앨버트로스. 패거리가 집단 아니오. 맞습니다, 앨버트로스, 하지만 집단이 모두 패거리는 아니지요. 바다오리, 당신이 말의 정확한 정의에 왜 그렇게 관심을 가지는지 모르겠군, 늘 사전을 잘 찾아보는가 보구려. 말대꾸를 한 건 죄송합니다, 앨버트로스, 아직도 좀 정신이 없어서요. 자고 있었소. 아닙니다, 앨버트로스, 내일 할 일을 생각하는 중이었습니다. 자, 그럼 알아두시오, 북쪽 6번 초소에서 당신을 기다릴 사람은 나이는 당신과 비슷하고 하얀 점이 박힌 파란 타이를 매고 있을 거요, 뭐 경계선의 군사 초소에 그런 타이를 맨 사람이 많지는 않겠지만. 제가 아는 사람입니까, 앨버트로스. 아니, 그렇지 않소, 우리 부서 사람이 아니오. 아. 그 사람은 당신 암구호에, 아니, 절대 충분하지 않습니다, 하고 대답할 거요. 제 암구호는 뭐지요. 시간은 언제나 충분합니다. 잘 알겠습니다, 앨버트로스, 명령대로 하겠습니다, 9시에 분계선에 나가 그 사람을 만나지요. 이제 침대로 가서 남은 시간 동안 잘 자도록 하시오, 바다오리, 나도 지금까지 일을 했으니 이제 자야겠소. 한 가지 질문을 해도 되겠습니까, 앨버트로스. 물론이오, 하지만 짧게 하시오. 그 사진이 저에게 약속하신 도움과 관계가 있습니까. 정말 날카롭구먼, 바다오리, 그냥 지나치는 법이 없어, 안 그렇소. 그러니까 뭔가 관계가 있다는 말씀인가요. 그럼, 밀접한 관계가 있지, 하지만 어떤 관계가 있는지 말해줄 거라는 기대는 마시오, 그걸 말해버리면 기습 효과가 사라지니까. 제가 수사에 직접 책임을 지는 사람인데도요. 바로 그래서 그렇지. 그러니까 저를 믿지 못하겠다는 말씀입니까, 앨버트로스. 바닥에 네모를 하나 그려보시오, 바다오리, 그리고 그 안에 들어가시오, 그 사각형 안의 공간에서는 당신을 믿지, 하지만 그 밖에서는 오직 나만 믿소, 당신 수사는 그 사각형이오, 당신은 그 사각형에, 당신 수사에 만족하시오. 알겠습니다, 앨버트로스. 안녕히 주무시오, 바다오리, 이 주가 가기 전에 내 연락을 하리라. 여기서 기다리겠습니다, 앨버트로스. 안녕히 주무시오, 바다오리. 안녕히 주무십시오, 앨버트로스. 장관이 관례적으로 잘 자라고 인사를 했음에도 경정에게 얼마 남지 않은 밤은 별 도움이 되지 않았다. 잠은 오지 않았다. 뇌의 문과 통로는 모두 폐쇄되어 있었고, 그 안은 여왕이자 절대여군주인 불면증이 지배했다. 왜 장관이 사진을 원할까, 경정은 수도 없이 자문해보았다, 이번 주가 끝나기 전에 연락을 하겠다는 위협은 무슨 뜻일까. 그 말 자체에 위협은 담겨 있지 않았다. 그러나 말투, 그래, 말투가 위협적이었다. 경정은 평생 온갖 종류의 사람들을 심문한 끝에 음절들이 뒤얽힌 미로에서 빠져나가는 길을 찾아내는 법을 배우면서, 동시에 각 단어가 발음될 때마다 뒤에 남기는 그늘진 영역들을 탐지하는 능력도 완벽하게 갖추었다. 한번 크게 말해보라, 이 주가 가기 전에 내 연락을 하리다, 그러면 그 말 속에 불길한 두려움, 공포의 썩는 악취, 아버지 유령의 권위적인 성격을 한 방울 떨어뜨리는 것이 얼마나 쉬운 일인지 알게 될 것이다. 경정은 마음에 위로가 되는 생각을 하는 쪽을 택했다, 하지만 나는 두려워할 이유가 없어, 나는 내 일을 하고 있어, 주어진 명령을 이행했어. 그러나 그의 양심 깊은 곳에서 그는 이것이 사실이 아님을 알았다. 의사 부인이 4년 전에 눈이 멀지 않았다고 해서 수도의 유권자 83퍼센트가 백지투표를 하는 데 책임이 있다고는 믿을 수 없다, 즉 첫 번째 이상한 사실이 자동적으로 두 번째 이상한 사실의 원인이라고 믿을 수는 없다는 단순한 이유 때문에 명령을 이행하지 않았다. 장관도 그렇게 믿는 것은 아니야, 경정은 생각했다, 그냥 목표로 삼을 과녁이 필요할 뿐이야, 이게 안 되면 다른 걸 찾을 거야, 그게 안 되면 또 다른 것, 또 다른 것을, 마침내 성공할 때까지, 아니면 단순한 반복 때문에 그가 설득하려는 사람들이 그의 방법과 절차에 무관심해질 때까지 얼마든지 찾을 거야. 어느 쪽이든 당은 이길 터였다. 생각의 탈선이라는 곁쇠 덕분에 잠은 용케도 잠긴 문을 열고, 복도 하나를 따라 흘러들더니, 곧바로 경정을 꿈으로 이끌었다. 꿈속에서 내무부장관은 경정에게 얻은 사진에서 의사 부인의 눈에 핀을 찌르며 마법사의 주문을 읊조렸다, 전에는 눈이 멀지 않았지만 앞으로 눈이 멀 것이다, 하얀 옷을 입었지만 검은 것을 보게 될 것이다, 이 핀으로 너를 찌르겠다, 뒤에서 앞에서. 의사 부인의 비명과 더불어 장관의 큰 웃음소리가 들리는 바람에 경정은 겁에 질려 땀에 흠뻑 젖은 채 두근거리는 가슴을 안고 잠에서 깼다. 끔찍한 꿈이야, 경정은 불을 켜며 중얼거렸다, 뇌라는 건 정말 괴상한 걸 만들어내. 시계를 보니 7시 반이었다. 북쪽 6번 초소까지 가는 데 얼마나 걸릴지 계산을 해보자 잠을 깨워준 악몽에게 감사하고 싶은 마음이 들었다. 경정은 침대에서 몸을 끌어냈다. 머리가 납처럼 무겁고, 다리는 머리보다 더 무거웠다. 그는 힘없이 비틀거리며 욕실로 갔다. 경정은 20분 동안 샤워를 하고 면도를 하는 등 일하러 갈 준비를 마친 뒤에 약간 회복된 모습으로 나왔다. 경정은 깨끗한 셔츠를 입고 양복까지 차려입었다. 하얀 점이 있는 파란 타이를 매고 온다고 했지, 경정은 생각하며 부엌으로 들어가 어제저녁에 남은 커피를 데웠다. 경감과 경사는 자고 있을 것이 분명했다. 어쨌든 기척은 없었다. 경정은 별 맛을 못 느끼며 비스킷을 하나 씹었다. 이어 하나를 더 먹었다. 그런 뒤에 욕실로 가 이를 닦았다. 그는 침실로 들어가 중간 크기 봉투에 사진과 주소가 적힌 명단을 넣었다. 그러나 그전에 명단은 다른 종이에 베껴 두었다. 다시 응접실로 나가자 부하들이 자고 있는 방에서 소리가 들렸다. 경정은 그들을 기다리지도 않았고, 그들의 문을 두드리지도 않았다. 대신 메모를 긁적였다. 일찍 나가게 되었다, 차를 가져간다, 어제 말한 대로 여자들을 미행하는 데 집중해라, 검은 안대를 낀 남자의 부인하고 편지를 쓴 자의 전 부인 말이다, 가능하면 밖에서 점심을 먹어라, 오후 늦게 돌아오겠다, 성과를 기대한다. 분명한 명령, 정확한 지침. 이 경정의 힘겨운 삶에서 모든 것이 그런 식으로만 될 수 있다면. 경정은 프로비덴시알 유한회사를 나가 엘리베이터를 타고 주차장으로 내려갔다. 관리인은 벌써 나와 있었다. 경정은 인사를 하고 인사를 받았다. 경정은 지나가면서 관리인이 주차장에서 잔 것이 아닌지 궁금해했다, 여기에는 근무 시간이 따로 없는 것 같단 말이야. 8시 반이 다 되었다. 아직 시간은 있어, 경정은 생각했다, 30분이면 충분해, 하지만 먼저 도착하면 안 돼, 앨버트로스는 분명히 말했어, 아주 명확하게 이야기했어, 그 사람이 9시에 나를 기다리고 있을 거라고, 따라서 나는 1분 늦게 가도 돼, 아니면 2~3분, 뭐 정오에 가도 상관없겠지. 경정은 그것은 아니라는 것을 알았다. 그냥 자신이 만날 남자보다 더 일찍 도착하지만 말라는 이야기였다. 어쩌면 북쪽 6번 초소에서 근무하는 군인들이 경계선 이쪽에 누가 차를 세워놓은 것을 보면 신경이 예민해질까 봐 그런지도 모르지, 경정은 생각하며 가속 페달을 밟아 경사로를 올라갔다. 월요일 아침이었다. 그러나 차가 별로 없었다. 북쪽 6번 초소까지는 기껏해야 20분밖에 안 걸릴 터였다. 그런데 북쪽 6번 초소가 도대체 어디 있는 거야, 젠장, 경정이 갑자기 큰 소리로 물었다. 물론 북쪽에 있겠지, 하지만 6번은, 대체 그게 어디야. 장관은 그것이 세상에서 가장 당연한 일인 것처럼 이야기를 했다. 마치 그것이 수도에서 가장 유명한 기념물이거나 아니면 폭탄에 부서진 지하철역이라도 되는 것처럼, 누구나 아는 곳처럼. 그래서 멍청하게도 물어볼 생각이 나지 않았다, 그곳이 정확히 어디입니까, 앨버트로스. 순식간에 모래시계 윗부분에 있던 모래가 극적으로 줄어버렸다. 작은 모래 알갱이들이 출구로 빠르게 쏟아져내리고 있었다. 모래알마다 먼저 나간 모래알보다 더 빨리 나가려고 안달이었다. 시간도 사람과 비슷하다. 때로는 질질 끄는 것밖에 할 일이 없는 것처럼 굴기도 한다. 그러나 때로는 사슴처럼 달리고, 어린 염소처럼 도약하기도 한다. 생각을 해보면 대단한 것은 아니다. 모든 동물 가운데 가장 빠른 것은 치타이기 때문이다. 하지만 누구도 어떤 사람을 두고, 저 사람은 치타처럼 달리고 도약을 해, 하고 말하지는 않는다. 아마 사슴 비유가 남자들이 사슴 사냥을 하러 다니던 시절, 그러니까 치타가 달리는 모습을 보기는커녕 그 존재조차 들어본 적이 없는 마법적인 중세 후기에서 나온 것이기 때문인지도 모른다. 언어는 보수적이다. 늘 자료들을 안고 다니면서 갱신되는 것을 싫어한다. 경정은 차를 어딘가에 세워두고 도시 지도를 펼쳐 운전대 위에 올려놓았다. 경정은 도시의 북쪽 주변부에서 북쪽 6번 초소를 열심히 찾았다. 도시가 마름모꼴이나 평행사변형으로 생겼다면, 즉 바다오리가 앨버트로스로부터 신뢰를 받는 공간처럼 네 개의 직선으로 둘러싸였다면, 찾기가 비교적 쉬웠을 것이다. 하지만 도시의 윤곽은 불규칙했으며, 양옆 가장자리에서는 어디에서 동과 서가 끝나고 북쪽이 시작되는지 알 수가 없다. 경관은 손목시계를 보며 상관의 질책을 예상하는 경사처럼 두려움을 느낀다. 정각에 도착할 수가 없다. 그것은 불가능하다. 경정은 차분하게 추론을 해보려 한다. 논리적으로 하자면, 언제부터 논리가 인간의 결정을 지배했는지는 몰라도, 어쨌든 논리적으로 한다면 초소들은 북쪽 구역의 서쪽 맨 끝 지점부터 시계 방향으로 번호가 매겨졌을 것이다. 어쩌면 이런 추론은 틀렸을지 모른다. 언제부터 이성이 인간의 결정을 지배했던가. 답하기 쉬운 질문은 아니다. 하지만 배를 저을 노가 한 개도 없는 것보다는 하나라도 있는 것이 낫다. 정박한 보트는 아무 데도 갈 수 없는 것 아닌가. 그래서 경정은 자신이 보기에 6번이 있어야 할 곳에 엑스 표시를 하고 출발했다. 차가 많지 않고 거리에는 경찰의 그림자도 보이지 않았기 때문에 빨간 신호등을 만날 때마다 그냥 지나가고 싶은 유혹을 느꼈으며, 경정은 그 유혹에 저항하지 않았다. 그냥 과속하는 정도가 아니었다. 날아가고 있었다. 가속 페달에서 거의 발을 떼지 않았다. 브레이크를 밟아야 할 때는 잘 조절을 해서 차를 미끄러뜨렸다. 영화의 자동차 추격 장면에서 운전대의 곡예사들이 묘기를 부려 신경이 약한 관객들이 의자에서 벌떡 일어나게 하는 것처럼 운전을 한 것이다. 경정은 평생 이런 식으로 운전을 해본 적이 없었고, 앞으로도 하지 않을 생각이었다. 마침내 북쪽 6번 초소에 이르렀을 때는 이미 9시가 지났다. 이 흥분한 운전자가 무슨 용무로 왔는지 알아보러 왔던 병사는 그곳이 6번이 아니라 5번이라고 말해주었다. 경정은 큰 소리로 욕을 내뱉으며 차를 돌리려 하다가 이 경솔한 행동을 간신히 멈추고 어느 방향으로 가야 북쪽 6번을 찾을 수 있느냐고 물었다. 병사는 동쪽을 가리켰고, 혹시나 의심의 여지가 생길까 봐 짧게 내뱉었다. 저쪽. 다행히도 분계선과 대체로 평행으로 달리는 도로가 있었다. 겨우 3킬로미터 거리였

339

다. 다른 차들은 없었다. 신호등도 없었다. 차는 출발했고, 가속했고, 브레이크를 밟았고, 숨이 멎을 만한 속도로 굽은 곳을 돌아 귀에 거슬리는 소리를 내며 멈추었다. 도로를 가로질러 그어놓은 노란 선에 닿을 뻔했다. 다 왔다. 이곳이 북쪽 6번이다. 약 30미터 떨어진 장애물 옆에 중년 남자가 기다리고 있었다. 뭐 나보다 아주 젊군, 경정은 생각했다. 경정은 봉투를 집어 들고 차에서 내렸다. 군인은 한 명도 보이지 않았다. 이 만남과 전달 의식이 거행되는 동안 안 보이는 곳에 가 있거나 다른 쪽을 보고 있으라는 명령을 받은 것이 틀림없었다. 경정은 남자 쪽으로 걸어갔다. 그는 봉투를 손에 들고 생각하고 있었다, 늦은 걸 사과하지 말아야지, 만일 내가, 여, 안녕하십니까, 늦어서 미안합니다, 이곳을 찾느라 좀 고생을 해서요, 어떻게 된 건 줄 아시오, 앨버트로스가 나한테 북쪽 6번 초소가 어디 있는지 말해주는 것을 잊었단 말이오, 하고 말한다면 상대방이 이 길고 장황스러운 문장을 엉터리 암호라고 생각할 수도 있어, 안 그래, 누가 봐도 뻔한 일이지, 그렇게 되면 두 가지 가운데 한 가지 일이 생겨, 저자가 군인들을 불러 거짓말쟁이이자 선동가를 체포하라고 명령하거나, 아니면, 백지투표를 없애자, 소요를 없애자, 모든 반역자들에게 죽음을, 하고 소리치면서 총을 뽑아들고 약식 처형을 집행하겠지. 경정은 장애물에 이르렀다. 남자는 움직이지 않고 그냥 경정을 보기만 했다. 왼손 엄지는 허리띠에 걸고, 오른손은 레인코트 호주머니에 집어넣고 있었다. 너무 자연스러워서 외려 현실감이 떨어졌다. 무장을 하고 있군, 총을 쥐고 있어, 경정은 생각하며 말했다, 시간은 언제나 충분합니다. 남자는 웃거나 눈을 깜박이지도 않고 말했다, 아니, 절대 충분하지 않습니다. 경정은 남자에게 봉투를 주었다. 이제 인사를 해도 괜찮을 것 같았다. 날씨 좋은 월요일 아침이라고 잠시 잡담을 해도 괜찮을 것 같았다. 그러나 상대는 그냥 이렇게 말했다, 됐습니다, 이제 가도 좋습니다, 이건 받아볼 사람에게 전달하도록 하겠습니다. 경정은 차에 올라타 후진을 한 다음 다시 도시로 돌아갔다. 그는 좌절감에 사로잡혀 속상해하면서 남자에게 빈 봉투를 전달하고 어떻게 되는지 보았다면 얼마나 멋진 장난이 되었을까 하는 상상으로 자신을 위로하려 했다. 장관은 분노로 시뻘게지고 격분으로 하얗게 달구어져, 곧바로 전화를 하여 설명을 요구할 것이다. 그러면 그는, 경정은 하늘의 법정의 모든 성자들과 여전히 시성(諡聖)을 기다리는 지상의 성인들까지 걸고 봉투에는 명령받은 대로 사진과 이름과 주소가 들어 있었다고 맹세하는 것이다. 제 책임은, 앨버트로스, 그쪽에서 보낸 심부름꾼이 쥐고 있던 총을 내려놓고, 네, 물론 나도 그 자가 총을 들고 있었다는 건 알 수 있었습니다, 그 자가 쥐고 있던 총을 내려놓고 레인코트 호주머니에서 오른손을 빼내 봉투를 받아든 순간 끝났습니다. 하지만 봉투가 비어 있었단 말이오, 내가 직접 열어보았소, 장관은 그렇게 소리를 지를 것이다. 그건 나와 상관없는 일입니다, 앨버트로스, 그는 양심에 전혀 거리낄 것이 없는 사람처럼 차분하게 대답한다. 아, 당신 의도가 뭔지 알겠어, 장관은 소리를 지른다, 당신은 내가 당신 애인의 머리카락 하나 못 건드리게 하려는 거야. 그 여자는 제 애인이 아닙니다, 그냥 혐의에서 완전히 벗어난 결백한 사람일 뿐입니다, 앨버트로스. 나를 앨버트로스라고 부르지 마, 당신 아버지가 앨버트로스였고, 당신 어머니가 앨버트로스였고, 나는 내무부장관이야. 내무부장관이 앨버트로스가 아니라면, 경정도 이제 바다오리가 아니겠군요. 이 순간부터 바다오리는 경정 자리를 그만두게 될 가능성이 높아. 글쎄요, 뭐든지 가능하겠지요 뭐. 어쨌든 오늘 사진을 다시 보내주시오, 알아들었소. 사진은 그것밖에 없었는데요. 아, 필요하면 또 한 장이 생길 거요. 어떻게요. 아주 쉽지, 사진을 찾은 데로 가시오, 당신 애인 아파트로 가거나 아니면 다른 두 아파트로 가란 말이오, 설마 나더러 사진이 사라진 것 달랑 한 장밖에 없었다고 믿으라는 건 아니겠지. 경정은 고개를 저었다. 장관은 바보가 아니야, 빈 봉투를 건네줘봤자 소용없었을 거야. 이제 경정은 거의 도심에 이르렀다. 물론 분위기는 활기찼다. 그렇다고 과장되거나 시끄럽지는 않았지만. 지나치는 사람들 모두 저마다 걱정이 있다는 것을 알 수 있었다. 하지만 동시에 아주 차분해 보였다. 경정은 그런 생각이 분명히 모순이라는 것을 알았지만 그냥 넘겨버렸다. 자신의 눈에 보이는 것을 말로 설명할 수 없다고 해서 그것을 느끼지 못하는 것은 아니었다. 자신의 감정으로 그것을 느끼지 못한다는 뜻은 아니었다. 예를 들어 저쪽에 있는 남자와 여자, 그들은 서로 좋아한다는 것, 서로 호감을 가졌다는 것, 서로 사랑한다는 것을 알 수 있다. 그들이 행복하다는 것을 알 수 있다. 보라, 그들은 방금 웃었다. 그렇지만 그들은 걱정을 하고 있을 뿐 아니라, 이렇게 말해도 좋을지 모르겠지만, 차분한 태도로 분명하게 그것을 의식하고 있다. 경정을 보면 그도 걱정한다는 것을 알 수 있다. 하긴, 뭐, 모순이 하나 더 있다 한들 뭐가 중요할까. 어쩌면 그래서 경정은 제대로 아침을 먹으려고 이 식당에 들어간 것인지도 모르겠다. 머리를 식히려고, 또 프로비덴시알 보험 및 재보험 회사의 데워 마신 커피와 눅눅한 비스킷을 잊으려고. 그는 막 새로짠 오렌지 주스, 토스트, 우유를 넣은 진짜 커피를 주문했다. 누구인지 몰라도 너를 발명한 사람에게 신의 축복이 있을지어다, 경정은 웨이터가 자기 앞에 갖다놓은 토스트를 향해 경건하게 중얼거렸다. 토스트는 식지 않도록 구식으로 냅킨에 싸여 있었다. 경정은 신문을 갖다 달라고 했다. 1면은 외신뿐이었다. 국내 소식은 없었다. 다만 정부가 이전 수도의 비정상적 상황과 관련하여 국제연합에서부터 시작해서 헤이그의 재판소에 이르기까지, 그 중간에 유럽 연합, 경제 협력 개발 기구, 석유 수출국 기구, 북대서양 조약 기구, 세계은행, 국제 통화 기금, 세계 무역 기구, 세계 원자력 에너지 기구, 국제 노동기구, 세계 기상 기구 외에도 현재 논의 중이기 때문에 언급하지 않은 부차적인 조직도 몇 개 포함하여 두루 자문을 구할 준비를 하는 중이라는 외무부장관의 발표만이 예외였다. 앨버트로스가 몹시 짜증이 나겠군, 사람들이 그의 과자를 빼앗으려고 하는 것 같으니 말이야, 경정은 생각했다. 경정은 갑자기 먼 곳을 볼 필요를 느낀 사람처럼 신문에서 눈을 들더니 어쩌면 이 소식이 그렇게 다급하게 사진을 요구한 이유인지도 모른다고 속으로 중얼거렸다. 그는 절대 사람들이 자기를 넘어가는 걸 용납하지 못해, 분명히 다음 술수를 준비하고 있을 거야, 아마 지저분한 술수겠지, 지저분한 것 가운데도 가장 지저분한 술수. 순간 자신이 이 하루를 마음대로 할 수 있다는 생각, 무엇이든 원하는 대로 할 수 있다는 생각이 떠올랐다. 경정은 경감과 경사에게 임무를 맡겼다. 쓸데없는 임무였다. 그들은 지금 어느 문간이나 나무 뒤에 숨어 있을 터였다. 벌써 누가 집을 먼저 나서는지 보려고 기다리고 있는지도 몰랐다. 경감은 틀림없이 검은 색안경을 쓴 여자이기를 바라겠지. 경사는 다른 사람이 없으므로 편지를 쓴 남자의 전 부인으로 만족해야 할 것이고. 경감에게 일어날 수 있는 최악의 일은 검은 안대를 한 노인이 먼저 나타나는 것일 터였다. 그러나 여러분이 생각하는 그런 이유, 즉 노인 뒤를 따라다니는 것보다는 예쁘고 젊은 여자 뒤를 따라다니는 것이 분명히 더 흥미롭다는 이유 때문은 아니었다. 눈이 하나밖에 없는 사람은 두 배나 더 잘 보기 때문이다. 그들은 한눈을 팔거나, 다른 것을 보겠다고 고집을 피울 다른 눈이 없다. 이 이야기는 앞에서도 했지만, 진실이란 가엾게 망각으로 빠져들지 않도록 여러 번 되풀이할 필요가 있는 것이다. 이제 어떻게 한담, 경정은 생각했다. 경정은 웨이터를 불러 신문을 돌려주고 계산을 한 뒤 식당을 떠났다. 그는 다시 운전대를 잡고 앉아 손목시계를 보았다. 10시 반이라, 경정은 생각했다, 좋은 시간이야, 두 번째 심문을 하겠다고 잡아놓은 그 시간이야. 방금, 좋은 시간이야, 그렇게 생각을 했지만, 왜 그런지는 그 자신도 알 수가 없었다. 원한다면 프로비덴시알 유한회사로 돌아가 점심때까지 쉴 수도 있었다. 잠도 한숨 자서 장관과의 고통스러운 대화, 악몽, 앨버트로스가 눈을 찌르고 의사 부인이 비명을 지르는 악몽을 견뎌야 했던 비참한 밤에 놓쳤던 잠도 보충할 수 있었다. 그러나 그 음침한 벽들 사이에 갇힌다고 생각하니 신물이 올라왔다. 거기에서는 할 일이 없었다. 물론 처음 도착했을 때 하겠다고 생각한 일이기는 했지만, 또 글로 적어놓은 것이나 다름없는 경정의 의무라고 할 수 있는 일이었지만, 무기와 탄약을 점검하며 시간을 보내고 싶지는 않았다. 아침은 여전히 새벽의 광채를 어느 정도 간직하고 있었다. 공기는 선선했다. 걷기에 이상적인 날씨였다. 경정은 차에서 나와 걷기 시작했다. 거리 끝까지 가서 왼쪽으로 방향을 트니 광장이었다. 경정은 광장을 건너 다른 거리를 따라 내려가 또 다른 광장과 만났다. 4년 전 그곳에 있었던 기억이 났다. 다른 눈먼 사람들 속에 섞여 있는 한 눈먼 사람으로서 역시 눈이 먼 연사들의 말에 귀를 기울이며. 지금은 들을 수 없지만 이곳에서 마지막으로 메아리쳤던 것은 그곳에서 열렸던 최근의 정치 집회에서 나왔던 소리들이었다. 제1광장에서는 우익정당, 제2광장에서는 중도정당. 좌익정당은 마치 역사적 운명이기라도 한 것처럼 도시 변두리의 자그마한 빈터에서 집회를 열었다. 경정은 걷고 또 걸었다. 갑자기, 자기도 모르는 새에 의사와 그의 부인이 사는 거리에 와 있었다. 그러나 경정은, 여기가 의사가 사는 거리구나, 하고 생각하지 않았다. 경정은 속도를 늦추고 의사의 아파트 건물 맞은편으로 계속 걸었나. 20미터쯤 걸었을 때 건물 문이 열리면서 의사 부인이 개와 함께 나타났다. 경정은 얼른 몸을 돌려 가게 진열장으로 다가가 안을 들여다보며 기다렸다. 만일 부인이 길을 건너오면 진열장 거울에 비친 경정을 볼 수 있었다. 그러나 부인은 건너오지 않았다. 경정이 반대편을 열심히 보는 동안 의사 부인은 그에게서 멀어져갔다. 끈을 묶지 않은 개가 부인 옆에서 함께 걷고 있었다. 순간 경정은 부인을 따라가야 한다고 생각했다. 경사와 경감이 지금 이 순간 하고 있는 일을 자신도 한다고 해서 잘못될 것은 없었다. 그들이 다른 용의자들 뒤를 따라 터벅터벅 걷고 있다면 아무리 경정이라 해도 그들과 똑같은 일을 할 의무가 있었다. 그런데 저 여자가 어디로 가는 걸까. 개는 위장에 불과한 것 같았다. 아니면 개의 목걸이에 비밀 메시지를 넣어 운반하는 걸까. 아, 생베르나르의 개들이 목에 작은 브랜디 통들을 달고 가서 그 작은 양의 술로 눈 덮인 알프스에서 사라진 줄 알고 걱정했던 많은 생명들을 구하던 시절은 얼마나 행복했을까. 경정의 용의자, 우리가 계속해서 의사 부인을 그렇게 불러야 하는지 몰라도, 어쨌든 용의자 추적은 오래가지 않았다. 외떨어진 곳, 도시 한 가운데 감추어진 시골 마을 같은 느낌을 주는 곳에 버림받은 듯한 공원이 있었다. 그늘을 드리운 커다란 나무들, 모래를 덮은 산책로와 꽃밭, 녹색으로 칠한 소박한 벤치들이 있는 곳이었다. 한가운데 있는 연못에는 여성을 표현한 듯한 상이 빈 물단지를 들고 물 위로 허리를 굽히고 있었다. 의사 부인은 자리를 잡고 앉더니 가져온 가방을 열고 책을 꺼냈다. 부인이 책을 펼치고 읽기 시작할 때까지도 개는 자리를 뜨려 하지 않았다. 부인이 책에서 고개를 들고 말했다. 가봐. 그러자 개는 완곡하게 말하는 것을 좋아하던 시절에 사람들이 말했듯이, 누구도 대신 해줄 수 없는 일을 하러 달려갔다. 경정은 멀리서 지켜보다가 아침을 먹은 뒤 스스로에게 했던 질문을 기억했다. 이제 어떻게 한담. 경정은 5분 정도 덤불 뒤에 웅크리고 있었다. 개가 그쪽으로 가지 않은 것이 다행이었다. 그를 알아보고 이번에는 단순히 짖는 것 이상의 일을 했을지도 모르기 때문이다. 의사 부인은 아무도 기다리지 않았다. 다른 많은 사람들처럼 그저 개를 산책시키러 나온 것일 뿐이었다. 경정은 부인에게로 곧장 걸어갔다. 발밑에서 모래가 부서지는 소리가 났다. 경정은 몇 걸음 떨어진 곳에서 발을 멈추었다. 의사 부인은 책에서 눈을 떼기가 어렵기나 한 것처럼 천천히 고개를 들어 경정을 보았다. 처음에는 알아보지 못하는 것 같았다. 아마 이곳에서 그를 볼 것이라는 생각을 못 했기 때문인 것 같았다. 이윽고 그녀가 말했다. 경정님을 기다렸어요, 그런데 오시지는 않고 개는 산책을 하고 싶어 안달을 해서 이곳으로 데려왔죠. 남편은 집에 있어요, 내가 돌아갈 때까지 남편이 대접을 할 거예

347

요, 물론 급하지 않으시면요. 아니, 급하지 않소. 그럼 집으로 가보세요, 나도 개가 좀 뛰고 나면 바로 갈게요, 사람들이 백지투표를 던지기로 한 건 저 개 잘못이 아니잖아요. 괜찮으시면, 우연이 이런 식으로 자리를 마련해주었으니, 이왕이면 여기서 이야기를 하고 싶소, 보는 사람 없는 데서. 나는 그 심문, 계속 심문이라고 불러야 할지 모르겠지만, 어쨌든 그 심문이란 건 남편이 있는 자리에서 하는 줄 알았는데요, 지난번처럼요. 심문이 아니오, 수첩은 내 호주머니에서 나오지 않을 거요, 녹음기도 감추고 있지 않소, 게다가 솔직히 기억력도 예전만 못하오, 쉽게 잊어버리지요, 특히 기억에게 들은 것을 기록하라고 단단히 일러두지 않으면. 아, 기억이 말을 들을 수 있다고는 생각해본 적이 없는데요. 아, 그게 우리의 두 번째 귀라오, 밖에 있는 것은 그저 소리를 안으로 전달할 뿐이지요. 그럼 뭘 원하시는 거죠. 방금 말했듯이 부인과 이야기를 하고 싶소. 무엇에 관해서요. 이 도시에서 벌어지는 일에 관해서. 경정님, 어제저녁에 우리 집에 오셔서 우리에게, 또 내 친구들에게 말씀을 해주신 건 감사드려요, 정부에 4년 전에 눈이 멀지 않았고 지금은 반국가 음모를 조직하는 것처럼 보이는 이상한 사람에게, 그런 의사 부인에게 관심이 있는 사람들이 있다고 하셨죠, 하지만 솔직히 말씀드려, 그 문제에 관해 더 하실 말씀이 없다면, 다른 문제에 관해서 우리가 이야기를 하는 건 별 소용이 없을 듯하네요. 내무부장관의 명령으로 내가 당신들, 부인 남편과 친구들이 함께 찍은 사진을 넘겨주었소, 바로 오늘 아침 분계선의 군사 초소에 가서 그 일을 하고 왔소. 그럼 정말로 나한테 하실 말씀이 있는 거였군요, 하지만 나를 미행할 필요는 없었는데, 그냥 우리 집으로 곧장 가셨으면 되는데, 길도 다 아시잖아요. 하지만 미행한 게 아니오, 부인이 집을 나오면 미행을 하기 위해 나무 뒤에 숨어 있거나 신문을 읽는 척하며 기다렸던 게 아니란 말이오, 나와 함께 수사를 하는 경감과 경사는 지금 부인 친구들한테 그런 일을 하고 있겠지만, 그러나 내가 그런 명령을 내린 유일한 이유는 그게 아니면 그 사람들이 할 일이 없기 때문이오, 그뿐이오. 그러니까 우연히 여기에 오셨다는 이야기인가요. 그렇소, 우연히 거리를 걷다가 부인이 집을 나오는 것을 보았소. 내가 사는 거리에 오신 게 순전히 우연이라고 믿기는 힘들군요. 뭐라고 불러도 상관없소. 어쨌든 행복한 우연의 일치로군요, 그렇게 부르는 게 더 좋으시다면 말이에요, 그 우연의 일치가 없었다면 나는 그 사진이 지금 장관의 손에 들어가 있다는 것을 몰랐을 테니까요. 아, 그건 내가 다른 때라도 말해주었을 거요. 그런데 장관이 그걸로 뭘 하려는 건지 물어봐도 되나요. 나도 모르겠소, 말해주지 않았소, 하지만 좋은 목적이 아닌 건 분명하오. 그럼 두 번째 심문을 하러 나한테 오신 게 아닌가요, 의사 부인이 말했다. 아니, 오늘은 아니오, 내일도 아니오. 내 입장에서는 할 생각이 없소, 나는 이 이야기에 관해 내가 알 필요가 있는 건 다 알고 있소. 좀 더 분명히 말씀을 하셔야 할 것 같네요, 앉으세요, 저기 텅 빈 물 단지를 든 여자처럼 서 있지 말고. 개가 갑자기 덤불 뒤에서 뛰쳐나와 경정을 향해 똑바로 달려왔다. 경정은 본능적으로 뒤로 물러났다. 겁먹지 마세요, 의사 부인이 말하며 개의 목걸이를 잡았다, 물지 않을 거예요. 내가 개를 무서워하는지 어떻게 알았소. 아, 나는 마녀가 아니에요, 경정님이 우리 집에 오셨을 때 관찰을 했을 뿐이에요. 그렇게 금방 눈에 띄었소. 그런 편이던데요, 가만히, 마지막 말은 개한테 한 것이었다. 개는 이제 짖기를 멈추고 대신 목구멍에서 낮은 소리를 계속 내고 있었다. 으르렁거리는 소리보다 훨씬 더 위협적이었다. 마치 조율이 엉망인 오르간의 저음 같았다. 앉으시는 게 좋겠어요, 그래야 경정님이 나를 해칠 사람이 아니라고 생각할 것 같은데요. 경정은 조심스럽게 자리에 앉아 거리를 유지했다, 개 이름이 뭐요. 콘스탄테예요, 하지만 우리와 친구들한테는 눈물을 핥아주는 개죠, 하지만 짧게 부르고 싶을 때는 콘스탄테라고 불렀죠. 왜 눈물을 핥아주는 개요. 4년 전에 내가 울고 있을 때 이 녀석이 와서 내 눈물을 핥아주었어요. 백색 실명 시절에 말이오. 네, 백색 실명 시절에요, 이 개는 그 비참한 시절에 내가 만난 두 번째 경이였죠, 첫 번째는 눈이 머는 게 의무인 것 같은데도 눈이 멀지 않는 여자였고요, 그다음이 다가와서 그 여자의 눈물을 마신 이 동정심 많은 개였어요. 정말 그런 일이 있었소, 아니면 내가 꿈을 꾸는 것이었을까. 우리가 꿈을 꾸는 것이 실제로 일어나기도 해요, 경정님. 모든 꿈이 다 그렇지는 않았으면 좋겠소. 그렇게 말씀하실 만한 이유가 있나요. 아니, 그런 건 아니오, 그냥 말이 그렇다는 거요. 경정은 거짓말을 하고 있었다, 그가 입 밖으로 내지 않은 문장은 그것과는 완전히 달랐다, 앨버트로스가 와서 부인 눈을 찌르지 않으면 좋겠소. 개가 가까이 다가왔다. 코가 경정의 무릎에 닿을 정도였다. 개는 경정을 바라보고 있었다. 그 눈은 말하고 있었다, 당신을 해치지 않아, 무서워하지 마, 내가 전에 이 여자를 만났을 때 이 여자는 두려워하지 않았어. 그러자 경정은 천천히 손을 뻗어 개의 머리를 만졌다. 경정은 울고 싶었다. 눈물이 그냥 흘러내리게 하고 싶었다. 어쩌면 경이가 되풀이될지도 몰랐다. 의사 부인은 책을 가방에 집어넣으며 말했다, 가요. 어디로요, 경정이 말했다. 함께 점심을 드세요, 특별히 할 일이 없으면 말이에요. 정말이오. 뭐가요. 나와 함께 식사를 하겠다는 게. 정말이잖고요. 내가 지금 속임수를 쓰는 건지도 모르는데, 두렵지 않소. 그렇게 눈물이 그렁거리는 사람이 속임수를 쓸 리 없죠.

경정은 저녁 7시가 넘어서야 다시 프로비덴시알 유한회사에 돌아왔다. 부하들이 기다리고 있었다. 편치 않은 표정들이었다. 어떻게 지냈나, 보고 사항은 있나, 경정은 밝은, 거의 명랑하다고 할 수 있는 목소리로 말했다. 경정은 관심이 있는 척했지만, 우리가 누구보다 잘 알다시피, 실제로는 관심이 없었다. 지내기는 끔찍하게 지냈고, 보고할 사항은 더 끔찍합니다, 경감이 대답했다. 그냥 침대에서 나오지 말고 계속 자는 게 더나을 걸 그랬어요, 경사가 말했다. 무슨 뜻인가. 평생 이렇게 멍청하고 의미 없는 수사를 해본 적이 없는 것 같습니다. 경감이 대답했다. 경정은, 그래도 당신은 반도 모르는 거야, 하고끼어들고 싶었으나 그냥 입을 다물고 말았다. 경감이 말을 이어갔다, 10시에 편지를 쓴 자의 전 여자가 사는 거리에 도착했습니다. 죄송합니다만, 전 여자라고 하시면 안 됩니다, 경사가 말했다. 왜. 전 여자라고 하면 그냥 여자 친구한테도 쓸 수 있는 말 아닙니까. 그게 중요한가, 경감이 물었다. 네, 그 여자는 그냥 여자 친구가 아니라 배우자였습니다. 좋아, 10시에 편지를 쓴 자의 전 배우자가 사는 거리에 도착했다고 말했어야 한다는 거로군. 그게 낫네요. 하지만 배우자라는 말은 좀 우스꽝스럽고 과장된 것 같지 않나, 자네 부인을 누구한테 소개할 때, 이 사람은 내 배우자입니다, 그러지는 않을 것 아닌가. 경정이 말을 잘랐다, 그 얘긴 나중에 해, 중요한 얘기나 해봐. 중요한 얘기는 제가 거기에 정오가 될 때까지 있었는데, 여자가 아파트를 나오지 않더라는 겁니다, 사실 놀랄 일도 아니었지요, 도시가 완전히 뒤죽박죽이니까요, 어떤 회사들은 문을 닫았고, 어떤 회사들은 반만 일을 하니까요, 사람들도 일찍 일어날 필요가 없겠지요. 운이 좋은 사람들이네요, 경사가 말했다. 그래서 여자가 나왔다는 거야 안 나왔다는 거야, 경정이 물었다. 점점 짜증이 나고 있었다. 정확히 12시 15분에 나왔습니다. 정확히라고 말할 만한 이유가 있나. 아뇨, 경정님, 자연스럽게 손목시계를 보았는데, 딱 12시 15분이더라는 겁니다. 계속해봐. 예, 저는 지나가는 택시들을 눈여겨보았죠, 혹시 여자가 택시를 타고 가면 저는 길 한가운데서 완전히 바보처럼 오도가도 못하게 되는 거니까요, 그러면서 여자를 쫓았습니다, 하지만 오래지 않아, 여자가 어디를 가는지는 몰라도 걸어간다는 것은 분명해졌습니다. 그래, 여자가 어디로 가던가. 웃으실 텐데요, 경정님. 안 웃을 거다. 여자는 30분 이상 걸었습니다, 하도 빨리 걷는 바람에 따라잡기도 힘이 들었죠, 여자는 꼭 운동 삼아 그렇게 걷는 것 같았습니다, 그러다 갑자기, 예상치 못하게, 검은 안대를 한 노인과 검은 색안경을 쓴 여자, 아시잖 습니까, 그 매춘부, 그 여자가 사는 거리에 들어서게 된 겁니 다. 그 여자는 매춘부가 아니다, 경감. 지금은 아닐지 모르지 만, 과거에는 그랬잖습니까, 그게 그거죠 뭐. 당신한테는 그게 그거일지 모르지만, 나한테는 그렇지가 않아, 당신은 지금 나 한테 이야기를 하는 거고 나는 당신 상관이니까, 내가 이해할 수 있는 말을 사용해라. 그럼 전 매춘부라고 하지요. 검은 안 대를 한 남자의 배우자라고 해, 방금 편지를 쓴 자의 배우자 라고 했던 것처럼 말이야, 보다시피 당신이 썼던 표현을 그대 로 사용하라는 것 아닌가. 흠. 어쨌든 그 사람들이 사는 거리 에 들어섰는데, 그래서 어떻게 되었다는 건가. 여자는 그 사람 들이 사는 건물 안으로 들어가 거기 계속 있었습니다. 당신은 뭘 했나, 경정이 경사한테 물었다. 저는 숨어 있다가 그 여자가 안으로 들어간 뒤 경사한테 가서 함께 작전을 짰습니다. 그래 서. 할 수 있을 때까지 함께 지켜보기로 결정했습니다, 경감이 대답했다, 그리고 다시 갈라져야 하면 어떻게 할지 약속을 했 습니다. 그래서. 점심때였기 때문에 그 시간을 이용하기로 했 습니다. 그래서 가서 점심을 먹었다 이건가. 아닙니다, 경정님, 이 친구가 샌드위치를 두 개 싸왔기 때문에 하나는 나를 주 더군요, 그게 우리 점심이었습니다. 경정이 마침내 웃음을 지었다, 당신은 훈장을 받을 자격이 있다, 경정이 경사에게 말하자 경사가 용기를 내어 대꾸했다, 하긴 그보다 못한 일로도 훈장을 받으니까요, 경정님. 네가 지금 얼마나 옳은 말을 했는지 스스로는 모를 거다. 그럼 저도 명단에 넣어주십시오. 세 사람은 웃음을 지었다. 그러나 잠깐뿐이었다. 경정의 얼굴은 곧 다시 어두워졌다. 그다음에는 어떻게 되었나, 경정이 물었다. 2시 반에 모두 나오더군요, 거기서 함께 점심을 먹은 모양입니다, 경감이 말했다, 우리는 바로 긴장을 했지요, 노인이 차가 있는지 없는지 몰랐으니까요, 하지만 차를 쓰지는 않더군요, 기름을 아끼는 모양입니다, 어쨌든 우리는 그들을 따라갔습니다, 미행은 혼자서도 쉬운 일이었는데, 두 사람이었으니 어떨지 생각해보십시오. 그래서 결국 어떻게 되었나. 영화관, 다들 영화관에 가더군요. 당신들이 모르는 사이에 빠져나올 수 있는 다른 문이 있는지는 확인해봤나. 하나 있는데, 닫혀 있었습니다, 그래도 혹시 몰라 경사한테 30분 동안 지켜보게 했습니다. 아무도 나오지 않았습니다, 경사가 확인했다. 경정은 이 희극에 짜증이 났다, 또 다른 게 있나, 나머지는 그냥 간단하게 말해라, 경정은 긴장된 목소리로 말했다. 경감은 놀라서 경정을 보았다. 나머지는, 경정님, 어, 별것 없습니다, 그 사람들은 영화가 끝나자 떠났습니다, 택시를 탔지요, 우리는 다른 택시를 탔고요, 우리는 운전기사한테 고전적인 명령을 내렸습니다, 우리는 경찰이다, 저 차를 쫓아라, 하지만 이번에도 뻔하더군요, 편지를 쓴 자의 부인이 먼저 내렸습니다. 어디서. 자기가 사는 데서요, 아까 말씀드렸듯이, 경정님, 특별히 보고할 사항은 없습니다, 그다음에 택시는 나머지 사람들을 집까지 데려갔으니까요. 당신들은 뭘 했나. 어, 저는 첫 번째 거리에 남았습니다, 경사가 말했다. 저는 두 번째 거리에 남았고요, 경감이 말했다. 그래서. 그래서, 아무것도 없습니다, 아무도 밖으로 나오지 않았거든요, 저는 한 시간 정도 더 있다가 결국 택시를 잡아서 이곳으로 오는 길에 경사를 태워 함께 왔습니다, 사실 저희도 방금 돌아왔습니다. 그럼 의미 없는 임무였군, 경정이 말했다. 분명히 그런 것 같습니다, 경감이 말했다, 이 일에서 아주 재미있는 부분은 시작이 아주 좋았다는 겁니다, 예를 들어 편지를 쓴 자의 심문은 가치가 있었지요, 심지어 흥미도 있었습니다, 그 가엾은 녀석은 어쩔 줄을 모르고 가랑이 사이에 꼬리를 감추었으니까요, 하지만 그 뒤에는 어떻게 된 일인지 모르지만, 우리는 오도 가도 못하게 되었습니다, 그러니까 곤란한 지경에 빠지고 말았다는 겁니다, 경정님은 그래도 좀 아실 것 아닙니까, 진짜 용의자들을 두 번이나 심문했으니까요. 누가 진짜 용의자야, 경정이 물었다. 음, 우선 의사 부인이고, 그다음이 그 남편이죠, 두 사람이 침대를 함께 쓴다면 책임도 함께 져야 하는 게 분명합니다. 무슨 책임. 잘 아시잖습니까, 경정님. 내가 모른다고 생각하고 설명을 해봐. 우리가 처한 상황에 대한 책임 말입니다. 무슨 상황. 백지투표, 계엄령이 떨어진 도시, 지하철역의 폭탄. 당신은 정말로 지금 당신이 하는 말을 믿는 건가, 경정이 물었다. 그래서 우리가 여기에 온 것 아닙니까, 수사를 하고 범인을 잡으러. 그러니까 의사 부인 말이로군. 네, 경정님, 제가 아는 한 그 점에서 내무부장관의 명령은 아주 분명했던 것 같은데요. 내무부장관은 의사 부인의 책임이란 말은 안 했어. 경정님, 제가 비록 경정이 되지 못하고 경감으로 늙어 죽을지는 모르겠습니다만, 제가 이 일을 하면서 그간 경험한 것으로 보자면, 말로 다 표현할 수 없는 이야기를 전달하려고 반쯤만 말하는 경우가 있습니다. 다음에 경정 자리가 나면 당신을 밀어주지, 하지만 그전에, 내가 아는 진실에 따르면, 의사 부인에 관하여 반만 말하는 게 아니라 완전히 말을 한다면, 그 여자는 결백하다, 그것만은 밝혀두어야겠다. 경감은 경사를 곁눈질했다. 도와달라는 신호였다. 그러나 경사는 막 최면에 걸린 사람처럼 뭔가에 빠져든 표정이었기 때문에 그에게서 도움을 기대할 수는 없었다. 경감이 조심스럽게 물었다, 그럼 빈손으로 떠날 수도 있다는 뜻입니까. 아니면 두 손을 호주머니에 넣고 떠나든가. 그럼 그렇게 장관한테 이야기를 해야 하는 겁니까. 죄를 지은 사람이 없는데 만들어낼 수는 없는 노릇 아닌가. 그게 경정님 말씀입니까, 아니면 장관님 말씀입니까. 아, 장관이 그런 말을 할 것 같지는 않다, 어쨌든 그런 이야기를 하는 건 듣지 못했다. 그러게요, 경정님, 저는 경찰에서 일하면서 한 번도 그런 이야기를 들어본 적이 없습니다, 하지만 그만 이야기하겠습니다, 다시 입을 열지 않겠습니다. 경정은 일어서더니 손목시계를 보며 말했다. 가서 어디 식당에서 저녁을 먹어라, 점심도 제대로 못 먹었잖나, 배가 고프겠군, 잊지 말고 영수증 챙겨라, 내가 처리할 테니까. 경정님은 어떻게 하시려고요, 경사가 물었다. 나는 점심을 잘 먹었다, 배가 좀 고프면 허기를 달랠 차와 비스킷이야 여기 늘 있으니까. 경감이 말했다, 경정님을 존경해서 하는 말인데, 정말 경정님이 걱정됩니다. 왜. 우리는 하급자들에 불과합니다, 최악의 경우라 해도 우리는 견책 정도로 끝이 납니다, 하지만 경정님은 이 임무의 성공에 책임을 져야 하는 분이잖습니까, 그런데 임무가 실패했다고 말할 결심을 하신 것 같으니까요. 용의자가 결백하다고 말하는 것이 임무 실패인가. 결백한 사람한테 책임을 지우려고 짠 임무라면 그렇지요. 얼마 전에 당신은 의사 부인에게 책임이 있다고 단정적으로 이야기했지, 하지만 지금은 그 여자가 결백하다고 복음서에 손이라도 얹고 맹세할 것 같군 그래. 경정님, 복음서에는 손을 얹고 맹세할지 몰라도, 내무부장관이 있는 데서는 안 합니다. 물론 이해한다, 당신 가족이 있고, 경력이 있고, 인생이 있으니까. 맞습니다, 경정님, 하지만 용기 부족도 있다고 덧붙이셔야 할 것 같습니다. 우리 둘 다 인간이다, 차마 그런 말은 못하겠다, 내 유일한 충고는 이제부터 당신이 여기 경사를 보호하라는 거다, 당신 둘은 서로 필요할 것 같은 느낌이다. 경감과 경사가 말했다, 나중에 뵙겠습니다, 경정님. 경정이 대답했다, 식사 잘 해라, 서두르지 말고. 문이 닫혔다.

경정은 주방으로 가서 물을 마시고 방으로 들어갔다. 침대는 아침 그대로였다. 더러운 양말이 한 짝씩 바닥의 이쪽저쪽에 떨어져 있었다. 더러운 셔츠는 의자에 추레하게 걸려 있었다. 욕실의 상태는 말할 것도 없었다. 이것은 프로비덴시알 보험 및 재보험 유한회사가 조만간 해결해야 할 문제였다. 이곳에 머무는 요원들에게 가정부, 요리사, 하녀 역할을 해줄 여자를 두는 것이 비밀공작에 반드시 필요한 신중한 태도와 양립할 수 있느냐 하는 문제였다. 경정은 시트와 침대 커버를 힘차게 한 번 잡아당기고 베개를 두어 번 두드린 다음, 셔츠와 양말을 둘둘 말아 서랍에 쑤셔 넣었다. 그러자 여자가 손을 댄 것보다는 못했지만 그래도 방의 황량함이 조금은 가시는 듯했다. 경정은 시계를 보았다. 좋은 시간이었다. 결과까지 좋을지는 좀 더 두고 봐야 알겠지만. 경정은 자리에 앉아 책상 등을 켜고 전화를 걸었다. 네 번째 벨이 울렸을 때 목소리가 들렸다. 여보세요, 여기는 바다오리입니다. 앨버트로스요. 오늘 공작을 보고하려고 전화드렸습니다, 앨버트로스. 흠, 뭔가 만족스러운 결과가 있었기를 바라오, 바다오리. 그건 만족스러운 게 뭐냐에 따라 다르겠지요, 앨버트로스. 이보시오, 나는 지금 의미를 가지고 자잘하게 따질 시간도 인내심도 없소, 바다오리, 본론으로 들어가시오. 먼저 물건이 목적지에 도착했는지 묻고 싶습니다, 앨버트로스. 무슨 물건. 9시 물건 말입니다, 북쪽 6번 초소에서. 아, 그래, 잘 도착했소, 아주 유용하게 쓰일 거요, 얼마나 유용한지 곧 알게 될 거요, 바다오리, 이제 오늘 당신과 당신 부하들이 뭘 했는지 말해주시오. 사실 별 것 없습니다, 앨버트로스, 감시 두어 건하고 심문이 있었습니

359

다. 한 번에 하나씩 합시다, 바다오리, 감시 작전의 결과는 어땠소. 결과가 거의 없었다고 봐도 됩니다, 앨버트로스. 왜. 미행을 하는 동안 우리가 이번 용의자라고 부르는 사람들이 정상적으로 행동을 했거든요, 앨버트로스. 1번 용의자들은 어땠소, 내 기억으로는 당신 담당이었던 것 같은데, 바다오리. 솔직하게 말해서. 방금 뭐라고 했소. 솔직하게 말하겠다고 했습니다, 앨버트로스. 갑자기 솔직 이야기가 왜 나오는 거요, 바다오리. 그냥 문장을 시작하는 방법일 뿐입니다, 앨버트로스. 그럼 솔직한 것 좀 그만두고, 변죽을 울리지 말고, 빙빙 돌리지도 말고, 지금 내가 사진을 보고 있는 의사 부인이 유죄라는 사실을 확인할 수 있었는지나 간단하게 말해보시오. 그 여자는 살인을 했다고 인정했습니다, 앨버트로스. 그건 여러 가지 경로로 알고 있었던 것 아니오, 명백한 증거는 부족하다는 것도 이미 알고 있었고, 어쨌든 그건 우리의 관심사가 아니오. 네, 앨버트로스. 그러니 어서 요점으로 들어가, 의사 부인이 백지 투표 배후의 운동에 가담을 했는지, 혹시 그 조직 전체의 우두머리라는 것은 확인할 수 있었는지나 말해보시오. 없었습니다, 앨버트로스, 확인할 수 없습니다. 왜, 바다오리. 세상 어떤 경찰도, 저도 그 맨 끝에 줄을 설 수 있다고 생각합니다만, 그런 혐의를 뒷받침할 증거는 조금도 찾을 수 없을 것이기 때문입니다. 당신이 필요한 증거를 제출하기로 약속한 일을 잊은 모양이군, 바다오리. 이런 경우에 어떤 증거를 제출해야 하는 것이지요, 앨버트로스, 괜찮으시다면 한번 여쭈어보고 싶군요. 그건 예전이나 지금이나 내가 생각할 일이 아니오, 그 일은 당신 판단에 맡겼잖소, 바다오리, 당신이 이 임무를 성공적으로 마무리할 능력이 있는 사람이라고 확신하던 때 말이오. 정중하게 말씀드립니다만, 앨버트로스, 용의자가 의심을 받았던 범죄를 저지르지 않았다고 결론을 내리는 것이 가장 성공적인 마무리로 보입니다. 이 우스꽝스러운 암호명은 집어치웁시다, 당신은 경정이고 나는 내무부장관이오. 네, 장관님. 서로 이해를 좀 하기 위해 방금 물었던 것을 다른 방식으로 다시 물어보겠소. 네, 장관님. 당신의 개인적인 믿음은 젖혀두고 얘기해보시오, 당신은 의사 부인이 죄를 지었다고 확인할 준비가 되어 있소, 네, 아니요로 대답하시오. 아니요. 당신이 방금 한 말의 결과는 생각해보았겠지. 네, 장관님. 좋소, 그러면 내가 방금 내린 결정을 잘 새겨들으시오. 듣고 있습니다, 장관님. 경감과 경사한테 내일 아침에 복귀하라는 명령을 받았다고 말하시오, 9시에 경계선 북쪽 6번 초소로 나와야 하오, 거기서 그 사람들을 이쪽으로 데려올 사람을 만날 거요, 나이는 대체로 당신 나이에 흰 점이 박힌 파란 타이를 매고 있을 거요, 당신이 쓰던 차도 가져오라 하시오, 이제는 필요 없을 테니까. 알겠습니다, 장관님. 그리고 당신. 네, 장관님. 당신은 다시 지시가 있을 때까지 수도에 남아 있으시오, 머지않아 지시가 내려갈 거요. 수사는요. 당신 입으로 수사할 게 없다고 말하지 않았소, 용의자는 결백하다고. 저는 진지하게 그렇게 믿고 있습니다, 장관님. 그럼 불평할 것도 없겠구먼, 당신 사건은 종결된 거요. 하지만 제가 여기서 뭘 합니까. 아무것도 할 것 없소, 아무것도 하지 말고 산책이나 다니고 즐겁게 지내면서 영화나 연극 같은 것도 보고 박물관에도 가시오, 원한다면 새 친구들을 저녁에 초대하고 비용은 내무부에 청구하시오. 장관님, 무슨 말씀이신지 모르겠습니다. 내가 당신에게 수사 기간으로 준 닷새가 아직 끝나지 않았소, 어쩌면 남은 시간 동안 당신 머릿속에 다른 불이 켜질지도 모르잖소. 그런 일은 없을 것 같습니다, 장관님. 그래도 닷새는 닷새요, 나는 한 번 말을 하면 그대로 하는 사람이오. 네, 장관님. 들어가시오, 안녕히 주무시오, 경정. 안녕히 주무십시오, 장관님.

경정은 수화기를 내려놓았다. 경정은 의자에서 일어나 욕실로 갔다. 방금 즉석에서 면직을 당한 사람의 얼굴을 볼 필요가 있었다. 장관이 그런 말을 하지는 않았지만 다른 모든 말에서, 심지어 잘 자라는 인사에서도 그 말들을 글자 하나하나 분명하게 볼 수 있었다. 경정은 놀라지 않았다. 내무부장관이 어떤 사람인지 정확하게 알았으며, 자신이 받은 지침, 명시적 지침과 무엇보다도 암묵적 지침을 따르지 않을 때 어떤 대가를 치를지도 알고 있었다. 암묵적 지침도 명시적 지침만큼이나 분명했다. 경정은 거울에 비친 얼굴이 차분한 것에 놀랐다. 주름이 사라져버린 것 같았다. 눈이 투명하게 반짝거리는 것 같았다. 쉰일곱 살 남자의 얼굴이었다. 경정을 직업으로 살아가는 남자의 얼굴이었다. 그 경정은 막 불을 통과하여, 마치 목욕재계를 한 것처럼 그 불로부터 빠져나왔다. 그래, 목욕재계가 좋겠군. 그는 옷을 벗고 샤워를 하러 들어갔다. 물을 세게 틀었다. 뭐 어떠냐, 내무부에서 내는 돈인데. 경정은 천천히 비누칠을 하고 몸에 남은 때를 씻어내도록 물에 다시 몸을 맡겼다. 그러자 기억이 4년 전의 시간으로 그를 데려갔다. 모두 눈이 멀어 더러운 꼴로 굶주린 채 도시를 헤매던 때. 곰팡내 나는 썩은 빵 한 조각, 그것이 아니라도 뭐든지 먹을 수 있는 것을 구하려고, 마침내는 침으로라도 허기를 달래려고 씹을 수 있는 것이면 뭐든 구하기 위해 무슨 짓이라도 하려고 하던 때. 경정은 의사 부인이 비를 맞으며 불행한 이들의 작은 무리, 길 잃은 양 여섯 마리, 둥지에서 떨어진 갓 난 새 새끼 여섯 마리, 갓 난 눈먼 고양이 여섯 마리를 이끌고 거리를 돌아다니는 모습을 상상했다. 어쩌면 거리 어느 곳에서 한 번쯤 그들과 부딪쳤을지도 모른다. 어쩌면 그들 쪽에서 두려움에 젖어 그를 멀리했을지도 모른다. 아니면 그가 두려움에 젖어 그들을 멀리했을지도 모른다. 그때는 모두가 혼자였다. 훔쳐가기 전에 먼저 훔쳐야 했다. 맞기 전에 때려야 했다. 눈먼 자들의 법칙에 따르면 최악의 적은 가장 가까이 있는 사람이었다. 하지만 꼭 눈이 멀었을 때에만 우리가 어디로 가는지 모르는 게 아니야, 경정은 생각했다. 뜨거운 물이 시끄러운 소리를 내며 머리와 어깨로 떨어지더니, 그의 몸을 타고 흘러내려 꿀럭꿀럭 소리를 내며 배수구로 깨끗하게 사라졌다. 경정은 샤워기에서 나와 경찰 기장이 찍힌 수건으로 몸을 닦고 옷걸이에 걸어둔 옷을 입은 다음 침실로 들어갔다. 경정은 깨끗한 속옷을 입었다. 마지막 남은 것이었다. 마지막일 수밖에 없었다. 겨우 닷새밖에 안 걸리는 임무에 더 많이 가져올 생각은 하지 않았기 때문이다. 경정은 손목시계를 보았다. 9시가 다 되었다. 경정은 주방으로 가서 차 마실 물을 끓여 초라한 티백을 물에 넣은 다음 권장 시간이 흐를 때까지 기다렸다. 비스킷은 설탕을 바른 화강암 같았다. 경정은 비스킷을 힘차게 깨물어 씹기 좋은 작은 조각들로 부순 다음, 어금니로 천천히 빻아 나갔다. 경정은 차를 홀짝였다. 녹차가 더 좋았지만 홍차로 만족할 수밖에 없었다. 그나마 너무 오래되어서 거의 아무런 맛이 나지 않는 것이었다. 프로비덴시알 보험 및 재보험 회사는 사실 잠깐 머무는 사람들한테 그런 사치스러운 것들을 잔뜩 갖다놓을 필요가 없다. 장관의 비꼬는 말이 귀에서 메아리쳤다, 내가 당신에게 수사 기간으로 준 닷새가 아직 끝나지 않았소, 끝날 때까지 산책이나 다니고 즐겁게 지내면서 영화나 보시오, 비용은 내무부에 청구하시오. 경정은 그런 뒤에 어떻게 될지 궁금했다, 다시 본부로 부를까, 활동적인 임무는 할 수 없다면서 책상에 앉혀 서류나 뒤적이게 할까. 연필이나 굴리는 비천한 지위로 좌천한 경정. 그게 그의 미래일 터였다. 그렇지 않으면 일찍 퇴직시켜 잊어버리고, 그가 죽어 직원 기록에서 지워버릴 때에나 그의 이름을 다시 언급할 터였다. 경정은 식사를 마쳤다. 차갑고 축축한 티백은 쓰레기통에 던지고, 컵을 씻고, 손날로 부스러기를 탁자에서 밀어냈다. 경정은 생각이 밀려오는 것을 막으려고, 생각이 한 번에 하나씩만 들어오게 하려고 그런 일들에 완전히 집중을 했다. 경정은 생각에게 먼저 안에 무엇이 담겨 있느냐고 물었다. 생각 앞에서는 아주 조심을 해야 하기 때문이다. 어떤 생각들은 짜증스럽게도, 짐짓 순진한 척 나타났다가 서서히 그 사악한 정체를 드러내는데, 그것을 알았을 때는 이미 늦다. 경정은 다시 손목시계를 보았다. 10시 15분 전이다. 시간은 얼마나 빨리 흐르는지. 그는 주방에서 나와 거실로 들어가, 소파에 앉아 기다렸다. 문에서 열쇠 소리가 들리는 바람에 퍼뜩 정신이 들었다. 경감과 경사가 들어왔다. 잔뜩 먹고 마신 것이 분명했지만, 그렇다고 야단을 맞을 만큼 먹지는 않은 것 같았다. 그들은 인사를 했고, 경감이 두 사람을 대신하여 약간 늦은 것을 사과했다. 경정은 손목시계를 보았다. 11시가 넘었다. 그렇게 늦은 것도 아닌데 뭐, 경정이 말했다, 하지만 당신들 내일은 좀 일찍 일어나야 한다. 다른 임무인가요, 경감이 봉투를 탁자에 놓으며 물었다. 그래, 그렇게 부를 수도 있겠지. 경정은 말을 끊더니 다시 시계를 흘끗 본 뒤에 말을 이어나갔다, 내일 아침 9시에 소지품을 모두 들고 북쪽 6번 초소로 가야 한다. 왜요, 경사가 물었다. 지금 하는 수사를 그만두게 되었다. 경정님 결정인가요, 경감이 심각한 표정으로 물었다. 아니, 장관 결정이다. 이유가 뭐죠. 말하지 않았다, 하지만 걱정 마라, 당신들한테 개인적으로 반감이 있는 건 아닌 게 분명하니까, 장관이 질문을 많이 하겠지만 뭐라고 대답하면 좋을지 잘 알잖나. 그러니까 경정님은 함께 가시지 않는다는 뜻인가요, 경사가 물었다. 그래, 나는 여기 그대로 있을 거다. 혼자서 수사를 계속하시는 겁니까. 수사는 끝났다. 구체적인 결과도 없어요. 구체적인 결과도 추상적인 결과도 없어. 그럼 왜 함께 가시지 않는지 이해할 수 없군요, 경감이 말했다. 장관의 명령이다, 나는 장관이 원래 정한 닷새가 지날 때까지 여기 남는다, 즉 목요일까지 남는다는 말이다. 그다음에는요. 장관이 당신들을 만나 물어볼 때 말해줄지도 모른다. 우리한테 무슨 질문을 합니까. 수사가 어떻게 진행되었는지, 내가 수사를 어떻게 진행했는지. 하지만 방금 수사는 끝났다고 하셨잖습니까. 그래, 하지만 다른 식으로 계속할 가능성은 있다, 나는 빠지겠지만. 이것 참, 도무지 이해가 되지 않네요, 경사가 말했다. 경정이 일어서더니 서재로 가서 지도를 가져왔다. 경정은 지도를 탁자에 펼치면서 공간을 확보하기 위해 봉투를 옆으로 약간 밀었다. 북쪽 6번 초소는 여기다, 경정이 말하며 손가락으로 짚었다. 엉뚱한 데로 가지 마라, 거기 가면 어떤 남자가 기다리고 있을 거다, 장관 말로는 내 나이라고 하지만, 실제로는 나보다 훨씬 젊다, 타이를 보고 확인해라, 흰 점이 박힌 파란 타이를 매고 있으니까, 내가 만날 때는 암구호를 교환했지만, 이번에는 필요 없을 거다, 어쨌든 장관은 암구호 이야기는 하지 않았다. 이해가 안 됩니다, 경감이 말했다. 간단한 것 같은데요, 경사가 말했다, 그냥 북쪽 6번 초소로 가면 되는 거잖아요. 아니, 내가 이해 못 하는 건 왜 우리는 떠나고 경정님은 남느냐 하는 거야. 장관 나름의 이유가 있겠죠. 장관들은 늘 그래. 하지만 절대 말은 안

해주죠. 경정이 끼어들었다, 이야기해봐야 소용없다, 어떤 설명도 요구하지 말고, 그럴 가능성은 거의 없지만 설사 설명을 한다 해도 믿지 않는 게 최선이다, 거의 언제나 거짓말이니까. 경정은 조심스럽게 지도를 접다가 마치 방금 생각이 난 것처럼 말했다, 차를 가져가라. 차도 안 갖고 계십니까, 경감이 물었다. 여기에는 버스와 택시가 많은데 뭐, 게다가 걷는 게 건강에도 좋잖아. 점점 이해가 안 되는군요. 이해할 것 없어, 이 친구야, 나는 명령을 받은 거고 그걸 이행할 뿐이니까, 당신도 똑같이 하면 돼, 분석하고 생각하는 거야 당신 자유지만 그런다고 현실이 1밀리미터도 바뀌지 않아. 경감이 봉투를 경정 쪽으로 밀었다. 저희가 사온 겁니다, 경감이 말했다. 뭔가. 어, 우리더러 아침으로 먹으라고 여기 갖다둔 건 너무 형편없어서 다른 비스킷, 치즈, 괜찮은 버터, 햄, 샌드위치 빵을 좀 사왔습니다. 가져갈 건가 아니면 두고 갈 건가, 경정이 웃음을 지으며 말했다. 글쎄요, 경정님이 좋으시다면 내일 함께 아침을 먹고 남는 건 두고 가지요, 경감이 말하며 웃음을 지었다. 모두 웃음을 지었다. 경사가 계속 분위기를 돋우었다. 그러나 곧 모두 다시 심각해졌다. 무슨 말을 해야 좋을지 몰랐다. 결국 경정이 말했다, 난 자러 가겠다, 어젯밤에 잘 못 잔데다가 바쁘게 하루를 보냈다, 북쪽 6번 초소에 갔던 일부터 시작해서 말이다. 무슨 일로 바쁘셨습니까, 경정님, 경감이 물었다, 아직 우리는 경정님이 왜 북쪽 6번 초소에 가셨는지도 모릅니다. 아, 아직 말할 기회가 없었을 뿐이다, 그게, 장관 명령을 받고 가서 흰 점이 박힌 파란 타이를 맨 남자한테 그 사람들 사진을 건네주었다. 당신들이 내일 만날 그 사람한테 말이다. 장관이 그 사진을 어떻게 하려는 겁니까. 장관 말을 빌리자면, 곧 알게 된다고 한다. 냄새가 나는데요. 경정은 고개를 끄덕이더니 말했다, 그런 뒤에 순전히 우연의 일치로 의사 부인을 만나, 그 집 부부와 함께 그 집에서 점심을 먹고, 마지막에는 방금 전달한 내용대로 장관과 이야기를 했다. 우리는 경정님을 무척 존경합니다만, 경사가 말했다, 한 가지 용서할 수 없는 것이 있습니다, 지금 저는 경사까지 대신해서 이야기하는 겁니다, 이미 우리 둘은 이야기를 했거든요. 뭔가. 경정님은 우리가 그 여자 집에 가지 못하게 하셨습니다. 당신은 갔잖아, 경감. 바로 쫓겨나왔죠. 그래, 그랬지, 경정이 대꾸했다. 왜 그러셨습니까. 두려웠다. 뭐가요, 우리가 괴물도 아니잖습니까. 당신들이 무슨 일이 있어도 죄 지은 사람을 찾아내려 하다가 앞에 있는 사람을 보지 않게 될 것 같아 두려웠다. 우리를 그렇게 신뢰하지 못했습니까, 경정님. 그건 신뢰의 문제가 아니다, 내가 당신들을 믿고 안 믿고의 문제가 아니란 말이다, 외려 보물을 하나 발견해서 나 혼자만 갖고 싶은 마음이 들었다고 보는 게 좋겠지, 아니, 그것도 아니야, 이건 감정의 문제가 아니야, 내가 생각하던 건 그게 아니다, 나는 그저 그 여자의 안전을 걱정했다, 그 여자에게 질문을 하는 사람이 적을수록 그 여자가 더 안전할 거라고 생각했다. 그러니까 아주 쉽고 간단한 말로 하면, 외람되지만 용서하십시오, 경정님, 경사가 말했다, 우리를 못 믿었다는 것 아닙니까. 그래, 그 말이 맞다, 인정한다, 못 믿었다. 그래요, 하지만 우리 용서를 구하실 필요는 없습니다, 경감이 말했다. 이미 용서했으니까, 어쩌면 두려워하는 게 옳았을지도 모릅니다, 우리가 모든 걸 망칠 수도 있었으니까요, 황소가 도자기 가게에 들어가는 것 같았을 테니까요. 경정은 봉투를 열더니 빵 두 조각을 꺼내, 햄 두 조각을 그 사이에 넣고 사과하듯 웃음을 지었다, 솔직히 배가 고파서 말이야, 차 한 잔밖에 못 마셨거든, 게다가 저 염병할 비스킷을 먹다 이가 부러질 뻔했고. 경사는 주방으로 가더니 맥주 한 캔과 잔을 가져왔다, 여기 있습니다, 경정님, 이걸 드시면 빵이 더 잘 넘어갈 겁니다. 경정은 앉더니 햄 샌드위치를 씹었다. 한 입 한 입 즐기는 것 같았다. 이어 영혼을 씻어주는 음료를 들이켜듯이 맥주를 마셨다. 다 먹고 나자 경정은 말했다, 자, 나는 이제 자러 가겠다, 잘들 자라, 두 사람 모두, 저녁 고마웠다. 경정은 침실 문으로 걸어가다 발을 멈추고 돌아보았다. 보고 싶을 거야, 경정이 말했다. 경정은 잠시 말을 끊더니 덧붙였다, 아까 한 이야기 잊지 마. 무슨 말씀입니까, 경정님, 경감이 물었다. 당신들 둘이 정말로 서로를 필요로 할 거라는 느낌이 든다는 것, 감언이설이나 빠른 승진 약속에 속지 마, 이 수사의 결론에 대한 책임은 오직 나 혼자만 지는 거야, 당신들은 진실만 말하면 나를 배반하지는 않을 거야, 하지만 당신들의 진실이 아닌 진실의 이름으로 나오는 거짓은 어떤 것도 받아들이지 마. 알겠습니다, 경정님, 경감이 약속했다. 서로 도우라고, 경정이 말했다. 그게 내가 당신들한테 바라는 전부야, 요구하는 전부야.

경정은 내무부장관의 엄청난 관용을 이용하고 싶은 마음이 없었다. 공연장이나 영화관에 가는 것을 즐기는 사람도 아니었다. 박물관을 다니지도 않았다. 그는 점심과 저녁을 먹을 때만 프로비덴시알 보험 및 재보험 유한회사를 떠났다. 식당에서 돈을 치를 때도 영수증을 가져오는 대신 팁과 함께 탁자에 두고 왔다. 경정은 의사의 집에 다시 가지 않았다. 그가 눈물을 핥아주는 개, 또는 공식적으로는 콘스탄테라는 이름을 가진 개와 친해졌던 공원, 눈과 눈으로, 영혼과 영혼으로 개의 여주인과 죄와 무죄에 관해 이야기를 했던 공원에 다시 가지도 않았다. 검은 색안경을 쓴 여자와 검은 안대를 한 노인, 또는 처음 눈이 먼 남자의 이혼한 부인이 무엇을 하고 있는지 염탐을 하러 가지도 않았다. 그 자, 더러운 고발장을 쓴 동시에 많은 불행을 만들어낸 자의 경우 경정은 그를 만날 경우 틀림없이 자신이 길 건너편으로 건너가버릴 거라고 생각했다. 나머지 시간 동안, 경정은 아침과 저녁이면 몇 시간씩 계속해서 전화기 옆에 앉아 기다렸다. 심지어 잠을 잘 때도 귀를 열어두고 있었다. 경정은 내무부장관이 반드시 전화를 할 것이라고 확신했다. 그렇지 않고서야 장관이 수사에 할당한 닷새의 마지막 1분까지, 더 정확하게 말해서 마지막 한 방울까지 다 마셔버리게 하고 싶어 하는 이유를 이해할 수가 없었다. 가장 자연스러운 것은 장관이 경정에게 본부로 돌아와 강제 퇴직이든 사임이든 미해결 문제를 정리하자고 하는 것이었다. 그러나 경정은 경험으로 볼 때 내무부장관의 비틀린 마음에는 남들에게 자연스러운 것이 너무 단순해 보일 것이라고 생각했다. 경정은 경감의 진부하지만 많은 뜻을 담고 있는 말을 기억했다, 냄새가 나는데요. 북쪽 6번 초소에서 흰 점이 박힌 파란 타이를 맨 남자에게 사진을 건네주었다는 이야기를 듣자 경감은 그렇게 말했다. 경정이 보기에도 사태의 핵심은 거기에, 사진에 있음에 틀림없었다. 왜 또는 어떻게는 알 수 없었지만. 이런 느릿느릿한 기다림 속에서 남은 사흘을 보내야 할 터였다. 끝이 눈에 보이기는 했지만, 이야기를 꾸미고 싶어 하는 사람들이 흔히 말하듯이, 끝날 것 같지 않은 사흘이었다. 그동안은 그런 생각 속에 잠겨 있어야 했다. 억누를 수 없는 지속적인 졸음과 다를 바 없는 생각이었다. 경정은 반쯤 경계를 서고 있는 의식이 가끔 놀라게 하는 바람에 졸음에서 깨어나오곤 했다. 화요일, 수요일, 목요일. 이제 달력 석 장이었다. 그러나 이 석 장은 자정의 바느질로부터 뜯겨나오는 데 저항하다가 그의 손가락에 그대로 달라붙더니, 형체 없는 아교질의 시간 덩어리로 변했다. 그에게 저항하면서도 그를 빨아들이는 부드러운 벽으로 변했다. 마침내 수요일, 밤 11시 반에 장관이 전화를 했다. 여보세요 또는 잘 있었소 하는 말도 하지 않았다. 건강하느냐고, 혼자 어떻게 지내고 있느냐고 묻지도 않았다. 경감과 경사에게, 따로 또는 각각, 친근한 대화로 또는 협박을 해가면서 질문을 했는지 안 했는지 이야기하지도 않았다. 그냥 지나가는 말로, 아무 이야기도 아닌 것처럼 이렇게 말했을 뿐이다, 내일 신문에 관심을 가질 만한 게 실릴 것 같구려. 매일 신문을 봅니다, 장관님. 좋은 일이오, 정보가 빠삭하겠구먼, 그렇다 해도 내일 신문만은 놓치지 말기 바라오, 정말 재미있을 테니까. 꼭 읽도록 하지요, 장관님. 텔레비전 뉴스도 보시오, 무슨 일이 있어도 그건 놓치지 마시오. 프로비덴시알 유한회사에는 텔레비전이 없는데요, 장관님. 그거 아쉽네, 하지만 가만 생각을 해보니, 괜찮은 것 같소, 그 편이 더 나을 것 같아, 텔레비전이 있으면 우리가 준 수사 임무를 열심히 수행하는 데 방해가 될 것 아니오, 게다가, 이번 기회에 새 친구들을 찾아가 함께 보자고 권할 수도 있는 것 아니오. 경정은 아무런 대꾸를 하지 않았다. 목요일 이후에 자신의 징계 상황이 어떻게 되는지 물어볼 수도 있었지만, 아무 말도 하지 않기로 했다. 그의 운명이 장관의 손에 달린 것은 분명했다. 따라서 선고를 하는 것도 그가 할 일이었다. 만일 물어보면, 서두를 것 없소, 내일이면 알게 될 거요, 같은 날카로운 대꾸나 듣기 십상이었다. 갑자기 경정은 침묵이 전화 대화에서 정상적이라고 여겨지는 것보다 길어진다는 사실을 의식했다. 전화 통화란 말 사이의 중지나 휴식이 일반적인 경우보다 짧은 것 아닌가. 경정은 내무부장관의 짓궂은 제안에 반응을 보이지 않았으며, 장관은 이것에 별로 마음을 쓰지 않는 듯했다. 장관은 마치 상대에게 답을 생각할 시간이라도 준 것처럼 입을 다물고 있었다. 경정이 조심스럽게 말했다, 장관님. 전기 신호가 선을 타고 그 말을 실어날랐다. 그러나 상대편에서는 생명의 기미가 느껴지지 않았다. 앨버트로스가 이미 전화를 끊은 것이다. 경정은 수화기를 내려놓고 방을 나왔다. 그는 주방으로 들어가 물을 한 잔 마셨다. 내무부장관과 대화를 나누고 나서 참기 힘든 갈증을 느낀 것은 이번이 처음이 아니었다. 마치 대화를 나누는 동안 내내 속에서 불이 타올라, 서둘러 불을 꺼야 할 것 같은 기분이었다. 경정은 응접실의 소파에 가서 앉았지만, 오래 있지 않았다. 이틀 동안 그를 지배했던 반 혼수상태는 사라졌다. 장관의 첫마디에 사라진 것 같았다. 상황, 설명하거나 단순하게 정의하기에는 너무 많은 시간과 공간이 요구되어 그냥 게으르게 상황이라고 부르는 그 모호한 덩어리 말이다, 어쨌든 상황이 갑자기 빠르게 전개되기 시작하여, 끝날때까지는 중단되지 않을 것처럼 보였기 때문이다. 그러나 그 끝이 무엇일지, 언제, 어떻게, 어디서 끝이 날지 알 수 없었다.

한 가지 확실한 것은 그가 설사 매그레, 포아로, 셜록 홈스 같은 사람이 아니라 해도 다음 날 신문에 무슨 내용이 실릴지는 안다는 것이었다. 기다림은 끝났다. 내무부장관은 다시 전화를 하지 않을 것이다. 이제 내릴 명령이 있다면 비서를 통하거나 아니면 경찰청장으로부터 올 터였다. 불과 닷새 동안에 그는 까다로운 수사를 책임진 경정으로부터 용수철이 망가져 쓰레기와 함께 내다버려야 하는 태엽 장난감이 되고 만 것이다. 그 순간 자신에게 아직 한 가지 의무가 남았다는 사실이 떠올랐다. 그는 전화번호부를 뒤져 주소를 확인하고 전화를 걸었다. 의사 부인이 전화를 받았다, 여보세요. 아, 안녕하시오, 나요, 경정, 이런 늦은 시간에 전화해서 미안하오. 괜찮아요, 우린 늦게 자니까요. 공원에서 이야기할 때 내무부장관이 당신들 사진을 넘겨달라고 명령했다는 이야기를 했지요, 기억나시오. 네, 기억나요. 어, 아마 그 사진이 내일 신문에 실리고 텔레비전으로 방송될 것 같소. 흠, 이유는 묻지 않겠어요, 어쨌든 장관이 좋은 목적으로 그것을 원한 것은 아니라는 말씀을 하셨던 기억이 나네요. 맞소, 하지만 이렇게 쓸 줄은 몰랐소. 뭘 하려는 거죠. 내일 신문이 사진을 싣는 짓 외에 또 어떤 짓을 하는지 보면 알게 되겠지요, 어쨌든 부인에게 오명을 씌우려는 것 같소. 4년 전에 눈이 멀지 않았다는 이유로요. 다른 사람들은 다 시력을 잃었는데 부인만 눈이 멀지 않았다는 것을 장관이 매우 수상쩍게 생각한다는 걸 부인도 알잖소, 장관 관점에서는 그 사실만으로도 부인이 현재 벌어지고 있는 일에 전체적으로든 부분적으로든 책임이 있다고 보기에 충분한 거요. 그러니까 백지 투표에 말인가요. 그렇소, 백지투표에. 하지만 그건 말도 안 돼요, 정말 말도 안 돼. 내가 이 일을 하면서 배운 바로는 정부에 있는 사람들은 우리가 말도 안 된다고 판단하는 것 앞에서 결코 물러서지 않고, 외려 그런 말도 안 되는 것을 이용해서 양심을 무디게 하고 이성을 파괴하오. 우리가 어떻게 하면 좋을까요. 숨으시오, 사라지시오, 하지만 친구들 집으로 가지는 마시오, 거기는 안전하지 않을 거요, 아직 안 했는지는 몰라도 곧 그곳도 감시를 할 거요. 그 말씀이 맞네요, 어쨌든 어떤 일이 생겨도 우리는 우리를 보호해주려는 사람의 안전을 위험에 빠뜨릴 생각은 없어요, 지금도 예를 들어, 경정님이 우리한테 전화를 한 것이 어리석은 행동이 아니었나 생각해요. 걱정 마시오, 이 전화선은 안전하오, 사실 이보다 더 안전한 선은 많지 않소. 경정님. 말씀하시오. 묻고 싶은 게 있어요, 하지만 물어봐도 좋을지 모르겠네요. 물어보시오. 왜 우리한테 이렇게 해주는 거죠, 왜 우리를 돕는 거예요. 책에서 읽은 것 때문이오, 오래전에, 그동안 잊고 있었지만 며칠 전에 생각이 났소. 그게 뭐죠. 우리는 태어나는 그 순간 평생 지킬 협정에 서명을 한 것과 마찬가지다, 그러나 이렇게 자문할 날이 온다, 누가 여기에 나 대신 서명을 했는가. 좋네요, 생각을 자극하는 말이에요, 그 책 이름이 뭐지요. 창피한 이야기지만 기억나지 않소. 괜찮아요, 다른 모든 걸 기억하지 못해도, 심지어 제목. 책을 쓴 사람 이름도 기억나지 않구려. 그 말은 아마 전에 누구도, 적어도 그런 똑같은 형식으로는 이야기한 적이 없을 거예요, 어쨌든 그 단어들이 서로를 잃지 않은 게 다행이네요, 그 단어들은 자신들을 합쳐줄 사람이 필요했어요, 누가 알아요, 우리가 혼자 떠도는 단어들 몇 개를 합쳐줄 수 있다면 세상이 조금은 더 나아질지. 아, 그 경멸당하는 가엾은 녀석들은 결코 서로를 만나지 못할 것 같구려. 그래요, 그럴지도 모르죠, 하지만 꿈꾸는 것은 싸요, 돈 한 푼 안 들죠. 내일 신문에 뭐라고 나오는지 봅시다. 그래요, 어디 한번 봐요, 최악의 대비를 하고 있을게요. 직접적인 결과가 무엇이든, 내가 한 말을 생각해보시오, 숨으시오, 사라지시오. 알겠어요, 남편한테 이야기할게요. 남편이 부인을 설득하기를 바라오. 안녕히 계세요, 여러모로 고마워요. 나한테 고마워할 것 없소. 몸조심하세요. 경정은 전화를 끊은 뒤에 마치 자기 소유물이기나 한 것처럼 전화선이 안전하다고, 이 도시에 이보다 안전한 선은 많지 않다고 말한 것이 어리석지 않았나 하는 생각을 했다. 경정은 어깨를 으쓱하며 중얼거렸다, 무슨 상관이야, 안전한 것은 아무것도 없는데, 안전한 사람은 아무도 없는데.

경정은 잠을 잘 자지 못했다. 꿈속에서 구름 같은 단어들이 달아나고 흩어지고, 그는 잠자리채를 들고 그 말들을 쫓아다니면서 애원했다, 멈춰, 제발, 움직이지 마, 나를 기다려줘. 그러다 갑자기 단어들이 멈추더니 한 덩어리로 합쳐졌다. 덤벼들 벌집을 기다리는 벌떼처럼 서로 몸 위에 올라탔다. 경정은 기뻐서 소리를 지르며 잠자리채를 들고 앞으로 달려나갔다. 그러나 잠자리채에 잡힌 것은 신문이었다. 나쁜 꿈이었다. 그래도 앨버트로스가 돌아와 의사 부인의 눈을 찌르는 꿈보다는 나았다. 경정은 일찍 일어났다. 옷을 대충 걸치고 아래층으로 내려갔다. 경정은 이제 주차장을 통해 밖으로 나가지도 않았고, 배달원 출입구로 나가지도 않았고, 그냥 현관문을 이용해 밖으로 나갔다. 보행자 출입구라고 부를 수도 있는 곳이었다. 경정은 수위가 경비실 안에 있으면 고개를 끄덕여 인사를 하고, 밖에 나와 있으면 한두 마디 말을 나누었다. 그러나 불필요한 일이었다. 그는, 수위가 아니라 경정은 어떤 면에서는 그곳에 꿔다 놓은 사람과 다름없었기 때문이다. 가로등은 아직 꺼지지 않았다. 상점은 앞으로 두 시간은 더 있어야 문을 열 터였다. 경정은 신문 가판대를 찾아 돌아다니다가 하나를 찾아냈다. 모든 신문을 취급하는 커다란 곳이었다. 경정은 서서 기다렸다. 다행히도 비는 오지 않았다. 가로등이 꺼지면서 도시는 몇 분 동안 마지막 짧은 어둠 속에 빠져들었다. 그러나 눈이 익으면서 어둠은 곧 사라졌다. 이른 아침의 푸르스름한 빛이 도로에 내려앉기 시작했다. 배달 트럭이 도착하여 신문 덩어리들을 내려놓더니 다시 떠났다. 가판대 주인은 꾸러미를 풀고 받은 부수에 따라 신문을 왼쪽에서 오른쪽으로, 부수가 많은 것에서 적은 것 순으로 배열했다. 경정이 다가가서 말했다, 안녕하세요. 다 한 부씩 주시오. 주인이 그가 산 신문들을 비닐 봉투에 넣는 동안 경정은 깔려 있는 신문을 보았다. 마지막 두 신문만 빼고 모든 신문이 1면에 사진과 함께 커다란 표제를 달고 있었다. 신문 값을 치를 돈도 충분히 가져온 이 열렬한 고객 덕분에 신문 가판대는 오늘 순조로운 출발을 보였다. 사실 이 가판대의 오늘 하루 장사가 쭉 순조로울 것이라고 말해도 무리는 아닐 것이다. 모든 신문이 팔려나갈 터였기 때문이다. 다만 오른쪽의 두 무더기만 예외로, 그것은 평상시와 똑같은 숫자만 팔릴 것이다. 경정은 이제 그곳에 없다. 그는 근처 모퉁이에서 눈에 띈 택시를 잡으러 달려갔다. 그는 운전사에게 프로비덴시알 유한회사의 주소를 알려준 뒤, 가까운 데를 가자고 해서 미안하다고 사과했다. 그런 뒤에 초조한 마음으로 신문을 봉투에서 꺼내 펼쳐들었다. 단체 사진 옆에 화살표로 의사 부인을 가리킨 다음 그 얼굴을 확대하여 동그라미 안에 넣어두었다. 이어 빨간색과 검은색으로 찍힌 표제가 나왔다, 마침내 드러나다 : 음모 배후의 얼굴, 4년 전 실명을 피한 여자, 백지투표의 수수께끼가 풀리다, 경찰 수사의 첫 번째 결과물이 나오다. 아침 빛이 아직 희미한 데다가 자갈을 깔아놓은 길을 달리느라 차까지 흔들리는 바람에 경정은 그 밑의 작은 활자들을 읽을 수가 없었다. 5분도 안 되어 택시는 경정을 건물 문 밖에 내려주었다. 경정은 돈을 내고 잔돈은 운전기사의 손에 남겨둔 채 얼른 안으로 들어갔다. 수위한테 인사도 없이 그냥 지나쳐 달려가 엘리베이터에 탔다. 흥분 때문에 초조하게 발을 굴렀다. 어서, 어서. 그러나 이제껏 사람들을 싣고 오르내리면서, 대화, 끝나지 않은 독백, 곡조도 없는 노래

조각, 이따금씩 억누르지 못하고 새어나오는 한숨, 괴로운 웅얼거림에 귀를 기울여왔던 이 기계는 자기는 알 바 없다는 듯 일정한 시간을 들여 올라갔다가 일정한 시간을 들여 내려왔다. 운명처럼. 그렇게 바쁘면 층계를 이용하지 그래. 마침내 경정은 프로비덴시알 보험 및 재보험 유한회사의 문에 열쇠를 꽂고 들어가 불을 켜고 바로 탁자로 갔다. 도시의 지도를 펼쳐 놓았던 탁자이고, 지금은 없는 부하들과 마지막 아침식사를 했던 탁자였다. 손이 떨리고 있었다. 경정은 한 줄도 빼먹지 않으려고 억지로 속도를 늦추어 한 단어씩 읽어나갔다. 사진을 실은 네 신문의 기사를 읽었다. 문체가 약간씩 다르고, 어휘가 조금씩 차이가 났지만, 정보는 모두 똑같았다. 내무부의 언론 보좌관들이 원래의 규격에서 크게 어긋나지 않도록 계산해놓은 일종의 허용 오차 범위를 느낄 수 있었다. 원래의 글은 대체로 이런 내용이었다, 우리 신문사는 정부가 이 나라의 수도에서 갑자기 자라난 악성 종양, 우리 독자들이 알다시피 민주 정당들 전체에 던진 표를 훨씬 넘어서는 대량의 백지투표라는, 상도를 벗어난 난해한 형태로 나타난 악성 종양을 고립시키고 축소시키는 일을 시간, 모든 것을 닳아 없어지게 하고 변형시키는 그 시간에 맡기기로 결정을 했다고 생각해왔다, 그러나 우리는 갑자기 아주 놀랍고 만족스러운 소식을 접하게 되었다, 보안상의 이유로 이름을 공개할 수는 없지만 천재적인 수사 능력과 끈기를 지닌 수사반, 경정, 경감, 경사 세 사람으로 이루어진 수사반은 그 꼬리로 도시의 유권자들 다수의 시민적 양심을 마비시키고 위험한 위축 상태에 빠뜨린 촌충의 머리일 가능성이 아주 높은 사람을 찾아냈다, 그 용의자는 안과 의사의 부인으로, 믿을 만한 증인들의 말을 따르자면, 정말 놀랍게도 4년 전 우리 조국을 실명의 나라로 만들었던 그 무시무시한 전염병을 피했던 유일한 인물이다, 경찰은 이 여자가 현재의 실명, 다행스럽게도 이번에는 수도에만 한정되었지만 어쨌든 우리의 정치 생활과 민주적 체제에 다시 도착과 부패라는 위험한 병균을 들여놓은 이번 실명에 책임이 있는 것으로 보고 있다, 민주주의라는 웅장한 흘수선 밑으로 어뢰를 쏘는 짓, 이것은 믿을 만한 소식통에 따르면 공화국 대통령 각하의 표현이라고 하는데, 그런 엄청난 짓을 생각할 수 있는 사람은 인류 역사의 가장 큰 범죄자들과 마찬가지로 사악한 정신을 가진 사람일 수밖에 없을 것이다, 우리 앞에 놓인 사태는 실로 엄청나기 때문이다, 만일 이 의사 부인의 죄가 한 점의 의심 없이 입증된다면, 모든 정황이 그렇게 될 것임을 보여 주지만, 법과 질서를 여전히 존중하는 모든 시민은 이 용의자에게 가장 엄격하게 정의를 시행할 것을 요구할 것이다, 인생이란 얼마나 오묘한가, 사례의 특이성을 고려할 때 4년 전에 이 용의자는 우리 과학계의 귀중한 연구 대상이 될 수도 있었을 것이며, 그렇게 되었을 경우 임상 안과학의 역사에서 특별한 자리를 차지했을 것이다, 그러나 이 용의자는 이제 조국과 민족의 원수로서 공공의 저주를 받는 입장에 서고 말았다, 이 용의자는 차라리 그때 눈이 머는 것이 더 낫지 않았을까.

분명히 협박조인 마지막 문장은 사법적인 판결처럼 느껴졌다. 마치 태어나지 않는 것이 더 나았다고 말하는 것처럼. 경정은 먼저 의사 부인에게 전화부터 하고 싶은 충동을 느꼈다. 신문을 읽었는지 물어보고 최대한 위로를 하고 싶었다. 그러나 하룻밤 새에 그녀의 전화가 도청당할 확률은 100퍼센트가 되었다는 생각 때문에 그렇게 하지는 않았다. 프로비덴시알 유한회사의 전화들, 빨간 전화와 회색 전화는 물론 국가의 비밀 전화망과 직접 연결되어 있었다. 경정은 다른 두 신문을 넘겨보았다. 거기에는 이 사진과 관련된 기사가 전혀 실려 있지 않았다. 이제 어떻게 하나, 경정이 큰 소리로 중얼거렸다. 경정은 다시 신문 기사로 돌아가 또 읽어보았다. 사진에 나온 사람들의 이름을 다 밝히지 않은 것이 이상했다. 특히 의사 부인과 의사의 이름을 밝히지 않은 것이. 그때야 사진 설명이 눈에 들어왔다, 화살표가 용의자, 확증은 없지만 이 의사 부인은 실명 전염병 동안 이 집단을 보호했던 것으로 보인다, 공식 소식통에 따르면 이 사람들의 신원 파악 작업이 상당히 진척되었으며, 그 결과는 내일 발표될 예정이다. 경정이 중얼거렸다, 그 아이가 어디 사는지 알아내려는 것 같군, 그게 무슨 큰 도움이라도 될 것처럼 말이야, 경정은 잠시 생각을 해본 뒤에 다시 말을 이어갔다, 처음 보았을 때는 다른 조치 없이 사진만 공개하는 것이 말이 되지 않는다고 생각했어, 나도 그렇게 조언을 했지만, 사진에 나온 사람들이 종적을 감추어버릴 수도 있으니까, 하지만 장관은 구경거리를 아주 좋아해, 장관이 범인들 사냥에 성공을 하면 정치적인 무게도 늘어나고 정부와 당에서 영향력도 커지겠지, 이미 이 사람들 집은 24시간 감시에 들어갔을 것이 틀림없어, 내무부에서 요원들을 도시로 들여보내 감시 계획을 짤 시간은 충분했으니까. 이런 모든 생각이 맞겠지만, 그럼에도, 이제 어떻게 하나, 하는 질문에 답은 나오지 않았다. 이제 목요일이 되었으므로 자신의 징계 상황에 관하여 어떤 결정이 내려졌는지 알고 싶다는 핑계로 내무부에 전화를 걸 수도 있었다. 그러나 소용없었다. 장관은 그와 이야기를 하려 하지 않을 것이 분명했다. 그냥 어떤 비서가 전화를 받아 경찰국장과 이야기를 해보라고 말할 터였다, 앨버트로스와 바다오리 사이에 대화를 하던 시절은 끝이 났소, 경정. 이제 어떻게 하나, 경정은 다시 물었다. 여기 그냥 앉아서 썩어가다 누가 마침내 나를 기억해서 시체를 치우라는 명령이 떨어질 때까지 기다려야 하나, 분계선 초소에 나를 통과시키지 말라는 엄한 명령이 내려져 있을 가능성이 높은데 그래도 이 도시를 나가려고 해보아야 하나, 어떻게 하나. 경정은 다시 사진을 보았다. 의사와 부인이 가운데 있었다, 선글라스를 쓴 여자와 검은 안대를 한 노인이 왼쪽에 있고, 편지를 쓴 자와 그의 부인이 오른쪽에 있었다. 사팔뜨기 소년은 축구선수처럼 앞에 한쪽 무릎을 꿇고 앉아 있었다. 개는 여주인의 발치에 앉아 있었다. 경정은 사진 설명을 다시 읽었다, 확실한 신원은 내일 공개될 예정이다, 공개될 예정이다, 내일, 내일, 내일. 그 순간 갑자기 행동 계획이 떠올랐다. 그러나 다음 순간 조심하는 마음이 제어를 하면서, 그것은 완전히 미친 짓이라고 말렸다. 그 마음은 말했다, 잠자는 용은 깨우지 않는 게 분별력 있는 짓이고, 깨어 있을 때 접근하는 것은 어리석은 짓이야. 경정은 의자에서 나와 방을 두 바퀴 돌고 신문이 놓인 탁자로 돌아왔다. 하얀 원 안에 들어가 있는 의사 부인의 얼굴을 다시 보았다. 그 원이 벌써 교수대의 밧줄처럼 보였다. 지금 이 시간에 도시 주민의 반은 신문을 읽고 있을 것이고, 나머지 반은 텔레비전 앞에서 아침 첫 뉴스를 듣거나, 라디오로 여자의 이름이 내일 공개될 것이라는 소식에 귀를 기울이고 있을 것이다. 이제 곧 이름만이 아니라 주소도 발표되어, 전 주민이 악의 거처를 알게 될 것이다. 경정은 타자기를 가져다 탁자 위에 놓았다. 신문은 접어 옆으로 밀어두고 앉아서 일을 하기 시작했다. 그가 사용하는 종이 맨 위에는 프로비덴시알 보험 및 재보험 유한회사라고 적혀 있었기 때문에, 내일이 아니라면 모레에는 틀림없이 검찰 당국이 두 번째 범죄, 개인 목적을 위해 공공기관의 문구를 이용한 죄의 증거로 이용할 수 있었다. 물론 더 심각한 문제는 이 편지의 은밀한 성격과 이것이 음모에 이용되었다는 점일 터였다. 경정이 타자로 치고 있는 것은 지난 닷새, 그와 두 부하가 몰래 도시의 봉쇄선을 뚫고 들어온 토요일 이른 아침부터 오늘, 지금 편지를 쓰고 있는 이 순간까지 일어난 사건들의 자세한 기록이었다. 물론 프로비덴시알 유한회사에는 복사기가 있지만, 설사 매의 눈으로도 구별할 수 없을 정도로 최신 복사 기술이 발달했다 해도, 경정은 이 사람에게는 원본 편지를 주고 저 사람에게는 사본을 주는 것이 예의에 어긋난 일로 여겨졌다. 경정은 이 세상에서 밥을 먹고 있는 사람들 가운데 두 번째로 오래된 세대에 속하는 사람이다. 그래서 형식을 존중하며, 그런 이유 때문에 첫 번째 편지를 쓰고 나자 조심스럽게 깨끗한 종이에 그것을 옮겨 적기 시작한 것이다. 이것도 물론 일종의 복사이지만, 그래도 다르다. 경정은 이 일을 마치자 편지를 접어 회사 이름이 적힌 봉투에 넣고, 봉투를 봉한 다음 각각의 주소를 적었다. 물론 이 편지들은 손으로 전달할 것이지만, 그래도 편지를 받은 사람들은 이런 분별력 있는 우아한 행동만 보아도 프로비덴시알 보험 및 재보험 회사에서 온 이 편지들이 뉴스 매체의 관심을 끌 만한 중요한 사실을 다루고 있다고 생각할 것이다.

경정은 다시 밖으로 나가려 한다. 경정은 편지 두 통을 상의 안쪽 호주머니에 집어넣고 레인코트를 입었다. 그러나 날씨는 이 무렵에는 더 기대하기 힘들 정도로 맑다. 경정이 직접 창문을 열고 머리 위를 느리게 지나가는 몇 조각 안 되는 흰 구름을 보면 알 수 있을 것이다. 하지만 다른 중요한 이유가 있을지도 모른다. 레인코트, 특히 허리띠를 묶는 트렌치코트는 고전 시대로부터 그것을 입은 사람이 탐정임을 보여주는 특징 같은 것이었기 때문이다. 적어도 레이먼드 챈들러가 처음 말로라는 인물을 창조한 이후로는 그랬다. 그래서 챙이 늘어진 중절모를 쓰고 레인코트 깃을 올리고 걸어가는 남자를 보고, 레인코트 깃과 모자 챙 사이로 꿰뚫을 듯한 눈으로 내다보는 험

프리 보가트가 간다고 말하면 탐정 소설을 읽는 독자라면 누구나 탐정 이야기를 한다고 쉽게 알아듣는다. 그러나 이 경정은 지금 모자를 쓰고 있지 않다. 맨머리다. 그림 같이 멋진 것을 혐오하며, 흔히 하는 말대로 아직 살아 있느냐고 묻지도 않고 쏘아 죽이는 현대 세계의 유행이 결정한 모습이다. 경정은 엘리베이터에서 나와 경비실을 지나 걸어갔다. 경비가 경비실에서 손을 흔들었다. 이제 경정은 그날 아침 그가 해야 할 세 가지 목표를 수행하기 위해 거리에 나와 있다. 즉 늦은 아침을 먹고, 의사 부인이 사는 거리까지 걸어가고, 편지들을 받을 사람에게 전달하는 것이다. 첫 번째 목표는 식당에서 달성한다. 우유를 탄 커피와 버터를 바른 토스트 두 조각이다. 며칠 전에 먹었을 때처럼 부드럽지도 달콤하지도 않지만, 그것도 놀랄 일은 아닌 것이 인생은 원래 그런 것이다. 뭔가를 얻으면 뭔가를 잃는 법이다. 또 버터를 바른 토스트를 귀중하게 여기는 사람은 거의 남아 있지 않은데, 그것을 준비하는 쪽이나 먹는 쪽이나 마찬가지다. 호주머니에 폭탄을 넣고 다니는 사람이 이런 극히 진부한 식도락적인 생각을 하고 있음을 용서하라. 그는 먹고 돈을 내고, 이제 두 번째 목표를 향해 성큼성큼 걷고 있다. 거기에 도착하는 데 거의 20분이 걸렸다. 거리에 이르자 속도를 늦추어 그냥 산책 나온 듯한 시늉을 했다. 주위에 감시를 하러 나온 경찰이 있으면 그를 알아볼 것이 틀림없었지만, 경정은 개의치 않는다. 만일 그가 경정을 보고 직속상관에게 자신이 본 것을 알리면, 그 상관은 이 정보를 자신의 직속상관에게 알릴 것이고, 그는 그것을 경찰청장에게 이야기할 것이며, 청장은 그것을 내무부장관에게 말할 것이다. 그러면 앨버트로스는 분명히 깍깍거리는 쉰 목소리로 이렇게 말할 것이다, 이미 알고 있는 걸 가지고 귀찮게 좀 하지 마시오, 내가 모르는 것을 이야기하란 말이오, 그러니까 그 빌어먹을 경정이 거기에 뭘 하러 갔는지 이야기해보란 거요. 거리는 평소보다 혼잡하다. 의사 부인이 사는 건물 바깥에는 군데군데 사람들이 모여 있다. 어떤 경우에는 순수하기도 하고 어떤 경우에는 병적이기도 한 호기심 때문에 나온 동네 사람들이다. 그들은 신문을 손에 들고 고발을 당한 여자가 사는 곳에 왔다. 대체로 얼굴을 보아서, 또 가끔 이야기를 나누어서 아는 여자다. 그 가운데 몇 사람은 그녀의 남편인 안과 의사의 전문적인 솜씨의 혜택도 받았을 것이다. 경정은 벌써 감시하는 경찰관들을 파악했다. 첫 번째 경찰관은 꽤 많이 모인 사람들 옆에 자리 잡고 있다. 두 번째는 할 일이 없는 척하며 담에 기대 스포츠 잡지를 읽고 있다. 마치 글자들의 세계에서 그것보다 더 중요한 것은 존재할 수 없다는 듯한 표정이다. 그가 신문이 아니라 잡지를 읽고 있는 이유는 쉽게 설명할 수 있다. 잡지는 충분히 얼굴을 가려주면서도 신문보다 시야를 훨씬 덜 가리며, 누군가를 미행할 필요가 생길 경우 얼른 호주머니에 쑤셔넣을 수 있기 때문이다. 경찰관들은 이런 것들을 다 안다. 유치원에서 배운다. 공교롭게도 여기 있는 사람들은 걸어오는 경정과 그들 모두가 속해 있는 내무부 사이의

껄끄러운 관계를 낌새도 채지 못했다. 그래서 그들은 경정이 작전에 참가한 사람이고, 모든 것이 계획대로 되어가는지 확인하러 왔다고 생각한다. 그래도 전혀 이상할 것이 없다. 조직의 어떤 선 위에서는 장관이 경정의 일에 불만을 품었으며, 경정은 할 일 없이 남겨두고 또는 어떤 사람들의 말에 따르면 대기시켜놓고 그의 두 부하만 돌아오라는 명령을 내린 것이 그 증거라는 이야기가 이미 돌았지만, 그런 소문이 이 두 경찰관이 속해 있는 하위 수준에는 이르지 않았기 때문이다. 그러나 잊기 전에, 위에서 이야기를 주고받았다고 하는 사람들도 경정이 수도에 무슨 일을 하러 왔는지는 분명히 알지 못한다는 점을 지적해두어야겠다. 이것은 경감과 경사가 지금 어디에 있든 간에 입을 꾹 다물고 있음을 보여주는 것이다. 전혀 즐겁지는 않지만 그래도 재미가 있는 일은 경찰관들이 경정에게 다가가 공모를 하듯 입 꼬리 쪽으로 소곤거리는 모습을 보는 것이다. 이상 무. 경정은 고개를 끄덕이고 4층 창문을 올려다본 뒤 그 자리를 빠져나가며 생각했다, 내일 이름과 주소가 공개되면 훨씬 더 많은 사람들이 이리로 몰려오겠군. 더 걸어가자 택시가 보였다. 경정은 손을 들고 택시에 타더니 아침 인사를 한 뒤 봉투를 호주머니에서 꺼냈다. 그는 주소 두 개를 불러주고 나서 물었다, 이 둘 가운데 어디가 더 가깝소. 두 번째입니다. 그럼 그리로 가주시오. 운전기사 옆자리에 접은 신문이 놓여 있었다. 핏빛 활자로 '마침내 드러나다 : 음모 배후의 얼굴'이라는 놀라운 표제를 단 신문이었다. 경정은 오늘 신문에 나온 선정적인 뉴스에 대한 기사의 의견을 묻고 싶은 유혹을 느꼈지만, 자신의 지나치게 캐기 좋아하는 말투 때문에 직업이 드러날까 걱정이 되어 그만두었다. 이게 경찰 노릇을 할 때 생기는 위험 가운데 하나야, 경정은 생각했다. 그 화제를 먼저 입에 올린 사람은 운전기사였다. 손님은 어떻게 생각할지 모르겠지만, 내가 보기에 눈이 멀지 않았다는 이 여자 이야기는 신문을 팔려고 꾸며낸 허풍에 불과한 것 같던데요, 내 말은, 나도 눈이 멀었고, 우리 모두 눈이 멀었단 겁니다, 그런데 어떻게 이 여자만 눈이 멀지 않았느냐는 거죠, 어떤 바보가 그런 소리를 믿겠습니까. 이 여자의 조종 때문에 사람들이 백지투표를 던졌다는 얘기는 어떻습니까. 그것도 말도 안 되는 소리죠, 여자는 여잡니다, 여자는 그런 일에 관여하지 않아요, 내 말은, 혹시 이 사람이 남자였다면 그럴 수도 있다 하겠지만, 여자는, 쳇. 알겠소, 이게 다 어떻게 결말이 날지 궁금하오. 이 이야기에서 단물이 다 빠지면 다른 이야기를 또 꾸며내겠죠 뭐, 늘 똑같잖아요. 아, 운전대를 잡고 살다 보면 얼마나 많은 걸 알게 되는지 놀랍습니다, 다른 이야기도 해드릴까요. 해보시오. 사람들 생각과는 달리 후면경은 그냥 뒤에 오는 차들만 확인하는 게 아닙니다, 그걸로 승객의 영혼도 들여다볼 수 있습니다, 아마 그 생각은 못 해보셨을 걸요. 못 해봤소, 그거 놀라운 일이구려. 방금 말씀드린 대로 이 운전대는 많은 걸 가르쳐준다니까요. 경정은 그런 놀라운 사실을 알아냈으니, 이제 대화는 그쯤 해두는 게 좋겠다고 생각했다. 기사가 차를 세우며, 다 왔습니다, 하고 말했을 때에야 경정은 그 후면경과 영혼 이야기가 모든 차, 모든 운전자에게 적용되는지 물었다. 그러자 기사는 망설임 없이 분명하게 대답했다, 아뇨, 택시만 그렇죠, 손님, 택시만요.

경정은 건물로 들어가 안내대로 다가가서 말했다, 안녕하시오, 나는 프로비덴시알 보험 및 재보험 회사에서 나왔소, 발행인과 이야기를 하고 싶소. 보험 때문에 오셨다면 직원하고 이야기를 하시는 게 좋겠는데요. 원칙적으로는 그래, 그 말이 맞소, 하지만 내가 이 신문사에 온 것은 자잘한 일 때문이 아니오, 아주 중요한 일이고, 따라서 발행인과 직접 이야기를 해야겠소. 발행인은 지금 안 계신데요, 오후나 되어야 돌아오실 것 같아요. 그럼 내가 누구하고 이야기해야 하겠소, 누가 제일 낫겠소. 편집인일 것 같은데요. 그럼 그분한테 내가 여기 있다고 말해주면 고맙겠소, 프로비덴시알 보험 및 재보험 유한회사요. 성함을 말씀해주시겠어요. 프로비덴시알이라고만 하면 될 거요. 아, 알겠습니다, 회사 이름이 손님 성함이로군요. 그렇소. 안내원은 전화를 하고 상황을 설명하더니 전화를 끊고 말했다, 누가 내려온대요, 프로비덴시알 씨. 몇 분 뒤 어떤 여자가 나타났다, 저는 편집인 비서예요, 저와 함께 가시겠어요. 경정은 비서를 따라 복도를 걸었다. 마음이 아주 차분하고 고요했다. 그러다가 갑자기, 아무런 예고도 없이, 자신이 하려는 일이 얼마나 대담한 것인지 깨닫고 마치 명치를 얻어맞은 듯 숨이 턱 막혔다. 지금 돌아가도 늦지 않았다. 적당한 핑계만 대면 그만이었다. 아, 이런 젠장, 정말 중요한 서류를 두고 왔군요, 편집인과 이야기하려면 그 서류가 반드시 있어야 하는데. 하지만 그것은 사실이 아니었다. 서류는 있었다, 상의 호주머니 안에 있었다. 포도주는 이미 따랐어, 경정, 이제는 마실 수밖에 없어. 비서는 작고 가구가 수수한 방으로 안내했다. 긴 삶의 여생을 비교적 편하게 보내게 해주려고 이곳으로 가져온 낡은 소파 두 개, 한가운데 신문 몇 장이 놓인 탁자 한 개, 어수선한 책꽂이 하나였다. 앉으시지요, 편집인님은 지금 바쁘셔서 잠깐만 기다려달라고 하셨어요. 좋소, 기다리겠소, 경정이 말했다. 두 번째 기회였다. 여기서 걸어나가 이 함정으로 들어온 길을 되밟아나가면 안전했다. 후면경으로 자신의 영혼을 본 뒤에 그 영혼이 바보짓을 했다고, 영혼은 끔찍한 재난으로 사람들을 끌고 다니는 것이 아니라 그 반대로 그런 일로부터 안전하게 지켜주기 위해 얌전하게 행동해야 한다고 결론을 내린 사람처럼 이곳을 나가는 것이다. 영혼이란 몸을 떠나면 거의 언제나 길을 잃기 때문이다. 영혼은 도대체 어디로 가야 할지 모른다. 택시 운전대를 잡아야만 그런 것을 배우는 것이 아니다. 그러나 경정은 떠나지 않았다. 포도주를 따른 지금은 떠날 수 없었다. 편집인이 들어왔다, 오래 기다리게 해서 죄송합니다, 뭘 하던 중이라 중간에 나올 수가 없어서요. 사과하실 필요 없습니다, 만나주신 것만 해도 고마운 일인데요. 그래, 프로비덴시알 씨, 무슨 일입니까, 내가 들은 바로는 행정 부서에서 처리할 일처럼 보이던데. 경정은 호주머니에 손을 넣어 첫 번째 봉투를 꺼냈다, 이 봉투 안에 든 편지를 읽어주시면 고맙겠습니다. 지금요, 편집인이 물었다. 네, 괜찮으시다면, 하지만 먼저 내 이름이 프로비덴시알이 아니라는 말씀부터 드려야겠군요. 그럼 뭐지요. 편지를 다 읽으시면 알게 될 겁니다. 편집인은 봉투를 찢더니 안에 있던 편지를 펼치고 읽기 시작했다. 그는 처음 몇 줄을 읽다 말고 당황한 표정으로 앞에 앉은 남자를 보았다. 여기서 그만 읽는 것이 더 신중한 일이 아니겠느냐고 묻는 것 같았다. 경정은 계속 읽으라고 손짓을 했다. 편집인은 다 읽을 때까지 고개를 다시 들지 않았다. 한 단어 한 단어 나아갈 때마다 점점 편지에 깊이 빨려드는 것 같았다. 그 깊은 곳에 사는 무시무시한 생물들을 보게 되면 다시 평소의 편집인의 얼굴을 쓰고 위로 올라오지 못할 것 같았다. 편집인은 몹시 괴로운 사람의 표정으로 마침내 경정을 보며 말했다, 이렇게 불쑥 물어봐서 미안하지만, 댁은 누굽니까. 거기에 서명이 되어 있잖습니까. 그래요, 이름은 보입니다, 하지만 이름이란 말에 불과하지요, 그 사람이 누구인지는 전혀 설명해주지 않습니다. 말씀드리지 않는 쪽이 더 낫겠지만, 알고 싶어 하시는 것도 충분히 이해가 됩니다. 그렇다면 이야기해주십시오. 그 편지를 실을 것이라고 약속을 하기 전에는 안 됩니다. 발행인이 자리에 없는 상태에서 내가 그런 약속을 할 수 없습니다. 발행인은 오후에야 올 거라고 안내대에서 그러던데요. 맞습니다, 4시쯤 오시죠. 알았습니다, 그럼 나중에 다시 오죠, 하지만 한 가지 알려드릴 게 있습니다, 나한테 똑같은 편지가 한 통 더 있는데, 만일 이 일에 관심이 없으면 이걸 다른 데로 가져가겠습니다. 그러니까 다른 신문사로 가져가신다는 말씀입니까. 네, 하지만 사진을 게재한 신문사에는 안 갑니다. 당연하지요, 하지만 그 다른 신문이 댁이 말씀하시는 사실들을 공개했을 때 생길 수밖에 없는 위험을 감수하려 할지 모르겠군요. 그건 모르는 일이죠, 나는 지금 말 두 마리에 걸어보고 있는 겁니다, 둘 다 잃을 위험이 있지요. 내 느낌으로는 딸 경우에 위험이 훨씬 더 커진다는 겁니다. 이걸 공개하기로 하면 이 신문사도 마찬가지겠지요. 경정은 일어서며 덧붙였다, 4시 15분 전에 여기 오겠습니다. 편지 여기 있습니다, 아직 약속을 하지 못했기 때문에 이걸 갖고 있을 수도 없고 그래서도 안 될 것 같습니다. 내 입으로 말하지 않게 해주어서 고맙습니다. 편집인은 방의 전화로 비서를 불렀다, 손님이 나가셔, 편집인이 말했다, 하지만 4시 15분 전에 다시 오실 테니, 맞이해서 발행인 방으로 모시도록 해. 네, 알겠습니다. 경정이 말했다, 그럼 이따 뵙겠습니다. 네, 이따 뵙지요. 두 사람은 악수를 했다. 비서는 경정을 위해 문을 열어주었다, 저를 따라오시죠, 프로비덴시알 씨, 복도로 나서자 비서가 말을 이었다, 이런 말씀을 드려도 좋을지 모르겠지만, 그런 성을 가진 분은 처음 만나요, 그런 성이 있는지도 몰랐어요. 그럼, 이제 알게 되었겠네요. 프로비덴시알이라는 이름을 가지고 살면 좋겠어요. 왜요. 글쎄요, 그게 섭리니까요. 가장 멋진 대답이오. 그들은 안내대에 이르렀다. 약속한 시간에 나와 있겠어요, 비서가 말했다. 고맙소, 안녕히 계시오. 안녕히 가세요, 프로비덴시알 씨.

경정은 손목시계를 보았다. 아직 1시가 되지 않았다. 점심을 먹기에는 너무 일렀다. 게다가 배가 고프지도 않았다. 버터를 바른 토스트와 커피가 배 속에 그대로 남아 있었다. 경정은 택시를 불러 월요일에 의사 부인을 만났던 공원으로 가자고 했다. 늘 처음에 하기로 한 일을 해야 할 이유는 없었다. 경정은 그 공원에 다시 간다는 생각은 해본 적이 없었다. 하지만 이제 와 있다. 이제부터 계속 걸어갈 것이다. 조용히 순찰을 나선 경정처럼. 거리가 얼마나 혼잡한지 볼 것이며, 심지어 감시를 하는 두 경찰관과 직업적인 이야기를 나눌 수도 있다. 경정은 공원을 가로질러 걸어가다, 잠시 발을 멈추고 텅 빈 물동이를 든 여자의 상을 살폈다. 사람들이 나를 두고 갔어요, 여자는 말하는 것 같았다, 그래서 내가 지금 할 수 있는 일은 이 더러운 물을 들여다보는 것밖에 없어요, 나를 만든 돌이 희던 때도 있었죠, 이 단지에서는 낮이나 밤이나 샘이 흐르고요, 아무도 나한테 그 물이 다 어디서 왔는지는 말해준 적이 없어요, 나는 그냥 단지를 비우려고 여기 있었을 뿐이니까요, 하지만 이제는 한 방울도 나오지 않네요, 아무도 왜 물이 멈추었는지 말해주러 오지 않았어요. 경정이 중얼거렸다, 인생과 비슷하구려, 왜 시작이 되었는지, 왜 끝나는지 우리는 모른다오. 경정은 오른손을 물에 담갔다가 입에 갖다 댔다. 그러나 경정은 이런 행동에 어떤 의미가 있을 것이라고 생각하지는 않았다. 멀리서 그를 지켜보고 있는 사람이 있다면 그가 더러운 물에 입을 맞추었다고 맹세라도 했을 것이다. 그 물은 밑에 깔린 이끼 때문에 녹색이었다. 인생 자체만큼이나 불순했다. 시간 은 별로 많이 가지 않았다. 어디 그늘에 가서 앉아 있을 여유 도 있었지만 경정은 그러지 않았다. 그는 의사 부인과 함께 걸 었던 길을 되짚어 거리로 돌아갔다. 그곳의 광경은 완전히 바 뀌어 있었다. 이제는 안으로 뚫고 들어가는 것도 쉽지 않았 다. 몇 명씩 군데군데 모여 있는 것이 아니라, 거대한 군중이 차량의 통행까지 막고 있었다. 주변 지역의 모든 사람이 곧 나 타나기로 약속한 유령이라도 보러 나온 것 같았다. 경정은 건 물 문간 쪽에 있는 경찰관 두 명에게 고개를 끄덕이고 자신이 없는 동안 무슨 일이 있었느냐고 물었다. 그들은 아무도 나오 지 않았다고, 창문은 계속 닫혀 있었다고 말했다. 이어 자신 들은 모르는 두 사람, 남자 한 명과 여자 한 명이 4층으로 올 라가 아파트에 있는 사람들에게 필요한 것이 있느냐고 물었지 만, 안에 사는 사람들은 없다면서 고맙다는 말을 했다고 보고 했다. 그게 다인가, 경정이 물었다. 우리가 아는 한은요, 한 경 찰관이 말했다, 보고서 쓰기는 아주 쉽겠습니다. 경찰관의 그 말은 경정의 상상의 날개를 꺾어버렸다. 조금 전만 해도 그의 상상은 날개를 펄럭이며 그를 층계 위로 데려가고 있었다. 경 정은 그곳에서 초인종을 누르고 말을 한다, 납니다. 그런 뒤에 안으로 들어가서 그들에게 새로운 상황에 관해서, 자신이 쓴 편지에 관해서, 편집인과 나눈 대화에 관해서 이야기를 한다. 그러면 의사 부인이 말한다, 여기 있다 가세요, 우리와 함께 점심을 먹어요. 경정은 점심을 먹는다. 세상은 평화롭다. 그래, 평화롭다. 그러나 경찰관은 보고서에 쓸 것이다, 이곳에 온 경정 한 사람이 4층으로 올라가서 한 시간 뒤에야 내려왔다, 그는 위에서 있었던 일에 관해서 아무런 이야기를 하지 않았지만, 우리 둘 다 그가 점심을 잘 먹고 나왔다는 인상을 받았다. 경정은 보고서라는 말 때문에 상상을 접고 다른 곳으로 점심을 먹으러 갔다. 그러나 많이 먹지 않고 앞에 놓인 요리에도 별 관심을 보이지 않았다. 3시에 경정은 다시 공원에 앉아 물단지를 든 여자의 상을 바라보았다. 여자는 여전히 어딘가에서 물이 기적적으로 다시 나오기를 기대하는 사람처럼 물 단지를 기울이고 있었다. 3시 반에 경정은 앉아 있던 벤치에서 일어나 신문사로 걸어갔다. 시간 여유가 있었다. 택시를 탈 필요가 없었다. 택시를 타면 내키지 않더라도 후면경에 자신의 모습이 비치는 것을 막을 수가 없을 터였다. 그는 자신의 영혼에 관해 이미 알 만큼 알고 있었다. 거울에서 마음에 들지 않는 것을 보게 될지도 몰랐다. 신문사에 다시 갔을 때는 아직 4시 15분 전이 되지 않았다. 그럼에도 비서가 벌써 안내대에서 기다리고 있었다, 발행인이 기다리십니다, 비서가 말했다. 비서는 프로비덴시알 씨라는 호칭을 덧붙이지 않았다. 그것이 본명이 아니라는 이야기를 듣고, 자신이 선의에도 불구하고 함정에 빠져버린 것을 불쾌하게 생각하는지도 몰랐다. 그들은 똑같은 복도를 걸어갔지만, 이번에는 끝까지 걸어가 거기서 모퉁이를 돌았다. 오른쪽으로 두 번째 문에 발행인이라고 적힌 작은 명판이 있었다. 비서가 신중하게 문을 두드렸다. 안에서 누군가가 대답했다, 들어오세요. 비서는 먼저 들어가서 경정이 들어오도록 문을 잡고 있었다. 고마워, 그만 가봐요, 편집인이 비서에게 말하자, 비서는 바로 떠났다. 만나주셔서 감사드립니다, 경정이 입을 열었다. 솔직히 말해서, 여기 편집인이 나에게 이야기해준 것을 게재하는 데는 엄청난 어려움이 예측되오, 물론 나야 그 문건을 다 읽어보고 싶지만. 여기 있습니다, 경정이 봉투를 내밀었다. 앉으시지요, 발행인이 말했다, 잠깐만 시간을 주시겠소. 발행인은 그 문건을 읽으면서 편집인처럼 고개를 푹 숙이지는 않았지만, 그래도 고개를 들었을 때 얼굴에는 걱정과 혼란이 섞여 있었다. 댁은 누구시오, 발행인이 물었다. 물론 편집인이 똑같은 질문을 했다는 사실은 모르고 있었다. 이 신문사에서 그 문건의 내용을 공개하겠다고 약속하면 내가 누구인지 밝히겠습니다, 그렇지 않으면 편지를 도로 받아 두 말 없이 떠나겠습니다, 물론 이렇게 시간을 내주신 것에는 감사를 해야겠지요. 발행인도 댁이 다른 신문사에 가져갈 편지를 갖고 있다는 사실을 알고 계십니다, 편집인이 말했다. 그렇습니다, 그건 여기 있습니다, 우리가 합의에 이르지 못하면, 오늘 그걸 전달할 생각입니다, 이건 내일 반드시 발표되어야 하니까요. 왜 그렇지요. 내일이면 그래도 불의가 자행되는 것을 막을 여유가 있을지도 모르니까요. 의사 부인에게 불의가 자행된다는 뜻입니까. 그렇습니다, 저쪽에서는 그 부인을 현재 이 나라의 정치 상황의 희생양으로 만들려고 모

397

든 일을 다하고 있습니다. 하지만 그건 말도 안 되오. 나한테 그 이야기를 하지 말고, 정부에 하십시오, 내무부장관에게 하십시오, 들은 대로 쓰는 동업자들한테 하십시오. 발행인은 편집인과 눈길을 교환하더니 말했다, 댁도 짐작은 했겠지만, 댁의 이야기를 여기 있는 그대로, 그 모든 세세한 내용까지 공개하는 것은 불가능합니다. 왜지요. 잊지 마십시오, 우리는 현재 계엄령하에서 살고 있습니다, 검열관들은 신문, 특히 우리 같은 신문사를 주목하고 있습니다. 이걸 공개하면 우리 신문사는 바로 문을 닫게 됩니다, 편집인이 말했다. 그럼 할 수 있는 일이 없다는 겁니까. 노력은 해보겠지만, 성공할 거라고 장담할 수는 없습니다. 어떻게 노력을 하지요, 경정이 물었다. 발행인은 다시 잠깐 편집인과 눈길을 교환한 뒤에 말했다, 이제 댁이 누구인지 우리한테 분명하게 말해줄 때가 되었습니다, 편지에 이름이 있습니다만, 그게 진짜인지 아닌지 우리야 알 길이 없지요, 아주 간단하게 말해서 댁은 우리를 시험하고 우리를 망하게 하려고 경찰이 보낸 공작원일 수도 있지 않겠습니까, 물론 댁이 그렇다는 이야기를 하는 것은 아니지만, 댁이 지금 정체를 밝히지 않으면 대화를 더 진행할 수가 없다는 사실을 분명히 밝히려는 것입니다. 경정은 주머니에 손을 넣더니 지갑을 꺼냈다, 여기 있습니다. 경정은 발행인에게 경찰 신분증을 건네주었다. 발행인의 표정이 그 즉시 불신에서 놀라움으로 바뀌었다. 이런, 댁이 그 경정이오, 발행인이 말했다. 그 경정이라고요, 발행인이 신분증을 건네주자 편집인도 같은 말을 되풀이했다. 네, 경정은 차분하게 대답했다, 이제 대화를 계속해도 되겠지요. 이런 호기심을 드러내도 될까 모르겠지만, 발행인이 말했다, 왜 이렇게 나서게 되었습니까. 개인적인 이유들입니다. 그중 한 가지만 말해주십시오, 그래야 내가 꿈을 꾸는 것이 아니라고 믿을 수 있을 것 같아서 말입니다. 우리가 태어날 때, 이 세상에 들어올 때, 우리는 우리 인생의 나머지 기간 동안 지킬 협정을 맺는 셈입니다, 하지만 우리 자신에게 이렇게 묻게 될 날이 올지도 모릅니다, 누가 내 대신 여기 서명을 했지, 글쎄요, 나는 스스로 그런 질문을 했고, 그 답이 이 편지입니다. 자신에게 무슨 일이 일어날지는 알고 있겠지요. 네, 충분히 생각해볼 시간이 있었습니다. 정적이 흘렀다. 경정이 그것을 깼다, 조금 전에 노력해볼 수는 있다고 말씀하셨지요. 한 가지 술수를 생각했소, 발행인이 말하더니 편집인 쪽을 보았다. 그가 계속하라는 뜻이었다. 우리 생각은, 편집인이 말했다, 표현도 다르고 그 멋대가리 없는 수사도 없겠지만, 어쨌든 오늘 다른 데서 발표한 것을 싣자는 겁니다, 그러다가 마지막 부분에 오늘 경정님이 주신 정보를 몇 가지 끼워넣자는 거지요, 쉽지는 않겠지만 불가능하다고 생각되지도 않습니다, 기술과 운의 문제이니까요. 검열관실 공무원의 권태, 또는 게으름을 믿고 하는 일입니다, 발행인이 덧붙였다, 그 공무원이 이 이야기는 이미 다 알고 있으니까 끝까지 읽을 필요가 없다고 생각하기를 기대하는 거지요. 우리가 성공할 확률은 얼마나 됩니까, 경정이 물었다. 솔직히 말씀드려, 아주 낮지요, 편집인이 인정했다, 가능성이 있다는 사실로만 만족해야 할 겁니다. 내무부에서 이 정보를 어디서 얻었는지 알고 싶어 하면 어떻게 되지요. 우선 정보 제공자의 비밀을 지켜주어야 한다고 버텨봐야지요, 하지만 계엄이기 때문에 별 소용이 없을 겁니다. 압력을 가하면, 협박을 하면 어떻게 할 겁니까. 그럼 우리 의사와는 관계없이 정보 제공자를 밝힐 수밖에 없겠지요, 물론 우리도 처벌을 받겠지만, 가장 힘든 일은 경정님이 겪게 되겠지요, 발행인이 말했다. 좋습니다, 경정이 말했다, 이제 어떤 일을 예상해야 할지 알았으니 그렇게 합시다, 기도가 도움이 된다면 독자들은 우리가 검열관에게 바라는 짓을 하지 않기를 기도하겠습니다, 그러니까, 독자들은 그 기사를 끝까지 읽기를 기도하겠다는 겁니다. 아멘, 발행인과 편집인이 합창을 했다.

5시가 지나서 경정은 신문사를 나왔다. 신문사 앞에서 누가 방금 내린 택시를 탈 수도 있었지만 그냥 걷기로 했다. 이상하게도 마음이 가볍고 차분했다. 중요한 장기에서 그것을 갉아먹던 이질적 생명체를, 목의 가시를, 배 속의 못을, 간의 독을 제거해버린 기분이었다. 내일이면 카드가 모두 탁자에 올라오게 될 터였다. 술래잡기 놀이는 끝이 날 터였다. 따라서 그 기사가 빛을 보게 될 때, 설사 그렇지 않다 해도 이런 일이 있었다는 소식이 장관의 귀에 들어가게 될 때, 장관이 누가 이런 일을 했는지 금세 알아차릴 것은 분명했다. 상상은 거기서 더 나아갈 준비를 한 것 같았다. 심지어 곤혹스러운 첫걸음을 내

딛기까지 했지만, 경정이 상상의 멱살을 잡았다. 오늘은 오늘이오, 부인, 안달하지 않아도 내일은 곧 올 거요, 경정이 말했다. 경정은 프로비덴시알 유한회사로 돌아가기로 결정했다. 그러자 갑자기 다리가 무겁게 느껴졌다. 신경은 너무 오래 당겨 놓은 고무줄처럼 늘어져 있었다. 눈을 감고 자고 싶은 마음이 간절했다. 눈에 띄는 첫 택시를 잡자, 경정은 생각했다. 프로비덴시알 유한회사까지는 아직 꽤 먼 거리였기 때문이다. 지나가는 택시에는 모두 손님이 타고 있었다. 한 대는 불러도 못 듣고 갔다. 마침내 간신히 발을 질질 끌며 걸어가는데, 작은 구명정이 익사 직전의 표류하는 사람을 건져올렸다. 엘리베이터는 자비롭게도 그를 14층까지 올려다주었다. 문은 저항 없이 열렸다. 소파는 귀중한 친구처럼 그를 받아들였다. 몇 분 뒤 경정은 두 발을 뻗고 누워 푹 잠이 들었다. 사람들이 의로움이 존재한다고 믿던 시절에 말하던 것처럼, 의로운 사람의 잠을 잤다. 프로비덴시알 보험 및 재보험 회사의 어머니 같은 무릎에 다가붙어 잠을 잤다. 그 안의 평화로운 분위기는 자신에게 부여된 명칭과 속성에 한껏 부응하고 있었다. 경정은 족히 한 시간은 자고 나서 힘을 새로 얻어 깨어났다. 어쨌든 경정은 그렇게 느꼈다. 경정은 기지개를 켜다가 상의 호주머니에 있는 두 번째 봉투를 느꼈다. 어쩌면 말 한 마리에 모든 걸 다 건 게 잘못이었는지도 몰라, 경정은 생각했다. 그러나 곧 똑같은 대화를 두 번 할 수는 없다는 것, 한 신문사에서 바로 다음 신문사로 가서 똑같은 이야기, 되풀이하면 그 진실성이 닳

아버릴 이야기를 할 수는 없다는 것을 깨달았다. 끝난 일은 끝난 거야, 경정은 생각했다, 더 생각해보았자 소용없어. 침실로 들어가다가 자동응답기 불이 깜빡이는 것을 보았다. 누가 전화를 해서 메시지를 남겨놓은 것이다. 경정은 단추를 눌렀다. 교환원의 목소리가 먼저 들리더니, 이어 경찰청장의 목소리가 이어졌다, 잘 들으시오, 내일, 9시, 반복하겠소, 21시가 아니라 9시, 경감과 경사가 북쪽 6번 초소에서 경정을 기다릴 거요, 경정의 임무는 책임자의 전문적, 과학적 능력 부족 때문에 실패했소, 그뿐만 아니라 내무부장관과 나는 경정이 수도에 있는 것도 부적절하다고 생각하게 되었소, 경감과 경사는 경정을 내가 있는 곳으로 데려올 공식적 책임이 있다는 이야기만 덧붙이겠소, 그들은 경정이 저항하면 체포하라는 명령을 받았소. 경정은 우두커니 서서 자동응답기를 노려보았다. 이윽고, 천천히, 먼 여행을 떠나는 사람에게 작별 인사를 하는 것처럼, 손을 뻗어 삭제 단추를 눌렀다. 이어 경정은 주방으로 가서 호주머니에서 봉투를 꺼내 알코올에 담갔다가 브이 자를 뒤집은 형태로 접어 싱크대에 넣고 불을 붙였다. 이윽고 물이 재를 배수구로 쓸어갔다. 경정은 일을 마치자 거실로 돌아와 불을 다 껐다. 이어 한가하게 신문들을 정독했다. 어떤 면에서는 자신의 운명을 맡겼다고도 할 수 있는 신문에 특히 주의를 기울였다. 경정은 신문 읽기를 마치자 저녁 비슷한 것을 만들 만한 게 있는지 보려고 냉장고를 열어보았다. 그러나 곧 포기했다. 얼마 없는 것마저 신선하지도 품질이 좋지도 않았다. 여기에 새 냉장고를 갖다놔야겠군, 경정은 생각했다. 이 냉장고는 자기 할 일을 다 했어. 경정은 밖으로 나가 처음 눈에 띄는 식당에서 얼른 저녁을 먹고 프로비덴시알 유한회사로 돌아왔다. 내일은 일찍 일어나야 했다.

경정은 전화벨 소리에 잠을 깼다. 그러나 전화는 받지 않았다. 경찰청장 쪽의 누군가가 9시, 잘 들으시오, 21시가 아니라 9시에 북쪽 6번 초소로 나오라는 명령을 일깨워주려고 전화한 것이 틀림없었기 때문이다. 아마 다시 전화를 하지는 않을 터였다. 그 이유는 쉽게 알 수 있었다. 경찰관들은 직업 생활에서, 누가 알랴, 개인 생활에서도 그럴지, 우리가 연역이라고 부르는, 또 논리적 추론이라고도 부르는 정신적 절차를 많이 이용한다. 경정이 전화를 받지 않으면 그들은 이렇게 생각할 것이다, 벌써 떠났나 보군. 하지만 틀렸다. 경정이 이제 침대에서 나온 것은 맞다. 그가 변을 보고 몸을 닦는 행동, 아침에 어울리는 행동을 하러 욕실에 들어간 것은 맞다. 옷을 입고 떠나려고 하는 것은 맞다. 그러나 눈에 띄는 첫 번째 택시를 타고, 후면경으로 그를 보며 기다리는 기사에게 이렇게 말하려는 것은 아니다, 북쪽 6번 초소로 갑시다. 북쪽 6번 초소요, 미안하지만 그게 어디인지 모르겠는데요, 새로 생긴 거리인가 보네요. 아니, 군사 초소요, 지도가 있으면 어디인지 알려줄 수 있소. 아니, 이런 대화는 결코 이루어지지 않을 것이다. 지금도 나중에도. 경정은 신문을 사러 나갈 것이다. 그래서 그가 어제 일찍 잔 것이다. 충분한 휴식을 취한 뒤에 북쪽 6번 초소에 정각에 도착하려고 그런 것이 아니다. 가로등은 아직도 꺼지지 않았다. 신문 가판대 주인은 막 셔터를 올렸다. 이 주의 잡지들을 늘어놓는 중이다. 그 일이 끝나자, 그것이 무슨 신호라도 된 듯, 가로등이 꺼지고 배달 트럭이 도착한다. 경정이 다가간다. 주인은 이번에도 우리에게 이미 익숙한 순서로 신문을 정리한다. 그러나 이번에는 인기가 덜한 신문 가운데 하나의 부수가 판매 부수가 더 많은 신문의 부수만큼이나 많다. 경정은 이것이 좋은 징조라고 느꼈다. 그러나 이 기분 좋은 희망의 느낌 뒤에 곧바로 격렬한 충격이 뒤따른다. 줄의 앞쪽에 있는 신문들의 표제가 불길했다. 곤혹스러웠다. 모두 진한 빨간색 잉크로 찍어놓았다, 여자 살인범, 이 여자는 살인을 했다, 여자 용의자의 다른 범죄, 4년 전의 살인. 줄의 다른 쪽 끝에서 경정이 어제 찾아갔던 신문사의 신문이 묻고 있었다, 우리는 무엇을 듣지 못했나. 표제는 모호했다. 이런 뜻일 수도 있고 저런 뜻일 수도 있고, 그 반대일 수도 있었다. 그러나 경정은 그것이 어둠의 골짜기로부터 자신의 비틀거리는 발걸음을 인도하는 작은 등불이라고 여기고 싶었다. 한 부씩 주시오, 경정이 말했다. 주인은 미래의 단골을 확보했다고 생각하며 웃음을 짓더니 신문이 담긴 비닐 봉투를 건네주었다. 경정은 택시가 있나 주위를 둘러보았다. 거의 5분이나 기다렸지만 소용이 없었다. 이윽고 경정은 프로비덴시알 유한회사까지 걸어가기로 했다. 우리가 알다시피 그곳은 별로 멀지 않다. 하지만 그는 무거운 짐을 들고 있다. 말들이 터져나올 것 같은 비닐 봉투다. 차라리 등에 세상을 지고 가는 것이 더 쉬울 것 같다. 하지만 경정은 운 좋게도 지름길인 좁은 거리를 따라 내려가다 수수한 구식 카페를 만났다. 주인이 달리 할 일이 없어 문을 일찍 여는 그런 카페였다. 단골들이 모든 게 다 평소의 자리에 있는지 확인하러 들르는, 아침의 머핀 맛이 영원을 말해주는 그런 카페였다. 경정은 탁자에 앉아 우유를 탄 커피를 주문하며, 토스트도 있느냐고 물었다. 물론 마가린이 아니라 버터를 바른 토스트. 나온 커피는 그저 그랬다. 하지만 토스트는 부패 단계를 넘어가지 못하는 바람에 철학자의 돌을 발견하는 데 실패한 연금술사의 손에서 바로 나온 것 같았다. 경정은 오늘 가장 관심을 끄는 신문을 펼쳤다. 앉자마자 펼쳤다. 한눈에 꾀가 먹혀들었다는 것을 알 수 있었다. 검열관은 자신이 이미 알고 있는 것이라고 생각하고 그냥 넘어갔다. 자기가 안다고 생각하는 것에 늘 주의를 많이 기울여야 한다는 생각은 해본 적이 없는 것이 분명했다. 사실 안다고 생각하는 것 뒤에는 모르는 것들이 끝도 없는 사슬처럼 감추어져 있는

데, 그 마지막은 해결 불가능할지도 모른다. 검열관을 속여 넘겼다 해도 큰 환상을 품을 수는 없었다. 이 신문을 하루 종일 가판대에서 팔 수는 없을 것이다. 경정은 벌써 이 신문을 휘두르며 고함을 지르는 격노한 내무부장관의 모습을 상상할 수 있었다. 이 쓰레기를 당장 몰수하고, 누가 이 정보를 흘렸는지 알아내. 뒷말은 자동적으로 흘러나온 것일 뿐이었다. 장관은 이런 변절과 배반의 행동을 할 수 있는 사람은 하나밖에 없다는 사실을 잘 알 터였기 때문이다. 그 순간 경정은 신문 가판대를 힘닿는 데까지 많이 찾아다니기로 결심했다. 많든 적든 신문이 팔리는지 확인해보고, 그것을 사는 사람들의 얼굴을 보고, 그들이 곧바로 이 기사를 보는지 아니면 다른 사소한 것에 한눈을 파는지 알려는 것이었다. 경정은 얼른 4대 일간지를 훑어보았다. 조악할 정도로 유치했지만, 그래도 효과는 있었다. 공중을 중독시키는 작업은 계속되고 있었다. 2 더하기 2는 4이며 앞으로도 늘 4다, 만일 네가 어제 그렇게 했다면, 오늘도 똑같은 짓을 할 것이 틀림없다, 한 가지가 불가피하게 또 한 가지를 낳는다는 사실을 의심하는 만용을 부리는 사람은 누구든 법과 질서의 적이다. 경정은 만족하여 계산을 하고 카페를 나왔다. 경정은 자신이 신문을 산 가판대부터 시작했다. 그 신문이 상당히 줄어든 것을 보고 만족했다. 재미있군요, 안 그렇소, 경정은 가판대 주인에게 말했다, 아주 잘 팔리잖소. 아마 어떤 라디오에서 이 신문에 실린 기사 이야기를 했나 봅니다. 한 손이 다른 손을 씻고 두 손이 얼굴을 씻지, 경정이 수수께끼 같은 말을 했다. 그래요, 맞습니다, 주인은 경정이 무슨 말을 하는지 전혀 몰랐지만 그렇게 대꾸했다. 경정은 다른 가판대를 찾느라 시간을 낭비하지 않으려고 한 군데 들를 때마다 다음 가판대가 어디 있는지 물었다. 그의 품위 있는 외모 때문인지 모두 순순히 대답해주었다. 그러나 모두들 묻고 싶어 하는 눈치였다, 우리 가게에 뭐가 아쉬워서 그러십니까. 몇 시간이 흘러갔다. 북쪽 6번 초소의 경감과 경사는 기다리는 데 지쳐 경찰청장실에 연락하여 지침을 요청했다. 경찰청장은 장관에게 상황을 알렸고, 장관은 총리에게 보고를 했다. 총리가 대답했다, 그건 내 문제가 아니라 당신 문제요, 당신이 정리하시오. 이윽고 예상했던 일이 벌어졌다. 열 번째 가판대에서 신문이 사라진 것이다. 경정이 한 부 사려는 것처럼 신문을 달라고 하자, 주인이 말했다, 너무 늦게 왔군요, 5분 전에 다 가져가버렸습니다. 다 가져갔다고요, 왜요. 모든 가판대에서 거두어가고 있습니다. 거두어가고 있다고요. 몰수하는 걸 그렇게도 부릅니다. 하지만 이유가 뭐요, 신문에 뭐가 났기에 그런단 말이오. 그 여자와 음모에 대한 거던데, 알잖습니까, 다른 신문에도 다 났는데, 흠, 이번에는 그 여자가 사람을 죽였다는 것 같던데. 한 부 구해줄 수 있소, 부탁 좀 합시다. 없습니다, 있어도 손님한테는 안 팔 겁니다. 왜. 미끼를 무나 안 무나 보려고 돌아다니는 경찰관인지도 모르잖습니까. 그렇군, 당연히 조심해야겠지요, 경정은 그렇게 대꾸하고 나서 떠났다. 프로비덴시알 보험 및 재보험 유한회사로 돌아가 아침의 전화를 듣고 싶은 마음은 없었다. 그가 어디 있는지, 왜 전화를 안 받는지, 왜 9시에 북쪽 6번 초소로 오라는 명령을 따르지 않았는지 알려는 다른 전화들도 걸려올 것이 틀림없었다. 그렇다고 갈 곳도 없었다. 지금쯤 의사 부인의 집 앞에는 사람들이 인산인해를 이루어 어떤 쪽에서는 지지, 어떤 쪽에서는 항의의 외침이 터져나올 것이다. 설사 다 지지하는 소리를 낸다 해도, 그렇지 않은 사람들이 소수는 있을 것이다. 다만 모욕을 당하거나 더 심한 꼴을 당할 위험을 무릅쓰고 싶지 않아 입을 다물고 있을 터였다. 그 기사를 낸 신문사로 갈 수도 없다. 입구는 아니라 하더라도 어딘가에 사복을 입은 경찰관이 있을 것이다. 전화를 걸 수도 없다. 틀림없이 모든 전화선을 도청하고 있을 것이기 때문이다. 거기에 생각이 미치자 마침내 프로비덴시알 보험 및 재보험 유한회사도 감시를 받고 있을 것이라는 생각이 들었다. 호텔에도 다 경고를 해두었을 것이다. 이 도시에는 원한다 해도 그를 받아줄 수 있는 사람은 한 명도 없다. 경정은 신문사가 경찰의 방문을 받았을 것이라고 상상한다. 발행인은 원치 않는다 해도 그들이 공개한 전복적인 정보를 제공한 사람의 신원을 밝힐 수밖에 없었을 것이라고 상상한다. 어쩌면 프로비덴시알 유한회사의 이름이 찍히고 도망자 경정의 손으로 직접 서명을 한 편지를 보여주었을지도 모른다. 경정은 피곤했다. 발을 질질 끌었다. 몸은 땀으로 목욕을 했다. 별로 덥지도 않은 날씨였음에도. 그냥 아무 목적 없이 시간만 죽이며 하루 종일 거리를 배회할 수는 없었다. 순간 물동이를 든 여자의 상이 있는 공원에 가고 싶은 강한 욕구를 느꼈다. 물웅덩이 옆에 앉아 있고 싶었다. 손가락 끝으로 녹색 물을 쓰다듬다가 입에 갖다 대고 싶었다. 그런 다음에는 무얼 할까, 경정은 물었다. 아무것도 없다. 그저 거리의 미로로 다시 뛰어들어, 방향을 잃고 헤매다가 다시 돌아나오고, 끝도 없이 걷고, 배가 고프지 않아도 먹고, 그냥 몸을 움직일 수밖에 없다. 영화관에서 두어 시간 보내며 화성에 아직 작은 녹색인간들이 살던 시절에 그곳을 탐험한 모험을 구경하며 넋을 잃고 있다가, 다시 나와 눈을 깜빡이며 오후의 환한 햇빛 속으로 들어간다. 네모 선장의 잠수함을 타고 해저 2만 리를 여행하며 또 다른 영화관에서 두 시간을 낭비할까 하는 생각을 하다가 그 생각을 완전히 버린다. 도시에서 분명히 무슨 일이 벌어지고 있기 때문이다. 사람들이 작은 종이를 나누어주고, 또 다른 사람들은 발을 멈추고 그것을 받아 읽은 뒤에 얼른 호주머니에 쑤셔넣는다. 경정도 한 부 받아든다. 몰수당한 신문에 난 기사의 복사본이다. 우리는 무엇을 듣지 못했나라는 표제가 붙어 있다. 행간에서 지난 닷새의 진상을 이야기하는 기사다. 경정은 이제 자신을 억제할 수가 없다. 그 자리에서, 어린아이처럼 발작적으로 흐느끼기 시작한다. 그와 비슷한 또래의 여자가 와서 괜찮으냐고, 도움이 필요하느냐고 묻는다. 경정은 머리를 저을 수 있을 뿐이다, 아니, 고맙소, 괜찮소, 걱정 마시오, 그런 뜻이다. 우연도 가끔 옳은 일을 하는 것인지, 옆 건물의 꼭대기층에서 누군가가 종이 뭉치를 뿌린다. 또 한 뭉치, 또 한 뭉치. 아래에서 사람들이 종이를 잡으려고 두 팔을 벌린다. 종이들이 둥둥 떠내려온다. 비둘기처럼 미끄러져 내려온다. 그 가운데 한 장이 경정의 어깨에 잠시 머물렀다가 땅으로 미끄러진다. 그래, 결국 아무것도 사라지지 않았어. 도시는 이 문제를 자신의 손으로 받아 복사기 수백 대를 돌렸어. 그래서 이제 청년들이 활기차게 돌아다니며 전단을 우편함에 넣거나 문간에 배달하고 있다. 어떤 사람은 무슨 광고지냐고 묻는다. 그러면 그들은 대답한다, 네, 최고의 광고지요. 이 행복한 사건 때문에 경정은 새로운 영혼을 얻었다. 그 손이 마법, 흑마법이 아니라 백마법을 휘두른 것처럼 그의 모든 피로가 사라져버렸다. 거리를 걸어가는 이 사람은 이제 다른 사람이다. 다른 정신이 생각을 하고 있다. 전에는 모호했던 것을 분명하게 보고 있다. 바위처럼 단단해 보였던 결론들을 고치고 있다. 그 결론들은 이제 그것을 만지는 손가락들 사이로 부서져 내리고 있다. 경정은 프로비덴시알 보험 및 재보험 유한회사는 비밀 기지이기 때문에 감시를 받을 가능성이 거의 없다고 생각한다. 사실 그곳에 경찰관들을 배치하면 그곳이 중요하고 의미 있는 곳이라는 의심을 불러일으킬 수도 있을 것이다. 물론 어떻게 생각하면 그것은 그렇게 심각한 일도 아니다. 그냥 프로비덴시알 유한회사를 다른 데로 옮기면 문제가 해결되니까. 이 새롭고 부정적인 결론이 경정의 정신에 폭풍우 같은 그림자를 드리운다. 그러나 그다음 결론은 그를 완전히 안심시키지는 못하지만, 적어도 숙박이라는 심각한 문제,

말을 바꾸면 오늘 밤에 어디서 자야 할지 모른다는 문제는 해결해준다. 이 점은 몇 마디로 간단하게 설명할 수 있다. 내무부와 경찰청장실은 이 공무원이 일방적으로 그들과 모든 접촉을 끊은 것을 당연한 일이지만 불쾌하게 보고 있을 것이다. 그렇다고 해서 그가 어디에 있고, 급하게 필요할 때 어디에서 찾을 수 있을지에도 관심을 잃었다는 뜻은 아니다. 만일 경정이 이 도시 속으로 사라지기로 결정한다면, 추방자들이나 도망자들이 보통 그러듯이 어떤 어두운 뒷골목으로 잠적한다면, 그들은 그를 찾기 위해 악전고투를 해야 할 것이다. 특히 경정이 다른 전복분자들과 연결망을 형성하기라도 한다면. 경정을 찾는 작전은 그 복잡함을 고려할 때 그들이 이곳에서 보낸 대엿새 정도에 완료할 있는 일이 아니다. 따라서 그들은 프로비덴시알 유한회사의 두 출입구를 지키는 대신 그냥 자유롭게 열어둘 것이다. 모든 피조물에게 자연스러운 귀소 본능으로 이리가 동굴로 돌아오게, 바다오리가 절벽의 구멍으로 돌아오게 하려고. 따라서 경정은 여전히 익숙하게 자신을 환영하는 침대를 사용할 수 있다. 그들이 한밤중에 찾아와 그를 깨우지는 않을 것 같다. 섬세한 곁쇠로 현관문을 열고 들어와 총 세 자루를 똑바로 겨누며 항복하라고 하지는 않을 것 같다. 앞서도 말했듯이 인생을 살다 보면 한쪽에서는 비가 오고 다른 쪽에서는 질풍이 불 만큼 엄혹할 때가 있다. 경정이 지금 그런 상황이다. 공원 나무 밑에서 물 단지를 든 여자를 보며 부랑자처럼 불편하게 하룻밤을 보낼 것이냐, 아니면 프로비덴시알 보험 및 재보험 유한회사의 냄새나는 담요와 구겨진 시트 사이에 아늑하게 들어가 있느냐 사이에서 선택을 할 수밖에 없다. 이런 설명은 우리가 약속한 대로 간결하지는 않다. 그러나 이해해주기를 바라지만, 모순되는 다양한 위험과 안전 요인들을 공평하게 꼼꼼히 검토하면서 적절하게 고려해보기 전에는 가능한 변수들을 어느 것도 버릴 수가 없다. 그렇게 해서 결국 처음에 도달했어야 하는 결론, 사마라에서 예정된 만남을 피하기 위해 바그다드로 달아나 봐야 소용없다는 결론에 이르게 된다 해도 말이다. 모든 것을 달아보고 생각해보고 나서 다양한 추들을 마지막 밀리그램까지 재보는데, 마지막 가능성까지, 마지막 가설까지 숙고하는 데 더 시간을 낭비하지 않기로 결정하자 경정은 택시를 타고 프로비덴시알 유한회사로 갔다. 저녁이 끝나갈 무렵, 그림자들이 앞의 길을 식히고, 웅덩이들로 떨어지는 물소리가 점점 더 대담해져 어느 순간 갑자기 귀에 들리는 바람에 지나가던 사람들이 놀라는 시간이었다. 거리에는 전단이 한 장도 남아 있지 않다. 경정이 약간 불안해하는 것은 분명하다. 사실 그럴 만도 하다. 그 자신의 추론, 그리고 경찰이 사용하는 계략과 관련하여 오랜 세월에 걸쳐 얻은 지식에 따르자면 프로비덴시알 유한회사에서는 아무런 위험이 기다리지 않으며, 밤늦게 그를 공격할 위험도 없다고 결론을 내릴 수밖에 없다. 그렇다고 해서 사마라가 있어야 할 곳에 없다는 뜻은 아니다. 그런 생각이 들자 경정은 총에 손을 얹고 생각했다, 혹시 모르잖아, 엘리베이터를 타고 올라가는 동안 공이를 당겨놓아야지. 택시가 멈추었다. 다 왔습니다, 기사가 말했다. 그 순간 경정은 택시 앞 유리에 기사 복사본이 한 부 붙어 있는 것을 보았다. 그의 두려움에도 불구하고, 모든 불안과 공포는 가치가 있었던 것이다. 로비에는 사람이 없었다. 경비도 없었다. 완전 범죄가 가능한 현장이었다. 칼이 심장을 찌르고, 몸이 타일이 깔린 바닥으로 쓰러지며 둔탁하게 쿵 소리를 내고, 가짜 번호판을 단 차가 섰다가 살인자를 태우고 떠난다. 죽이고 죽음을 당하는 것보다 더 간단한 일은 없다. 엘리베이터는 로비에 내려와 있었다. 부를 필요가 없었다. 이제 엘리베이터는 올라가 14층에서 태운 것을 내려놓을 것이다. 엘리베이터 안에서 다른 소리로 잘못 알아들을 수 없는 딸깍 소리가 나면서 총을 쏠 준비가 되었음을 알린다. 복도에는 아무도 보이지 않는다. 이 시간에는 사무실이 모두 닫혀 있다. 열쇠는 자물쇠에 쉽게 미끄러져 들어간다. 문은 거의 소리도 없이 열린다. 경정은 몸으로 밀어 문을 닫고 불을 켠다. 이제 모든 방에 들어가, 사람이 숨을 만한 옷장은 다 열어보고, 침대 밑도 살피고, 커튼도 걷어볼 것이다. 아무도 없다. 희미하게 우스꽝스럽다는 생각이 든다. 허세를 부리는 주인공이 총을 휘두르지만 겨눌 것은 아무것도 없는 꼴이다. 하지만 속담에도 있듯이 느리지만 확실한 것이 장수를 보장해준다. 이 점은 프로비덴시알 유한회사도 잘 알 것이다. 이 회사는 보험만이 아니라 재보험도 처리하니까. 침실에 들어가자 자동응답기의 불이 깜빡이고 있다. 표시판을 보니 전화가 두

통 왔다. 한 통은 경감이 조심하라고 주의를 준 것인지도 모른다. 또 하나는 앨버트로스의 하급 비서가 한 것인지도 모른다. 아니면 두 통 모두 믿었던 자의 배신에 절망하고, 동시에 비록 경정에게 임무를 맡긴 것이 자기 책임은 아니지만 자신의 미래를 걱정할 수밖에 없는 경찰청장이 한 것인지도 모른다. 경정은 그룹의 이름과 주소가 적힌 종이, 의사의 전화번호도 적혀 있는 종이를 꺼내 전화를 걸었다. 아무도 받지 않았다. 다시 전화를 했다. 한 번 더 했다. 그러나 이번에는 그것이 무슨 신호라도 되는 것처럼 세 번 벨이 울린 뒤에 끊었다. 경정은 네 번째로 전화를 했다. 마침내 누가 전화를 받았다. 네, 의사 부인이 갑자기 말했다. 나요, 경정이 말했다. 아, 안녕하세요, 전화해주시기를 기다렸어요. 상황은 어떻소. 끔찍하지요 뭐, 24시간 안에 그 사람들이 나를 공적 1호로 바꾸어놓았으니까요. 정말이지 내가 이 일에서 어떤 역할을 한 것은 참으로 미안하오. 경정님이 신문에 난 걸 쓴 사람은 아니잖아요. 아니지요, 거기까지 하지는 않았지요. 어쩌면 오늘 어떤 신문에 나서 수천 장 복사되어 배포된 기사가 이 터무니없는 상황을 정리하는 데 도움이 될지도 모르겠어요. 그럴지도 모르지요. 별로 희망적이지는 않다고 보시는가 보네요. 아, 물론 희망은 갖지요, 하지만 시간이 걸릴 거요, 이 일이 순식간에 해결되지는 않을 테니까. 우리는 이런 식으로 계속 아파트에 갇혀 살 수는 없어요, 꼭 감옥에 있는 것 같아요. 내가 할 수 있는 말은 할 수 있는 일은 다 했다는 거요. 그럼 우리 집에 다시 오시지는 않겠군요. 저쪽에서 내게 준 임무는 끝났소, 이제 돌아오라는 명령을 받았소. 그럼 언젠가 다시 만날 수 있으면 좋겠네요, 지금보다 행복해졌을 때에요, 그럴 때가 올지 모르지만. 오다가 길을 잃어버린 모양이오. 누가요. 행복한 때가 말이오. 전화 끊고 나면 아까보다 낙담이 더 크겠는데요. 어떤 사람들은 두들겨 맞아도 용케 서서 버팁디다, 부인은 그런 사람이오. 글쎄요, 당장은 누가 다시 일어서도록 도와주면 정말 고맙겠어요. 내가 그런 도움을 주지 못해 미안할 뿐이오. 아, 경정님은 말씀하시는 것보다 훨씬 더 많이 도와주셨다고 생각해요. 그건 부인의 인상일 뿐이오, 부인은 지금 경찰관하고 말을 하고 있는 거요, 잊지 마시오. 아, 잊지 않았어요, 하지만 사실 지금은 경정님을 경찰관이라고 생각하지 않아요. 고맙소, 이제 남은 건 작별 인사를 하는 것뿐이로군, 다음에 볼 때까지. 다음에 볼 때까지요. 몸조심하시오. 경정님도요. 안녕히 주무시오. 안녕히 주무세요. 경정은 전화를 끊었다. 남은 밤은 긴데 자는 것 외에 달리 그 밤을 헤쳐나갈 방법은 없었다. 불면증이 함께 침대에 들어오지만 않는다면 말이다. 아마 내일은 그를 찾으러 올 것이다. 그가 명령받은 대로 북쪽 6번 초소에 나가지 않았으니, 저쪽에서 그를 찾아올 것이다. 어쩌면 그가 지운 메시지 하나가 바로 그런 말을 한 것인지도 모른다. 어쩌면 그를 체포하는 임무를 띤 사람들이 아침 7시에 도착하기로 했으며, 저항을 하면 상황만 악화될 뿐이라고 경고한 것인지도 모른다. 물론 곁쇠는 필요 없을 것이다. 자기들 열쇠를 가져올 테니까. 경정은 공상을 하고 있다. 그에게는 무기고가 있다. 언제든지 사용할 수 있다. 마지막 탄창까지 쏠 수 있다. 아니면 적어도 그들이 첫 최루탄 통을 던져넣기 전까지는 쏠 수 있다. 경정은 공상을 하고 있다. 침대에 앉더니, 뒤로 벌렁 누워 눈을 감고 어서 잠이 오기를 빌었다. 나도 이제 막 밤이 시작되었다는 건 알아, 경정은 생각하고 있었다, 아직 하늘에 빛이 있잖아, 하지만 돌이 자는 것처럼 자고 싶다, 꿈이 쳐놓은 함정에 빠지지 않고, 검은 돌덩어리 안에 갇힌 듯이, 적어도, 제발, 정말이지 아침까지만이라도, 7시에 나를 깨우러 올 때까지라도. 이 쓸쓸한 외침을 듣자 잠이 달려와 몇 분 동안 머물렀다. 이어 그가 옷을 벗고 침대에 들어가 있는 동안 물러났지만, 거의 1초도 지체하지 않고 다시 돌아와 그의 옆에 밤새 머물며, 꿈들을 유령들의 땅으로, 불과 물이 섞이는 곳, 그들이 태어나고 증식하는 곳으로 쫓아냈다.

경정은 9시에 잠을 깼다. 그는 울고 있지 않았다. 침입자들이 최루탄을 사용하지 않았다는 증거였다. 손목에 수갑을 차지도 않았고, 누가 머리에 총을 겨누지도 않았다. 우리의 삶을 망쳐놓은 두려움이 결국 아무런 근거도 없고, 존재할 이유도 없다는 것이 확인되는 일이 얼마나 많은지. 경정은 일어서서 면도를 하고, 세수를 하고, 평소처럼 옷을 입었다. 이어 전날 아침을 먹었던 카페에 갈 생각으로 방을 나갔다. 가는 길에 신문을 샀다, 오늘은 나오지 않을 줄 알았는데요, 가판대 주인이 잘 아는 사람처럼 친숙하게 말을 건넸다, 한 가지가 없네요, 경정이 말했다. 오늘은 안 나왔습니다, 배달하는 쪽에서도 언제 다시 나올지 모르던데요, 뭐 다음 주에나 나오겠지요, 벌금을 엄청나게 두드려 맞은 모양이더라고요. 왜요. 그 기사 때문에요, 사람들이 복사를 해서 돌린 그 기사 말입니다. 아, 그렇군요. 여기 있습니다, 오늘은 다섯 가지밖에 없네요, 읽으실 게 줄어들었습니다. 경정은 고맙다고 하고 카페를 찾으러 나섰다. 그 거리가 어디였는지 기억이 나지 않았다. 한 걸음 걸을 때마다 식욕이 강해졌다. 토스트 생각만 해도 입에 침이 고였다. 언뜻 보기에 이 사람의 나이와 지위에 어울릴 것 같지 않은 당치도 않은 폭식을 원하는 것 같지만, 사실 이것은 용서해주어야 한다. 어제 이 사람이 빈속으로 잠자리에 들었다는 사실을 기억해야 하는 것이다. 경정은 마침내 거리와 카페를 찾았다. 이제 탁자에 앉아 있다. 기다리는 동안 신문들을 훑어본다. 검은색과 빨간색으로 된 표제만 보더라도 각각의 신문에 어떤 내용이 담겨 있는지 우리도 대충은 짐작할 수 있다, 조국의 적들의 또 한 번의 전복 행위, 누가 복사기를 돌렸는가, 허위 정보의 위험, 누가 그 복사 값을 냈는가. 경정은 마지막 부스러기까지 맛을 기억하며 한 입 한 입 음미했다. 커피도 어제보다 맛이 좋았다. 식사를 마치자 몸이 새로 기운을 얻은 것 같았다. 어제부터 공원과 연못에, 그 녹색 물과 물동이를 든 여자에게 어떤 의무감을 느끼던 정신은 그에게 말했다, 너는 거기에 그렇게 가고 싶어 하면서 가지 않았잖아. 그래, 지금 갈 거야, 경정은 대답했다. 경정은 돈을 내고 신문을 봉투에 다 도로 넣고 출발했다. 택시를 잡을 수도 있었지만, 그냥 걸어가는 쪽을 택했다. 달리 할 일이 없었기 때문에 시간을 때우기도 좋았다. 경정은 공원에 이르자 의사 부인과 이야기했던, 그리고 눈물을 흘리는 개와 본격적으로 친해졌던 벤치로 가서 앉았다. 그곳에서는 물웅덩이와 물을 부으려고 물동이를 기울이고 있는 여인이 잘 보였다. 나무 밑은 여전히 약간 서늘했다. 경정은 레인코트를 끌어당겨 무릎을 덮은 뒤, 만족해서 큰 숨을 내쉬며 편안하게 자리를 잡았다. 하얀 점이 박힌 파란 타이를 맨 남자가 뒤에서 다가와 경정의 머리에 총을 쏘았다.

두 시간 뒤 내무부장관은 기자회견을 열고 있었다. 그는 흰셔츠에 파란 타이 차림이었다. 깊은 안타까움과 심오한 슬픔이 서린 표정이었다. 탁자에는 마이크가 잔뜩 놓여 있었다. 다른 장식물이라면 물 잔 하나였다. 평소와 마찬가지로 그의 뒤에 국기가 명상에 잠긴 표정으로 걸려 있었다. 안녕하십니까, 신사 숙녀 여러분, 장관이 말했다, 오늘 여러분을 이 자리에 모신 것은 본인이 수사를 맡겼던 경정의 비극적 죽음을 알리려는 것입니다, 여러분도 알다시피 현재 그 조직망은 수괴가 드러났습니다. 안타깝게도 경정은 자연사한 것이 아닙니다, 경정은 미리 계획된 고의적인 살인의 피해자이며, 이 살인은 단한 발의 총알로 그를 죽음에 이르게 했음을 볼 때 최악의 전문적 범죄자의 소행임에 틀림없습니다, 말할 필요도 없이 이것은 우리의 이전 수도의 전복분자들의 새로운 범죄 행위입니다, 그들은 민주체제의 안정성과 그 올바른 기능을 계속 훼손하고 있으며, 우리나라의 정치적, 사회적, 도덕적 통일성을 무너뜨리려고 잔혹하게 공작을 하고 있습니다, 오늘 살해당한 경정이 우리에게 보여준 최고 존엄의 예는 앞으로 영원히 우리 마음에서 우러나오는 존경만이 아니라 심오한 숭배의 대상이 될 것임은 말할 필요도 없습니다, 그의 희생으로 말미암아 경정은 오늘 이 슬프기 짝이 없는 날로부터 우리나라 순교자들의 만신전에 영예로운 자리를 얻었기 때문입니다, 그 순교자들은 저 높은 곳에서 늘 우리를 지켜볼 것입니다, 본인이 이 자리에서 대표하는 정부는 우리가 방금 잃은 이 특별한 인물을 아는 모든 사람들과 함께 슬퍼하고 애도하며, 동시에 이 땅의 모든 국민에게 음모자들의 악이나 그들을 지지하는 사람들의 무책임성과 맞서 싸우는 이 전쟁에서 정부가 결코 낙담하지 않을 것임을 약속드립니다, 두 가지 사항만 더 말씀드리겠습니다, 첫째는 살해당한 경정을 도와 함께 수사에 참여했던 경감과 경사는 그들의 생명을 보호해달라는 경정의 요청에 따라 임무에서 물러나게 되었다는 것입니다, 두 번째로 알려드릴 일은 이 훌륭한 사람, 우리나라의 이 모범적인 공무원, 안타깝게도 방금 세상을 떠난 이 경정에 대해서는 정부가 모든 법적 수단을 강구하여, 사후이기는 하지만 특별히, 가능한 한 빨리, 국가가 자신에게 명예를 안겨준 아들딸에게 바치는 최고의 명예를 수여할 것입니다, 신사 숙녀 여러분, 오늘은 품위 있는 사람들에게는 슬픈 날이지만, 의무는 우리에게 모두 수르숨 코르다(sursum corda), 즉 마음을 드높이 하고 외칠 것을 요구합니다. 한 기자가 손을 들고 질문하려 했지만, 내무부장관은 벌써 자리를 뜨고 있었다. 탁자에는 손도 대지 않은 물 잔만 남아 있었고, 마이크들은 죽은 자를 기리는 경건한 침묵을 녹음하고 있었다. 뒤에서는 깃발이 지칠 줄 모르고 명상을 하고 있었다. 이어 내무부장관은 최측근 참모들과 당면한 행동 계획을 짰다. 그 내용은 기본적으로 다수의 경찰관을 수도로 몰래 재투입하는 것이었다. 그들은 당분간 사복 차림으로, 그들이 속하는 기관을 나타낼 아무런 외적인 표지 없이 일을 하게 될 터였다. 이것은 그들이 이전 수도에 아무런 감독자를 남겨두지 않고 떠난 것이 아주 심각한 실수였음을 암묵적으로 인정하는 것이기도 했다. 그러나 지금 그 실수를 고쳐도 늦지 않소, 장관은 말했다. 바로 그 순간 하급 비서가 들어와 내무부장관에게 총리가 즉시 집무실에서 만나자고 한다는 말을 전했다. 장관은 하필이면 이런 때에 부르냐고 중얼거렸지만, 소환에 응할 수밖에 없었다. 장관은 참모들에게 계획의 세부적인 내용을 마무리하라고 맡기고 총리실로 출발했다. 앞뒤에 경호원이 붙은 차가 각료 회의실이 있는 건물까지 그를 데려다주었다. 10분이 걸렸다. 5분 뒤 내무부장관은 총리실로 들어갔다, 안녕하십니까. 총리가 인사를 받았다, 안녕하시오, 앉으시오. 경찰을 수도에서 철수시킨 결정을 수정할 계획을 짜고 있는데 전화를 하셨더군요, 그 계획은 내일 보고할 수 있습니다. 그럴 필요 없소. 필요가 없다니요, 총리님. 그럴 시간이 없을 것이기 때문이오. 거의 다 끝났는데요, 몇 군데만 손질하면 됩니다. 이거, 말을 잘 못 알아들으시는군, 그럴 시간이 없다는 말은 내일이면 당신은 내무부장관이 아니라는 뜻이오. 뭐, 그 질문은 그렇게 튀어나왔다, 폭발적으로 약간 무례하게. 방금 들었잖소, 내가 그걸 되풀이할 필요는 없소. 하지만, 총리님. 쓸데없는 이야기는 하지 맙시다, 당신의 의무는 이 순간으로 정지요. 이런 가혹한 처분은 부당합니다, 총리님, 게다가, 이렇게 말해도 좋을지 모르겠습니다만, 내가 나라에 봉사한 것에 이렇게 이상하고 자의적인 방식으로 보답을 하는 경우가 어디 있습니까, 이유가 있을 겁니다, 그 이유를 말씀해주시기 바랍니다, 이 잔인한 해임, 그래요, 잔인한 해임의 이유를 말입니다. 그 말을 듣지 못하면 여기서 나가지 않겠습니다. 위기 동안 당신이 한 일은 긴 실수의 연속이었소, 굳이 내가 예를 들 필요도 없겠지만 말이오, 나도 필요는 법을 모르고, 목적이 수단을 정당화한다는 것은 이해하오, 하지만 거기에도 목적을 달성한다는 조건, 필요의 법을 따른다는 조건이 붙소, 하지만 당신은 따른 것도 없고 달성한 것도 없소, 그리고 이제 경정이 죽었소. 경정은 우리 적들이 죽였습니다. 제발 내 앞에서 오페라 아리아 좀 부르지 마시오, 나도 이 게임을 오래 해본 사람이라 동화는 안 믿는단 말이오, 당신이 말하는 적들은 그를 영웅으로 만들면 만들었지 죽일 이유는 전혀 없소. 다른 방법이 없었습니다, 총리님, 그 자가 전복적인 인물이 되었단 말입니다. 그 자하고는 지금이 아니라 나중에 계산을 정리해도 되었을 거요, 그를 죽인 건 용서할 수 없는 대실수요, 이제 지금까지 벌어진 사태로도 모자라 거리에 시위대까지 나오게 되었지 않소. 그건 대수롭지 않은 겁니다, 총리님, 내 정보로는. 당신 정보는 아무런 가치가 없소, 이미 주민의 반이 거리로 나왔고, 나머지 반도 곧 합세할 거요. 미래는, 총리님, 미래는 틀림없이 내가 옳았다고 판단할 겁니다. 현재가 당신이 틀렸다고 판단하는데, 미래가 퍽이나 당신한테 도움이 되겠소, 자, 이제 끝냅시다, 나가주시오, 이야기는 끝났소. 하지만 후임자한테 일을 인계해야 하는데. 걱정 마시오, 그건 사람을 보내 처리할 테니까. 하지만 내 후임자는 누가 됩니까. 사실 내가 당신 후임자요, 총리 겸 법무부장관이 내무부장관도 겸임하면 안 될 게 뭐가 있소, 그렇게 하면 모든 걸 가족 내에 묻어둘 수 있는데, 그러니 걱정 마시오, 내가 다 알아서 하겠소.

같은 날 아침 10시, 사복을 입은 경찰관 두 명이 4층으로 올라가 초인종을 눌렀다. 의사 부인이 문으로 가서 물었다, 누구세요, 무슨 일이죠. 경찰이오, 물어볼 것이 있어서 남편을 모셔오라는 명령을 받았소, 안 계시다고 말해도 소용없소, 이 건물을 계속 감시했기 때문에 남편이 집에 있다는 것을 잘 알고 있으니까. 남편에게 질문을 할 이유가 전혀 없어요, 지금까지 모든 범죄는 내가 저지른 것이라고 했잖아요. 그건 우리도 모르오, 우리는 의사 부인이 아니라 의사를 모셔오라는 엄명을 받았소, 따라서 우리가 강제로 들어가는 것을 원하지 않으면 가서 남편을 모셔오시오, 그리고 그 개도 잘 잡으시오, 그 개한테 무슨 일이 생기기를 바라지 않으니까. 여자는 문을 닫았다. 잠시 후에 여자는 다시 문을 열었고, 이번에는 남편이 그녀와 함께 서 있었다, 무슨 일입니까. 물어볼 게 있어 모시러 왔소, 이미 부인한테 말씀드렸소, 하루 종일 여기 서서 그 이 야기만 반복하고 싶지 않구먼. 신분증이나 영장 같은 걸 가지 고 있습니까. 영장은 필요 없소, 이 도시에는 지금 계엄령이 내 려져 있소, 하지만 신분증은 여기 있소, 이거면 됐소. 먼저 옷 좀 갈아입겠습니다. 한 사람이 함께 갈 거요. 내가 달아나거 나 자살이라도 할까 봐 걱정하는 겁니까. 우리는 명령대로 할 뿐이오. 경찰관 한 명이 안으로 들어갔다. 시간은 오래 걸리지 않았다. 남편이 어디로 가든 나도 함께 갈 거예요, 여자가 말 했다. 아까도 말했지만 부인은 아무데도 못 가오, 여기 그냥 계시오, 좋게 말할 때 들으시지요. 좋게 말한 적은 없는 것 같 은데요. 아, 내가 좋지 않게 말하면 어떻게 되는지 부인은 상 상도 못 할 거요, 이어 경찰관은 의사에게 말했다, 수갑을 채 워야겠소, 손 내미시오. 제발, 그건 채우지 마십시오, 제발, 도 망치지 않겠다고 약속하겠습니다. 어서, 손 내밀라니까, 약속 같은 말은 하지도 마, 알았어, 그렇지, 이렇게 하니까 더 안전 하잖아. 여자는 남편을 끌어안고 입을 맞추며 울었다. 나는 못 가게 한대요. 걱정 마. 오늘 밤에 돌아올 테니까, 두고 봐. 얼른 돌아오세요. 알았어, 여보, 곧 돌아올게. 엘리베이터가 내려가 기 시작했다.

11시에 하얀 점이 박힌 파란 타이를 맨 남자가 의사 부인과 남편이 사는 건물 뒤편을 거의 마주 보는 건물의 평평한 지붕으로 올라갔다. 광택이 나는 나무 상자를 들고 있다. 사각형 상자였다. 안에는 분해된 무기가 들어 있다. 망원경이 달린 자동 소총이다. 그러나 망원경은 쓰지 않을 생각이다. 훌륭한 저격수라면 이런 가까운 거리에서 표적을 놓칠 리 없기 때문이다. 소음기도 쓰지 않을 생각이다. 그러나 이것은 윤리적인 이유 때문이다. 하얀 점이 박힌 파란 타이를 맨 남자는 그런 장치를 사용하는 것이 상대에 대한 큰 무례라고 생각한다. 남자는 무기를 조립하여 장전한다. 모든 것이 제자리에 있다. 목전의 일을 완벽하게 수행할 수 있는 도구다. 하얀 점이 박힌 파란 타이를 맨 남자는 총을 쏠 자리를 고른 뒤에 기다릴 준비를 한다. 그는 인내심이 강한 사람이다. 오랫동안 이 일을 해왔고 늘 잘했다. 조만간 의사 부인이 발코니로 나올 것이다. 하지만 기다림이 너무 길어질 경우에 대비하여 하얀 점이 박힌 파란 타이를 맨 남자는 다른 무기도 가져왔다. 흔한 새총이다. 돌을 날릴 때 사용하는 것이다. 특히 유리창을 깨는 데 효과가 있다. 그러나 아무도 유리가 깨지는 소리를 듣지 못하고, 아무도 어떤 개구쟁이가 그 짓을 했나 보러 달려나오지 않는다. 한 시간이 지났다. 의사의 부인은 아직 나타나지 않았다. 여자는 울고 있었다, 가엾은 사람. 하지만 이제 나와서 신선한 공기를 마실 것이다. 부인은 거리를 마주 보는 창문은 열지 않는다. 그곳에는 늘 사람들이 지켜보고 있기 때문이다. 부인은 뒤쪽 발코니를 더 좋아한다. 텔레비전이 등장한 이후로 훨씬 더 조용해졌다. 여자는 쇠난간으로 다가간다. 두 손으로 난간을 잡는다. 쇠붙이가 차갑게 느껴진다. 우리는 여자에게 잇따라 울려 퍼진 두 발의 총소리를 들었느냐고 물을 수 없다. 여자는 죽어 바닥에 누워 있기 때문이다. 피가 흘러 발코니 아래로 뚝뚝 떨어진다. 개가 달려 나와 코를 킁킁거리며 여주인의 얼굴을 핥더니, 목을 뻗어 무시무시하게 으르렁거리는 소리를 낸다. 또 한 발의 총 소리가 그 소리를 없앤다. 그러자 한 눈먼 남자가 물었다, 무슨 소리 들었나. 총소리가 세 발 들렸는데, 다른 눈먼 남자가 대답했다. 하지만 개가 우는 소리도 들리던데. 지금은 그쳤어, 세 번째 총 소리 때문일 거야. 잘됐군, 나는 개 짖는 소리가 싫어.

눈먼 자들의 도시, 그 후의 이야기

제목에서 알 수 있듯이 『눈뜬 자들의 도시』는 『눈먼 자들의 도시』와 연결이 되는 작품이다. 좀 더 구체적으로 말하자면 『눈먼 자들의 도시』의 4년 후 이야기라고 할 수 있다.

이 도시에서는 도시의 모든 주민이 눈이 멀어(사실 한 여자는 눈이 멀지 않았다는 것을 우리는 알고 있지만) 도시가 생지옥으로 변했던 사실을 일절 입에 올리지 않는다. 모두에게 수치였던 그 일을 두고 침묵의 협정이라도 맺은 것 같다. 그러나 4년이 지나면서 다시 그 일을 거론할 수밖에 없는 사태가 벌어진다. 그런데 그 일을 거론하고 나선 주체는 놀랍게도 이 도시를 수도로 삼고 있는 나라의 우익 정권이다. 『눈먼 자들의 도시』에서는 배경으로 물러나 있던, 그럼에도 도대체 아무것도 기대할 수 없을 정도로 무능하게 느껴졌던 정권이 무대의 전면에 나선 것이다. 사라마구는 이번에는 그 독특한 카메라를 이 정권 쪽에 설치해놓고, 그 각도에서 이 도시, 모든 도시를 대신해서 지구의 악몽을 꾸고 있는 듯한 이 도시를 들여다본다.

주제 사라마구는 1922년생이므로 이미 여든이 훨씬 넘었다. 그러나 사라마구의 작품을 읽어본 사람이라면 짐작하겠지만, 사라마구가 통상적인 노안(老眼)으로 그 카메라를 들여다볼 것이라고 생각하면 오산이다. 예를 들어 다음 대목을 보자.

우리가 사는 이 세계에서, 맹목적으로 비틀거리며 앞으로 나아가는 이 시대에, 나이가 들면서 젊었을 때 꿈꾸던 것과는 달리 돈도 많이 벌며 편안하게 살아가는 남자와 여자를 만나는 것은 아주 흔한 일이다. 그들도 열여덟 살 때는 단지 유행의 빛나는 횃불이었을 뿐 아니라, 무엇보다도 자신의 부모가 지탱하는 체제를 타도하고 그것을 끝내 우애에 기초한 낙원으로 바꾸어놓겠다고 결심한 대담한 혁명가들이었다. 그러나 이제 그들은 선택할 수 있는 수많은 온건한 보수주의 가운데 어느 것 하나로 몸을 덥히고 근육을 풀었다. 따라서 그들이 과거 혁명에 애착을 갖던 것처럼 지금 애착을 갖고 있는 그 신념과 관행들은 시간이 흐르면 가장 외설적이고 반동적인 종류의 순수한 자기중심주의로 변해갈 것이다. 예의를 약간 걷어내고 말을 하자면, 이런 남자와 이런 여자들은 자신의 인생이라는 거울 앞에 서서 매일 현재의 자신의 모습이라는 가래로 과거의 자기 모습이라는 얼굴에 침을 뱉고 있다.

몇 살에 뭐 아니면 바보고 몇 살이 넘고도 뭐면 바보라는 말이 무슨 대단한 지혜나 되는 것처럼 통용되는 세상에서 비록 외국의 작가이기는 하나 여든 넘은 작가의 입에서 이런 말을 들으니 의외로 신선하다. 정치 활동으로 추방을 당하는 등 곡절을 겪은 끝에 40대 중반에 들어서야 본격적인 작가 생활을 시작한 작가 자신의 이력을 돌이켜보게 되지만, 이미 10년 전에 노벨상까지 타서 누릴 것은 다 누린 것처럼 보이는 작가의 말이기 때문에 한 번 더 주제 사라마구라는 작가를 돌아보게 된다.

그러나 이번 작품을 읽으며 사라마구의 낙관이 미세하게나마 흔들린다는 느낌을 받았기 때문에 마치 기댈 곳이 흔들리는 듯 마음이 편치 않은 면도 있다. 지난번에 사라마구의 책을 번역하면서 노작가의 낙관주의 운운한 것이 무색하게, 이번 작품에서는 어두운 그늘이 곳곳에 느껴지기 때문이다. 물론 이 작품의 여러 사건을 두고 생각이나 해석이 다를 수는 있겠지만, 무엇보다도 "짖자" 하고 시작했던 소설이 "나는 개 짖는 소리가 싫어" 하는 눈먼 남자의 이야기로 끝이 난다는 것이 옮긴이에게는 영 불길하기 짝이 없다. 옮긴이의 비관적인 태도가 빚어낸 착각이면 좋겠다. 그렇다 해도, 옮긴이 자신은 사라마구와는 달리 개를 별로 좋아하지 않지만, 공교롭게도 옮긴이가 번역한 사라마구의 소설들에 빠지지 않고 등장했던,

이름도 상징적인 개 콘스탄테의 죽음에는 애도하는 마음을
감추기 힘들다.

정영목

눈뜬 자들의 도시

초판 1쇄　2007년 3월 30일
초판 32쇄　2023년 6월 20일

지은이 | 주제 사라마구
옮긴이 | 정영목
펴낸이 | 송영석

주간 | 이혜진
편집장 | 박신애　**기획편집** | 최예은 · 조아혜
디자인 | 박윤정 · 유보람
마케팅 | 김유종 · 한승민
관리 | 송우석 · 전지연 · 채경민

펴낸곳 | (株)해냄출판사
등록번호 | 제10-229호
등록일자 | 1988년 5월 11일(설립일자 | 1983년 6월 24일)

04042 서울시 마포구 잔다리로 30 해냄빌딩 5 · 6층
대표전화 | 326-1600　**팩스** | 326-1624
홈페이지 | www.hainaim.com

ISBN 978-89-7337-829-6